古典文獻研究輯刊

七 編

曾 永 義 主編

第 7 冊

《牡丹亭》與《紅樓夢》的兩種關懷
——「情」與「女性」

王 欣 瀠 著

國家圖書館出版品預行編目資料

《牡丹亭》與《紅樓夢》的兩種關懷——「情」與「女性」／
王欣溡 著 — 初版 — 新北市：花木蘭文化出版社，2013〔民
102〕
序 2+ 目 4+198 面；19×26 公分
（古典文學研究輯刊　七編：第 7 冊）
ISBN：978-986-322-096-1（精裝）
1. 牡丹亭　2. 紅學　3. 明清文學　4. 文學評論
820.8　　　　　　　　　　　　　　　　102001628

ISBN-978-986-322-096-1

9 789863 220961

古典文學研究輯刊
七　編　第七　冊　　　　　ISBN：978-986-322-096-1

《牡丹亭》與《紅樓夢》的兩種關懷
——「情」與「女性」

作　　者　王欣溡
主　　編　曾永義
總 編 輯　杜潔祥
出　　版　花木蘭文化出版社
發 行 所　花木蘭文化出版社
發 行 人　高小娟
聯絡地址　新北市永和區中正路五九五號七樓
　　　　　電話：02-2923-1455／傳眞：02-2923-1452
網　　址　http://www.huamulan.tw 信箱 sut81518@gmail.com
印　　刷　普羅文化出版廣告事業
初　　版　2013 年 3 月
定　　價　七編 16 冊（精裝）新台幣 26,000 元

《牡丹亭》與《紅樓夢》的兩種關懷
——「情」與「女性」

王欣瀠　著

作者簡介

王欣瀠，國立中山大學中國文學博士。偶因《紅樓夢》而起的，兼及性別文學、現代小說、現代散文與先秦儒道，構組了我生活、研究、教學的脈絡與圖景；至今，我仍欣欣周旋其中。而本文是我 2009 年博士學位論文。

學術界、教育界的價值與標準，幾年來瞬息多變，甚或原則與技術攪混不明。或說學術、教育是良心事業，其實做人便是良心，有幸學習中國學術這等生命學問，儒家老莊等先知經典提示「知識」與「權力」二者的純潔與危險，是而：位階是身分識別而非尊卑，知識的使用當是謙和的責任而非專傲的權力。

因以自期：自己若干學習心得，不論是清代《紅樓夢》繡像的社會通俗價值（「清代《紅樓夢》繡像研究」，1992），或《牡丹亭》、《紅樓夢》對「情」與對「女性」的人文關懷，任何一門學術研究不只是研究者的階段心得與發現，更為該研究範疇補足釐清，甚至提出一些安穩現世的實質力量。

提　要

此文乃筆者繼「清代《紅樓夢》繡像研究」（1992）後，關於古典小說研究之作。

本文以《牡丹亭》與《紅樓夢》為材料，置之於中國明清女性研究的版圖上，借「情」與「女性」之相承轉化的書寫，證明文本乃為作家建立人文關懷之鉅作。研究動機在於：第一、現代研究路向有整合的趨勢，傳統文本與現代研究學門可以如何整合而得致不斷的詮釋可能？第二、以文本而言，從歷史中的時間與空間來看《牡丹亭》與《紅樓夢》，其文本的最大意義在哪裡？第三、應當如何評比《牡丹亭》與《紅樓夢》二者文本精神之間的承續與轉化？在學術上，本文一方面延續筆者「清代《紅樓夢》繡像研究」（1992），該書處理《紅樓夢》小說繡像在清代流傳之審美觀，另一方面結合筆者近年在中國性別研究上關注的心得；職是，本文擬就明清兩部最重要之「言情」經典：一是十七世紀的明代萬曆《牡丹亭》，一是十八世紀的清代乾隆《紅樓夢》，深化其對「情」與「女性」的關懷，從而抉發明清時期即與現代生命價值相合的遙音，以突顯文本之人文意義，且以「關懷」命題，希望指明文本的意義所在，在人際頻繁卻關懷淡薄的現代生態中提供一點思考。

本文研究文本，嘗試將文本與性別、關懷倫理學作某種程度的學科整合，用以擴大文本解讀的更多義的可能性，延伸豐富而共存的意義；特別針對男性筆下的女性形象的剖析。先個別分析《牡丹亭》、《紅樓夢》「情」書寫與「女性」書寫的層次，再比較二者在「情」書寫與「女性」書寫，並及活動空間的對照與承續。二者以「情」命書，如杜麗娘之情、賈寶玉之情各自承載了作家的經歷與身份、代言的成份與層次，杜麗娘與柳夢梅之情、賈寶玉與林黛玉之情的背景、結局與運作過程，杜麗娘、林黛玉等女性的經驗與活動、空間與才藝，文本尊重或弘揚女性的意識。

杜麗娘、柳夢梅、賈寶玉、林黛玉等敘述故事之角色為《牡丹亭》與《紅樓夢》作家代言，而成為文本中的「理想情人」。而「佳人」典型是作家以女性角色之「理想女性」，對杜麗娘、林黛玉一類女性，文本塑造其理想性的同時，女性的長期性別困境也被書寫出來，成為文本中

相當重要的敘述。再者，過去研究明清女性處境與形象的，多認為男性文本往往流於「父權宰制」，立場偏頗。然而相對於女性文本，男性文本猶有可開發之處；並且，明清時期對女性發出友善的不乏男性意見，這些男性巧合地與「尊情觀」的作家多有重疊。意識往往早於實踐，學者指出早在十八世紀西方女權主義興盛之前，中國在十六、十七世紀明清時期即有女性意識之萌動，既啟蒙了新的婦女思想，並且為近代引入西進的女性思想準備了思想基礎。

是以文分五章。第一章：揭明研究動機、範圍、方法與題旨，特別從「情」與「女性」的歷來討論說明作家「關懷」的心理基礎，包含「情」、「女性」在中國思想長期討論或型塑，如儒學或政教、政策對於「情」與「女性」書寫的影響，晚明「情」與「女性」書寫的思想背景，「情」的正面看法，與「女性」的制約、反應、表現。

第二章：討論《牡丹亭》的「情」與「女性」之書寫與關懷，包含湯顯祖際遇與其「為情作使」之生命志願的轉向與貞定，《牡丹亭》「情」主題之內涵與層次，杜麗娘與柳夢梅「情真」之歷程與美學意義。

第三章：討論《紅樓夢》的「情」與「女性」之書寫與關懷，包含文本中作家曹雪芹「大旨談情」的訴求，《紅樓夢》「情」主題之內涵與層次；賈寶玉、林黛玉「情盟」歷程與美學意義；林黛玉、王熙鳳、賈探春等女性才藝之意義。

第四章：比較二部文本，包含文本繼承，「情」與「女性」關懷意義與差異、轉化與對照，如「情」、「理想情人」，「理想女性」與女性空間轉變的意義。

第五章：歸結《牡丹亭》與《紅樓夢》男性文本，其對自身與女性關懷之價值與在現代的意義。

前　序

　　每一段努力的時光，都對應著一道意義深刻的成長跡痕。

　　執教八年後，既爲人師又重作學生的漫漫九年生涯也終將告結；而本文使自己養在深閨之文付印，頗有走出宮牆的快慰之情。從選題、蒐材、閱讀、撰寫到修訂，不斷自問研究的重點與價值，或說此文既是自己現階段學術研究操練的成果；更可能同時在字裡行間體現了自己的中年之思。

　　生命不無創傷，特別是已屆中年：湯顯祖中年以後，澄定了生命重心、發揚張力，盡吐對生命的嚮往；曹雪芹中年以後，面臨繁華陡落而悵悵沉緬，了悟人生如幻。兩位可愛的老「情」人都蓄意藉文學書寫以自癒癒人；而我領受其情，渥蒙了二者的慷慨指點，生命的內在元氣要如何持恆保泰、又要如何順應外在的轉眼浮沈；或者世事多變，道義也無可規定，人情交接的程度往往在急難時被逼現出情誼的深淺；重要的是，人因「情」而有義，關懷、慈悲、護愛等相濡以沫的情感，在在使人感到溫暖而變得勇敢。

　　老師們無私的熱度使我意志飽滿：感謝指導教授徐師漢昌，銳利清晰的邏輯指明我論文的盲點，當我靈感無著時，老師安慰一句「沒事」的天籟，常使我跟著飄飄然。而指導教授鮑師國順，經常被我以瑣碎打擾，老師溫和傾聽我的叨絮，輕輕微笑令我因此身心輕安。口試老師們真情剴切的提點，並包容我的拙口：康老師來新是我碩論指導老師，娓娓惕勵我調整論述的體質；王老師安祈柔聲交代我再細膩掌握原典，以生命去閱讀；王老師瓊玲斧正論文結構，慰勉我牢記「不負初心」，而王老師的建議也使本文有較大修訂的機會；龔老師顯宗親切指正內文，平靜我的緊張。學術研究雖望之儼然，

而今如汲井水，越覺回甘，自期將來繼續活水湧現，以不負老師的殷殷誨教，並傳予學生。

感謝小住、小文捨命相陪，特別是小住，既承受又擔待的罕見金牛座，她是我此生中最重要的人，連老師都讚賞說有半個博士是她的。

修改論文時，正值八八水患，蒼生無寄，也許人慣於生命有常，因而憾恨命運無序；或向古人就教，當個「有情人」，愛自己、也愛別人，彼此以愛復原。

誠敬以此博士論文獻給終生劬勞、根性篤實的父親、母親，我的摯愛。

2009 年 8 月

目次

第一章　緒　論

第一節　問題提出

　　本文以《牡丹亭》與《紅樓夢》為材料，置之於中國明清女性研究的版圖上，借「情」與「女性」之相承轉化的書寫，證明文本乃為作家建立人文關懷之鉅作。研究動機在於：第一、現代研究路向有整合的趨勢，傳統文本與現代研究學門可以如何整合而得致不斷的詮釋可能？第二、以文本而言，從歷史中的時間與空間來看《牡丹亭》與《紅樓夢》，其文本的最大意義在哪裡？第三、應當如何評比《牡丹亭》與《紅樓夢》二者文本精神之間的承續與轉化？在學術上，本文一方面延續筆者「清代《紅樓夢》繡像研究」（1992），該書處理《紅樓夢》小說繡像在清代流傳之審美觀，另一方面結合筆者近年在中國性別研究上關注的心得；職是，本文擬就明清兩部最重要之「言情」經典：一是十七世紀的明代萬曆《牡丹亭》，一是十八世紀的清代乾隆《紅樓夢》，深化其對「情」與「女性」的關懷，從而抉發明清時期即與現代生命價值相合的遙音，以突顯文本之人文意義。

一、以「關懷」命題

　　筆者以「關懷」命題，希望指明文本的意義所在，在人際頻繁卻關懷淡薄的現代生態中提供一點思考。以才子佳人組合而言，固然《牡丹亭》以杜麗娘配柳夢梅、《紅樓夢》以賈寶玉配林黛玉之組合，主要敘事角色則仍在杜麗娘、賈寶玉，《牡丹亭》作者湯顯祖（1550～1616）以杜麗娘重於柳夢梅、《紅樓夢》作者曹雪芹（1724～1763）以賈寶玉重於林黛玉，〔註1〕其創作意

〔註 1〕百廿回本《紅樓夢》著作權問題，學界目前公認前八十回為曹雪芹作、後四

圖爲何？杜麗娘除了爲作家「代言」，並非只是文本中的玩偶；〔註2〕同時，作家蓄意書寫女性有否湯顯祖其他關乎女性的關懷？賈寶玉的「意淫」體貼又是曹雪芹對關乎男性特質的何種關懷所寄？

晚明是學界公認的特殊文化時期，學者指出在明清書寫中，亟欲重新尋覓「秩序的正當性」的思潮原來是源自「質疑禮律、挑戰君父統治文化」而來的，〔註3〕以作家文本而言，這種質疑與尋覓正足以由作品思想中的焦慮與關懷透露出來。晚明政治晦黯沈滯，知識階層在保存自我與奉獻群體之間猶豫去從；陽明心學的反省與社會經濟的劇變，一種開明清新的思想、文藝、性別觀正湧動著。知識階層如思想家與文學家自我省視與關懷，同時提出對女性苦慘貞節事蹟的人道關懷，歸有光（1506～1571）的「張貞女論述」與李贄（1527～1602）的「夫婦形上價值說」皆屬善意的關懷。〔註4〕這種對自

十回爲程高續作；高鶚爲續作者，然高鶚之情或女性觀是否可被逕認與曹雪芹無異，當尚可議。本文以曹雪芹稱呼《紅樓夢》作者，主要因於使用文本材料主在前八十回，前八十回文本主題與結構可視爲自足。至於曹雪芹生卒年，學界論見不一，理據紛紜，或說生於清康熙五十四年（1715），卒於清乾隆二十九年（1764），另據大陸學者周汝昌多年考證之論，其認爲曹雪芹應生於雍正二年之閏四月二十六日（1724），有敦誠挽雪芹詩作於甲申（即乾隆二十九年，1764）開年爲證；卒於乾隆二十八年歲末（1763），即癸未除夕，至於脂評所謂「壬午淚逝」應是脂硯齋事隔十餘年後所誤記。周汝昌論證詳見於〈曹雪芹生卒考實與闡微〉一文，收於周汝昌《紅樓家世──曹雪芹氏族文化史觀》（哈爾濱：黑龍江教育，2003年），頁113～127。另〈曹雪芹生卒年之新推定──《懋齋詩鈔》中之曹雪芹〉、〈曹雪芹的生年〉、〈曹雪芹生於何月〉、〈曹雪芹卒年辨〉、〈再商曹雪芹卒年〉等文，均是周汝昌考證之作。

〔註2〕參見王璦玲〈論明清傳奇之抒情性與人物刻劃〉，文中提到以劇作家的創作論而言，劇中角色應當具有作家認識自我與人生價值之生命化的效用，因此不可視劇中角色爲一隨作家「任意捏造的玩偶」。文見《中國文哲研究集刊》9期，1996年9月，頁233～323。

〔註3〕文本的書寫往往寄寓著人性共感之生命衝突與終極關懷，熊秉眞指出在明清書寫中，顚覆或嘲弄五倫正是百姓從眞實生活實境遭遇之倫理難題而有以致之的。參見熊秉眞、張壽安《情欲明清──達情篇》，〈我欲立情教，教誨諸眾生（序言）〉（臺北：麥田出版，2004年），頁15。

〔註4〕當時知識階層之意見以歸有光與李贄最具代表性。當片面要求女性道德的「成果」使人驚駭時，歸有光「張貞女論述」思考女性壯烈死節的婦女動機與必要性，並質疑貞節是否是女性專屬道德，對照「大吏之死，僅一二見」與「鄉曲之女子死其夫者數十人」，而生「天地之氣，豈獨偏於女婦」之感佩，特別是嘉定張貞女潔身慘絕而反遭「殆人生之未有」之事，其爲此轟動社會之血案，他一再撰成〈書張貞女死事〉、〈張貞女獄事〉、〈貞婦辨〉、〈張氏女子神異記〉、〈祭張貞女文〉諸文以致意，並抗議「欲沉埋貞婦曠世之

我與女性的關懷，在在突顯於當時如《牡丹亭》與《紅樓夢》等文藝創作。

　　天理人欲對立是宋明理學反覆辯證的主題，貞節制度則是明清政教製造女性典範事蹟的機制，儒學與政教未能正視人性天生情欲而採取壓制，特別是政教的強制性更龐大。以「尊情觀」而言，晚明心學與文學思潮從儒學的反省以至建立新的「情觀」；從性別觀點而言，晚明在強烈實踐貞節的同時，另外產生一種新的情欲觀，甚至以女爲尊。因而從當時風行的才子佳人戲曲小說之訴求來看，「情」與「女性」實爲當時在理欲觀與貞節觀的焦慮中而產生共性觀照的兩種關懷，這種關懷成爲清新的價值觀。新價值觀在文本的實踐上，逐漸從明代《金瓶梅》、晚明《牡丹亭》、《三言》、《二拍》、《醒世姻緣傳》等人情書寫的文本，延續到清代的《紅樓夢》而達到高峰，整體而言，「情」與「女性」的兩種關懷在明清才子佳人戲曲小說文本中得到了重大的實踐，當然，作家多爲男性，男性作家以文本談「情」的同時，也特重弘揚「女性」形象，於是「情」書寫與「女性」書寫二者的內涵與變化，一方面顯示作家的終極關懷，並且與其對生命的體悟和價值觀的選擇關係深切，亦即深具作家的臨界情境（critical condition），〔註 5〕另一方面則反映作家的美學觀點。〔註 6〕前者是本文的研究重點；並且，透過觀察文本所啓示的「關懷」，既提示了文本本身的意義，也構成了讀者批評文本的判準。

二、觀察之一——「情」書寫

　　從漢到宋明，因爲禮教或理學等的社會風氣已極，曾明顯發生兩次關於個體生命存在之意義的原則之爭與劇烈反省，前者是魏晉任誕自然以反對名

節，解脫群凶滔天之」等共犯結構。李贄則更有意識地覺察何謂「合理兩性關係」、「女性幸福與理想」，企圖提出一個性別平等之女性道德，其尊重女性看法有其系列論證標準。他自謂編輯《夫婦》之本意在於節婦烈女是「非眞男子不能至者」，並以「夫婦，人之始也」在形上學的基礎上首明男女關係是一切人倫關係之始，夫婦之成來自男女之正，以「兩」理解夫婦天地，「兩」爲並生並行，任何其「一」便不能獨生獨行，並置「夫婦」爲首倫；可見「識見」有長短高下之分，然其分別非關性別。

〔註 5〕引李霖生《《孟子》天命述考》語，其說明：「人生之臨界情境乃借用物理學之名相如臨界溫度者，蓋因臨界溫度乃存有物變形（transfiguration）之界線也。」乃意謂「人生窮絕之境」，也是聖賢提出終極關懷（ultimate concerns）所寄與期待超越之處。文見華梵大學九十四學年度「儒家倫理學之反思」學術研討會。

〔註 6〕參見田同旭〈女性在明清小說中地位的變化〉，《山西大學學報》（哲社版），1992 年第 1 期，頁 83～87。

教，〔註7〕後者則是晚明以眞心癲狂而反對理學。明清男性文本在自我與女性之主體意識上的討論與轉化，〔註8〕一方面顯示作家的自我意識，同時顯示其對女性自我意識的意識。晚明荒謬失序的歷史處境，正值價値崩解與重構之際，隨著陽明心學所啓蒙之情的「主體意識」，從李贄、湯顯祖、馮夢龍（1574～1646）、袁宏道（1568～1610），直到清代曹雪芹，湯顯祖「情眞」、「情至」與曹雪芹「談情」的價値觀，一路而下；「情」，究竟只是作家自身的情感意識，還是須要放置在晚明到清初時期社會文化環境中突出的價值去觀察？當時中國文人的新「情觀」，是「一種情愛凌駕於生死之上的自覺」，這種源自自覺的「至情」文學觀念除了迥異於前此「檢束制約」情欲的作法之外，直到後來也一直左右文人寫作與閱讀方式；〔註9〕同時這種精神在晚明到盛清的才子佳人類型的戲曲小說多有實踐，明清才子佳人戲曲小說作家在作品中的「意志呈現」係作家寫「自己在價値感上的體驗」，〔註10〕而其創作的審美目的與抒情特質展現的基礎，在於「自覺的追求作家主體情志與其審美對象間的精神」生命境界合一的藝術之境。〔註11〕此外，作家身爲創作主體，又賦予故事中角色「文學敘述對象主體」，使之「個性化」，〔註12〕由此看來，在

〔註7〕 魏晉任誕自然以反名教，魏晉名士的出現是一種「文化現象」，思想界轉向玄學，士人精神放達，風流風度的流衍，雖隱而不仕，卻又名聲聳動的很。處於亂邦亂世的出仕與否，士人有極深重的内心掙扎，難以選擇。這種選擇的困難，表現在「外在態度是疏狂的，但卻完成了不屑不潔的狷介精神。」牟宗三先生認爲：「名士」是天地之「逸氣」，也是「棄才」，又是一種「四不著邊，任何處掛搭不上的生命」，其往往以「無」爲生存的狀態，一無可用或無所寄託，雖然說是實際存在著，卻存在得藝術又蒼涼；外在看起來放誕閒散，内心卻又反省清醒，並對社會、乃至政治現實一再致意其永恆的關心。造成如此的，正是從西漢以來儒學與其制度上的改造。可參牟宗三《中國哲學十九講》，〈魏晉玄學的主要課題以及玄理之内容與價値〉一文，收於《牟宗三先生全集》冊二十九（臺北：聯經，2003 年）。

〔註8〕 參見王瓊玲〈明清傳奇藝術呈現中之「主體性」與「個體性」〉一文，收入《明清戲曲國際研討會論文集》（臺北：中研院文哲所籌備處，1998 年），頁71～138。

〔註9〕 參見孫康宜〈中國文化裡的「情」觀〉，收入孫康宜《古典與現代的女性闡釋》（臺北：聯合文學，1998 年），頁39～44。

〔註10〕 參見王瓊玲〈明清傳奇藝術呈現中之「主體性」與「個體性」〉，頁9，收入《明清戲曲國際研討會論文集》（臺北：中研院文哲所籌備處，1998 年）。

〔註11〕 參見王瓊玲〈論明清傳奇之抒情性與人物刻劃〉，頁8，收入《中國文哲研究集刊》9 期，1996 年 9 月，頁233～323。

〔註12〕 王瓊玲認爲：「從創作動機來看，從明萬曆中期以至清康熙中期，大多數傳奇

某種程度上，才子佳人戲曲小說的故事角色作爲「主體」，《牡丹亭》的杜麗娘、柳夢梅，《紅樓夢》的賈寶玉、林黛玉呈顯了作家相當濃厚的主體意識，〔註13〕即代言了作家的「內在情志」。作家的「主體意識」勢必將其亟欲達成理想的意圖，與其敘述對象聲息相通，於是作家的所意識到與欲實踐的價值觀，將在敘述對象上體現。《牡丹亭》與《紅樓夢》文本何以特重「情」書寫？「情」書寫如何在文本中構成主線？如果晚明是一個「主體意識」的覺醒時期，「主體意識」意謂個人「對於其自身存在之自覺與認知」，〔註14〕湯顯祖自謂「爲情作使」與曹雪芹「大旨談情」，則作家以「情」成其「主體意識」，則文本敘述對象對「情」的「主體意識」如何與作家對「情」的「主體意識」相互會通？或者敘述對象的生命情境與價值衝突如何是、可能是作家的對照？

三、觀察之二──「女性」書寫

　　近年明清女性文學研究蔚爲壯觀，形成一個重要而成熟的研究領域，也

　　作家的文學創作，乃是以內在情感真實無隱的流露爲主要動機，以美的創造與實現爲主要目的。」語見王瑷玲〈明清傳奇藝術呈現中之「主體性」與「個體性」〉，頁26，收入華瑋、王瑷玲編《明清戲曲國際研討會論文集》（臺北：中研院文哲所籌備處，1998年），頁71～138。

〔註13〕鄭培凱認爲湯顯祖對婦女處境深切關懷之主體意識，了解杜麗娘主體意識，且使之成爲明代婦女追求幸福的代表；然而此主體意識究竟屬於湯顯祖或杜麗娘？鄭培凱意見是：「從藝術的文本（text）及劇場的虛擬世界（virtual context）出發，我們固然可以強調作者的作用，突出詩人想像的權威如何凌駕了性別的差異，指出杜麗娘現象在明末清初的風行，是戲劇藝術的妙手天成，劇中的虛構角色令人神魂顛倒，跨越了藝術虛構世界與社會現實的分界，令閨閣女子思考自身的人生處境與現世中難以掌控的婚姻幸福。」顯然，杜麗娘主動表達自身情思的主體意識，肯認存在意義，其聲調強烈而態度明確，是源自作家湯顯祖認真並興趣體會女性的處境與意識，方得有之。語見鄭培凱〈誰的主體意識？湯顯祖？還是杜麗娘？〉一文，收入王瑷玲編《明清文學與思想中之主體意識與社會──文學篇》上（臺北：中研院文哲所，2004年），頁213～252。「主體意識」者亦可參王瑷玲〈論明清傳奇之抒情性與人物刻劃〉（《中國文哲研究集刊》9期，1996年9月），頁86。

〔註14〕此王瑷玲語，其並謂：「這種自覺與認知，最開始時雖只是覺察到自身之存在，然而伴隨著我們的精神指向，我們將外面世界導引進我們自我之內部，使自我於面對客體時，成爲一個以『自我意識』爲核心之『覺受者』與『判斷者』。」是而，筆者以爲：「主體意識」的衍成與呈現，便同時既是自我與客體之間的混物。王語參見王瑷玲編《明清文學與思想中之主體意識與社會──文學篇》上（臺北：中研院文哲所，2004年），〈導言〉，頁4。

逐漸改寫中國文學史；如今當歷史越加清晰或意義重構時，學者則指出「明清婦女文學的研究者下一步還能做什麼？」〔註15〕以性別研究而言，從婦女研究、兩性研究到性別研究，明清女性文學研究多入手女性作品，加上近年幾部關於明清女性社會真實生活實錄的研究著作發表以來，〔註16〕發現研究「列女」等傳記文類又不免將女性「典範化」以致於忽略典範之外的女性或兩性真實生活，〔註17〕概述傳統女性文學或處境顯然單調而未必符合事實。明清女性文化的氛圍，呈現兩種極端的思潮與行為實踐，一方面由於「貞節烈女記載的大量出現」，「形塑了一種對於貞節烈女與節烈情境密切關注的文化氛圍」，致使貞節觀「嚴格化」，〔註18〕形成畸形的貞節意識；另一方面，情慾合一的情色觀也逐漸成形，〔註19〕這兩種極端的性別觀點同時呈現在現實生活與戲曲小說中。

　　因此，才子佳人成為中國一種婚戀之美學典型，一如王子公主天作之合的美好愛情故事，杜麗娘、柳夢梅、賈寶玉、林黛玉等敘述故事之角色為《牡丹亭》與《紅樓夢》作家代言，而成為文本中的「理想情人」。而「佳人」典型是作家以若干女性角色為其「理想女性」，如杜麗娘、林黛玉一類女性，文

〔註15〕 胡曉真認為：當「明清女詩人投入詩詞創作的驚人能量、女作家進入敘事文學的執著苦功、女性對編輯、批評與出版的積極介入等等」，經由研究者爬梳而重新浮現，並且「就今天的學術認知而言，已經不可能綜述明清文學，而不及婦女文學」時，她慎重回應蔡九迪（Judith Zeitlin）在 2006 年 6 月中國婦女史研討會 "Traditional Chinese Women through a Modern Lens" 提出對明清研究的意見：「1993 年時，任何一個女作家的發現，任何一個女性作品的發掘，都有一定的價值。那麼，到了 2006 年，當『明清婦女著作』這樣的資料庫已經建立，各地的文獻也愈來愈公開時，明清婦女文學的研究者下一步還能做什麼？」語見胡曉真〈文學與性別——明清時代婦女文學〉一文，收於李貞德編《中國史新論——性別史分冊》（臺北：中央研究院、聯經，2009 年），頁 335。

〔註16〕 學譽最著如美國高彥頤（Dorothy Ko）著，李志生譯《閨塾師——明末清初江南的才女文化》（南京：江蘇人民，2005 年）與美國曼素恩（Susan Mann）《蘭閨寶錄——晚明至盛清時的中國婦女》（臺北：左岸文化，2005 年）。

〔註17〕 見於李貞德〈你中有我、我中有你？口述史料中的性別形象〉，收入李貞德編《中國史新論——性別史分冊》（臺北：中研院、聯經，2009 年），頁 415。

〔註18〕 費絲言指出這種社會心態超越個人心態的道德標準成為一深植人心的普遍心態，參見費絲言《由典範到規範：從明代貞節烈女的辨識與流傳看貞節觀念的嚴格化》（臺北：臺大出版委員會，1998 年），頁 351。

〔註19〕 參見鄭培凱〈天地正義僅見於婦女——明清的情色意識與貞淫問題〉，《歷史》16 期、17 期，1987 年 8～9 月。

本塑造其理想性的同時，女性的長期性別困境也被書寫出來，成為文本中相當重要的敘述。再者，過去研究明清女性處境與形象的，多認為男性文本往往流於「父權宰制」，立場偏頗。然而相對於女性文本，男性文本猶有可開發之處；並且，學者也發現明清時期對女性發出友善的不乏男性意見，如歸有光、李贄、湯顯祖、葉紹袁（1589～1648）、袁枚（1716～1797）、曹雪芹等，〔註20〕這些男性巧合地與「尊情觀」的作家多有重疊。

意識往往早於實踐，學者指出早在十八世紀西方女權主義興盛之前，中國在十六、十七世紀明清時期即有女性意識之萌動，既啟蒙了新的婦女思想，並且為近代引入西進的女性思想準備了思想基礎。當時如李贄、馮夢龍與唐甄（1630～1704），源自自身際遇，藉反省傳統禮教，提出男女平等；湯顯祖、李汝珍（約 1763～1830 前）、蒲松齡（1630 或 1640～1715）、曹雪芹則以文學表達關懷，〔註21〕就這個角度來看，男性文本在「為了中止女性在社會生活中的附屬地位所作的努力」也有所貢獻，學者甚至直指男性的性別覺察往往先於女性，並啟迪女性，〔註22〕可見，檢視《牡丹亭》與《紅樓夢》男性明清才子佳人戲曲小說「尊情」之文本時，適足以發現女性或性別。

承上言，本文的問題意識在於：「禮律與君父統治文化」的具體內容與操作如何成為作家或思想家生命處境的焦慮？書寫如果是作家或思想家處理焦慮的方式，關懷源自焦慮，《牡丹亭》與《紅樓夢》作為明清才子佳人戲曲小說文本，其書寫之終極關懷的個別性與相續性如何？文本關懷的主題受到作家自身生命經驗與體悟、外在時空環境的影響，可能性有多大？《牡丹亭》與《紅樓夢》文本中的敘事對象如何「代言」作家的「內在情志」？「情」與「女性」成為《牡丹亭》與《紅樓夢》文本的關懷主題，其「情」書寫與「女性」書寫的層次如何？《牡丹亭》與《紅樓夢》文本的關懷主題，對明

〔註20〕這些較早清醒自覺地批判男權意識的，「卻是明清的一些男性思想家、文學家，如李贄、袁枚、蒲松齡、吳敬梓、曹雪芹、李汝珍及俞正燮等」，循此，近代中國的女性主義思潮，除了受之於西方思潮影響之外，明清之際男性思想家、文學家的同情立場正是早期累積新思潮的過程。可參見林樹明《多維視野中的女性主義文學批評》（北京：中國社科，2004 年），頁 244～245。

〔註21〕參見李國彤〈明清之際的婦女解放思想綜述〉一文，收於《近代中國婦女史研究》3 期，1995 年 8 月。

〔註22〕參見顧燕翎《女性主義經典》，〈導言〉：「當大多數女性尚在貧窮困厄中渾沌度日的時候，對女性困境的警醒往往來自少數具洞察力的男性或受到男性自由主意思想啟迪的女性。」（臺北：女書文化，1999 年）。

清文藝思潮與性別思潮的意義如何？男性作家建構「情」與「女性」關懷的動機與目的如何？置於今日，此關懷是否仍具意義或願景？

第二節　研究概況與方法

一、研究概況

　　本文以關懷文本入手，視「情」與「女性」爲《牡丹亭》、《紅樓夢》文本或湯顯祖、曹雪芹作家之「關懷」，學界個別談《牡丹亭》、《紅樓夢》、湯顯祖、曹雪芹的，無邊無際，分論的多，掛鉤的少。分別論述《牡丹亭》或《紅樓夢》之「情」者有之，聯繫二書之「情」的則少；分別論述《牡丹亭》或《紅樓夢》「女性」主題更少，聯繫二書之「女性」則無。至於以「關懷」聯繫二書對「情」與「女性」的亦無，〔註23〕因此本文將就前賢基礎，冀以提供學術研究之深化與補充。

　　關於《牡丹亭》與《紅樓夢》等湯學、紅學、曹學等研究，近十年學界

〔註23〕早期精闢之作如鄭培凱《湯顯祖與晚明文化》（臺北：允晨，1995 年）、朱淡文《紅樓夢研究》（臺北：貫雅，1991 年），書中驚鴻的如康師來新〈唯情觀的傳承——《牡丹亭》與《紅樓夢》〉、郭玉雯《紅樓夢》中的情慾與禮教——《紅樓夢》與明清思想〉等。鄭培凱觀點可參鄭氏《湯顯祖與晚明文化》，〈一時文字業，天下有心人〉、〈解到多情情盡處〉二文，直接聯繫湯顯祖與曹雪芹以論。非該書主題而提及的如陳萬益〈馮夢龍「情教說」試論〉、孫遜〈關於《紅樓夢》的「色」「情」「空」觀念〉等，都有精采見解，在二人之間對「情」的解釋與繼承有提醒之功。康師來新之文收於《紅樓長短夢》卷二〈從艷曲到村談——紅樓好箇夢〉之五（臺北：駱駝，1996 年），郭玉雯一文收於《紅樓夢淵源論：從神話到明清》（臺北：臺大，2006 年），陳萬益一文收於《晚明小品與明季文人生活》（臺北：大安，1988 年）、孫遜之文收於《紅樓夢探究》（臺北：大安，1991 年）。大陸如鄒自振〈玉茗堂四夢與紅樓夢〉（《紅樓夢學刊》1994：02，頁 245〜255），王湜華〈論曹雪芹與湯顯祖〉（《紅樓夢學刊》1995：02，頁 176〜185），過常寶、郭英德〈情的冒險：從湯顯祖到曹雪芹〉（《紅樓夢學刊》1997：01，頁 102〜118），鄒自振〈湯顯祖與紅樓夢〉（《福州大學學報：哲社版》14：3，2000 年 7 月，頁 62〜64＋78）等文則直接命題聯繫湯、曹二者談其關係的單篇發表，總其意旨，湯顯祖「四夢」以情代理，《紅樓夢》引用《牡丹亭》曲文等。僅單篇如。近日如林柳生、郭聯發〈《牡丹亭》和《紅樓夢》中情與理的比較研究〉（《南昌教育學院學報》20：4，2005 年），陳彩華〈《牡丹亭》與《紅樓夢》愛情觀之比較〉（《哈爾濱學院學報》30：1，2009 年），李珊〈論《紅樓夢》對《牡丹亭》女性意識的繼承和發展〉（《廣西社會科學》2007 年 2 月）等。

除了延續原有的作家之文學與史學研究，如傳記考證、文學思想、文體、思想淵源等，作品的文本解讀、改編續作、比較觀點、接受與影響等，還有一些整合其他領域的新議題，〔註24〕與《牡丹亭》與《紅樓夢》文本相關的女性敘事對象研究、〔註25〕情或情感研究，也有若干觸及，多屬學位論文。整體而言，「情」議題係延續過去，「女性」議題則因近年婦女或性別研究的風氣略有出現；「情」研究是《牡丹亭》較多過《紅樓夢》，「女性」研究則《紅樓夢》較可見：以「情」而言，如陳瑞成「《牡丹亭》的情與夢」（2008）、邱妙娟「《紅樓夢》的愛情描寫及愛情觀」（2004）等，大陸方面如崔洛民「湯顯祖的生命意識與文學思想」、王海慧「湯顯祖至情思想探析」（2008）等，

〔註24〕 合而言之，舉其要者，《牡丹亭》與湯顯祖研究的部份，如黃莘瑜「網繭與飛躍之間——論湯顯祖之心態發展歷程及其創作思維」（2007）、楊安邦《湯顯祖交遊與戲曲創作》（2006）、程芸《湯顯祖與晚明戲曲的嬗變》（2006）、張韶砡「湯顯祖文學理論研究」（2001）、孫上雯「湯顯祖尺牘小品研究」（2008）等，文本解讀如鄧淑華「論湯顯祖《玉茗堂四夢》之時間意識與其文本設計」（2003）、改編續作的如林書萍「湯顯祖《牡丹亭》及晚明時期改作與仿作之研究」（2005）等。《紅樓夢》與曹雪芹的部份，傳記考證如黃清順「紅學史」相關議題研究——自《紅樓夢》作者家世至「新紅學」的若干課題探討（2007）、周汝昌《曹雪芹新傳》（2007）、《紅樓家世：曹雪芹氏族文化史觀》（2003）、吳新雷、黃進德《曹雪芹江南家世叢考》（2000）。文學與思想的如郭玉雯《紅樓夢淵源淪：從神話到明清思想》（2006）、孫愛玲《紅樓夢本真人文思想》（2007）、林景蘇《不離情色道真如：紅樓夢賈寶玉的情欲與悟道》（2005）、余國藩《重讀石頭記：紅樓夢裏的情欲與虛構》（2004）、潘運告《從王陽明到曹雪芹：陽明心學與明清文藝思潮》（2008）、郤進先《啟蒙文學的先驅：龔自珍、曹雪芹研究》（2000）、劉上生《走進曹雪芹：紅樓夢心理新詮》（1997）等，因應臺灣本土研究如吳盈靜《清代臺灣紅學初探》（2004）等。另或整合醫學、宗教、語言、社會學等學科，如李淑伸「《紅樓夢》與中國傳統審美觀之內在聯繫」（2001）。研究人物的如郭玉雯《紅樓夢人物研究》（1999）、歐麗娟《紅樓夢人物立體論》（2006），有關空間論述的如林碧慧「大觀園隱喻世界——從方所認知角度探索小說的環境映射」（2001）、王佩琴「說園——從王佩琴《金瓶梅》到《紅樓夢》」（2004）、張世君《紅樓夢的空間敘事》（1999）。紅學論述的如龔鵬程《紅樓夢夢》（2005）、郭玉雯《紅樓夢學：從脂硯齋到張愛玲》（2004），方法論的如洪濤《紅樓夢與詮釋方法論》（2008）。

〔註25〕 另如陳美玲《紅樓夢裏的小姐與丫鬟》（2001）、汪玉玫「紅樓夢中賈府女性人物論」（2003）等。並且注意到才女問題的如注意要才女與性別的如宋孟貞「《紅樓夢》與《鏡花緣》的才女意義析論」（2000）、李艷梅「《三國演義》與《紅樓夢》的性別文化初探——以男義女情為核心的考察」（2002），曾麗如「《紅樓夢》貫政之庭誥精神追新——兼述聖父佳兒與中國父權文化」（2005）則以男性觀點論述。

專書如謝雍君《牡丹亭與明清女性情感教育》（2008）、章穎《湯顯祖說情》
（2007）等。以「女性」而言，如藍玉琴「《牡丹亭》人物杜麗娘的女性研究」
（2000）、韓巧玲「多重肉身——《牡丹亭》杜麗娘的女體論述」（2007）等；
《紅樓夢》則分個別與群體女性研究，如朱嘉雯《林黛玉的異想世界：紅樓
夢論集》（2007）、楊平平「父權社會下的女兒國——《紅樓夢》女性研究」
（2005）、吳麗卿「《紅樓夢》的女性認同」（2005）等；大陸方面如白軍芳「《水
滸傳》與《紅樓夢》的性別詩學研究」（2005）、潘冬梅「《紅樓夢》與中國文
學傳統中的女兒國原型分析」（2005）等。

　　以下提出近年學界重要研究。〔註 26〕關於湯顯祖研究的近年重要學術著
作，黃莘瑜「網繭與飛躍之間——論湯顯祖之心態發展歷程及其創作思維」
（2008）一文，處理湯顯祖的思想構成，針就湯氏「四夢」成書時間與思想
落差提出湯氏創作思維其實與其終生心態發展歷程的脈絡相追隨，特別是關
於現實政治命運的部份，並探討湯氏的文藝思維與其性命生存經驗二者之間
的可能關係。此文以史學對湯顯祖的生命歷程多如同貼身觀察，可視爲湯顯
祖另一種傳記書寫；其中引用湯氏戲曲詩文等文學資料，以文證人，對於湯
顯祖思想中心與變化有釐清的意義在。〔註27〕

　　關於《紅樓夢》的部份，余國藩《重讀石頭記——《紅樓夢》裡的情欲
與虛構》（2004），學者譽爲是一部「撩人」的「紅學研究的高峰」之作，余
氏多方援引中西文獻，〔註 28〕余氏認爲對讀者而言，了解作家或作品歷史的

〔註26〕學者整理學界研究趨勢、檢視方法或成果的，可參胡曉眞〈文學與性別——
　　　明清時代婦女文學〉一文（收於李貞德編《中國史新論——性別史分冊》，臺
　　　北：中央研究院、聯經，2009 年）、林麗月〈從性別發現傳統：明代婦女史研
　　　究的反思〉（《近代中國婦女史研究》13 期，2005 年 12 月）、胡曉眞〈最近西
　　　方漢學界婦女文學史研究之評介〉（《近代中國婦女史研究》2 期，1994 年 6
　　　月）、王德威〈女性主義與西方漢學研究：從明清到當代的一些例證〉（《近代
　　　中國婦女史研究》3 期，1995 年 8 月）等與相關書評。游鑑明〈是補充歷史
　　　抑或改寫歷史？近二十五年來台灣地區的近代中國與台灣婦女史研究〉（《近
　　　代中國婦女史研究》13 期，2005 年 12 月）。
〔註27〕黃莘瑜一文爲其學位論文，文中以「湯顯祖的江右情懷」、「湯顯祖追求自主
　　　的脈絡」、「湯顯祖之自我與世界關係的轉折」、「湯顯祖詩文中的萬曆二十六
　　　年至二十九年」、「湯顯祖《紫釵記》及其對壟斷的關注」、「『情』在湯顯祖書
　　　寫脈絡中的意義」、「『人情之大竇』的多重演示」、「荒園、湖山石、戲神、宜
　　　伶」數題證成。
〔註28〕如閔福德稱之：「中西綿延兩百多年的兩大批評傳統在此合流，中西兩種思維
　　　最細膩的經緯在此綿密織就，形成井然有序的論述網絡。」「我們手捧《重讀

相對性未必能使閱讀穩定，對號索隱的史學研究甚至具有導致自我作繭的危險，這種曹學追隨顯然忽略了「《紅樓夢》最顯著的特色」，因此選擇「對文本修辭的回應」，著力於《紅樓夢》的文本歷史研究，強調作者的創作意圖，從而提示某種閱讀角度，亟欲在史學之外，給予《紅樓夢》另一種閱讀方式與視野，因此命爲「重讀」。譬如從文本閱讀而言，他並不處理誰是賈寶玉的原型等的問題，而是以「青梗（埂）峰上的頑石正是《紅樓夢》象徵結構的樞紐總綱」而展開對《紅樓夢》情欲與虛構的閱讀。﹝註29﹞其中論點如「情」，《紅樓夢》談情，每每反出傳統；太虛幻境中金陵十二釵冊「薄命司」等女殿，顯然也觀察到作家對於女性身心境況的焦慮等，多所啓發。

　　以婦女研究而言，最富代表性爲高彥頤《閨塾師——明末清初江南的才女文化》（2005）與曼素恩《蘭閨寶錄——晚明至盛清時的中國婦女》（2005）二書，前者展示晚明時期，菁英婦女在經濟無虞、男性支持下，閱讀寫作，並透過城市化、商業化與進步的印刷業而紀錄自己聲音的努力，出版詩詞戲曲作品，從家族親朋的人際擴展到公眾社交，不斷表達觀點。後者結合史學與其他學科，從政策、經濟、社會、女性心理等觀察婦女活動的實況與變化。二書力圖以史學觀點，引用文學材料，從性別、家居、空間、活動、教育、生產、工作、娛樂、宗教與纏足等外在客觀社會架構與實況中，提示十七、十八世紀社會、政治、經濟劇變轉折時期，中國婦女意識發展的嘗試、可能性，與婦女在文學、社會上的實踐，曼素恩同時提出「晚明」與「盛清」兩

石頭記》，一頁頁翻閱之際，永遠不能預知下一頁要與我們照面的究係何人——是孟子，還是聖·奧斯丁（St. Augustine）？是湯顯祖，還是但丁？是李贄，還是呂刻？是王國維，還是達茲（E. R Dodds）？是孔老夫子，還是索福克利斯（Sophocles）？是朱熹，還是德希達（Derrida）？是脂硯齋，還是羅蘭·巴特（Roland Barthes）？」康師來新則認爲此書「不無發揚王國維先知篇的續修意味」。參見閔福德著、余淑慧譯〈閱讀與重讀的閱讀——總評《重讀石頭記》〉，《中國文哲研究通訊》15：4，2005年12月，「余國藩教授榮退專輯」。

﹝註29﹞ 以上整理自學者對余國藩此書之之分篇逐論，分別是李奭學〈前言：《紅樓夢》與《西遊記》〉，張漢良〈閱讀寓言——評《重讀石頭記》第一章〈閱讀〉〉，鍾采鈞〈也談儒家的情欲觀——評《重讀石頭記》第二章〈情欲〉〉，康士林著、謝惠英譯〈小說佛門——評《重讀石頭記》第三章〈石頭〉〉，歐麗娟〈文學閱讀中情欲主體的建構——評《重讀石頭記》第四章〈文學〉〉，康師來新〈淚眼先知——評《重讀石頭記》第五章〈悲劇〉〉，閔福德著、余淑慧譯〈閱讀與重讀的閱讀——總評《重讀石頭記》〉數文，可參中研院文哲所《中國文哲研究通訊》15：4，2005年12月，「余國藩教授榮退專輯」。

個時期，社會文化不盡然相同，思想面向自是有異。〔註 30〕對於明清婦女因為性別差異而產生的生活面貌、內心世界、空間經驗與文學活動，提供一個趨於眞實的紀錄。〔註 31〕

　　明清戲曲研究以中研院文哲所研究成果豐碩，從 1997 年「明清戲曲國際研討會」與《明清戲曲國際研討會論文集》同時關涉到婦女劇作、個別作家作品、戲曲審美等的研究，〔註 32〕學者個別研究成果，如華瑋《明清婦女之戲曲創作與批評》、王璦玲《晚明清初戲曲之審美構思與其藝術呈現》等。至於湯顯祖與《牡丹亭》的，2005 年《湯顯祖與牡丹亭》爲 2004 年「湯顯祖與牡丹亭國際學術研討會」的集結成果，因此開展了「湯學」與明清至現代之戲曲、文學，與文化、藝術的研究。〔註 33〕一方面同時觸及男性與女性劇作家與戲曲創作、評論的研究，另一方面就劇作或評作文本研究思想與審美意義，特別是女性作家或女性角色被提出，明清戲曲主情的思想內涵與文本實踐之間的關係、性別觀點與文本意義，有著比以往全面而系統的展現。

　　同樣研究明清婦女，專就「女性彈詞小說」的，胡曉眞《才女徹夜未

〔註 30〕明清研究如文學思想研究、作家作品研究、戲曲小說研究、婦女或女性研究，新近熱門的非社會物質研究莫屬，中研院「明清的城市文化與生活」專題計畫已有豐富成果，2003 年中研院史語所、國立故宮博物院合辦「過眼繁華：明清江南的生活與文化國際學術研討會」等。關於社會物質研究，可參李孝悌編《中國的城市生活》（臺北：聯經，2005 年）、李孝悌《戀戀紅塵：中國的城市、欲望與生活》（臺北：一方，2002 年），巫仁恕《奢侈的女人：明清時期江南婦女的消費文化》（臺北：三民，2005 年）、巫仁恕《品味奢華：晚明的消費社會與士大夫》（臺北：中研院、聯經，2007 年）等。

〔註 31〕可參胡曉眞〈藝文生命與身體政治——清代婦女文學史研究趨勢與展之探析〉，《近代中國婦女史研究》2 期，1994 年 6 月，頁 271～289。

〔註 32〕可參王璦玲〈中研院文哲所與『明清戲曲』研究〉一文（《漢學研究通訊》20：2：78，2001 年 5 月，頁 35～43）。

〔註 33〕可參華瑋編《湯顯祖與牡丹亭》（臺北：中研院文哲所，2005 年），論文主題分五類：一、湯顯祖及其文藝思想；二、《牡丹亭》論析；三、《牡丹亭》評點；四、《牡丹亭》的回響；五、《牡丹亭》與劇場藝術。編者評論會議的學術成果與意義：「既有針對長久以來莫衷一是的戲曲史爭議的重新思考，也深度闡發了一直以來少有人論及的材料與議題；對於湯顯祖的交遊、思想、劇論，與《牡丹亭》各方面，皆有創發新見，不僅呈現出當今國際學界戲曲研究的多元面向，而且進一步開展了『湯學』與明清至現代之戲曲、文學，與文化、藝術的研究。」（〈導言〉）。2004 年「青春版牡丹亭」巡演盛事，書面成果可參白先勇策畫、盧煒等作《曲高和眾：青春版《牡丹亭》的文化現象》（臺北：天下遠見，2005 年）、白先勇編《姹紫嫣紅《牡丹亭》：四百年青春之夢》（臺北：遠流，2004 年）。

眠：近代中國女性敘事文學的興起》（2003）一書，在明清才女文化被研究的同時，胡氏此書藉由女性文藝創作的眞實活動，如吟詠創作、閱讀交流、結社討論、以書謀生而積極參與文化活動，以致於產出眞實的文本創作以流傳、出版，在在顯示閨秀在中國清代文學史中的主動性。其中〈秘密花園——女作家的幽閉空間與心靈活動〉一文，提出女性的幽閉經驗，女性作家一方面以「閒」與「無聊」自我定義，又或可「借勢爲自己開拓一個私密的空間，發展自由的心靈活動」，成爲創作與公開追求成就的動力；此一對「閨閣」空間經驗的想像而構成的女性空間意義，與張淑香〈杜麗娘在花園——一個時間的地點〉一文，以「花園」是杜麗娘「完成自我靈魂內在成長的地方」，〔註34〕從閨閣到花園的女性空間，空間的經驗與意義使女性空間的觀察更有意味。

　　從群體普世價值的揭示與強調而言，明清戲曲也出現許多與才子佳人小說同質的訴求，在研究上，可爲參照，因此對於才子佳人文類研究的成果應當提出，其中李志宏《明末清初才子佳人小說敘事研究》（2008）一書甚具代表性。本書長篇累牘，繁複論證，作者自謂立足文化詩學建構的理念，探究才子佳人之文學或文化現象，進而融通當代西方文藝批評。本文提出才子佳人風行之背後文化心理，其實源自「食色」的這種「集體無意識」且復爲人類生命永世追求的價值，自不能以其程式化書寫而忽略其深意，從而改從「小說敘述建構」重新解讀此文類中作家的自我意識與大眾文化心理訴求的謀合，以建立才子佳人小說在文學史或文體創造上的價值。

　　植基以上前賢對「情」或「女性」或多或少的關涉與論述，本文將「情」與「女性」並置爲《牡丹亭》與《紅樓夢》文本「關懷」的重點，希望深化明清男性文本的終極關注處。〔註35〕

〔註34〕該文收入華瑋編《湯顯祖與牡丹亭》（臺北：中研院文哲所，2005 年），頁 259～288。

〔註35〕至於助益本文觀念與資料上的名家與大作，僅就部份明清史學、文學、哲學、社會、婦女等研究均盛名卓然者，如徐朔方之於湯顯祖身世、戲曲，華瑋、王璦玲、胡曉眞、熊秉眞、鍾慧玲、之於明清婦女文學、情理觀，安碧蓮、費絲言、衣若蘭之於貞節觀、節烈事蹟，康正果、孫康宜之性別才學，張壽安之哲學思潮，不一一臚列。明清才女的研究蔚然成風，男性、女性學者兼而有之，除上述，還有許多，如魏愛蓮、高彥頤、劉詠聰等。此外，近二十年來，明清婦女的研究是「美國學術界的顯學」（胡曉眞語）。臺灣以中央研究院文哲所爲龍頭，特別是「明清戲曲主題」、「明清文學經典之建構、傳播

二、研究方法

（一）整合與重讀

本文研究文本，嘗試將文本與性別、關懷倫理學作某種程度的學科整合，文學研究是一種分解與辨析的工作，「可用多種方式處理，可以同多個學科整合」而產生多元論述，擴大文本解讀的更多義的可能性，〔註 36〕延伸豐富而共存的意義；因此與其視理論為理論，不如說是一種「批評方法」、「思維方法」或「閱讀模式」，同時這種方法或方式也不必然視為某種特定主義或主義的實踐。〔註 37〕因此本文便是以「性別理論」或「關懷倫理學」觀點的方法「重讀」文本，特別針對男性筆下的女性形象的剖析。〔註 38〕有趣的是關懷倫理學也是出自女性主義，以性別主義、關懷倫理學作為一種對男性文本的批評方法，牽涉到的應不只是性別的問題，而是學派主張的問題，由於「關懷」是本文主題，將放在下一節討論。

女性主義志在「為除去性別不平等的努力」，學者指出「女性主義文學批評」與「女性文學批評」的差異在於：相對於「女性主義文學批評」反對男性中心的訴求，「女性文學批評」有較大的容納，一是對女性創作的作品與女讀者的評論或研究，二是評論或研究男性創作的女性形象，女性與文學、文學中的女性均屬此，〔註 39〕本文偏向後者。事實上，學者認為以性別研究增強學術研究的跨學科性質的新視角，可以使兩性容納更寬廣的理解，從而重

與轉化」等計畫，也舉辦如「世變與維新──晚明與晚清的文學藝術」、「明清文學與思想中之主體意識與社會」、「湯顯祖與《牡丹亭》」等學術會議。至於期刊論文，多則不列。

〔註 36〕參見黃繼持〈關於「中國現代文學研究」的一二省思〉，收入香港中文大學中國語言及文學系《中國現代文學論集──研究方法與評價》（香港：中文大學，1999 年），頁 10，所謂：「研究者不妨把內含的、潛藏的、或被壓抑的藝術因素抉發出來。」

〔註 37〕王德威同時認為當女性主義批評在西方對文學閱讀與寫作的方法產生典範式的改變，參見王德威〈女性主義與西方漢學研究：從明清到當代的一些例證〉一文，刊於《近代中國婦女史研究》3 期，1995 年 8 月。

〔註 38〕陳順馨〈論述中的「女性寫作」──女性主義批評在九十年代中國大陸的實踐述評〉：強調女性主義文學是一種方法，並提出其「可操作性」，其將女性主義文學批評的實踐分為三方面，其中之一便是「文本的重讀」。陳順馨文收入香港中文大學中國語言及文學系《中國現代文學論集──研究方法與評價》（香港：中文大學，1999 年），頁 161〜162。

〔註 39〕參見林樹明《多維視野中女性主義文學批評》，〈第一章探源：西方女性主義文學批評的興起與發展〉（北京：中國社科，2004 年），頁 45〜46。

構知識。〔註40〕

（二）分析與比較

　　本文主要是分析與比較法，先個別分析《牡丹亭》、《紅樓夢》「情」書寫與「女性」書寫的層次，再比較二者在「情」書寫與「女性」書寫，並及活動空間的對照與承續。二者以「情」命書，如杜麗娘之情、賈寶玉之情各自承載了作家的經歷與身份、代言的成份與層次，杜麗娘與柳夢梅之情、賈寶玉與林黛玉之情的背景、結局與運作過程，杜麗娘、林黛玉等女性的經驗與活動、空間與才藝，文本由是尊重或弘揚女性的意識。文本分析是批評的一種詮釋策略，〔註41〕為研究之基礎路徑，本文試著就文本意義與美學精神，爬梳其中的趨勢聯繫、細部構築與意象典故的使用，以整理出文本或作家對自身、兩性關係與女性意識的敏感程度。抉選其主要論點，佐以相關領域之必要資料、研究成果，解讀、匯通與評論，試圖在大視野的事件中看出涵義，以避免搜刮太多失之單調、籠統的意見，〔註42〕以獲致本文問題提出的答案。以文本說之，避免失真或冒險。至於徵引典籍或學者意見，也純粹藉以釐清觀念、提供解釋之用。也為了避免文本孤立的誤讀，也將兼及文化的閱讀，

〔註40〕孫康宜認為：「透過性別含義的稜鏡，在重構既有知識之同時，也可對它做出重新闡釋，這正是性別研究的治學之道，即使把它置之傳統學術的領域，其應用也是很有效果的。」且謂這種方法即是曼素恩所謂「拿新眼光看熟面孔」（defamiliarizing the familiar）者，同時「性別理論已對漢學研究產生了莫大的影響，實際上已使沿襲下來的文本解讀方式受到了挑戰。」參見孫康宜〈西方性別理論在漢學研究中的運用和創新〉，《臺大歷史學報》28期，2001年12月，頁157～174。亦即林麗月所謂「從性別發現傳統」，參見林麗月〈從性別發現傳統：明代婦女史研究的反思〉（《近代中國婦女史研究》13期，2005年12月）。

〔註41〕張小虹認為作品分析是女性主義批評另一種詮釋策略，文化人類學家紀爾茲（Clifford Geertz，1926～2006）稱之「厚度描述」（thick description），認為必須能「找出意義符徵的結構：決定他們的社會基礎與輸入模式。」而真正屬於女性寫作的「厚度」描述，必須在組成作品意義的眾多階層中，強調出性徵與女性文學傳統。參見張小虹〈荒野中的女性主義批評〉（《中外文學》14：10，1986年3月），頁77～114。

〔註42〕龔鵬程認為晚明係屬重大變動的時代，但多數研究的理解是有問題的，例如所謂：「晚明社會上瀰漫著反傳統、反禮教、反權威的思潮，注重個體生命，肯定情慾、強調儒學應落實於現實生活；而造成這種思想的，則是整個社會的資產階級意識勃興、資本主義萌芽、王陽明學說之流行等等。」其書論述甚詳，《晚明思潮》（宜蘭：佛光人社，2001年），此文引自該書〈再版序〉，頁1。

說明文本的意義與脈絡,將文本放置在文化脈絡中來談,「文化脈絡──基本上應包括作品本身──創造出讀者從中所『發現』的價值」,〔註43〕佐以作家的身家經驗、思想衍成、社會生活、創作意圖與讀眾接受的感知等等,是而形成的一代風尚。

第三節　研究範圍與架構

　　《牡丹亭》以湯顯祖「情眞」、「情至」爲思想基礎,加以情與理的衝突與調和的設計,借杜麗娘鋪陳;《紅樓夢》則以「情」證「悟」,借寶黛之情、寶玉悟情。因此本文以《牡丹亭》與《紅樓夢》二部男性文本爲材料,以一個主題「關懷」構題,以「情」、「女性」書寫兩個面向爲討論內容。一方面從文本或作家的「關懷」意圖與角度,聯繫並涵蓋文本中作家複雜的意識、焦慮、欲望與理想,整理其在「情」與「女性」書寫上的呈顯樣貌;另一方面則從文本中「情」與「女性」書寫以定位文本在過去與現代的意義與價值。

一、材料──創造性經典的男性文本

　　學界研究中國明清女性多入手女性作家與文本,並不足奇;但換一角度來看,中國婦女史的研究材料向來以男性書寫女性爲主,涉及兩性互動的家族與婚姻的性別或女性研究,留下文獻的多出自男性,因此討論女性,勢必牽涉到男性觀察,此男性觀察,或是裁判女性以作爲教化象徵,或呈現男性理解世界的模型。〔註44〕此外,作爲婦女研究的材料,男性作家或文本立場、與女性作家或文本立場未必存在著對立矛盾的關係,因此,男性文本一樣值得被提出來。研究明清「情」書寫或「女性」書寫,必須關注《牡丹亭》與《紅樓夢》,其經典的典範性地位乃爲確認,〔註45〕有「創造性少數」

〔註43〕引自陳東榮、陳長房編《典律與文學教學──第十六屆全國比較文學會論文選集》,〈典律學文學教學〉一文(臺北:比較文學學會,1995年),頁 vii。
〔註44〕參見李貞德編《中國史新論──性別史分冊》,〈導言〉(臺北:中研院文哲所、聯經,2009年),頁8。
〔註45〕此引余英時〈近代紅學的發展與紅學革命〉,其以西方科學史觀念說明紅學研究典範,所謂「典範」是:「思想系統及其承先啟後,引起重大影響或突出表現危機導向革命;新的『典範』這時就要應運而生,代替舊的『典範』而成爲下一階段科學研究的楷模了。」語見《紅樓夢的兩個世界》(臺北:聯經,

示範與創造性的關鍵意義在。同時，《牡丹亭》文本深受作家湯顯祖性情遭遇的影響與寄託，作家事蹟歷歷，足爲之檢視其思想與文本之間的互動，《牡丹亭》又爲其鉅著，因此討論《牡丹亭》的關懷思想，必須借重湯顯祖詩文等作品；至於《紅樓夢》的版本與著作權由於流傳多舛而多懸案，學界目前仍多公斷曹雪芹爲前八十回本作者，認爲主要情節多半在前八十回完足，與程高百廿回本的後四十回有區別，筆者取材側重在《紅樓夢》曹雪芹所作的前八十回本與脂硯齋等批語，因此，文中敘述《紅樓夢》作家時稱曹雪芹，作爲稱呼之便。此外，曹雪芹其事蹟不若湯顯祖清晰，若干生平或聲稱爲曹氏文獻的，學界尚且存疑，而《紅樓夢》文本豐富，雖勢必側重作品本身，而仍宜視《紅樓夢》文本足以代言作家「內在情志」。若改從作家來看湯顯祖、曹雪芹而言，從正史、方志、譜牒或傳記資料了解湯顯祖，或從《紅樓夢》觀看曹雪芹，二人無疑是明、清兩代文化思想領域中，風韻卓絕的文化人。本文所選《牡丹亭》以湯顯祖原著，明代懷德堂出版《重鐫繡像牡丹亭還魂記》，徐朔方、楊笑梅校注爲本，書屬臺北里仁書局版本；《紅樓夢》則以程偉元（約 1745～1818）乾隆壬子（1792）「程乙本」，曹雪芹與高鶚（約 1738～約 1815）原著，啓功等校注爲本，書亦屬臺北里仁書局，均爲學界公認。〔註46〕

二、背景──「情」與「女性」書寫與晚明

　　「情」書寫與「女性」書寫的盛況與晚明及其之前的思想、社會實況密切相關，因此，關於此二者書寫的背景有述明的必要，亦即述明文本關懷的植基處。

　　「情」是中國思想與文學領域中一個極其重要的概念，同時歷代多有討論與界定。學者往往簡化晚明新「情觀」是出自對於儒學「以理殺人」、「禮

1987 年），頁 1～39。《紅樓夢》較《牡丹亭》具有典範性，《牡丹亭》爲經典無疑。

〔註46〕關於臺北里仁書局《牡丹亭》與《紅樓夢》版本，《牡丹亭》一書，湯顯祖原著，徐朔方、楊笑梅校注《牡丹亭》，係以明代懷德堂《重鐫繡像牡丹亭還魂記》爲底本，該版本爲爲歙縣朱元鎮校本，也是現有版本經校勘後之最接近原本者，通行之光緒同文書局印本亦本於此。《紅樓夢》版本採以目前最通行之百廿回本，以程偉元乾隆壬子（1792）「程乙本」爲底本，並參對王希廉道光三年（1832）「評刻本」、「金玉緣本」、「藤花榭本」、「本衙藏板」、「程甲本」、脂硯齋乾隆二十五年（1760）「庚辰本」等。

教吃人」的反省，或「反封建禮教」，或「倫理殘酷」等的背景，但筆者以為：晚明新「情觀」的思想背景應當還有更緊要關頭處，如果另有主因，便不宜逕謂儒學之罪，避免失焦而過於絕對化。以關懷談「情觀」，著重在「情」的正面意義，特別是晚明尊情之情，對應晚明劇變又特殊的文化情境，言情觀從李贄「童心」說發軔，經過公安派三袁提出性靈文學主張，湯顯祖、馮夢龍在戲曲小說的實踐，提煉出「情至」、「情眞」、「情教」等「情為理之維」等主情美學觀點以後，直到清代，其理論內涵仍持續變化與發展。李贄的「童心」、湯顯祖的情理對立與情理統一，〔註 47〕馮夢龍的情眞、「情教」等角度開展對「情」的觀照，形成尊情的文化思潮、「以情抗理」的主軸課題。是以與新「情觀」相關的歷來討論，特別是晚明作家或思想家的看法應當先整理並釐清之。

　　正史中，比起男性篇幅，女性要不就是一部部悲壯的「列女傳」，否則罕見女性芳蹤；「列女」演變成「烈女」，歷史成為產生並制約女性機制的主力，於是，明清女性的反應與表現、同時期男性預告式的同情意見、女性的丰采文采等，反倒出現在男性文本中。形成女性制約的如貞節機制、女教教育與禁毀政策等以政為教的措施要先討論；其次，明清兩性對前述制約的反應，如貞節服從、產生新情色觀，甚至如青樓娼妓等的情色觀點；再者，女性表現為貞、節、烈的風氣趨盛，或女詩人詞人、女性閱眾者、女性評批、精英女性、女性出版等，甚至得到男性支援，也是晚明以後女性的驚人表現，才子佳人戲曲小說延續尊情、言情的餘波，使天賦人性與性別平等等觀念二者的結合重新得到頗多實踐。從這個角度看，戲曲小說的文體類型與才子佳人的文學類型，對於啓迪開展天賦人性與性別平等等觀念相當重要。個性性情、女性才情或情欲自主一再體現在文本中，足以說明才子佳人戲曲小說作家借其性別觀點寄寓個人之思，又同時發言了人類企慕的普世價值，形成深具前瞻意義的文化思潮，由此看來，晚明以來的尊情觀、戲曲小說與才子佳人情感模式的交互結合，人性的躍動，建構成中國近代啓蒙極其重要的幾個質素，以此言《牡丹亭》與《紅樓夢》的「情」與「女性」書寫，別具深意。

〔註 47〕 參見華瑋〈世間只有情難訴——試論湯顯祖的情觀與他劇作的關係〉（《大陸雜誌》86：6，1993 年 6 月），頁 32～40。

三、探究——《牡丹亭》與《紅樓夢》的文本意義

　　《牡丹亭》與《紅樓夢》如何闡釋「情」的意義與層次，是本文要討論的重點。《牡丹亭》劇中人物與情節特別深感女性之心，女性閱讀群或醉或痴，自擬阿麗，這種盛況也出現在《紅樓夢》的女性閱群反應上，這種轟傳的閱讀現象必然並非單純之文藝感染，應當與其當時真實兩性文化密切相關。「以情抗理」的主軸不斷在明清之際許多才子佳人戲曲小說作品中得到推衍流播，以「情書」定位此二文本，為學界共識，〔註48〕或說《紅樓夢》繼承《牡丹亭》的「情」書寫，似乎「情」為同一物，實則不只如此。《牡丹亭》戲曲展演，轉達其對情的追尋與對女性處境的諒解，給予愛情最高的禮讚，因為愛情超越了自然與人為的拘限，「超越生死，衝破禮教，感動冥府、朝廷，得到最後勝利」，〔註49〕可見當時人心以「才子佳人配合是千古風流美事」為信仰，使得才子佳人戲曲小說在適俗創作上一以填補現實生活的缺憾，更以此書寫滿足人們無從實現的感情遊歷，〔註50〕遇合團圓的情節令人興奮昂揚；反觀《紅樓夢》由盛而衰，落了片白茫茫大地真乾淨，人間蒼茫離散。此外，《牡丹亭》杜麗娘、柳夢梅與《紅樓夢》賈寶玉、林黛玉成為以「情」為身分標誌，既超越時代、又精神氣脈相傳之美學典範，研究其文學與思想的豐厚蘊涵，不僅展示文本與作家的關懷，更像是預示新社會的演變與進展。

　　因此本文將先說明中國歷來「情」論與「婦女」史況，以研究《牡丹亭》與《紅樓夢》兩部男性文本：

　　（一）文本透露作家「情」思想主軸之「內在情志」，與其際遇思路歷程的關係。（二）二文本之間，言情之動機或目的，體現「情」之相似、反差與

〔註48〕如陳萬益〈馮夢龍「情教說」試論〉（《漢學研究》6：6，1988年6月）、張璉〈《三言》中婦女形象與馮夢龍的情教觀〉（《漢學研究》11：2，1993年12月）、胡萬川〈從馮夢龍編輯舊作的態度談所謂宋代話本〉（《古典文學》二，臺北：臺灣學生，1980年）等文。同時曹雪芹之繼承多元，高淮生、李春強〈二十年來曹雪芹藝術創作研究述評〉（《紅樓夢學刊》2004：3），文中整理曹雪芹繼承之傳統文化，除了李贄湯顯祖唐寅之「情」，還有莊子、屈原、司馬遷、阮籍、嵇康、陶淵明、王維、杜甫、李賀、李商隱、蘇軾、王夫之、葉燮、納蘭性德等人。

〔註49〕參見白先勇〈牡丹亭上三生路——製作「青春版」的來龍去脈〉，收入白先勇編《姹紫嫣紅《牡丹亭》：四百年青春之夢》（臺北：遠流，2004年），頁96。

〔註50〕可參王晶《西方通俗小說：類型與價值》（昆明：雲南人民，2002年），頁143。

層次。（三）二文本之間，柳夢梅、賈寶玉與杜麗娘、林黛玉「理想情人」之相承轉化。（四）二文本之間，從杜麗娘到林黛玉、王熙鳳、賈探春等女性處境、才藝、分職與空間等轉變或擴充。（五）二文本之婦女意識與性別關懷的提示。文分數章，各章要旨如下：

第一章：揭明研究動機、範圍、方法與題旨，特別從「情」與「女性」的歷來討論說明作家「關懷」的心理基礎，包含「情」、「女性」在中國思想長期討論或型塑，如儒學或政教、政策對於「情」與「女性」書寫的影響，晚明「情」與「女性」書寫的思想背景，「情」的正面看法，與「女性」的制約、反應、表現。

第二章：討論《牡丹亭》的「情」與「女性」之書寫與關懷，包含湯顯祖際遇與其「為情作使」之生命志願的轉向與貞定，《牡丹亭》「情」主題之內涵與層次，杜麗娘與柳夢梅「情真」之歷程與美學意義。

第三章：討論《紅樓夢》的「情」與「女性」之書寫與關懷，包含文本中作家曹雪芹「大旨談情」的訴求，《紅樓夢》「情」主題之內涵與層次；賈寶玉、林黛玉「情盟」歷程與美學意義；林黛玉、王熙鳳、賈探春等女性才藝之意義。

第四章：比較二部文本，包含文本繼承，「情」與「女性」關懷意義與差異、轉化與對照，如「情」、「理想情人」，「理想女性」與女性空間轉變的意義。

第五章：歸結《牡丹亭》與《紅樓夢》男性文本，其對自身與女性關懷之價值與在現代的意義。

第四節　題旨與背景

本文題目包含三個元素，即「關懷」、「情」、「女性」。「關懷」雖是日常泛稱之詞，但以研究而言，應當先予界定；情意與性別二者，在明清儒學與關懷倫理學都被討論，從道德哲學的特質與學說的核心概念來看，儒家「仁」與關懷倫理學的「關懷」兩個概念可互相會通與徵驗，〔註51〕因此解釋「關

〔註51〕關於女性主義關懷倫理學一稱「關愛倫理學」（ethics of care），本文主要參考《不同的聲音——心理學理論與婦女發展》，〔美〕卡羅爾‧吉利根（Gilligan, C.）著、肖巍譯（北京：中央編譯，1998 年），李晨陽〈道德論：儒家的仁學和女性主義哲學的關愛〉（收入李晨陽《多元世界中的儒家》，臺北：五南，

懷」時，將借中國儒學的「仁」觀念，特別是孔子學說的部份；加以西方二
十世紀倫理學之新典範的「女性主義關懷倫理學」的論點來協助說明。其次，
「情」一直是中國思想與文學論述上一個聚義紛雜的概念，直到明清時期才
明顯產生若干共識，並且形成晚明主要思潮「情觀」，因此將先說明關於「情」
的正面論述，特別是明清的部份。再者，「女性」在本文中除了是性別論述之
外，更重要的是與女性相關的歷史或道德論述，女性境遇僵滯或變化往往與
時代風習機制息息相關，明清時期有明顯的新發展，因此歷來政教風習機制
對女性的制約、女性的反應與女性的表現，也要列節說明，若干男性如歸有
光、李贄等對女性的同情之聲也一併談入。「情」與「女性」將著重談明清部
份，本節之釋題，對史學背景、歷史事件的交代，以引起以下各章，避免屆
時有話說回頭的困擾，關涉的理論、背景、事件，將盡可能觀照全面而簡賅
論述，以免奪主。

一、「關懷」

　　「關懷」意指視人如己，因為視人如己，因此可以感同身受、身歷其
境。人類群體相互依存的關係構成人際，因「關懷」而促進關係密切。孔子
言：「己欲立而立人，己欲達而達人」，值得推己及人是因為他人之存在本質
與我之存在本質一樣重要，因此人我關係便建立在彼此的相對性上，由此孔
子才能說：「君君，臣臣；父父，子子」，強調人我之間的互重互惠，1982 年
卡羅爾‧吉利根（Gilligan, C.，1936～）以《不同的聲音：心理學理論與婦女
發展》（"*In a Different Voice: Psychological Theory and Women's Development*"）
開啟以「關懷」為主導之倫理學，以「關懷」為女性之聲，而異於男性的「正
義」之聲。主要質疑在於「道德不應以性別來劃歸或區分」，而認為由於女性
道德經驗與生命情感，使其道德意識與取向來自「關懷」，她反對郭爾堡
（Lawrence Kohlberg，1927～1987）以「男性正義」為道德理論而逕視女性道
德乃屬不成熟之落後者的意見，因此改以女性母胎的為難情境而獲致女性道
德意識的特質不出於「正義」的男性特質，而來自於「關懷」的女性特質且
絕非弱質的結論；〔註52〕又視人際為一種依賴的「關係」，因此強調「關懷」

　　2006 年，頁 85～113），方志華〈女性主義關懷倫理學對西方道德哲學進路的
　　省思〉（《鵝湖》26：4＝304，2000 年 10 月）等文章，與肖巍〈作為一種學術
　　視角的女性主義〉（http:big5.china.com.cn/chinese/zhuanti/xxsb/908330.htm）。
〔註52〕卡羅爾‧吉利根（Gilligan, C.）稱此發現為「不同的聲音」，表示女性和男性

在「關係」中的重要性；最後提出「關懷」乃為淑世的方式。後繼者奈兒・諾丁斯（Nel Noddings，1929～）則提出「關係」為人存在的基礎，而「關懷之情」就是人的道德基礎；一方面人脫離不了關係，人與他人勢必產生關係，彼此影響生存；另一方面則因為人必須被關懷，即使「關懷」是來自女性，人人仍該具備「關懷」道德意識與實踐能力，女性繼續維持，男性則理當學習。

　　「關懷」是關懷倫理學者的動機與目的，關懷倫理學雖然始自女性，學者卻不自限獨霸，是一個很不激烈的女性主義者，其訴求，「關懷」既然是人類道德之源，便希望借關懷以和平改善社會，「關懷」因此趨於中性而無性別之分；循此，「關懷」超越性別而成為普遍的道德特質。這一點與儒學「仁」說甚可勾聯：孔子言「仁者人也」、「我欲仁，斯仁至矣」，是肯定人性中具備道德實踐的趨動力，仁為人的美德與原則，乃我主體之主動性，行為的動能在於自己。而孟子言「親親而仁民，仁民而愛物」，在對象上，從「親」，而「民」、而「物」；至於「親」、「仁」、「愛」的心理動態來自於天生賦具的「不忍人之心」，「親」、「仁」、「愛」或「不忍」是「關懷」的另一種說法。這些強調「為仁由己」的論述旨在強調人性主體自覺的本然性與能動性，並不區隔性別；亦即道德與性別無關，自然也無所謂男性品德或女性品德的問題，〔註53〕包括情欲的討論，儒家經典《禮記》謂：「飲食男女，人之大欲存焉」，食色一樣是人性初始之質，這樣一來，道德的主體性與情欲的主體性便都是人性對生命的覺動，不必以性別區別。

　　正如關懷倫理學關心的人際網絡一樣，君君臣臣、父父子子，指涉的是孔子對以政治客觀身分與親族血緣關係而歸納的兩種人際關係型態，同時賢君忠臣、父慈子孝在身分與道德期望上要彼此相等，這種關係的穩定性有賴於彼此對等的付出。中國儒學文化將自己與他人的關係歸約為五倫，本來這種以倫理為關係的意識型態也只顯示人際類型而已，然而倫理的片面道德規

的道德認知本有不同，不可厚此薄彼。女性重視的是「人──我」關係中的關懷關係、責任、與承諾，因此道德的發展導向有利己、利他、人我兼顧的三階段。

〔註53〕十八世紀法國啓蒙思想家盧梭（Jean-Jacques Rousseau，1712～1778）認為儘管男性女性均具有人類特點，但同時性別有道德屬性的差異，即男性美德為自主、自決、堅忍與獨立，女性美德則以婚姻界定，要學習服從、溫順、謙卑與貞潔。

範，包括性別關係，從家庭結構到政治結構，是漢代「儒家法家化」的結果，三綱的身分、關係、權利義務，乃至於上下尊卑，無一不納，導致關係不對等，這種「集體的真理」，在中國規矩沉穩地進行很長的歷史。〔註54〕尊卑是人為的政治關係、血緣關係與性別關係的標準，平等尊重的、相互依存的「關懷」於此逐漸被忽視。

　　從「關懷」這個視角來看明清之際對「自我主體性」與對「女性之自我主體性」的重尋，正足見當時缺乏關懷以致「倫理異化」、面臨「臨界情境」的焦慮，〔註55〕焦慮既出現在知識份子對自己生命出路的遲疑，也出現在女性單調禁閉或貞節壯烈的絕路中。作家投射自我在作品中，借女性以表出作家一個更原始的焦慮或期待，這個更原始的焦慮或期待是隱在假借女性以言之內的，即晚明以至清初，尊情觀或新情觀中看重人的「主體意識」，主體意識按照中國儒學「人皆有之」的人性平等觀而言，人性無別，「別」意謂男女貴賤尊卑等的區別，人性若無分男女，則「主體意識」自然也是「人皆有之」的，因此男性文本創作故事中的女性形象，不僅呈現作家的女性觀點，更同

〔註54〕 中國傳統思想多略個人人格，而看重由人際關係所形塑的社會關係，如張東蓀（1886～1973）言：「中國沒有『人格』觀念，但卻有『人倫』觀念」，二者相似在於講「社會關係」，君臣婦子兄弟夫婦朋友各表在社會關係中的「地位」，有關係，方有地位，「社會關係」因之形成。且中國傳統思想並不承認個體的獨立性，個人所以存在自必追溯到其父母，個人是「依存者」（dependent being），「不是指其生存必須倚靠於他人而言，乃是說其生活在世必須盡一種責任，即無異為了這個責任而生。質言之，即人無不是由父母而生，則人對於父母不僅是報德而已，並且就等於父母本身之延長。所以必須繼其業。於是一轉即不啻為了父母而始有我。因我之生出是由於父母，故我必為了父母而始存在。」順此傳統而下，則更可見：「中國的社會組織是一個大家庭而套著多層的無數小家庭。可以說是一個『家庭底層系』（a hierarchical system of families）。所謂君就是一國之父，臣就是國君之子。在這樣層系組織的社會中，沒有『個人』觀念。所有的人不是父，即是子。不是君，就是臣。不是夫，就是妻。不是兄，就是弟。中國的五倫就是中國社會組織，離了五倫別無社會。把個人編入這樣的層系組織中，使其居於一定的地位，然後課以那個地位所應盡的責任。」當個人進入人倫，即各司其職，甚至認為唯有五倫才形成人群。張東蓀語見於《理性與民主》（臺北：廬山，1974年），〈第三章人性與人格〉，頁47～82。周志文〈散文的解放與生活的解脫——論晚明小品的自由精神〉亦論此，可參，此文收入周志文《晚明學術與知識分子論叢》（臺北：大安，1999年），頁221～239。

〔註55〕 學者以「殘害婦女的節烈、納妾以及吃人忠孝觀」說明「倫理異化」，見於蕭萐父、許蘇民《明清啟蒙學術流變》（瀋陽：遼寧教育，1995年），〈導論〉，頁7。

時透露作家自我的觀點，就「主體意識」而言，某種意義上，在「情」觀點中作家對自我「主體意識」的覺察，與作家如何作成女性角色，也使之產生對自我「主體意識」的覺察，亦即男性作家的「主體意識」同時也是他關心女性「主體意識」的延伸。

尊情、尊重女性之「尊」無非是呼應原始儒家對人性的「關懷」；因為一如關懷倫理學學者所主張：「真正道德的聲音要從道德主體的脈絡論述中去傾聽尋求，而非由事先設定好的道德普遍原則去概括判斷。」〔註 56〕無分男女性別的「主體性」，將透過關懷人脈而聽見源自真情的道德，「主體性」的重尋使得晚明至清代時期從哲學思想、文藝創作到社會實況，都瀰漫著主動頻繁的發現自己與發現他人的彼此關懷。

二、「情」

明代中期以後，「尊情」觀或新理欲觀等新的道德觀點呼籲解放個體，使之自由，甚是流衍；宋明理學行之既久之傳統道德受譏為「假道學」，主要關鍵在於「情」與「欲」的不同論述。中國思想與文學的論「情」歷程之大者，從先秦孟荀等之性情並置觀到董仲舒、韓愈等漢唐儒者之性善情惡觀，宋明程朱大儒的理欲觀，直到晚明新理欲觀或尊情觀，「情」論述從肯定到否定、又回到了肯定。

（一）情欲為性

先秦孟子、荀子提出情欲須寡之節之，可見其承認情欲乃先天而有。告子言「食色性也」，飲食男女等維生繁衍之欲為無意識之自然天性，前述《禮記》循之。商鞅指出人欲有四，飲食之外，尚有生理性的「求逸」之欲、心理性的「索樂」與「求榮」之精神層次。孟子以「欲」言情，而欲出於性，言「人之異於禽獸者幾希」，「幾希」為人性天賦之道德精緻者，「幾希之外」者則不異於禽獸，前者為「大體」，後者為「小體」，即「口之於味也，目之於色也，耳之於聲也，鼻之於臭也，四肢之於安逸也」等感官欲望，言下之意，孟子雖不強調「幾希之外」，其實承認人性並非全善，易惡的仍是天性之欲。孟子所謂之欲，有求生的生理之欲、口目耳鼻的認知之欲、追求財富的物質之欲、追求「貴」與「義」的精神之欲。荀子則認為欲是情對外物感應

〔註 56〕參見方志華〈二十一世紀道德哲學的開發與困境——女性主義關懷倫理學概說〉（《鵝湖》25：9＝297，2007 年），頁 46〜51。

而生之欲，爲「情之應」，以「情」言性，正面直指情欲爲天賦之正當性，以「食欲有芻豢，衣欲有文繡，行欲有輿馬，又欲夫餘財蓄積之富」爲人之常情，耳目感官、好逸惡勞之心態與食暖愉佚之生理等動物本能，哪怕貴爲天子，富有天下，仍屬「人情之所同欲」，另外增加「寒而欲暖」，使「飢而欲食」、「勞而欲息」的生理本能之欲更加完備，因此人性只有欲望不足的困擾，節欲出於「反於性而悖於情」；順人之情即是順人之性。〔註57〕

　　情根源於性，情之外顯則有異，討論「情」之外顯，以六情與七情之說最普遍。「六情」說，基本上以「喜怒哀樂愛惡」六者爲內容，如《左傳》以六氣生六情，陰陽風雨晦明之六氣，產生「好惡喜怒哀樂」六情，〔註58〕荀子繼而發揮六情爲「天情」，將情視爲人身自生的心理機能的一種形式，並說：「性之好惡喜怒哀樂謂之情」，可見情爲性之一種活動形式。漢《白虎通・性情》則以「喜怒哀樂愛惡」爲六情，「好」改成了「愛」。「七情」說則以《禮記》爲代表，「喜怒哀懼愛惡欲，七者弗學而能」爲人情，因此「飲食男女，人之大欲存焉。死亡貧苦，人之大惡存焉」，以「愛」代「好」，以「懼」代「樂」，增加了「欲」。〔註59〕漢董仲舒（前179～前104）則以「喜怒哀樂」爲人之常情，王充（27～約97）則從凡人之死皆有所恨出發，不同人則有不同的人欲憧憬型態：「志士則恨義事未立，學士則恨問多不及，農夫則恨耕未畜谷，商人則恨貨財未殖，仕者則恨官位未極，勇者則恨材未優。天下各有所欲乎，然而各有所恨」，〔註60〕各色人等所以死而有恨，可見欲含有更高層次的思想。唐韓愈（768～824）、李翱（772～841）繼承七情說，至宋王安石（1020～1086）則主張性情一致，以「喜怒哀樂好惡欲未發於外而存於心，性也。喜怒哀樂好惡欲發於外而見於行，情也」，〔註61〕而性爲本、情爲用，主張情之形式爲喜、怒、哀、樂、好、惡這六種的，絕大多數都有，重複率最高，「欲」雖然重複率也高，但多認爲欲是情產生的一種動力，不宜

〔註57〕語見《孟子》〈告子〉、〈離婁〉、〈盡心〉，與《荀子》〈正名〉、〈榮辱〉、〈王霸〉、〈性惡〉等。

〔註58〕語見郁賢皓、周福昌、姚曼波注譯，傅武光校閱《新譯左傳讀本》（臺北：三民，2002年），〈昭公二十五年〉（前517）。

〔註59〕語見姜義華注譯、黃俊郎校閱《新譯禮記讀本》（臺北：三民，1997年），〈禮運〉，頁335～336。

〔註60〕語見《論衡・死僞》。

〔註61〕王安石以「性情一也」立論，引文見於《王臨川全集》（臺北：世界，1966年），卷六十七〈性情〉，頁425～426。

劃入情的表現形式。

　　至於欲的層次，管仲（？～前 645）言「倉廩實則知禮節，衣食足則知榮辱」，〔註62〕維生物質之需要滿足了，人性才可能產生更高層次的禮節、榮辱等道德精神。劉晝（516～567）有類似之見：「善惡之行，〔不〕出於性情，而繫於饑穰也。以此觀之，太豐則恩情生，竆乏則仁惠廢也」，〔註63〕物質富匱與人際交往能否產生恩惠有相對的關係，因此物質之需必先於精神之需。可見欲的層次，生理之欲如飲食男女、生死壽夭、勞逸寒暖；安全之欲如存安、危墜；認知之欲如耳目鼻口身；心理與社會之欲如功名、富貴、尊榮等；越到後來，不同層次之欲在明清時期也被廣泛討論。

　　宋儒談人欲則有特定含意，並非泛指人之所有欲望。程頤（1033～1107）言天理人欲，天理爲道心之善，人欲爲人心之惡，理、欲都屬天生。理也是性，道德與口目耳鼻四肢之欲需求二者同屬於天理；「欲」專指過度之口目耳鼻四肢需求，也稱爲「情」。又說「不是天理，便是私欲」，「欲」、「侈」是惡欲的型態，程頤指明基本需求是「性」，是天理的一部分，超過奢求才是「欲」，「欲」具有「誘」的力量，更有大害，因此「理善欲惡」；天生欲望沒有必要滅絕，聖人也不反對「民之欲」，所以「防其欲，戒其侈」是防止無止境之侈欲或欲之誘人，其以本末談天理人欲，特別提到人欲的內容：「峻宇雕牆，本於宮室；酒池肉林，本於飲食；淫酷殘忍，本於刑罰；窮兵黷武，本於征討。凡人欲之過者，皆本於奉養，其流之遠，則爲害矣」，〔註64〕本來「自性而行，皆善也」，而「人之爲不善，欲誘之也。誘之而弗知，則至於天理滅而不知反」，人欲既爲「流遠」之「過於奉養」者，因而損及天理；「目則欲色，耳則欲聲，以致鼻則欲香，口則欲味，體則欲安，此皆有以使之也」，〔註65〕足見「目」、「耳」、「鼻」、「口」、「體」之欲只是「天理」，至於「色」、

〔註62〕 語見《管子・牧民》。

〔註63〕 其以人不愛財，並非性輕財，而是「所豐故也」；同理，人不吝施，並非性好施，而是「有餘故也」。語見江建俊校注《新編劉子新論》（臺北：臺灣古籍，2001 年），〈辯施〉，頁 171～172。

〔註64〕 程頤語見於王孝魚點校《二程集》（北京：中華，1981 年），《周易程氏傳》卷第三，「周易下經上」，「損」，頁 906～912。

〔註65〕 此程頤言《大學》「物有本末」之學，以「人皆可以爲聖人」言「自性而行，皆善也」、「人之爲不善，欲誘之也」與「目則欲色」語，語見王孝魚點校《二程集》（北京：中華，1981 年），《河南程氏遺書》卷第二十五，「伊川先生語十一」，頁 316～327。

「聲」、「香」、「味」、「安」才是「人欲」。

　　至於朱熹（1130～1200）也談理欲，「人欲」有正當與不正當二者，「饑而欲食，渴而欲飲，則此欲亦豈能無？」基本生理飢食渴飲之需是人欲天生之基本義，並非惡欲，但是天「何曾教我窮口腹之欲」，〔註66〕可見「飲食者，天理也；要求美味，人欲也」，〔註67〕朱熹篤定立說：出自自然本能基本溫飽的需求為正當，就是二程所說「民之欲」，這種與生俱來的欲望有應可滿足的底線，屬「天理」；相對的，超過了基本或偏頗，就是與天理相悖的不正當之「人欲」。可見，朱熹時代所講之「人欲」意涵與今日我們所理解成「不分程度或偏失與否的所有欲望」的意義，實有差別；宋儒談禁欲並非後儒理解之禁滅情欲，程朱皆以饑食渴飲之欲為天理，不致於以一絕情欲之感，程頤欲損人欲之過者、朱熹反對窮欲，並非全不合理，此與《樂記》節制人欲於適中之思想一致。

（二）人必有私

　　明儒王學泰州學派則提出「人必有私」的理欲觀。李贄認為民情之所欲便為善，是「民情之所欲」一以肯定為人自然本性之善，另則肯定其為民心有意改善物質之動力，因為「夫私者人之心也，人必有私而後其心乃見，若無私則無心矣」，〔註68〕私欲為人主觀意識之本，如百姓日用好貨好色、勤學進取、多積金寶、多為子孫謀買田宅或為兒孫福蔭博求風水。〔註69〕進而肯定食色之欲望不僅自然，更是合理，所謂「穿衣吃飯，即是人倫物理」、「世間種種，皆衣與飯類耳」，〔註70〕「離卻人欲即無道」，真道學不在天理而在自然人欲，「自然之性乃自然真道學」，並且「遂欲」，「各遂千萬人之欲」。固然前儒之說並非禁制所有人性，而李贄以利為義的觀點，既強調道德

〔註66〕與「饑而欲食，渴而欲飲，則此欲亦豈能無」二語均見於宋朱熹著、黎靖德編《朱子語類》（臺北：文津，1986年），卷九十四，「周子之書──通書」，頁2414。

〔註67〕朱熹論天理人欲乃只在於「幾微之間」，是語見《朱子語類》（臺北：文津，1986年），卷十三，「學七──力行」，頁224。

〔註68〕語見李贄〈德業儒臣後論〉一文，文見張建業編《李贄文集》（北京：社科文獻，2000年），《藏書》卷三十二，頁626～627。

〔註69〕此論可參李贄〈答鄧明府〉，收於張建業編《李贄文集》（北京：社科文獻，2000年），《焚書》卷一，頁36～38。

〔註70〕語見李贄〈答鄧石陽〉，收於張建業編《李贄文集》（北京：社科文獻，2000年），《續焚書》卷一，頁47。

不離物質，又肯定人性追求物質利益欲望的合理性，顯然鬆綁；陳確（1604
～1677）言「天理正從人欲中見，人欲恰好處，即天理也」、「欲即是人心生
意」，〔註71〕戴震（1723～1777）提出了包括欲、情、知三要素的「血氣心知」
之自然人性論，指出「無欲無為又焉有理」，認為「宋儒理欲之辨」是一絕情
欲之感者而以理殺人的「忍而殘殺之具」，〔註72〕漠視飢寒乃不實際；提出了
「各遂其情」、「遂己之欲者，廣之能遂人之欲；達己之情者，廣之能達人之
情」、〔註73〕「情之至於纖微無憾，是謂理」〔註74〕的新理欲觀。

（三）「情」與「個性」

從理欲討論的新氣象中，「情」的討論亦盛，此是情論最盛時期。李贄「童
心說」強調「最初一念之本心」、〔註75〕「聲色之來，發於情性」、「天下亦只
有一個情」之情論，文藝思潮隨之以抒發真情為相尚，袁宏道主張「理在情
內」，其「性靈說」以表現「通乎人之喜怒哀樂嗜好情欲」之「至情」，反對
「拂情以為理」；湯顯祖提出「至情說」，原因是「世總為情」，並賦予情為「天
命之性」，期待「有情之人」以建構「有情之天下」；馮夢龍提出「情教說」，
疾言「天地若無情，不生一切物。一切物無情，不能環相生。生生而不滅，
由情不滅故。四大皆幻設，唯情不虛假」，乃至「六經皆以情教」；〔註76〕周

〔註71〕語見清陳確《陳確集》（北京：中華，1979年），《別集》卷五，「瞽言四」，〈無
　　　　欲作聖辨〉，頁461。

〔註72〕戴震申論宋儒所謂「存理」乃是空有理名而絕去「飢寒愁怨、飲食男女」的
　　　　情欲之感，甚至：「不窮意見多偏之不可以理名，而持之必堅；意見所非，則
　　　　謂其人自絕於理：此理欲之辨，適成忍而殘殺之具，為禍又如是也。」引文
　　　　均見戴震《孟子字義疏證》（北京：中華，1982年），卷下，「權」五條之五，
　　　　頁58。

〔註73〕戴震指出「天下之事，使欲之得遂，情之得達，斯已矣」，並言遂欲達情。語
　　　　見戴震《孟子字義疏證》（北京：中華，1982年），卷下，「才」三條之二，頁
　　　　41。

〔註74〕見於戴震〈與某書〉，《戴震全書》卷六（合肥：黃山，1995年），頁496。

〔註75〕「最初一念之本心」、「聲色之來，發於情性」二語，分別見於李贄〈童心
　　　　說〉、〈讀律膚說〉二文，引自張建業編《李贄文集》（北京：社科文獻，2000
　　　　年），頁91～93、123～124。

〔註76〕馮夢龍以「情史，余志也」，進而標舉：「我欲立情教，教誨諸眾生」。其「天
　　　　地若無情，不生一切物」、「六經皆以情教」、「四大皆幻設，唯情不虛假」
　　　　語，見於馮夢龍評輯，周方、胡慧彬校點《馮夢龍全集》7（江蘇：江蘇古
　　　　籍，1993年），《情史》，〈龍子猶序〉；「六經皆以情教」則引自同書〈詹詹外
　　　　史序〉。

銓論「天下一情所聚」，閔景賢論「情爲位育眞種子」，袁枚亦論「人欲當處即是天理」之種種「情」語，皆肯認「情」爲一貫徹宇宙之間，塑造道德志節、正視人性嚮往之最眞實的精神力量，其效用遠非「理」所能及。

並且因此強調「唯知有我」之自由「個性」觀，王艮（1483～1541）言「我命雖在天，造命唯由我」，姿態縱橫自由；何心隱（1517～1579）「以講學爲豪俠之具」；羅汝芳（1515～1588）要求「解纜放船，縱橫任我」；李贄更說「各從所好，各騁所長」；袁宏道等公安派崇眞尚奇；湯顯祖以「至情」尊我之說；鄭燮（1693～1765）宣揚「青春在眼童心熱，直攄血性爲文章」；龔自珍（1792～1841）呼籲「去其棕縛」以提高人性尊嚴。歷來情論的沉浮，在明清時期逐漸發聲，並且形成主流，重新評估聖賢道理中，重視個性自由、啓蒙人性主體，深遠影響了當時直到後來的思想界與文學界，配合著經濟社會秩序劇變中，既形成了人性對自我的一種靈動的、嶄新的肯定，產生一種新的道德觀與群己關係的新型態；同時並進的，女性的「個性」應當回諸自由、使之解放的呼聲亦起。

三、「女性」

在杜麗娘或林黛玉女性自主之形象出現前，中國女性歷史有極長期且停滯的面貌；晚明女性文化的多樣又極端的表現與當時情色意識關係極深。對女德與否的標榜或損抑，經常隱含著男性對女性的道德期待，這種期待包含要求女性貞節禁欲、家務服務與照顧子女，同時嚴守言行的分際，這種性別期待的傳統在漢代劉向（前77～前6）《列女傳》之分類即已看到其對女性意義的區隔，女性一生的四種身份：女、婦、母、姑，以女性終將外嫁，孝女則少被強調，至於「賢婦」、「慈母」、「仁姑」，可見男性對女性的要求集中在履踐家族倫理上。晚明思潮中，「情」論興盛，但同時「理」或「禮」仍然強大並深化其在社會生活中的影響，特別是對女性的限制，貞節政策或女職教育並未中斷或放鬆。明代提倡貞節最力，從貞節機制、防閑的女則禮法與禁毀「誨淫」圖書等透過意識形態控制而達到性別教化、社會穩定之實效目的，其「以政爲教」造成貞節風習披靡；又以性別歸咎道德的女禍觀，女性被認爲是次等資質者。〔註77〕導致貞節烈女的數量之多、事蹟之慘烈，

〔註77〕所謂女性爲牝雞、女禍，如妹喜亡夏、妲己亡商、褒姒亡周等，參見劉詠聰《女性與歷史──中國傳統觀念新探》（臺北：臺灣商務，1995年），頁6

衛道者以貞、節、烈之行作爲評判女性道德的唯一標準，女性之自我存在、人格成長、志趣專長等一概被漠視，儘管「迂怪不近人情」，〔註 78〕婦女生命目的卻在於體現極端之道德範式，不論男女均期待其能「激勵風化，表正鄉閭」。

（一）女性制約

1. 夫為妻綱

中國產生絕對化的性別觀在漢代，並因此形成中國傳統婦女形象的主要面貌。隨著儒學本身的群體倫理體質與學術政治的密切互動，漢儒將先秦儒學人際相等互待的君臣父子關係，改變成尊卑綱常，其中「夫婦」一綱對女性產生影響。〔註 79〕董仲舒提倡三綱尊卑順逆的絕對秩序是「儒家法家化」的結果，〔註 80〕其通過陰陽五行「相生相勝」而談天人關係密切，人倫道德因與天相應而有陽尊陰卑之別，這是後世儒家引以爲「君爲臣綱、父爲子綱、

　～7。但袁枚則以爲「女寵雖自古爲患」，但「其過終在男子」。

〔註 78〕當時兩性信之不疑的信條如清初詩人陸圻（1614～？）寫《新婦譜》送女兒嫁禮，囑之：「閨女出嫁，必要伊做得起」，除了奉承公姑，爲妻本分則：「夫者，天也，一生須守一敬字。新畢姻時，一見丈夫，遠遠便須起立。若晏然坐大，此驕倨無禮之婦也。……凡授食奉茗，必雙手恭擎，有舉案齊眉之風。未寒進衣，未飢進食。丈夫有説妻不是處，畢竟讀書人明禮，畢竟是夫之愛妻，難得難得。凡爲婦人，豈可不虛心受教耶？須婉言謝之，速即改之。以後見丈夫，輒云：我有失否，千萬教我。彼自然盡言，德必日進；若強肆折辯，及高聲爭鬧，則惡名歸于婦人矣，于丈夫何損？」其此等殷囑之全書可參四庫全書存目叢書編輯委員會《四庫全書存目叢書》（臺北：莊嚴文化，1995年），子部，第九五冊，頁 1～12。標點爲筆者所加。

〔註 79〕一方面繼承韓非，另一方面爲繼承儒家之三綱説，先秦儒家的人倫思想中對政治上與血緣上人與人之等級關係的肯定，是後世三綱説的思想淵源之一。《韓非子・忠孝》則説「臣事君，子事父，妻事夫，三者順則天下治，三者逆則天下亂，此天下之常道也」，已有明顯的片面強調臣對君、子對父、妻對夫的義務之傾向。而董仲舒（前 179～前 104）於《春秋繁露・基義》所言者，徐復觀論此舉，是「把人間的關係，投射到陰陽中去，先使其人間化；再把人間化了的陰陽，來做人倫關係的根據。人倫是如此，道德亦是如此。」語見徐復觀《中國人性論史》，〈陰陽五行及其有關文獻的研究〉一文（臺北：臺灣商務，1990 年），頁 509～587。杜維明指出夫婦關係不被鼓勵親密，此舉用意應該在於是要預防可能發生的裙帶關係，以免妨害社會。

〔註 80〕參見余英時〈反智論與中國政治傳統〉，他認爲「法家化」是漢初儒學發展的一種特殊的方面，決不是它的全部。收入余英時《歷史與思想》（臺北：聯經，1976 年），頁 1～46。而三綱的觀念最早見於《韓非子》，漢代儒士將儒家倫理轉變成政治意識，使三綱成爲道德教育，並引爲統治機制。

夫爲婦綱」的規條。以國君爲統治臣民、父親爲控制兒子、丈夫爲主宰婦女的支配角色，儒家倫理因此形成權威者的片面獨裁，三綱重在「分別」的概念，其共同特點是形成了輩分，君臣的輩分關係建立在地位上，父子的輩分關係建立在年齡上，而唯一以性別爲特徵而建立的則是「夫婦」，既然夫爲妻綱，夫婦不建立在浪漫關係，而著重女性在家庭中之職責，〔註81〕女性在妻、媳、母三者之間，媳之角色必定先於、重於妻之角色，生子之後，母親角色又必定先於、重於妻子的角色。顯而易見，當「新三綱」都以男性爲支配中心的觀點普及以後，君臣的地位、父子的年齡也被劃歸於性別關係之下，因爲女性並不可能成爲統治者；因此，女性必須學會「順從」，女性順從男性，性別於是就決定了女性的輩分、權利義務、地位尊卑等。所謂的「三從」，女兒順從父親、妻子順從丈夫、母親順從兒子，男性變成女性一生的天，此後這種簡單原則決定了中國古代一半人口的生命處境。

　　三綱尊卑經過漢儒與漢廷積極贊助之下而建構確立，三綱從倫理教育一變而爲道德教育，用以達到控制社會秩序，而將儒學逐漸轉變成社會群體的普遍意識，達到「以禮化鄉里」的效果。〔註82〕三綱之君、父、夫爲臣、子、婦一輩既不必懷疑、也不能懷疑的絕對尊重、甚至是要屈從順從的對象，三者都是綱領之所出者，以現代自由平等的眼光來看，三組人際關係既不互相體諒而只有主從的關係，無疑是儒家倫理很缺乏吸引力的部份，只是我們現在認爲不合理的，其實不被懷疑地統治過中國很長時間、很廣區域下的群眾，包括男性與女性，男性樂見，女性遵從，並誤以爲性別即是眞理而未置懷疑。漢代三綱看似儒家之面貌，卻已違離了先秦原意。

2. 貞節機制

　　明代表彰貞節最力，將貞節操作成完整「生產過程」之「官方活動」

〔註81〕杜維明認爲：「透過夫婦之別的強調，儒家巧妙地抽掉了性別關係中的浪漫色彩」，一方面認爲夫妻之愛是天經地義的，但另方面則必須防範這種愛，以能使人類繁榮昌盛。因爲夫妻親暱可能導致裙帶關係，而裙帶關係會導致社會的無責任感。此外，當社會等級與父權確立後，君王和丈夫就像父親一樣，變成是「道德法典的解釋者、執行者和裁定人。」參見杜維明《儒教》（臺北：麥田出版，2002 年），〈儒家經典的核心價值〉之頁 121～129。

〔註82〕三綱與先秦儒家五倫觀之異，其實質內涵、理論關係與歷史等，可詳參杜維明《儒教》（臺北：麥田出版，2002 年），〈儒家經典的核心價值〉、〈儒家傳統的現代轉變：家庭的力量〉與楊儒賓〈導讀：橫跨宗教與哲學邊界上的儒教〉等文。

〔註83〕；並佐以「以文顯人」之書寫，將貞節烈女紀錄於正史、方志等列女傳，或爲之書記墓誌，學者指出朝廷旌表貞節如同男性科舉獲榜之殊榮一樣，以致女性情感與道德之個人選擇產生質變，在人們重複傳述與記憶中，產生了「貞節烈女」。明太祖鑒於「前代女禍，立綱陳紀，首嚴內教」，洪武元年（1368）命儒臣大修《女誡》，要求宮妃嚴守「夫爲妻綱」，避免后妃預政的風險；再者，恢復婦女殉葬的惡制。對於一般民婦民女則利誘之，以旌表以資鼓吹。〔註84〕

　　明太祖（1328～1398）詔令限制年齡，風氣既開，後來竟然有謊報年齡以求榮的，使朝廷追加法令以杜絕作弊之盛，可見當時反應熱烈。劉向《列女傳》之女性自殘高行僅屬偶見，明代貞節政策大舉鼓動，風氣過劇，節烈更甚，寂守、自殘、赴死的壯烈婦女多有，一代之間，「節女」、「烈女」驟增於「孝女」、「義女」之上。〔註85〕其女性貞節榮蹟，或立傳垂史，或豎牌以榮宗耀祖，或免除稅役，女性卻得付出重大代價，以「貞」而言，或毀容戕身，或終生形影相弔；以「節」而言，或孝婦侍疾，或撫孤成材，或毀容不嫁；以「烈」而言，殉身殞命，或遇兵亂盜賊以死免辱，或被不肖丈夫、敗家舅姑典賣，或遭豪紳地痞貪色，逼嫁謀財，甚至還有未婚節烈，對此女性嫁與未嫁之守貞問題，當時頗有筆戰，歸有光等大儒都參與其中。〔註86〕這

〔註83〕 明代貞節政策等詳情，參見費絲言《由典範到規範——從明代貞節烈女的辨識與流傳看貞節觀念的嚴格化》（臺北：臺大出版委員會，1998年），安碧蓮「明代婦女貞節觀的強化與實踐」（文化大學史學研究所博士論文，1995年）。

〔註84〕 費絲言言之甚詳：「無論『節』或『烈』，原本都只是婦女個人的一種選擇與行爲，但是經由方志的辨識與書寫，她們成爲眾所矚目的『貞節烈女』，地方精神的具體象徵，具有特出的社會價值與歷史意義，也構成數百年來一幅關於明代婦女最顯明的圖像。……朝廷旌表，明代所有方志都必須記載的受表婦女，就是先由國家的教化制度『辨識』出來，……除了方志，另外還存在其他幾個類型的生產機制：首先是國家婦女貞節表揚制度，包括了中央的朝廷旌表與地方政府的教化措施。其次，是經由士人的傳記寫作而產生的傳記、碑刻等文字記載。最後，是地方傳聞與輿論，經過人們的傳述、談論、與記憶，產生了『貞節烈女』。」不難看出貞節被紀錄或被傳揚之後，形成婦德的譜系，所導致變相鼓勵的後果。循此不難看出貞節被紀錄或被傳揚所形成之婦德譜系爲一變相鼓勵的後果。參見費絲言《由典範到規範——從明代貞節烈女的辨識與流傳看貞節觀念的嚴格化》（臺北：臺大出版委員會，1998年），頁63。

〔註85〕 據董家遵統計《古今圖書集成》中「閨節」、「閨烈」兩部烈女節婦，唐代五十一人；宋代二百六十七人；而明代竟近三萬六千人。

〔註86〕 董家遵說明當時學者對於女子之守貞的手續意見相左，一種女嫁而夫死之婦

個時期，貞節言行「忽庸行而尙奇激」，還能被「里巷所稱道，流俗所震駭」，「至奇至苦」，節要守得苦，烈要死得慘，或弔縊，或投水，或自剄，當貞節不再象徵品德，而是假以教化的殺女工具，貞節烈女多到連家族閭巷都不少見，士夫輿論將貞節烈女道德實踐賦予爲人性道德本質的說法，強調「婦女貞節」舉動乃是出自天性，如高攀龍（1562～1626）寫〈題鄒貞女卷〉以陳明女貞乃「非有告誡勸勉，非有見聞蹈襲，豈非性哉？」〔註87〕節烈之行出自「在婦爲貞」之良心，〔註88〕推波助瀾，導致貞節典範多產、名門家規帶領風潮，事蹟延至清代，妻以身殉，殉夫、殉節、節烈等壯烈事蹟更甚當時。〔註89〕同時，另一種反省亦出，如歸有光「天地之氣，豈獨偏於女婦」的感慨，〔註90〕顏元亦言：「使天下之婦女聞烈婦之風，而生皆盡婦道，死不負夫，則閨門皆虞夏矣；使天下之臣子烈婦之風，而皆盡兄弟朋友之道，死不相負，則風俗無地不虞夏矣。」從這個角度看《牡丹亭》與《紅樓夢》，才能掌握其出自男性之口，以「情以貫之」表達其護愛女性的友善之意。

3. 女則禮儀

女則是家訓家範的一種，紀錄對女性的明確規範義務或節烈故事，令女

〔註87〕 才守貞，另一種是女子婚訂，未婚夫死，女子也要守貞。前者認爲未嫁而守或未嫁殉夫既非貞女，也如淫奔之舉；後者則反認爲未嫁守節或殉夫是合乎古禮名教，雙方論戰數百年。主張女嫁才守貞的有歸有光、毛奇齡、汪中、俞正燮等，持未嫁也要守貞的有朱琦、胡承珙、方宗誠、何秋濤、俞樾等。

〔註87〕 高攀龍強調女貞爲性，其〈題鄒貞女卷〉：「聖人之用，女貞大矣。……非有告誡勸勉，非有見聞蹈襲，豈非性哉？天地大矣，一女子何當一微塵？而一念之正，足以充塞兩間，彌互千古。」另其〈李貞母墓誌銘〉直言：「婦之貞，其性然也，猶之乎水之寒、火之熱，非人爲使之也。」二文分見於其著《高子遺書》卷十二，頁705；卷十一，頁661～663。

〔註88〕 語見明胡翰（1307～1381）〈商節婦誅〉：「節婦之心，何心也？得之於天，而人不與力焉，良心也。良心也者，在臣爲忠，在子爲孝，在婦爲貞。而臣也，子也，婦也，發於其心之所不能已者，所謂義也。」胡翰語引自臺灣商務印書館《影印文淵閣四庫全書》（臺北：臺灣商務，1983年），集部一六八，別集類，《胡仲子集》卷九，頁120～121。引文標點爲筆者自加。

〔註89〕 以清正史所記，《清史稿》：「清制，禮部掌旌格孝婦、孝女、烈婦、烈女、守節、殉節、未婚守節，歲會而上，都數千人。軍興，死寇難役輒十百萬，則別牘上請，捍強暴而死，爰書定，亦別牘上請，皆謹書於實錄。」見於《清史稿》（臺北：國史館，1990年），卷五百五十，列傳二百九十五，〈列女傳序〉。

〔註90〕 歸有光《震川先生集》（上海：上海古籍，2007年），卷二十四〈王烈婦墓碣〉。

性誦習遵從，以指導女性道德準則；隨著出版業鬆綁，明太祖洪武元年（1368）詔令免除書籍田器稅的優惠措施，加以精緻套色繡像的版刻而風行於明代，女教隨之傳揚。中國婦女倫理道德的養成教育極早，三從四德、男外女內、男尊女卑，〔註91〕用以保證「男女之防」與「內外有別」，婦女在家庭的範圍之內，不被侵染，婦女居處空間本有禮儀規範之考量，所謂防閑之教是用以確保女性能維持幽嫻貞靜之態。傳統禮法不論是防內外、防性別或防婚姻，最根本防範對象其實是人之「情欲」。有如《內則衍義》記一賈女自辦女學館教授女學知識：「幼讀書，通大義，家貧而寡，設教女館，授書自給，閨門肅然，事聞旌之。」女教女則書訓女性要有「貞靜幽閒」、「端莊誠一」、「孝敬仁明」、「慈和柔順」之德，要迴避惰慢驕矜、嫉妒刻薄、邪僻放蕩之失，還要練習「針黹女紅，中饋婦職」，謹慎「男女當遠，嫌疑早避」以能「女子守身，如持玉巵，如捧盈水」。〔註92〕

至於女則教育的推行，中國歷代多有女則書，《女誡》、《女訓》、《女論語》、《女三字經》、《內訓》、《女孝經》、《女則要錄》、《女蒙拾誦》、《女教經》、《女鑒》、《女範》、《女四書》、《內則衍義》，在清代鼎盛，任啓運《女教經傳通纂》、陸圻《新婦譜》、賀瑞麟《女兒經》、朱浩文《女三字經》、曾懿《女學篇》、尹會一《女鑒錄》、藍鼎元《女學》、陳弘謀《教女遺規》、王相母劉氏《女範捷錄》等，兩性共同撰作。雖不成系統，精神上則一脈相承，〔註93〕書名簡

〔註91〕 《禮記・內則》：「婦人，從人者也」，「男不言內，女不言外。內言不出，外言不入。」《易・家人象辭》：「女正位乎內，男正位乎外，男女正，天地之大義也。」《易・繫辭》：「天尊地卑，乾坤定矣」；「乾道成男，坤道成女」。《說文》：「婦，服也。從女持帚灑埽也。」「女，婦人也。」盧燕貞也有「家庭的傳授，授男不授女；學校的講習，收男不收女；朝廷的考試，錄男不錄女。」語見盧氏〈我國舊社會中的女子地位與女子教育的回顧〉，收入盧燕貞《中國近代女子教育史》（臺北：文史哲，1989 年），頁 1～7。

〔註92〕 參見鄭雅文「《女論語》研究」（2004）、吳錦昌「明代家訓之女性家庭教育」（2005）。

〔註93〕 先秦《周禮》提出四德女教，漢劉向《列女傳》繼之，班昭《女誡》遠繼《周禮》，後來如魏晉張華〈女史箴〉、《女論語》、宋末元初鄭氏義門等，多不出四德的精神。此前，女教多半由私人發起，明代官私修女教書規模爲歷代最盛，堂皇由朝廷主事。此外，動手編寫《內訓》、《閨範》、《性理大全》、《列女傳》作爲婦女讀物，以勸勉婦行。徐皇后《內訓》此類書籍的性質傳承說的很清楚，序言：「大要撮《曲禮》、《內則》之言，與《周南》、《召南》詩之小序及傳記而爲之者」，其中《女四書》自東漢到晚明各自傳播，明神宗母后特別讚賞《女誡》：「足爲萬世女則之規」，要求儒臣加以註解，萬曆八年

短，書的用意則很清楚並一致，訓女爲範之啓蒙書籍，以「論語」或「四書」命名可見期待，不論是出自男性作家或女性作家，其撰作動機在於勸勉女性如何成爲一位儒家理想女性。

4. 誨淫禁書

明太祖強調戲曲的教化功能，著眼於「治」，因此明定：「娼優演劇，除神仙、義夫節婦、孝子順孫、勸人爲善及歡樂太平不禁外」，主要禁演淫詞豔曲。明清兩代以「端正人心風俗」爲由，對通俗戲曲小說多有禁止發行販售閱讀等罰則，康熙、雍正、乾隆三朝以「崇尙經學，而嚴絕非聖之書」，執行了一系列嚴禁通俗戲曲小說的政策，視戲曲小說如妖書，以防範戲曲小說之淫妖「蠱心」。〔註94〕《牡丹亭》、《紅樓夢》多在禁書之列。明代未禁《牡丹亭》，清代則書網嚴密，俠義類的如《三國演義》、《水滸傳》，言情類的《金瓶梅》、《紅樓夢》、《西廂記》、《牡丹亭》等，清廷感於暢銷影響風氣的壓力，以「誨盜誨淫」理由查禁。順治九年（1652），清世祖（1638～1661）詔令嚴禁「瑣語淫詞」，違者從重究治，一群相關者造作刻印者、市賣者、買者、看者和失察官吏，全在處罰之列。到了高宗（1711～1799），乾隆三年（1738），朝廷更針對淫詞小說頒布命令，予以加重處分。然禁榜越嚴，書榜明有書名，剛好提供讀者按圖索驥，雖然私下流通仍多，也轉向流通於女性閨閣之中，但禁毀政策使言情作品仍多少有流通上的不便。

以上，可見統治者從政治利益或文化背景對禮法與人情進行裁奪，或理

（1579），神宗爲之作序，同時頒令刊刻内訓：「使庶民之家得以訓誨女子」，王相加以註解，明熹宗天啓四年（1624），由書坊多文堂合刻爲《閨閣女四書集註》。清代這類文獻更多，婦女倫理道德教育此時鼎盛，相繼有任啓運《女教經傳通纂》、陸圻《新婦譜》、賀瑞麟《女兒經》、朱浩文《女三字經》、曾懿《女學篇》、尹會一《女鑑錄》、藍鼎元《女學》、陳弘謀《教女遺規》、王相母劉氏《女範捷錄》等。可參中國歷史文獻研究會編《章學誠國際學術研討會學術論文集》（北京：北京圖書館，2004年），頁374。

〔註94〕順治九年（1652），清世祖詔令嚴禁「瑣語淫詞」，違者從重究治，順治十七年（1660），生李漁《無聲戲二集》小說案，因此在康熙五十三年（1714）佈達：「朕惟治天下，以人心風俗爲本。欲正人心，厚風俗，必崇尚經學而嚴絕非聖之書，此不易之理也。近見坊間多賣小說淫詞，荒唐俚鄙，殊非正理，不但誘惑愚民，即縉紳士子未免游目而蠱心焉。所關於風俗者非細，應即通行嚴禁。」一群相關者造作刻印者、市賣者、買者、看者和失察官吏，全在處罰之列。高宗乾隆三年（1738），朝廷更針對淫詞小說頒布命令，予以加重處分。

學家對禮制進行詮釋，〔註95〕二者同時形成對女性制約，使彈性而多元的性別倫理逐漸消失。

（二）女性反應與表現

明清女性貞女與才女文化幾乎重疊發展，女性一方面遵從政教下的貞節與禮教，另一方面則產生更自主的文學與社會活動，這其中的弔詭可由儒家在對待女性與知識二者關係的矛盾上見到。女教告誡女性閱讀有妨婦職，強調閱讀或寫作的女性不受歡迎；〔註96〕另一方面女教書又多出自女性之手，女性仍舊讀書識字，家族女性討論交換心得或文友往來的文藝結社，嚴正者清言譏政，闡發思想；輕鬆者則交換詩文戲曲的品味賞鑒，對菁英或博學女性的養成與形成女性文學家庭等的女性文學表現，有極顯著的影響；女性的菁英或博學之「才」受到推崇，顯示女性對文藝的熱愛，才女數量激增，促使女性文學樣貌繁榮；同時繁榮的女性文學表現又加深男性對才女的推崇，形成地域性、家族性、群體性之才女文化現象。〔註97〕

特別是豐裕文化腹地的吳中地區，文人結社、雅聚知己的風氣鼎盛，女子也有偶或結社的，或參與男性社團，因此約略擴展社交，得以結識家族之外的男性同好以交流文藝，女性的文藝便漸漸有了被欣賞的機會與管道，而女子結社一如男子，唱和酬酢往來集結之詩集詞集，刊印發行，甚而發展出女性詩話、詞話等以品評作品等級。值得一提的是，當時江南名門出現了以女性爲主的文學家庭，名聲最著的是晚明崇禎、吳江地區、士夫葉紹袁（1589～1648）之妻，即沈宜修（1590～1635），及其女性家族成員所組成的文學家庭，文名最著。過去婦德被期許「內言不出閫外」，閨禁文才，卻也在此同時，詩媛輩出，以才傲世，直抒性情，〔註98〕寫詩填詞，無不拿手，或如趙世杰

〔註95〕 參見鄭雅如〈中古時期的母子關係——性別與漢唐之間的家庭史研究〉，頁190，收入李貞德編《中國史新論——性別史分冊》（臺北：中研院文哲所、聯經，2009年）。

〔註96〕 參見〔美〕高彥頤《閨塾師——明末清初江南的才女文化》（南京：江蘇人民），頁57。

〔註97〕 參見王力堅《清代才媛文學之文化考察》，〈女性詞學：空前的繁榮及邊緣的狀態〉一文（臺北：文津，2006年），頁8。

〔註98〕 如其時女吳綃（1623～1660）善詩琴書畫，所放言：「余自孩歲，癖于吟事，學蔡女之琴書，借甄家之筆硯，縑素經心，丹黃在手。二十餘年，驪虞愁病，無不於于發之。竊以韓英之才，不如左嬪；徐淑之句，亞于班姬。假使菲薄生于上葉，傳禮經，續漢史，則余病未能；一吟一咏，亦庶幾乎昔人也。」

等儒士以爲詩有「靈秀之氣」，可爲「婦女表徵」。才女既以衍成生活理想，大家閨秀便紛紛以此自許，閨闈選輯詩集詞集，或編纂合集，以刊行所作，女性文學作品編選風氣漸開。〔註99〕當中母親的教養若系出名門，則更能具備教養兒女的條件，即屬「菁英母親」。〔註100〕由於文士敬重詩媛的潮流如此，繡閣文采，自是滿眼繽紛。另者，晚明時期，在社會思潮變遷之下，兩性活動的往來聯繫有更寬容的鬆動，女性在性別職能的對立或情感對待的壓力上，在某些女性身上會產生若干程度的減低，亦即：感情、婚姻或家庭的不適感並不明顯。諸端風氣鼓盪出的文藝氣氛，使得如同葉紹袁、沈宜修他們幾位早夭的女兒，葉小紈（1613～1657）、葉紈紈（1610～1632）、葉小鸞（1616～1632）被視爲代表性的才女群。晚明江南文學家庭，一門聯珠，唱和自遣，是最常見的家庭活動，如葉家：「風神雅令，工六朝駢體。同宛君偕隱汾湖，與子女刻意詩詞以自娛樂」，正如錢謙益（1582～1664）所稱美的「松陵之上，汾湖之濱，閨房之秀代興，彤管之詒交作矣」。至於當時女性詩集的刊行，數量應是當時世界第一，表現令人驚喜。〔註101〕或男性爲女性出刊，如葉紹袁

其欲以當時或其後《紅樓夢》女子盡是流行淑媛才女之流的閨秀觀，一路衍展下來，可參孫康宜〈論女子才德觀〉一文，收於孫康宜《古典與現代的女性闡釋》一書（臺北：聯合文學，1998 年），頁 134～164。吳綃語則見於其著《嘯雪庵詩集》之〈自序〉，《嘯雪庵詩集》收於四庫未收書輯刊編纂委員會編《四庫未收書輯刊》（北京：北京，2000 年），柒輯，貳拾參冊，頁49～151。

〔註99〕《四庫全書總目提要》錄明鄭文昂《古今名媛彙詩》時亦有當時「閨秀著作，明人喜爲編輯」之語，可參清永瑢等《合印四庫全書總目提要及四庫未收書目禁燬書目》（臺灣：臺灣商務，1978 年），三十九，集部，總集類存目三，頁 4318～4319。

〔註100〕此借用曼素恩（Susan Mann）語，其以「菁英婦女」（精英母親）說明晚明至盛清的女性形象，見於《蘭閨寶錄——晚明至盛清時的中國婦女》曼素恩著、楊雅婷譯（臺北：左岸文化，2005 年），頁 130。而當時才學兼備母親教養女兒與引女兒機智文采爲榮的細節，可參熊秉眞〈閨情婉約：明清仕女天地中的母與女〉，收入熊秉眞、余安邦編《情欲明清——遂欲篇》（臺北：麥田出版，2004 年），頁 245～281。

〔註101〕據胡文楷《歷代婦女著作考》（上海：上海古籍，1985 年）統計，僅僅明清兩代，中國出版三千種以上女詩人選集專集，總收錄四千餘人，明代婦女二百三十餘人，清代佔三千餘人。在中國女性作品中，數量豐富，顯示明清女性從事文學活動相當活躍。孫康宜認爲：「有史以來最奇特的文學現象之一，就是明清時代才女的大量湧現。在那段三、四百年的期間中，就有三千多位女詩人出版過專集、或將自己的詩文焚毀的才女更不知有多少了。」語見孫康宜〈走向「男女雙性」的理想——女性詩人在明清文人中的地位〉，

爲妻女沈宜修，或女性自行出集，如詩集、文集、彈詞等。隨著出版印刷事業發達，相關產業自然隨之帶動，顯而易見的是：刊刻盛，評點多，版畫多，女性閱眾喜讀戲曲小說等消閑讀物，〔註102〕婦女閱讀群眾逐漸形成，便不難想見明清女性作品刊刻數量之盛了。

　　　　　收入孫康宜《古典與現代的女性闡釋》（臺北：聯合文學，1998 年），頁 72
　　　　　～84。

〔註102〕另據唐文標論及中國民間戲之早期模式，以經濟進步說明明代刻本盛行之
　　　　　因，即都市興起，閱讀群眾出現，進而推動印刷事業，以滿足市場需求；其
　　　　　並引《酉陽雜俎》，〈趙琦美序〉記到當時福建、江西等地盛況，有：「吳中廛
　　　　　市鬧處，輒有書籍列入簷部下，謂之書攤子。所鬻悉小說、門事、唱本之類，
　　　　　所謂門事，皆閩中兒女子之所唱說也。」又引明葉盛《水東日記》：「今書坊
　　　　　相傳射利之徒，僞爲小說雜書、農工商販，抄寫繪畫，家畜而人有之，疵駁
　　　　　女婦，尤所酷好，好事者因目爲女通鑑，士大夫不以爲非，亦相牽推波助瀾，
　　　　　遂氾濫而莫之救。」以上可詳參唐文標《中國古代戲劇史初稿》（臺北：聯經，
　　　　　1984 年），頁 161～212。

第二章 「情之至也」
——《牡丹亭》之情與女性書寫

　　湯顯祖（1550～1616），現代人討論他，只在戲劇；戲劇只在《牡丹亭》；《牡丹亭》又只在「遊園」、「驚夢」，卻不知道這與湯顯祖全部的生命或地位有距離，傳奇只是湯顯祖的功力餘緒。而《牡丹亭》是湯顯祖的言情力作，展現他的「情觀」。〔註1〕

　　《明史‧湯顯祖傳》論述他時，著重評價他是當時的議政清流，〔註2〕萬斯同（1638～1702）則加以肯定他在文學上的獨幟。〔註3〕比起前二者，明末人對他的肯定，則集中在其文藝，一方面推崇湯顯祖詩文的獨到見解與風格，另者是他的戲劇才華與貢獻。這些評價，顯然與現代僅以戲曲《牡丹亭》來認定他，是有區別的。這是從文化創新的地位評價湯顯祖，在錢謙益（1582～1664）〈湯遂昌顯祖傳〉顯見：

〔註1〕　明人王思任（1574～1646）以仙、佛、俠、情四字評點臨川《四夢》：「《邯鄲》，仙也；《南柯》，佛也；《紫釵》，俠也；《牡丹亭》，情也。」《牡丹亭》獨得「情」字。王思任語見其〈批點玉茗堂牡丹亭詞敘〉，可參毛效同編《湯顯祖研究資料彙編》（上海：上海古籍，1986年），頁856～858。

〔註2〕　見於清張廷玉（1672～1755）等《明史》（北京：中華，1997年），卷二百三十〈湯顯祖〉，頁6015～6016，傳中評其性情乃「意氣慷慨」，說其仕途則屬「蹭蹬窮老」，並以過半篇幅引錄湯顯祖〈論輔臣科臣疏〉一文，其文學成就僅以「少善屬文，有時名」帶過，至於其戲劇創作則隻字未提。

〔註3〕　明末萬斯同（1638～1702）所著《明史》卷三百二十六之〈湯顯祖傳〉一文，文末則交代了湯顯祖的文學：「少以文章自命。其論古文，則謂本朝以宋濂為宗，李夢陽、王世貞輩，雖氣力強弱不同，等贗文耳。識者韙之。」萬斯同此文收於毛效同編《湯顯祖研究資料彙編》（上海：上海古籍，1986年），頁89～90。

胸中塊壘，陶寫未盡，則發而爲詞曲。「四夢」之書，雖復流連風懷，
感激物態，要於洗蕩情塵，銷歸空有，則義仍之所存略可見矣。……
自王、李之興，百有餘歲，義仍當霧擊充塞之時，穿穴期間，力爲
解駁。歸太僕之後，一人而已。〔註4〕

錢謙益同時感慨「世但賞其詞曲」，而不能全面理解湯顯祖「通懷嗜學，不自
以爲能事」的心胸；至於湯顯祖上疏獲罪的事，也僅以「抗疏論劾政府信私
人，塞言路」二句帶過。

可見，同一位湯顯祖，《明史》多其政治而少其文藝，錢謙益則詳其文藝
而略其政治。至於，能全面評價湯顯祖的，是他的同時人鄒迪光（1550～1626）
寫的〈臨川湯先生傳〉，此文寫於湯顯祖生前。鄒迪光評價了他的節操與學識
二者，說他「閉門距躍」，歡喜當個「萬卷蠹魚」，是「於書無所不讀」、「於
詩文無所不比擬」，而在戲劇上的表現，還只是：

以其餘緒爲傳奇，若《紫簫》、《二夢》、《還魂》諸劇，實駕元人之
上。每譜一曲，令小史當歌，而自爲之和，聲振寥廓。識者謂神仙
中人云。〔註5〕

這樣說來，湯顯祖一開始也不是以創作戲曲起家，更不是專事創作。實際上，
湯顯祖兼善各體，「文家雖小技，目中誰大手」，從十二歲時始作〈詩亂〉直
到絕筆於〈忽忽吟〉，二千二百首以上的詩文賦之眾作，相當豐贍；〔註6〕而
一生鍾情則在於「情」，他在〈答陸君啓孝廉山陰有序〉說明自己輾轉於文學
歷程中的這個堅持：

某學道無成，而學爲文；學文無成，而學詩賦；學詩賦無成，轉而

〔註4〕 錢謙益一文收於毛效同編《湯顯祖研究資料彙編》（上海：上海古籍，1986
年），頁85～87；亦見於《湯顯祖詩文集》（上海：上海古籍，1982年），「附
錄」，頁1515～1517。

〔註5〕 鄒迪光〈臨川湯先生傳〉一文，收於徐朔方箋校《湯顯祖詩文集》（上海：上
海古籍，1982年），「附錄」，頁1511～1514；另篇名爲〈湯義仍先生傳〉則
收於毛效同編《湯顯祖研究資料彙編》（上海：上海古籍，1986年），頁80～
84。

〔註6〕 收在《湯顯祖詩文集》中戲曲之外的作品有詩二千二百餘首、文六百五十餘
篇、賦三十一篇，分爲《紅泉逸草》（詩集），《問棘郵草》（以詩爲主）、《玉
茗堂集》（包括《玉茗堂詩》）、《玉茗堂賦》、《玉茗堂文》、《玉茗堂尺牘》、《制
義》等多種。此也可見湯顯祖以詩文爲主，戲曲是其餘興之作。至於湯顯祖
詩文風行的程度，鄒迪光在〈臨川湯先生傳〉說：「都士人展相傳誦，至今紙
貴」。

學道。終未能忘情所習也。〔註7〕

直到六十五歲，還明確堅持著「吾猶在此爲情作使，劬於伎劇」的身分；並且往往親臨梨園觀賞與指點伶員等。〔註8〕

《牡丹亭》出現在《西廂記》的兩百年後，在萬曆二十六年（1598）秋天問世，是湯顯祖定評自己：「一生四夢，得意處惟在《牡丹》」，〔註9〕亦是傳奇創作「文士化」代表作品之一，〔註10〕從明代萬曆年間開演以來，流傳至今，成爲崑曲之最勝名劇，《牡丹亭》一劇的表演史，直是四百多年中國崑劇的精華縮影。劇中杜麗娘「天下第一有情人」之女性形象，爲情還魂復生，超邁奇絕。情事引人，劇作一出版，即「家傳戶誦，幾令《西廂》減價」；也因劇情有違當時風俗，審查者大加撻伐，認爲它有影射政治或冶豔之嫌，戲碼或者遭到刪減，或者改寫。〔註11〕

事實上，「情至」、「情眞」是湯顯祖從哲學到文學、美學思想體悟的根本；然而，明代理學、禮教瀰漫，文學又復古，湯顯祖要如何突破習風，他在〈點校虞初志序〉一文，立意頗高，其序言開頭並不急於評論《虞初志》，而是先說明小說與人生的關係，並及於人格情調與文學的主張：

> 蓋神丘火穴，無害山川嶽瀆之大觀；飛莖秀萼，無害豫章竹箭之美
> 殖；飛鷹立鵠，無害祥麟威鳳之遊栖。然則稗官小說，奚害於經傳
> 子史？游戲墨花，又奚害於涵養性情耶？東方曼倩以歲星入漢，當
> 其極諫，時雜滑稽；馬季長不拘儒者之節，鼓琴吹笛，設絳紗帳，
> 前授生徒，後列女樂；石曼卿野飲狂呼，巫醫皁隸徒之游。之三

〔註 7〕 此見於徐朔方箋校《湯顯祖詩文集》（上海：上海古籍，1982 年），卷十六，頁 631～633，此又見於〈答陸景鄴〉，大意幾同。此詩作於萬曆三十六年（1608），湯顯祖五十九歲家居中。

〔註 8〕 關於湯顯祖的劇場活動，可參王安祈《明傳奇之劇場及其藝術》（臺灣：臺灣學生，1986 年），〈明代劇團之類別及組織〉一文，頁 73～120。

〔註 9〕 清梁廷柟（1796～1861）《曲話》：「玉茗『四夢』，《牡丹亭》最佳，《邯鄲》次之，《南柯》又次之，《紫釵》則強弩之末耳」，其中以《牡丹亭》第一，是作家與讀者的看法相同。梁廷柟之語引自毛效同編《湯顯祖研究資料彙編》（上海：上海古籍，1986 年），頁 698。

〔註 10〕 中國戲曲作品詞律並美，結構排場俱佳，堪稱集戲曲文學藝術之大成者，則個人以爲非清康熙間洪昇《長生殿》莫屬。其他名著，如元末高明《琵琶記》係宋元戲文過渡明代新戲文之樞紐，本身完成文士化被後人稱作「傳奇之祖」。

〔註 11〕 到了 1780 年乾隆年間，衛道者還將之列入傷風敗俗的書單上，1868 年同治頒旨，正式列爲禁書，除了下令焚毀，並且禁演。

子，曷嘗以調笑損氣節，奢樂墮儒行，任誕妨賢達哉？讀書可譬已。〔註12〕

湯顯祖認為：宇宙萬物，無所不有，各有其存在價值，各種生活態度也自有其趣味，不必盡拘於禮教，個人自有愛好如東方曼倩、馬季長與石曼卿三人之放達、調笑、任誕者，正是追求個性、展現人格風度，也是稗官小說的文學目標。正如吳梅在〈四夢跋〉中說到明代知識階層的習態，可補充說明湯顯祖對曼倩詼諧或東坡笑罵都不失為一種人格情調的欣賞觀點：

> 明之中葉，士大夫好談性理，而多矯飾，科第利祿之見，深入骨髓。若士一切鄙棄，故假曼倩詼諧，東坡笑罵，為色莊中熱者下一針砭。其自信曰：「他人言性，我言情。」又曰：「理之所必無，安知情之所必有？」又曰：「人間何處說相思，我輩鍾情似此。」蓋惟有至情，可以超生死，忘物我，通真幻，而永無消滅；否則形骸且虛，何論勳業，仙佛皆妄，況在富貴？世之持買櫝之見者，徒賞其節目之奇，詞藻之麗；而鼠目寸光者，至訶為綺語，詛以泥犁，尤為可笑。〔註13〕

那麼，別人言「理」，湯顯祖好「情」，二者立場分判。《牡丹亭》中，湯顯祖所以以「情」為生命定調，又定論「情」是最高價值，何故？其對「情」的思考如何一步步形成？「情」又是什麼？置身在黯沉政壇，從科考蹇途到離開仕宦，其中的衝突與抉擇，湯顯祖透露出的性格與原則又為何？生涯的選擇、「情觀」的凝成與他的個性、身家、師承與摯友有何關係？從年少以文章自命的信心，到中年決意詩曲，還轉寫戲曲《四夢》，在個性、外在環境、學友往來與心路之數者激發中，他在「政治人」與「文學人」之間如何轉折身分？四十二歲時遞呈的〈論輔臣科臣疏〉一文起了什麼作用？而其生命思考盡在《四夢》，他也自許「《牡丹》第一」，那麼，湯顯祖究竟要借《牡丹亭》文本說出什麼心聲？表出哪些情志？他賦予杜麗娘以表其情的觀點為何？他以美好想像創造了理想的自由世界，又用意何在？

　　以下分述：一、湯顯祖的根性與轉折，二、狂斐駁蕩與李贄、達觀，三、湯顯祖的情觀，四、杜麗娘與柳夢梅「情真」之歷程與美學。

〔註12〕其〈點校虞初志序〉一文引自徐朔方箋校《湯顯祖詩文集》（上海：上海古籍，1982 年），卷五十，頁 1481～1482。

〔註13〕吳梅〈四夢跋〉一文引自毛效同編《湯顯祖研究資料彙編》（上海：上海古籍，1986 年），頁 711～712。

第一節　湯顯祖的根性與轉折

　　湯顯祖（1550～1616），生於明世宗嘉靖二十九年，卒於神宗萬曆四十四年，字義仍，號海若、若是，自署清遠道人，晚號繭翁，任職過南京、徐聞、遂昌。四十九歲黜官，鄉居玉茗堂，至於六十七歲去世。弱冠即才華初露，二十一歲秋試八名中舉，「雖一孝廉乎，而名蔽天壤，海內人以得見湯義仍為幸」，〔註14〕性情耿介磊落，雖四度落第，「然終不能消此眞氣」，直到張居正死，才開始仕途。他自負「某頗有區區之略，可以變化天下」，〔註15〕拒絕籠絡，致於宦途多任小官。而一生著作豐富，二十六歲即有兩部詩集問世，深有文名。萬曆二十五年（1597），湯顯祖完成《牡丹亭》後，告歸，三年後被陷以「負才輕佻」、「浮躁」之毀名，此後歸隱十八年，居玉茗堂，一生清貧，以筆代劍，生平所寫傳奇詩文，百餘萬言。湯顯祖「所縣重海內，不獨以才」，以思想、文學，深受推崇，是以當時「學官諸弟子，爭先北面承學於他」。〔註16〕

　　然而，湯顯祖的一生浮沈，是當時許多知識階層、青雲之志者的共同處境；一秉「眞氣」，如何做眞正的自己，心情多有衝突，〔註17〕其思想、行止、作品，往往流露出儒家、道家，甚至佛家的思維，紛亂擺盪；最終則是選擇離開官場，完成信念。他自知心性簡易，自然「不習為官」；考了科舉，卻又堅持「不敢從處女子失身也」的潔志；當了官，慨然以經濟殷殷自勉：「某頗有區區之略，可以變化天下」，又不免矛盾於「事業不可為，君子薄時勢」；即使歸鄉閒居，亦時或無奈：「若吾豫章之劍，能干斗柄，成蛟龍，終不能已世之亂」，〔註18〕其中的轉折關鍵在於四十二歲，一紙〈論輔臣科臣

〔註14〕引自鄒迪光〈臨川湯先生傳〉一文，收於徐朔方箋校《湯顯祖詩文集》（上海：上海古籍，1982年），「附錄」，頁1511～1514。

〔註15〕與「然終不能消此眞氣」句，均引自湯顯祖〈答余中宇先生〉一文，參徐朔方箋校《湯顯祖詩文集》（上海：上海古籍，1982年），卷四十四，頁1244～1245。

〔註16〕與「所縣重海內，不獨以才」句，乃引自湯顯祖友人劉應秋（1547～1620）〈徐聞縣貴生書院記〉一文，收於毛效同編《湯顯祖研究資料彙編》（上海：上海古籍，1986年），頁99～100。

〔註17〕考官沈自邠觀察他並直言其性格的矛盾：「以子之才，齒至而獲一第，何也？凡人有心，進退而已。然觀子之色，若進若退，當何處心耶？」見其〈酬心賦〉，引自徐朔方箋校《湯顯祖詩文集》（上海：上海古籍，1982年），卷二十六，頁976～978。

〔註18〕此其於〈李超無問劍集序〉之透露，文見徐朔方箋校《湯顯祖詩文集》（上海：

疏），〔註19〕與他對晚明政治的觀察與關注有很大關係，更關係到他該年及以後的生涯、創作與思想觀點，更由政治性格轉向文學性格。

而明朝，《明史》記：「論者謂明之亡，實亡於神宗」，〔註20〕明朝覆亡於思宗崇禎（1611～1644），肇端則早在神宗（1563～1620）萬曆的這個醉夢時期。神宗皇帝與首輔張居正（1525～1582），兩人看似君臣關係，但其牽連龐大，從張居正「厲聲」斥責萬曆，使皇帝「悚然驚起」，直到萬曆十年（1582），張居正一死，萬曆不理上朝二十多年，內廷寂闇，政風蕭條，抽刮礦稅等，以致民怨四起。尤其捲入許多有志者的萬曆黨爭如「趙用賢事件」，政爭如「趙邦清事件」，礦稅如「李三才案」，在朝、在野的正類君子，尤其被羅織誅殺，不計其數；從太祖之「猜忌好殺」，至於此時，「京官每旦入朝，必與妻子訣，及暮無事，則相慶以為又活一日」，甚至痛別而言「此生不復得見」等的政治挫折與生命要脅感，〔註21〕都萌生了何去何從的價值選擇之難題。

對湯顯祖而言，除了以上政治事件之外，他對自己性情的覺察、師承羅汝芳等人、十二年的宦海心得，又經歷李贄自刎、長子士蘧猝死、達觀受害、大計黜官等個人事件，許多的公事私情，讓他一步步整理出自己與外在環境的關係，特別是確定自我去從的部份。湯顯祖心中好惡分明，惟行政任官終以政事為重，出任地方也以鄉里為重，對於朝綱衰微，有想出力卻無力可出的窘境，便端看他自己將忍到何時何事而已。

如果湯顯祖只看重個人的青雲無路，他的可觀也就不多，青雲其實有路，只是他不要；身旁關心世道的俠儒士夫，宦路升沉，一樣來自於是否結黨而非淑世的理想，黑暗政治下，究竟是政治操作的心術有問題？或者是知識份

上海古籍，1982 年），卷三十一，頁 1049～1050。

〔註19〕〈論輔臣科臣疏〉全文可參見徐朔方箋校《湯顯祖詩文集》（上海：上海古籍，1982 年），卷四十三，頁 1211～1214。

〔註20〕清張廷玉等《明史》說神宗其人「性岐疑」，且贊之曰：「神宗冲齡踐阼，江陵秉政，綜核名實，國勢幾於富強。繼乃因循牽制，晏處深宮，綱紀廢弛，君臣否隔。於是小人好權趨利者馳騖追逐，與名節之士為仇讎，門戶紛然角立。馴至忿、懟，邪黨滋蔓。在廷正類無深識遠慮以折其機牙，而不勝忿激，交相攻訐。以致人主蓄疑，賢姦雜用，潰敗決裂，不可振救。故論者謂明之亡，實亡於神宗，豈不諒歟。」可詳參《明史》（北京：中華，1997 年），卷二十，「本紀」第二十，〈神宗一〉，頁 261～296。

〔註21〕數語引自清趙翼《二十二史劄記》（臺北：臺灣中華，1981 年），卷三十二，「明史」。

子過於自捧而缺乏適應現實的彈性有問題？或是跟所讀聖賢道理有衝突？下文以湯顯祖的根性、受泰州學派影響與受政治事件的影響，來觀察他思想的本質、轉向或調整，而明代強勢的政治體質也必須說明，才能理解其加諸在知識階層的挑戰。

一、思想的根性——「平生只爲認眞」與「性簡易」〔註22〕

　　湯顯祖家族四代耕讀，有秀才。祖父湯懋昭多次秋試未中，四十餘歲棄儒從道，湯顯祖是家族賦予眾望的「寧馨兒」，取名命字是希望他遵義耀祖，是以深受庭訓。父親湯尚賢則專力在儒，設書堂、延學者以授之科舉，〔註23〕而湯顯祖一生思想是淵源於家學的，這是他說「家君有名教，大父能陰騭」、「家君恒督我以儒檢，大父輒要我以仙遊」的原因。〔註24〕家族藏書逾四萬卷，提供湯顯祖充分的資源，這與明代中期以後刻坊印書業興盛、藏書風氣所及有關。書籍開通不乏小說野史一類的閑賞書籍，其中，更收藏有一千餘種元明戲曲刻本，是他寫《四夢》相當重要的材料與靈感來源，〔註25〕讀劇、觀劇、寫劇，極其自然。又好讀書，萬曆十一年（1583），中進士後，到南京任職，仍「至則閉門距躍，絕不懷半刺津上，攤書萬卷，作蠹魚其中。每至丙夜，聲琅琅不輟。家人笑之：『老博士何以書爲？』曰：『吾讀吾書，不問博士與不博士也。』」〔註26〕在書風氳氲中，自在得吟誦陶養。

　　湯顯祖對自己性格的認知在於「認眞」與「簡易」二者，也因此當身處

〔註22〕「平生只爲認眞」語爲湯顯祖自言，引自其〈與宜伶羅章二〉；「性簡易」語則是出自查繼佐〈湯顯祖傳〉。前文收於徐朔方箋校《湯顯祖詩文集》（上海：上海古籍，1982 年），卷四十九，頁 1426～1214；後者則是「附錄」，頁 1517～1518。

〔註23〕羅汝芳即是嘉靖四十一年，湯顯祖十三歲時，父親湯尚賢延請以教六子於城內唐公廟。

〔註24〕前詩〈三十七〉，見於徐朔方箋校《湯顯祖詩文集》（上海：上海古籍，1982 年），卷八，頁 227，後詩出自〈和大父遊城西魏夫人壇故址詩〉，《湯顯祖詩文集》卷二，頁 22。湯顯祖早年詩集《紅泉逸草》有〈寄饒嵩〉、〈占仙亭晚歸〉、〈蜂下示採藥客〉等爲證。此外他還博覽雜學，鄒迪光（彥吉）萬曆進士〈湯義仍先生傳〉：「讀諸史百家汲冢連山諸書矣。……通天官、地理、醫藥、卜筮、河籍、墨兵、神經、怪牒諸書矣。」見毛效同編《湯顯祖研究資料彙編》（上海：上海古籍，1986 年）上，頁 80。

〔註25〕隆慶六年（1572），除夕，湯家失火，藏書幾去。

〔註26〕引自鄒迪光〈湯義仍先生傳〉，可參毛效同編《湯顯祖研究資料彙編》（上海：上海古籍，1986 年）上，頁 80～84。

心計狡黠、時局紛紛之中，雖不免有「人生何必深也」之歎、不無困惑，猶能確認自己不移之「根性」，「根性」就是湯顯祖所謂的如雉之「耿介」、「耿介，義也」，〔註 27〕「耿介幽余之逖募兮，眾呵余之不然」，〔註 28〕乃縱使他人不以爲然，進退之間，他總也要維護自己的天眞。

他一生「認眞」的性格，從與家人朋友相處，到了面對政治與文學的態度，皆然；而「簡易」使他往往在混亂的時局宦路之中，心雖雜，卻也體省一個自處處人的原則。他在祝賀門人李孺德成進士時，教他爲官嚴謹自愛之道，說是：「吾輩初入仕路，眼宜大，骨宜勁，心宜平。勿乘一時意興，便輕落足，後費洗祓也。顧僕一生拙宦，而教人宦乎。然亦以拙教也。」〔註 29〕看似「拙宦」，即使自知「不黨」所可能導致的危機與寂寞，「遵時養晦以存眞」〔註 30〕卻才是他認爲值得堅持的主見。這個主見來自「平生只爲認眞」的性情，雖然時局紛紛而不可卒行，世事難以教人認眞，就像角色搬演，總還要守住本分，〔註 31〕他回函致意于中父以表心跡，說自己寧願在家老萊娛親，也不願意公服折腰：「拔蚊睫者能斬鵬翼耶？世局何常，根性已定。」〔註 32〕直到晚年六十四歲時，湯顯祖回顧自己的一生，說自己無論「閱人」、「通物」都有差池，只是「雅從文行通人游，終以孤介迂蹇，違於大方」，〔註 33〕狷介雖然辛苦，作個眞正的自己，還是好些。

〔註 27〕湯顯祖以爲從「耿介」則易於演至「孤介」（其〈謝鄒愚公〉語，爲其六十四歲之言：「雅從文行通人遊，終以孤介迂蹇，違於大方。」）惟求忠實自己、無愧以爲「世儀」便罷。「耿介」語引自湯顯祖〈送吳侯本如內徵歸宴世儀堂碑〉，收於徐朔方箋校《湯顯祖詩文集》（上海：上海古籍，1982 年），卷三十五，頁 1147～1148。

〔註 28〕此表白心跡之語，其中「呵」或爲「哂」，見於湯顯祖〈廣意賦并序〉一文，全文可參徐朔方箋校《湯顯祖詩文集》（上海：上海古籍，1982 年），卷五，頁 139～142。

〔註 29〕其自表與期勉之語引自湯顯祖〈寄李孺德〉，見於徐朔方箋校《湯顯祖詩文集》（上海：上海古籍，1982 年），卷四十九，頁 1438。

〔註 30〕此原是湯顯祖致進士王宇泰〈答王宇泰太史〉語，見於徐朔方箋校《湯顯祖詩文集》（上海：上海古籍，1982 年），卷四十四，頁 1236～1237。

〔註 31〕其〈與宜伶羅章二〉說：「《牡丹亭》記，要依我原本，其呂家改的，切不可從。……我平生只爲認眞，所以做官做家，都不起耳。」見徐朔方箋校《湯顯祖詩文集》（上海：上海古籍，1982 年），卷四十九，頁 1426。

〔註 32〕其以「拔蚊睫者」自喻力不足以斬鵬翼，藉言自性與心志，其言見於〈答于中父〉，見於徐朔方箋校《湯顯祖詩文集》（上海：上海古籍，1982 年），卷四十七，頁 1357。

〔註 33〕與「閱人」、「通物」均是爲湯顯祖六十四歲時與鄒迪光語，引自〈謝鄒愚公〉，

二、淑世與懷疑

　　湯顯祖的儒學啓蒙者，是父親爲他們兄弟延聘的泰州學派羅汝芳。羅汝芳對湯顯祖的影響並不只限於思想，當然羅汝芳思想並不直接涉及文學藝術，卻間接提供了湯顯祖從思想轉涉到文學藝術觀點的哲學基礎。

（一）「明德先生者，時在吾心眼中矣」〔註34〕──羅汝芳與湯顯祖

　　羅汝芳（1515～1588），出身泰州學派顏鈞門下，影響了湯顯祖早期思想。他以講學化俗、關切世道爲志，期望達到「感人心於和平，風世俗以淳厚，而王道蕩平之化，可以會其有極、歸其有極也。」〔註35〕當時，嘉靖四十二年（1563），羅汝芳在盱江興講會、建修書院，「一時有三代之風」；〔註36〕湯顯祖十三歲，首次負笈問道，直到四十九歲立意絕宦之前，湯顯祖大抵依循入世儒家，知識分子讀聖賢書以負淑世之社會責任，知行要合一，自內聖而外王。

　　羅汝芳有異於泰州學派如李贄、何心隱等人之狂簡，他一方面以平緩溫和說《大學》道理，熱愛人群；一方面則排抑佛老，到了晚年更甚。〔註37〕就心體論而言，羅汝芳仍然敬重陽明致良知之學脈，進而體悟出「赤子良心」；但關於實踐的工夫，則另有反省與強調，他認爲必須配以敬畏戒愼，以避免落於人人爲聖、無所依循的空洞，而孝弟更爲仁之「本處」，所陳：若人能思

　　　可參徐朔方箋校《湯顯祖詩文集》（上海：上海古籍，1982 年），卷四十六，頁 1305～1306。

〔註34〕引文見於湯顯祖寫給理學家管東溟〈答管東溟〉，可參徐朔方箋校《湯顯祖詩文集》（上海：上海古籍，1982 年），卷四十四，頁 1229～1230。

〔註35〕是語引自羅汝芳《羅近溪先生明道錄》（臺北：廣文，1987 年），卷三，「論天」。

〔註36〕此次「湯顯祖來學」乃羅近溪四十九歲事，可參方祖猷、梁一群、〔韓〕李慶龍、潘起造、羅伽祿編校整理《羅汝芳集》（南京：鳳凰，1982 年），「附錄」，方祖猷〈羅汝芳年譜〉，頁 900。

〔註37〕黃宗羲〈參政羅近溪先生汝芳〉言羅近溪之學：「王塘南言先生（羅汝芳）蚤歲於釋典元宗，無不探討，緇流羽客，延納弗拒，人所共知。而不知其取長棄短，迨有定裁。《會語》出晚年者，一本諸《大學》孝弟慈之旨，絕口不及二氏。其孫懷智嘗閱《中峯廣錄》，先生輒命屏去，曰：『禪家之說，最令人躲閃，一入其中，如落陷阱，更能轉頭出來，復歸聖學者，百無一二。』可謂知先生之長矣。」可見羅近溪一本孝弟慈，又未近二氏，其刻意自持有明確紀錄。〈參政羅近溪先生汝芳〉文見黃宗羲《明儒學案》（臺北：世界，1973 年），卷三十四，「泰州學案三」，頁 334～336。引文標點爲筆者所加。

父母生養自己之千萬辛苦而未能報以分毫，又能思父母望自己之千萬高遠而也未能做到分毫，心中自然悲愴而情難已、知疼痛；以此疼痛之心以遇物遇人，則必滿腔惻隱，而肯方便慈惠、周卹溥濟了。〔註38〕順此，他特別說明了孝弟工夫，其語錄中：

> 孔子云人性相近是説天下中人居多，故其立教亦以中庸爲至。即如此會四五百人，誰便即能到得堯舜？然其道只是孝悌，孝悌則人人可爲也。……故曰人親其親、長其長，而天下平。吾人出世一場，得親見天下太平亦足矣。又何必虛見空談，清奇奧妙，割股廬墓，希望高遠，而終不足以濟實用？又何必束手縛足，畏縮矜持，而苦節貞凶也哉？〔註39〕

可見，他不喜玄虛描摹良知，也不講拘謹工夫，就是在日常平實努力做孝弟；再者，校，「默識成法」在於「今日便當向半夜五更，默默靜靜考問自己的心腸」之「一心一意」，〔註40〕因爲做得出來，心性主體觸然即動，此是黃宗羲（1610～1695）説他學問受用之處：「近溪舌勝筆，微談劇論。所觸若春行雷動，雖素不識學之人，俄頃之間，能令其心地開明，道在眼前。一洗理學膚淺套括之氣，當下便有受用」，〔註41〕乃重新回到先秦儒學的「欲仁而仁至」的實踐力道。

羅汝芳站在人性爲善的立場，大力反對明帝以法治國的措施，他深感惶恐的是：

> 余自始入仕途，今計年歲，將及五十。竊觀五十年來，議律例者則日密一日；制刑具者則日嚴一日；任稽察施拷訊者則日猛一日。每當堂階之下，牢獄之間，觀其血肉之淋漓，未嘗不鼻酸頟蹙爲之嘆曰：此非盡人之子與？……夫豈其皆善於初，而皆不善於今哉？……

〔註38〕羅近溪「本處」之述可詳參原文〈近溪語錄〉，見於黃宗羲《明儒學案》（臺北：世界，1973年），卷三十四，「泰州學案三」，頁345。

〔註39〕羅近溪弟子所輯其語錄爲《盱壇直詮》，此文引自明曹胤儒編《盱壇直詮》（臺北：中國子學名著集成編印基金會，1978年），卷上，頁183～185。引文標點爲筆者所加。

〔註40〕「默識成法」、「今日便當向半夜五更」與「一心一意」三語，均引自羅近溪語錄《盱壇直詮》（臺北：中國子學名著集成編印基金會，1978年），卷上，頁82。

〔註41〕引自黃宗羲《明儒學案》（臺北：世界，1973年），卷三十四，「泰州學案三」，〈參政羅近溪先生汝芳〉，頁334～336。

　　諸君第目前日用，惟見善良歡欣愛養，則民之頑劣必思掩藏，上之
　　嚴峻亦必少輕省。謂人情世習終不可移者，恐亦無是理矣。〔註42〕

固然，這種人道的想法沒能撼動明代法網，但羅汝芳透過講學，也的確啓蒙
湯顯祖一類心擁清明之志的儒官。後來，萬曆十二年（1584）後，湯顯祖擔
任遂昌五年，吏治清明，未捕一婦，未死一囚，獄政開明，除了是他的性情，
也是受到師承的影響。

　　萬曆十四年（1586）羅汝芳再過南京，與諸儒聚談性命之學時，湯顯祖
當時任南京，所以時往談學，李贄亦在其列。當時羅汝芳眼見不第之後的湯
顯祖從儒歧出、感染狂風，失性於「戲逐詩賦歌舞游俠如沈君典輩，相與傲
睨優伊」之中，隨即以當頭棒喝湯顯祖，羅汝芳問了湯顯祖一個關於生命價
值的根本問題，湯顯祖被問倒，後來他在寫給遂昌諸生〈秀才說〉重提這件
往事，還提到自己爲此夜思難眠：「吾生四十年矣。十三歲時從明德先生遊。
血氣未定，讀非聖之書。所遊四方，輒交其氣義之士，蹈厲靡衍，幾失其
性。中途復見明德先生，嘆而問曰：子與天下士日泮渙悲歌，意何爲者，究
竟於性命何如，何時可了？」〔註43〕湯顯祖不禁立定久省：活到四十多歲的
自己，再晃蕩下去，能夠慰養多少空虛？於是他改悟到：「知生之爲性也，非
食色性也之生；豪傑之士是也，非迂視聖賢之豪。」雖然湯顯祖在〈太平山
房集選序〉也自責過疏離儒學，說：

　　蓋予童子時從明德夫子遊，或穆然咨嗟，或熏而與言，或歌詩，或
　　鼓琴。予天機泠如也。後乃畔去，爲激發推蕩歌舞誦數自娛。積數
　　十年，中庸絕而天機死。〔註44〕

後來，湯顯祖仍舊沒有走向明心復性的理學之路，羅汝芳對湯顯祖思想的啓
蒙，卻間接提供了湯顯祖文藝觀的思想基礎，黃宗羲因之評議他：「先生之學，
以赤子良心不學不慮爲的，以天地萬物同體徹形骸忘物我爲大。此理生生不
息，不須把持，不須接續，當下渾淪順適」，〔註45〕等於是鼓勵自由個性或意

〔註42〕文見黃宗羲《明儒學案》（臺北：世界，1973年），卷三十四，「泰州學案三」，
　　　　〈近溪語錄〉，頁342。
〔註43〕此其在〈秀才說〉猶豫之言，參見徐朔方箋校《湯顯祖詩文集》（上海：上海
　　　　古籍，1982年），卷三十七，頁1166～1167。
〔註44〕其〈太平山房集選序〉一文見於徐朔方箋校《湯顯祖詩文集》（上海：上海古
　　　　籍，1982年），卷三十，頁1036～1038。
〔註45〕引自黃宗羲《明儒學案》（臺北：世界，1973年），卷三十四，「泰州學案三」
　　　　〈參政羅近溪先生汝芳〉，頁335。

志的創作，不久以後，他寫《紫釵記》、傾慕李贄跟結交達觀等等，這些在儒家看來是爲情所累的事，大概跟他崇仰羅汝芳一樣，都是跟隨著他自己自然的根性，中庸的接納與調和，而非強烈的取捨吧。

（二）「富貴者，明主所以誘天下公直」〔註46〕——湯顯祖與明代政治

明太祖（1328～1398）以一介寒微而爲開國皇帝，如何爭取支持與鞏固君權，特別是知識份子，是他跟其他皇帝既惶惶不安，也是最要深謀的對策，便著手政治、科舉、法制三方面：以理學爲國教，以八股爲舉士，嚴訂酷刑，軟硬兼施，以收中央集權之效。

首先，他採取政教合一，尊儒崇經，「即位之初，首立太學，命許存仁爲祭酒，一宗朱氏之學，令學者非五經孔孟之書不讀，非濂洛關閩之學不講」，〔註47〕還命令儒臣胡廣（1369～1418）等人編輯《五經大全》、《四書大全》、《性理全書》，以頒布天下，表面上是給理學獨尊的地位，其實要收的是君君臣臣、臣必忠君的效果，尤其他先刪去了其中有關鼓勵「革命」的文字，更見其用心。

其次，憲宗（1447～1487）成化時，理學國教發展出八股考試的制度，從童生進學到殿試，全依《四書》，不只形式有規定，內容也僅能在《四書》內「代聖賢立言」，發揮義理僅依程朱注釋，而不須要抒發想法，科舉變成一張進入官場的持券，這是湯顯祖何以在〈論輔臣科臣疏〉感喟：「富貴者，明主所以誘天下公直」的背景。萬一考不成，就一試再試，消磨力氣，《牡丹亭》陳最良就是這種士林風氣下的典型，一個耗擲生命的陳最良，後來到清代就被寫成一大本《儒林外史》來。湯顯祖四次春試未第，當然牽涉了更複雜的官場人際學。

再者，明太祖以犯法日眾，法律不敷，親制嚴訂酷刑，設三法司、四新

〔註46〕 引自湯顯祖作於萬曆十九年（1591）辛卯四月，在南京禮部祠祭司主事任，年四十二時所呈〈論輔臣科臣疏〉忠諫殷勤之語，收於徐朔方箋校《湯顯祖詩文集》（上海：上海古籍，1982年），卷四十三，頁1211～1214。

〔註47〕 繼而成祖時，甚至「益張而大之，命儒臣輯《五經》、《四書大全》及《性理全書》頒布天下」，與前文均引自清人陳鼎《東林列傳》（臺北：明文，1991年），卷二〈高攀龍傳〉，頁005、136。許存仁，其傳見於《明史》卷一百三十七，「列傳二十五」，太祖悅用之，「存仁出入左右垂十年，自稽古禮文事，至進退人才，無不與論議」，後以忤旨死獄。

制，《明史‧刑法志》：「三法司曰刑部、都察院、大理寺。刑部受天下刑名，都察院糾察，大理寺駁正」；〔註48〕明成祖（1360～1424）以後還開發出新刑罰：「刑法有創之自明，不衷古制者，廷杖、東西廠、錦衣衛、鎮撫司獄是已。是數者，殺人至慘，而不麗於法。踵而行之，至末造而極。舉朝野命，一聽之武夫、宦豎之手，良可歎也」，〔註49〕湯顯祖反感錦衣衛暗緝風聞、媒糵人罪的惡行，曾寫〈錦衣鳥〉以諷刺「中有怪大鳥，好作犬號吠」，〔註50〕懲刑時甚至「開天殺人處，陰風覺沉昧」，包括貞節的獎勵，後來學者動輒逕謂「以禮殺人」，其實究竟是誰殺了人，在這裡，應更容易看出端倪了。

　　湯顯祖應考取仕，恰好與嚴嵩（1480～1567）、張居正（1525～1582）專政同時，他從二十一歲中舉人，年二十二、二十五、二十八、三十一，四次春試不第，整整隔過十三年，直到三十四歲，萬曆十一年（1583），張居正病故，他才終以第三甲第二百十一名及榜二十一歲中舉進士，符合家中期待，一出生，手紋有「文」字的異稟。湯顯祖年輕就負學名，當時人爭訪之，張

〔註48〕見於清張廷玉等《明史》（北京：中華，1997 年），卷九十四，「志」第七十，〈刑法二〉，頁 2305。明太祖所以重典治國，〈刑法一〉申之：「始，太祖懲元縱弛之後，刑用重典，然特取決一時，非以為則。後屢詔釐正，至三十年始申畫一之制，所以斟酌損益之者，至纖至悉，令子孫守之。羣臣有稍議更改，即坐以變亂祖制之罪。而後乃滋弊者，由於人不知律，妄意律舉大綱，不足以盡情偽之變，於是因律起例，因例生例，例愈紛而弊愈無窮。……因循日久，視為具文。由此奸吏舞法，任意輕重。至如律有取自上裁、臨時處治者，因罪在八議不得擅自勾問、與一切疑獄罪名難定、及律無正文者設，非謂朝廷可任情生殺之也。英、憲以後，欽恤之意微，偵伺之風熾。巨惡大憝，案如山積，而旨從中下，縱之不問；或本無死理，而片紙付詔獄，為禍尤烈。故綜明代刑法大略，而以廠衛　終之。」太祖同時親力親為：「每御西樓，召諸臣賜坐，從容講論律義。十二月，書成，凡為令一百四十五條，律二百八十五條。又恐小民不能周知，命大理卿周楨等取所定律令，自禮樂、制度、錢糧、選法之外，凡民間所行事宜，類聚成編，訓釋其義，頒之郡縣，名曰《律令直解》。」書一成，太祖覽書而喜，要人臣悉心參究，還要親自酌議：「吾民可以寡過矣。」然而法網恢恢，造成臣民朝不保夕、體無完膚，以致於果真「網密則水無大魚，法密則國無全民」了。可詳參《明史》（北京：中華，1997 年），卷九十三，「志」第六十九，〈刑法一〉，頁 2272～2304。

〔註49〕引自清張廷玉等《明史》（北京：中華，1997 年），卷九十四，「志」第七十一〈刑法三〉，頁 2329。

〔註50〕湯顯祖對此政治特務機關之殺人工具刺其乃是「開天殺人」者，其〈錦衣鳥〉收於徐朔方箋校《湯顯祖詩文集》（上海：上海古籍，1982 年），卷十，頁318。

居正甚至還曾經命諸子延致而未果；〔註 51〕但宦途延滯，原因出在於拒絕當局慇懃，他說自己：「某少有忼壯不阿之氣，發藥良中。某頗有區區之略，可以變化天下」，〔註52〕顯見他欲以澄清天下之初發壯志。

從二十一歲到三十四歲，湯顯祖用十三年的時間去實驗獲致功名跟經營人際的關係；再從三十四歲到四十二歲期間，從中央任職到自請外放地方，浸身官場，特別是北京觀政禮部一年餘，性情略有轉移，見他寫給理學家管東溟之〈答管東溟〉文中說：

> 成進士，觀政長安，見時俗所號賢人長者，其屈伸進退，大略可知。
> 而嘿數以前交遊，俊趣之士，亦復遊衍判渙，無有根抵。不如掩門
> 自貞。〔註53〕

他深深體會「清者自清」的必要與困難。萬曆十三年（1585），湯顯祖時年三十五，結束觀政，自請出任南京太常寺博士閑職，與顧憲成、李三才等結友，發爲輿論。萬曆十二年（1584），張居正科場弊案，旋成黨爭，湯顯祖以關心天下爲優先，調和派系爲念，主張「與其開而兩傷，不如交而兩成」，這是他從「頗有區區之略，可以變化天下」天眞的傻想抱負，配合現實後，重新調整的折衷辦法，面對亂政，他逐漸柔斂側身以對，李贄、達觀則堅執捨我其誰，這也是他跟李贄、達觀最終不同的地方。然而，官場可以保持距離，對天地不仁之蒼生，他則向來介意，萬曆十五年（1587）江南一帶發生大饑疫，作〈疫〉：

> 西河尸若魚，東嶽鬼全瘦。江淮西米絕，流餓死無覆。炎朔遞烟熅，
> 生死一氣候。金陵佳麗門，輀席無夜晝。腦髮實渠薄，天地日熏臭。
> 山陵餘王氣，戶口入鬼宿。猶聞吳越間，疊骨與城厚。宿秬苦遲種，
> 香秔未黃茂。長彗昔中天，氣歊十年後。乘除在饑疫，發泄免兵寇。
> 恩澤豈不洗，鼎鬲多旁漏。精華豪家取，害氣疫民受。君王坐終北，
> 遍土分神溜。何惜飲餘人，得沾香氣壽。〔註54〕

〔註 51〕 張居正延致湯顯祖而未成之事，見於《明史・湯顯祖傳》。

〔註 52〕 引自〈答余中宇先生〉，可參徐朔方箋校《湯顯祖詩文集》（上海：上海古籍，1982 年），卷《湯顯祖集》，頁 1244～1245。

〔註 53〕 引自湯顯祖〈答管東溟〉一文，收於徐朔方箋校《湯顯祖詩文集》（上海：上海古籍，1982 年），卷四十四，頁 1244～1245。

〔註 54〕 〈疫〉一首見於徐朔方箋校《湯顯祖詩文集》（上海：上海古籍，1982 年），卷八，頁 247；另萬曆十六年（1588），春三月時，山西、陝西、河南、南畿與浙江，都發生大饑疫。

所學聖賢，儒學教他的正是以天下蒼生爲念的道德實踐。

三、「言官豈盡不肖」〔註55〕──〈論輔臣科臣疏〉

　　趙邦清事件之前，萬曆十八年（1590）神宗以星變嚴責言官欺蔽，〔註56〕
萬曆十九年（1591），四十二歲的湯顯祖深感內廷腐敗，「輔臣欺蔽、科臣賄
媚」，藉星變陳言〈論輔臣科臣疏〉文中，陳訴神宗執政之可惜者有四：爵祿
可惜、人才可惜、成憲可惜，藉以議諫神宗之「聖政可惜」，措詞懇直：

　　　　陛下經營天下二十年於茲矣。前十年之政，張居正剛而有欲，以羣
　　　　私人囂然壞之。後十年之政，時行柔而有欲，又以羣私人靡然壞
　　　　之。〔註57〕

孰知觸怒神宗，遠謫廣東徐聞。萬曆二十一年（1592），改調浙江遂昌知縣，
當時最後促成他下決心的是朝廷礦稅之事，他在〈聞都城渴雨時苦攤稅〉感
慨了「五風十雨亦爲褒，薄夜焚香霑御袍。當知雨亦愁抽稅，笑語江南申漸
高」。〔註58〕萬曆二十六年（1598），稅監擾民，湯顯祖四十九歲自行棄職歸

〔註55〕此題引自清張廷玉等《明史》卷二百三十之〈湯顯祖傳〉，文中記湯顯祖因星
　　　　變上言：「言官豈盡不肖，蓋陛下威福之柄潛爲輔臣所竊，故言官向背之情亦
　　　　爲默移。」參見徐朔方箋校《湯顯祖詩文集》（上海：上海古籍，1982 年），「附
　　　　錄」，頁 1514。

〔註56〕明神宗萬曆十九年時，據張廷玉等《明史》之〈神宗本紀〉記事：「閏三月丁
　　　　丑，以彗星見，敕修省。己卯，責給事中、御史風聞訕上，各奪俸一年。」《明
　　　　實錄》之《明神宗實錄》（或名《大明神宗顯皇帝實錄》）所錄萬曆十九年「閏
　　　　三月，丙寅朔，彗入婁。……丁丑，上諭群臣曰，茲者星象示異。」至己卯，
　　　　帝則諭科道曰：「邇來風尚賄囑，事尚趨赴，內之劾外，外之借內，甚無公
　　　　直，好生欺蔽。且前者，天垂星變，群姦不道，汝等職司言責，何無一喙之
　　　　忠，以免瘝曠之罪？汝等市恩取譽，輒屢借風聞之語訕上要直。至于鬻貨欺
　　　　君，嗜利不軌，汝等何獨無言？且爾等豈不聞宮府中事皆一體之語乎？何每
　　　　以摭揚君惡、沽名速遷爲已。爾等食何之爵、受何之祿？至于長姦釀亂而傍
　　　　觀避禍，無斥姦去逆之忠，職任何在？本部該拿問重治，姑且從輕，各罰俸
　　　　一年。」二十五日湯顯祖在留都南都，即南京，見邸報載十四日上諭，遂上
　　　　此疏。四月庚辰二十五日，湯顯祖被詔切責。「彗」事亦可見於徐朔方《湯顯
　　　　祖年譜》（上海：上海古籍，1980 年），「萬曆十九年」一目，頁 92。前引《明
　　　　神宗實錄》萬曆十九年語，見於黃彰健校勘《明實錄》（日本京都：中文，1984
　　　　年），卷二三四，頁 4331～4334。

〔註57〕文見徐朔方箋校《湯顯祖詩文集》（上海：上海古籍，1982 年），卷四十三，
　　　　頁 1211～1214。

〔註58〕此詩錄於徐朔方箋校《湯顯祖詩文集》（上海：上海古籍，1982 年），卷十四，
　　　　頁 517～518。

鄉，距離上疏已經七年，開始寫作《牡丹亭》，三年後，吏部編派他「浮躁」之罪，他被正式罷斥，追論削籍，從此鄉居不起。湯顯祖從四十三歲到四十九歲，遂昌清平的政績，士民將之記入《遂昌縣志》，而曰「其詩歌文詞卓冠藝林。即蒞平昌，善政善教軼越凡吏。」

〈論輔臣科臣疏〉一文，關係到湯顯祖在當時的評價，《明史·湯顯祖傳》中，清代撰者以政治道德的立場肯定他的一生，著重紀錄他的性情「意氣慷慨」，特別是引錄湯顯祖議政而遭貶斥的這篇長文，形塑他儒生治國的理想；對其文學僅「少善屬文，有時名」一語，編撰者顯然推重湯顯祖政治表現，因而並未視他為純粹的文士。與湯顯祖同時的錢謙益，則另從其風骨與戲劇成就加以表揚，說他：「胸中魁壘，陶寫未盡，則發而為詞曲。《四夢》之書，雖復流連風懷，感激物態，要於洗蕩情塵，銷歸空有，則義仍之所存略可見矣」，〔註59〕進而指出湯顯祖雖「通懷嗜學」，而世之讀者「但賞其詞曲而已」，這是從文學來肯定湯顯祖，而雖然湯顯祖同時學理學，但未將之列入理學或儒林一傳。湯顯祖為其當世傳奇聖手，四十九歲時，隱隱將有從政治人走向文藝人的姿態，離開現實已越遠，五十一歲寫《南柯記》，五十二歲免職，同年寫出《邯鄲記》。

四、情誼的傾慕——俠儒與狂斐

湯顯祖自言一生最感慕兩種人格：俠與儒，他在〈蘄水朱康侯行義記〉說：

> 人之大致，惟俠與儒。而人生大患，莫急于有生而無食，尤莫急于有士才而蒙世難。庸庶人視之，曰：「此皆無與吾事也。」天下皆若人之見，則人盡可以餓死而我獨飽，天下才士皆可辱可殺，而我獨頑然以生。推類以盡，天下寧復有兄弟宗黨朋友相拯絕寄妻子之事耶。此俠者之所不欲聞，而亦非儒者之所欲見也。〔註60〕

〔註59〕語出錢謙益〈湯遂昌顯祖傳〉，可參徐朔方箋校《湯顯祖詩文集》（上海：上海古籍，1982 年），「附錄」，頁 1515～1517。

〔註60〕此文見於徐朔方箋校《湯顯祖詩文集》（上海：上海古籍，1982 年），卷三十四，頁 1108～1110。沈際飛評此文：「如太史公游俠，意旨淋漓，何限感慕。」《韓非子·五蠹》：「儒以文亂法，俠以武犯禁，而人主兼禮之，此所以亂也。」湯顯祖的看法則如《史記·游俠列傳》之言：「今游俠，其行雖不軌於正義，然其言必信，其行必果，已諾必誠，不愛其軀，赴士之厄困，既已存亡死生矣，而不矜其能，羞伐其德，蓋亦有足多者焉。」

說盡個體生命與社會環境產生矛盾時，價值選擇的艱難，特別是天下無道。國無明君時，俠以濟人，任性使情；儒以愛人，承擔責任，二者皆知不可爲而爲，其爲天下奔走的器度態勢，令他欽仰。而使他引以爲終身情誼的大約就是這些氣性之輩，觀諸湯顯祖的交往，一是思想界的泰州學派，如羅汝芳、李贄，一是行事派的前東林黨人與東林黨人，〔註61〕如趙用賢（1535～1596）、趙邦清（1558～1622）、李三才（1552～1623）等。至於方外釋眞可達觀（1543～1603）也是他仰慕，或聽取意見的知交。如果李贄是狂者異端，湯顯祖的狷者人格，雖想出塵，割也割不掉的是還僅剩的淑世熱情。湯顯祖一方面欣賞俠與儒能夠「赴士困厄」，卻不同意狂斐以致「不愛其軀」、犧牲生命，這與他「貴生」的想法衝突，當然也跟儒家「捨生取義」不一樣，可以說明，湯顯祖，一方面欽慕「狂斐」的儒俠，另一方面在現實政治中調和心性，遂將「狂斐」訴之於文學作品而非以身殉諸理想。湯顯祖的性情、交往與時代，特別是湯顯祖觀察或經歷趙用賢、趙邦清的政治事件，使他漸漸整理自己，後來湯顯祖隱退歸鄉，離開官場的正面衝突，從而另起東山，在文學中自適，也是他貴生而不任氣的表現。

（一）「耿耿以去，誰不可以去也」〔註62〕——湯顯祖看趙用賢

趙用賢因抗疏首論故相張居正未奔父喪奪情一事，致於「幾斃杖下，臘敗肉示子孫」。〔註63〕萬曆十一年（1583），張居正死後，趙用賢重新起任，又因爲負氣「數訾議大臣得失」，申時行（1535～1614）、許國（1527～1596）等忌之，首輔申時行等人便詆斥他是「號召浮薄喜事之人」的小人之輩，趙用賢於是抗辯求去，引起黨爭。萬曆十二年（1584）正月，湯顯祖分析局勢以勸解趙用賢，在〈答趙贊善〉中歎道「天下前已囂囂，而貴臣天隕，可謂

〔註61〕 所以稱之爲前東林黨人，是因爲他們雖非直屬東林黨，一來行事作風積極，敢說敢爲，有東林之性；二者是因爲他們常常與後來的東林黨人交往，關係很深，例如趙邦清不屬東林黨，而在趙邦清事件中，上書救趙的曹于汴就是東林黨，後來被以東林領袖彈劾。

〔註62〕 湯顯祖時年三十五，正是萬曆十二年，湯顯祖成進士而觀北京禮部之時。語見〈答趙贊善〉一文，徐朔方箋校《湯顯祖詩文集》（上海：上海古籍，1982年），卷四十四，頁1223，趙贊善，名用賢，則《明史》卷二百二十九有傳。

〔註63〕 趙用賢之「意氣感激」、「議論風發，有經濟大略」，而有受杖之事，甚至「用賢體素肥，肉潰落如掌，其妻臘而藏之。」此引與下文趙用賢「數訾議大臣得失」、「號召浮薄喜事之人」二語之評，可詳參《明史》（北京：中華，1997年），卷二二九〈趙用賢〉。

洗削一時。今又坐失，後幸難在」，〔註64〕更何況如果連趙用賢這樣的良才都只能選擇「耿耿以去，誰不可以去也」，除弊之事也就不用期望了。然而，明代究竟積弊久深，難以回天，同年秋天，湯顯祖自請南下就任南京太常博士，再次致信趙用賢、兼以自勉「男兒去國，不可不成名」，〔註65〕然而，話雖如此，他自己也免不了興起有氣無力的無奈感：「涉世始知愁宦拙，過江眞作苦情多」。〔註66〕

（二）「常千里而同心，目至而意授」〔註67〕——湯顯祖與趙邦清

趙邦清，字仲一，《明史》無傳，事跡見於他任職治理過的山東《滕縣志》與原籍家鄉之《正寧縣志》。湯顯祖、趙邦清屬籍遙遠，兩人所以交友在於知心不易，更在於湯顯祖欽仰趙邦清治理滕縣與「樸率風力」的風範。〔註68〕趙邦清，萬曆二十年（1592）中進士，二十一年出任滕縣令，二十七年轉升中央吏部主事，計共六年。湯顯祖則在萬曆二十一到二十七年期間，貶爲浙江遂昌知縣。當中湯顯祖因赴北京，兩人曾兩次在滕縣相晤，兩人同爲地方父母，其在滕縣，以「滕病痼，吾不藥之，無起時」，〔註69〕趙邦清在滕縣的用心與措施，「治滕如治家，課農桑，督紡績，如入其室而代爲謀」，「父老懷思之，比之召父杜母云」，百姓甚至爲之立生祠以敬。其實，趙邦清因整頓滕縣地稅，得罪王元賓等地主權勢，也是禍因。〔註70〕湯顯祖稱許他是「眞學問、眞經濟」，一方面是他目睹趙邦清在滕縣的治績，另方面則是趙邦清豪俠的氣概。湯顯祖與同時人之共識都在趙邦清「不畏強禦」的性格上，湯顯祖

〔註64〕引自〈答趙贊善〉，收於徐朔方箋校《湯顯祖詩文集》（上海：上海古籍，1982年），卷四十四，頁1223。

〔註65〕見於〈再答趙贊善〉，徐朔方箋校《湯顯祖詩文集》（上海：上海古籍，1982年），卷四十四，頁1233～1234。

〔註66〕爲湯顯祖〈江上逢龍使君話沅辰事有嘆〉詩句，見於徐朔方箋校《湯顯祖詩文集》（上海：上海古籍，1982年），卷七，頁197。

〔註67〕引自湯顯祖〈滕趙仲一生祠記序〉一文，徐朔方箋校《湯顯祖詩文集》（上海：上海古籍，1982年），卷二十九，頁1019～1021。

〔註68〕可參鄭培凱《湯顯祖與晚明文化》（臺北：允晨文化，1995年）一書，對湯顯祖與趙邦清二人情誼之查敘。

〔註69〕引自湯顯祖〈趙子暝眩錄序〉文句，徐朔方箋校《湯顯祖詩文集》（上海：上海古籍，1982年），卷三十，頁1032～1034。

〔註70〕主要的衝突來自於趙邦清與革田地賦稅的措施，「以五等定賦則，而民免以薄田輸重租」，而王元賓是滕縣世居貴顯的鄉宦。可參鄭培凱〈湯顯祖與晚明政治〉一文，《湯顯祖與晚明文化》（臺北：允晨文化，1995年），頁33～184。

說他：「爲人長巨鬢好，氣高屬激發自喜，宛如范孟博之爲人而殆甚」；〔註71〕李淑元將他比之趙景清：「景即革世之趙，趙即平世之景」。總之，湯顯祖欽慕趙邦清的豪俠氣慨與擇善固執，惺惺相惜，將趙邦清比之如范滂。

湯顯祖治遂昌，遂昌雖在萬山僻壤中，也能一試而爲「小國寡民，服食淳足。縣官居之數月，芒然化之，如三家疃主人，不復記城市喧美。見桑麻牛畜成行，都無復徙去意。」〔註72〕看來除了是湯顯祖滿意自己在遂昌的治績，隱約也有歸去之意。況且他給友人信，自認說：「弟素不習爲吏，喜遂昌無事，弟之懶雲窩也。」

趙邦清性情剛直，張居正去世到李戴秉政期間，吏部人事舞弊風習多有，萬曆二十七年（1599）時，趙邦清升任吏部，直言清議，攻擊同僚，派系之爭，風暴遂來。萬曆三十四年（1606），刑科給事中張鳳翔交章論趙邦清「險暴貪淫」，神宗本欲以趙邦清「恣情撒潑，本當重處，姑降三級，調外任用」，以暫息事端；趙邦清自覺清白受辱，轉而激烈力辯，想要手刃張鳳翔，而希望客觀就事論事者如曹于汴告歸，吳仁度聲援趙邦清，自己也遭到逐免。最後吏部一空，決策部權轉到內閣，趙邦清最後罷斥回鄉。湯顯祖看到趙邦清地方政績，百姓仰戴；中央爲官，卻不敵黨同伐異，落得受黜身去。這是湯顯祖自己與趙邦清事件教給他的一門官場實況學。而此後，明朝的清議之風也只能由在野的輿論發表了。

五、棄官歸臨川

宦海浮沉，湯顯祖在萬曆二十七年（1599）向吏部申請告歸以後，離京卸任，經過山東陽穀店，看到自己當年任南京太常博士赴京考察經過該地所題之詩，感發自己一紙文字而惹來禍端，當時還想鼓勵趙邦清繼續未竟之志，再寫〈戊戌覲還過陽穀店，覽丁亥秋壁間舊題，憫然成韻，示趙滕侯〉，也透露自己另作他想的心聲：

> 伉伉南奉常，報秩此停馭。一言怒公府，萬里辭春署。海慚山尉姿，
> 縣愧神君譽。所幸無愁嘆，琴歌足容與。來朝正月朔，得奉春王御。
> 偶隨還縣牒，復繞清吟處。開燈牆面塵，岸枕窗楣曙。身名良以悠，

〔註71〕引自〈壽趙仲一母太夫人八十二歲序〉，收於徐朔方箋校《湯顯祖詩文集》（上海：上海古籍，1982 年），卷二十八，頁 1003～1005。

〔註72〕語出湯顯祖〈寄曾大理〉一文，收於徐朔方箋校《湯顯祖詩文集》（上海：上海古籍，1982 年），卷四十四，頁 1251。

歲月何其邃。俯迹自沾衣，驅車從此去。勉矣後來人，當知心所語。
〔註73〕

湯顯祖辭官心意越來越明確，萬曆二十七年（1599）春初歸家居，雀躍著「彭澤孤舟一賦歸，高雲無盡恰低飛」、〔註74〕「幾年清夢有長安，不道臨川一釣竿」，〔註75〕同時，兩名幼子前後早殤，其心情是：

> 負卻臨江舊草堂，斷橋車馬向來忙。身將百里郎官隱，心爲西河愛子傷。

> 酒後放歌難自短，花間笑語若爲長。高冠照水看何似，分付流光與鬢霜。〔註76〕

而在棄官喪子慘然之餘，主要感慨仍是時光飛逝，徒呼奈何之苦。

　　湯顯祖自認既已表明辭官，不過是等個核退的通知，豈知萬曆二十九年（1601）大計時，請辭一案被吏部舊案重提，從單純自請演變成被削籍罷斥，且由當時退休大學士王錫爵授意內閣，一群人上下其手，故作好聽的說詞是：「遂昌有言，一遂其高尚」，〔註77〕蓄意給他難堪，意思是是你自己不想做的，那就照你的心願成全你吧。對湯顯祖而言，官途名利本不值戀棧，罷斥或致仕就都無妨，但湯顯祖聞訊被群小手腳構陷時，仍反感說：「孫劉要使不三公，點涬微雲混太空。比似陶家栽五柳，便無槐棘也春風。」〔註78〕

　　湯顯祖在遂昌任縣令五年內，構思《牡丹亭》，棄官回鄉時完成全劇，後來又寫《南柯記》，次年遭大計，又寫《邯鄲記》，湯顯祖的戲曲作品主要寫成於此時，這一多產時期恰好是他與趙邦清的交往期間。〔註79〕湯顯祖的創

〔註73〕此詩見於徐朔方箋校《湯顯祖詩文集》（上海：上海古籍，1982年），卷十二，頁484～485。

〔註74〕引自湯顯祖〈初歸〉，徐朔方箋校《湯顯祖詩文集》（上海：上海古籍，1982年），卷十四，頁517。

〔註75〕引自湯顯祖〈初歸東高太僕應芳曾岳伯如春〉，徐朔方箋校《湯顯祖詩文集》（上海：上海古籍，1982年），卷十四，頁519。

〔註76〕此詩名爲〈草堂〉，見於徐朔方箋校《湯顯祖詩文集》（上海：上海古籍，1982年），卷十四，頁526～527。

〔註77〕事件過程可參徐朔方《湯顯祖年譜》（上海：上海古籍，1980年），頁151～154。

〔註78〕此爲其〈辛丑大計聞之啞然〉詩，引自徐朔方箋校《湯顯祖詩文集》（上海：上海古籍，1982年），卷十四，頁573。

〔註79〕鄭培凱以直接產物與間接產物說明湯顯祖與趙邦清交往期間的文學創作，簡言之，因這段交誼而寫的詩文，趙邦清治滕經驗與湯顯祖自己治遂昌經驗在

作與萬曆朝的政治環境事件關係深切，其自身經歷證明學優雖則仕，仕卻未必能澄清天下之無力，甚至還有身處妥協與否的危機感，外在的不允許與內在的不安定，無時或有，離開官場也許不得不然，說不定還是上策。湯顯祖想的是：四次科考但求光耀門楣，中央任官澄清慨然，自放地方南京閑職，做一次用力的呼聲上疏，貶徐聞，改遂昌，那就經營地方，哪知竟換來削籍，果真非我不為，既我不足為，就走了吧。

湯顯祖本就自知為政資質，不是能力高低，而是官場文化的適應問題，否則他不會偏捨青雲之梯，二十八歲先拒絕首相張居正的延致，後在三十五歲又不受輔臣申時行、張四維之結納，反而自求外放南京，讓自己仕途多舛。他逐漸明白：儒家的淑世困難不在政而在人，同樣科舉得仕，人人所以仕的動機或價值觀決定在其人的素質與經驗；那麼，即便儒風如俠，走在變化多端的現實環境，恐怕也是困難或無奈妥協的多，人又該怎麼走下去？最後，湯顯祖領略種種，自己遭到困頓要比起時光匆匆還容易看開，一方面仍將淑世的理想期待趙邦清，為趙邦清奔走說項。另一方面，一意官場換來歲月不待，便計劃不再浪擲生命，他日後能全身而退，玉茗堂家居二十年，此時已經有跡可尋了。

六、「為情作使」〔註80〕

湯顯祖歸鄉後，命名書房「清遠」，自號「清遠道人」，顯見偃息的心願。然而，心繫天下，他在〈答牛春宇中丞〉信中說：「天下忘吾屬易，吾屬忘天下難也」，〔註81〕到了萬曆二十九年（1601），湯顯祖歸家已三年，年五十二時，吏部竟以「浮躁」正式黜職，處分「閑住」，「茫茫海宇，遂不能容一若士」，〔註82〕湯顯祖自歎境況是：「至如不佞，偏州浪士，盛世遺民。」〔註83〕

《牡丹亭》、《南柯記》描寫的小康，是屬間接產物。可參鄭培凱〈湯顯祖與晚明政治〉一文，《湯顯祖與晚明文化》（臺北：允晨文化，1995年）。

〔註80〕此以湯顯祖〈續棲賢蓮社求友文〉「為情作使，劬於伎劇」為題，文中自明其情是：「吾行於世，其於情也不為不多矣，其於想也則不可謂少矣。」詳參徐朔方箋校《湯顯祖詩文集》（上海：上海古籍，1982年），卷三十六，頁1160～1162。

〔註81〕〈答牛春宇中丞〉短信見於徐朔方箋校《湯顯祖詩文集》（上海：上海古籍，1982年），卷，卷四十八，頁1393。

〔註82〕為萬曆二十九年（1601）鄒元標致札湯顯祖罷職閑住之慰語，見於湯顯祖〈答馬心易〉，收於徐朔方箋校《湯顯祖詩文集》（上海：上海古籍，1982年），卷四十六，頁1307。

後來李贄、達觀相繼死獄，湯顯祖爲之不平：「天道到來那可說，無名人殺有名人」；〔註84〕然而，除了苟且隨俗、慷慨抗世的身段之外，究竟生命價值還能如何寄託？

湯顯祖思想糾雜，歸鄉後的幾年還偶有仕隱與否的疑惑，而出自「根性」、「知生」、「認眞」、「簡易」等等想法，與仕途蹇澀、友朋相濡的種種激發、猶豫之中，其凝煉的「情」觀念，則始終如一，越到晚年，「情觀」越篤定。

他竊慕宋儒周敦頤、程顥，卻對其解說「在求聖人之精而流於過」〔註85〕有微詞，以至於說自己只是「遜心聖道」；一方面師承泰州學派羅汝芳性理之說，自己則逐漸轉到了「情」；對於李贄、達觀激昂一輩，又欽慕其眞性情，卻並未選擇成爲異端或依佛，晚年曾想結蓮社參禪，終也未果。與達觀往來期間，湯顯祖還在當官，達觀勸他不可耽溺於情，湯顯祖回覆了〈寄達觀〉：「邇來情事，達師應憐我。白太傅、蘇長公終是爲情使耳。」即使六十五歲時，湯顯祖對自己一生定評仍在於：「歲之與我甲寅者矣，吾獨在此爲情作使，劬於伎劇。爲情轉易，信於疾虐。時自悲憫，而力不能去。」〔註86〕湯顯祖一生有爲有守，可見他生命的價值觀以情出發，同時合於理義。

第二節　「狂斐駘蕩」〔註87〕與李贄、達觀

湯顯祖自期「士有志於千秋，寧爲狂狷，毋爲鄉愿。」〔註88〕俠與儒其

〔註83〕引自湯顯祖〈答張夢澤〉一文，徐朔方箋校《湯顯祖詩文集》（上海：上海古籍，1982 年），卷四十七，頁 1353～1354。

〔註84〕此或其在萬曆三十（1602）、三十一年（1603）李贄與達觀先後被害之作，引自徐朔方箋校《湯顯祖詩文集》（上海：上海古籍，1982 年），卷十九〈偶作〉，頁 777。

〔註85〕此湯顯祖在〈策第三問〉論「宋儒之失」語，見於徐朔方箋校《湯顯祖詩文集》（上海：上海古籍，1982 年），卷五十，頁 1489～1493。

〔註86〕其心聲在〈寄達觀〉、〈續棲賢蓮社求友文〉透露，二文分見於徐朔方箋校《湯顯祖詩文集》（上海：上海古籍，1982 年），卷四十五，頁 1268；卷三十六，頁 1160～1162。

〔註87〕以湯顯祖「人各有章，偃仰澹淡俐落隱映者，此亦鄙人之章也。惟明公哀憐，成其狂斐。」與「有李百泉先生者，見其《焚書》，畸人也。肯爲求其書寄我駘蕩否？」二者合而爲題。分見其年三十六作〈與司吏部〉、〈寄石楚陽蘇州〉，并見於徐朔方箋校《湯顯祖詩文集》（上海：上海古籍，1982 年），卷四十四，頁 1224～1226、1246。

〔註88〕引自湯顯祖〈合奇序〉一文，見於徐朔方箋校《湯顯祖詩文集》（上海：上海

實都是狂斐之徒，湯顯祖崇仰「狂斐」之人，轉而爲他對文學概念是追求「駘蕩」，因此，對湯顯祖而言，「狂斐」既是人格風度，也是文學的風格。湯顯祖不止一次在品評文章時，表達自己對文學風格的偏愛，如在〈攬秀樓文選序〉揭明：

> 常不定不可以定品，變不盡不可以盡才。才不可強而致也。品不可功力而求。子言之，吾思中行而不可得，則必狂狷者矣。語之于文，狷者精約儼屬，好正務潔。持斤捉引，不失繩墨。士則雅焉。然予所喜，乃多進取者。其爲文類高廣而明秀，疏夷而蒼淵。在聖門則曾點之空寰，子張之輝光。于天人之際，性命之微，莫不有所窺也。因以裁其狂斐之致，無詭于型，無羨于幅，峨峨然，颯颯然。〔註89〕

萬曆十三年（1585），湯顯祖三十六歲，在南京任太常博士時，曾經在寫給前輩司汝霖〈與司吏部〉信中，仍然表達宿意，固然仕宦得時、笑向長安，但自己有五個不能北去的理由，〔註90〕強調「人各有章」，望請成全自己狂斐的性格，以能續留南京：

> 夫銓人者，上體其性，下刊其情。恐門下牽於眷故，未果前諾，故復有所云。倘得泛散南郎，依秣陵佳氣，與通人秀生，相與徵酒課詩，滿俸而出，豈失坐嘯畫諾耶。語不云乎，「斐然成章」。人各有章，偃仰澹淡歷落隱映者，此亦鄙人之章也。惟明公哀憐，成其狂斐。〔註91〕

此「狂斐」是一種心目中無人的自信，像是文章創作中的自然靈氣，不必步趨雷同，不必隨俗的獨特格調，即使怪怪奇奇，也是出於自己：

> 予謂文章之妙不在步趨形似之間。自然靈氣，恍惚而來，不思而至。怪怪奇奇，莫可名狀。非物尋常得以合之。蘇子瞻畫枯株竹石，絕異古今畫格。乃愈奇妙。若以畫格程之，幾不入格。……故夫筆墨

古籍，1982 年），卷三十二，頁 1077～1078。

〔註89〕此文爲湯顯祖〈攬秀樓文選序〉，見於徐朔方箋校《湯顯祖詩文集》（上海：上海古籍，1982 年），卷三十二，頁 1076～1077。

〔註90〕他堅持斷不可北的五個理由是因爲：父母大人闊離疎隔、無母遺息不能探視、經紀、素贏、地性。可詳見其〈與司吏部〉一文，收於徐朔方箋校《湯顯祖詩文集》（上海：上海古籍，1982 年），卷四十四，頁 1224～1227。

〔註91〕引自〈與司吏部〉，徐朔方箋校《湯顯祖詩文集》（上海：上海古籍，1982 年），卷四十四，頁 1224～1227。

小技，可以入神而證聖。自非通人，誰與解此。〔註92〕
湯顯祖性情並不憤嫉，而其寄望自己，一者能在文學上成全狂斐，二者能超越同時代的復古模襲之風。可見，他並非走到仕途末路才不得不退仕，而是主動離開北京，在幾次確認無甚可爲之時，改換成狂狷的文學事業，這才是他所以自請外放、自動請辭的初衷，亦即湯顯祖在政治現實中調和性格，卻在文學中蓄意狂斐，這是他自覺兩個並存的風度。

湯顯祖孺慕俠儒，師友中，湯顯祖自認最具分量的三位是：羅汝芳、達觀、李贄；相對的，湯顯祖在思想的養成過程、政治上的自我期待與文藝創作的觀點，受此三位影響也最深。湯顯祖自表在南京的想法：

> 如明德先生者，時在吾心眼中矣。見以可上人之雄，聽以李百泉之傑，尋其吐屬，如獲美劍。方將藉彼永割攀緣，而竟以根隨，生茲口業。〔註93〕

或受之思想、或貴在知己、或止於傾慕，三位是湯顯祖最看重的人格典則。羅汝芳爲他樹立儒學基礎，達觀領他過渡迷津，是湯顯祖生命解惑定心的兩位重要心靈導師；而文學則受到李贄與達觀的影響。李贄、達觀並稱「晚明二狂」，則湯顯祖之狂，亦可想見。

一、「自是精靈愛出家，鉢頭何必向京華」〔註94〕——湯顯祖與李贄

萬曆十八年（1590），李贄《焚書》始刻於麻城，當時石崑玉任蘇州知府，湯顯祖〈寄石楚陽蘇州〉信中最後囑託石崑玉：「有李百泉者，見其《焚書》，畸人也。肯爲求其書寄我駘蕩否？」〔註95〕透露了慕其人，想見其書的心情。

李贄（1527～1602）生於世宗嘉靖六年，卒於神宗萬曆三十年，他曾師

〔註92〕引其〈合奇序〉一文，徐朔方箋校《湯顯祖詩文集》（上海：上海古籍，1982年），卷三十二，頁1077～1078。

〔註93〕見湯顯祖〈答管東溟〉一文，徐朔方箋校《湯顯祖詩文集》（上海：上海古籍，1982年），卷四十四，頁1229～1230。

〔註94〕此題引湯顯祖作於萬曆三十年（1602）五十三歲家居時，因李贄獄中自殺而作〈嘆卓老〉七絕。全詩見於徐朔方箋校《湯顯祖詩文集》（上海：上海古籍，1982年），卷十五，頁583。

〔註95〕見其〈寄石楚陽蘇州〉，徐朔方箋校《湯顯祖詩文集》（上海：上海古籍，1982年），卷四十四，頁1246～1247。

事王艮之子王襞，敬佩王艮、何心隱等輩，作〈何心隱論〉力讚何心隱，說「人莫不畏死，公獨不畏。而直欲博一死以成名。」〔註96〕而李贄既出身儒學，卻又是儒學管不住、備受爭議的駁學異端之李贄，其可議在於「異端」，其可觀更在於「異端」，因為李贄深知「異端」才是自己本色，其自信建立在對王陽明致良知的體會，〔註97〕王陽明言「學誠不可不講」，且言論之是非須求之自心審度：

> 夫學貴得之心。求之於心而非也，雖其言之出於孔子，不敢以為是
> 也，而況其未及孔子者乎！求之於心而是也，雖其言之出於庸常，
> 不敢以為非也，而況其出孔子者乎！〔註98〕

這種表面上不以孔子的是非為是非的想法，其實真正要表達的是個人心靈必須出自獨立的思考才見珍貴所在，而非隨抓甲乙，反倒扼塞了自己的思想活路。李贄據此發揮，說：

> 夫天生一人，自有一人之用，不待取給於孔子而後足矣。若必待取
> 足於孔子，則千古以前無孔子，終不得為人乎？〔註99〕

顯然，首要脫除聖人束縛，回到自身重覓個人思考之獨立自由意志，再者則是，既然個人思考的自由意志是本具而可以重拾的，那聖人之言也只是我思考的材料，未必是阻塞思考的障礙物，更不是決定我如何思考的惟一之物。這樣的超脫，個體方見自由、珍貴，否則只是拾人牙慧，即使學得像，卻終究不是自己。更進一步，經過思考，聖人之言果真仍是聖言的話，其信念便值得一生信服維護，可見思考之可貴，而李贄死前所謂「罪人著書甚多，是在於聖教有益無損」，證明他是以「貴得之心」、「一人之用」評定自己的一家

〔註96〕見李贄《焚書》卷三「雜述」〈何心隱論〉，收於張建業編《李贄文集》（北京：社科文獻，2000年），頁82～84。

〔註97〕王陽明致良知的個體心靈自由在他身上有了極為外放狂絕的表現。黃宗羲連帶說到：「先生因李卓吾鼓倡狂禪，學者靡然成風，故每每以實地為主，苦口匡救，然又拖泥帶水，於佛學半信半不信，終無以壓服卓吾，乃卓吾之所以恨先生者。」說明了李贄言行特異，卻又令耿定向又恨又愛。黃宗羲之見見其《明儒學案》（臺北：世界，1973年），卷三十五，「泰州學案四」，〈恭簡耿天臺先生定向〉，頁354～355。

〔註98〕此文為王陽明覆羅整庵（1472～1529）談論《大學》之信〈答羅整菴少宰書〉，收於吳光、錢明、董平、姚延福編校《王陽明全集》（上海：上海古籍，1992年），卷二，「語錄二」，頁75～78。

〔註99〕引自李贄〈答耿中丞〉，語見張建業編《李贄文集》（北京：社科文獻，2000年），《焚書》卷一，頁15～16。

之言。由此，李贄方以狂姿說得出假道學者的「陽爲道學，陰爲富貴，被服儒雅，行若狗彘」等的痛惡之語。〔註100〕清人彭紹升（1740～1796）對李贄有一段頗爲深知之語：

> 卓吾風骨孤峻，善觸人。其學不守繩轍，出入儒佛之間，以空宗爲歸。於時諸老師，獨推龍谿王先生、近谿羅先生。嘗從之論學，又嘗與耿天臺、鄧石陽遺書辨難，反復萬餘言。抉摘世儒情僞，發明本心，剝膚見骨。〔註101〕

既不同於世儒，形體的自由自然也不同於世儒鄉愿，〔註102〕他在〈與耿司寇告別〉一文中，鄭重表明自己：

> 狂者不蹈故襲，不踐往跡，見識高矣。所謂如鳳凰翔於千仞之上，誰能當之？……狷者行一不義，殺一不辜而得天下不爲，如夷、齊之倫，其守定矣。〔註103〕

乃至於活到高齡七十的老人，尚得生死不懼，仍能自評「不愧不怍」。〔註104〕

二、疏遠理學走文學，不入佛門入己門──湯顯祖與達觀

湯顯祖最終選擇自己的文學之路，筆者是以稱他「疏遠理學走文學，不

〔註100〕語見李贄〈三教歸儒說〉，文見張建業編《李贄文集》（北京：社科文獻，2000年），《續焚書》卷二，頁72～73。

〔註101〕彭紹升，法名際清，著《居士傳》，收於續修四庫全書編纂委員會編《續修四庫全書》（上海：上海古籍，2002年），一二八六，子部，宗教類。引文見其書卷四十三〈李卓吾傳〉，頁550，引文標點爲筆者所加。

〔註102〕李贄最後選擇離家，這種狂狷他自解：「緣我平生不愛屬人管。夫人生出世，此身便屬人管了。幼時不必言；從訓蒙師時又不必言；既長而入學，既屬師父與提學宗師管矣；入官，即爲官管矣。棄官回家，即屬本府本縣公祖父母管矣。……我是以寧漂流四外，不歸家也。」語見李贄〈一、感慨平生〉之文，收於張建業編《李贄文集》（北京：社科文獻，2000年），《焚書》卷四，頁173～176。

〔註103〕引自李贄〈與耿司寇告別〉，文見張建業編《李贄文集》（北京：社科文獻，2000年），《焚書》卷一，頁25～26。

〔註104〕語出〈與周友山〉，其言朗落震爍：「豈其七十之老，身上無半文錢鈔，身邊無半個親隨，而敢遨游旅寓萬里之外哉！蓋自量心上無邪，身上無非，形上無垢，影上無塵，古稱『不愧』『不怍』，我實當之。是以堂堂之陣，正正之旗，日與世交戰而不敗者，正兵在我故也。……故知學出世法眞爲生世在苦海之中，苦而又苦，苦之極也，自不容不以佛爲乘矣。」語出李贄《續焚書》（張建業編《李贄文集》，北京：社科文獻，2000年），卷一，頁13～14。

入佛門入己門」。〔註105〕湯顯祖三十四歲中進士，北京觀政實習一年半，自請南京留都而潛蟄六、七年的閑職，四十二歲遞呈疏，作一次最大聲量的沉痛呼籲以後，發現留無可留，意願日漸闌珊，雖任遂昌，小國寡民，政績兩浙第一，一群礦稅使者卻來攪政，他便自願以斷宦途。這當中的游疑苦惱，湯顯祖顯然曾求助於佛門，為之攀引佛緣的正是達觀。真可（1543～1603），字達觀，號紫柏，世宗嘉靖二十二年生，卒於萬曆三十一年。達觀身在方外，心繫世事，仗義曠達，後為礦稅事而死獄。湯顯祖與達觀一生六遇，以文離奇而初遇，達觀賞識湯顯祖深具慧根，後來湯顯祖受記達觀，當湯顯祖宦途蹇促時，達觀則以渡化出世的思想殷殷引勸之。〔註106〕

　　湯顯祖與達觀兩人，道雖不同，卻情誼篤深，湯顯祖對達觀深深敬賴：「達觀氏者，吾所敬愛學西方之道者也」，〔註107〕說自己「一生疎脫。然幼得於明德師，壯得於可上人」，〔註108〕這是他思想的出口。萬曆十八年（1590），其在南京與達觀正式認識，〔註109〕維持了半年的密切聯繫，〔註110〕當時湯顯祖病重，心情起伏，苦於無路可出：繼續或離開官場、潛心理學或

〔註105〕今人強調湯顯祖以情反理，其實他一生推重禮義，亦有著作性命之學，黃宗義《明儒學案》未及湯顯祖，而其友劉應秋記湯顯祖在徐聞貶居：「乃又知義仍所縣重海內，不獨以才，於是學官諸弟子，爭先北面承學焉。義仍為之抉理譚修，開發款啓，日津津不厭。諸弟子執經問難靡虛日，戶屨常滿，至廨舍隘不能容。」此見於劉應秋〈徐聞縣貴生書院記〉，可參毛效同編《湯顯祖研究資料彙編》（上海：上海古籍，1986年），頁99～101。

〔註106〕當時湯顯祖方中舉人，達觀說湯顯祖：「受性高明，嗜欲淺而天機深，真求道利器。」語見藍吉富編《禪宗全書》（臺北：文殊文化，1989年），「語錄部」，一五《紫柏尊者全集》（《紫柏老人集》），卷二十三〈與湯義仍〉，頁569。

〔註107〕引自其〈壽方麓王老先生七十序〉一文，徐朔方箋校《湯顯祖詩文集》（上海：上海古籍，1982年），卷二十八，頁996～998。

〔註108〕引自其〈答鄒賓川〉，徐朔方箋校《湯顯祖詩文集》（上海：上海古籍，1982年），卷四十七，頁1352。

〔註109〕離奇的初遇距此時已過二十年。達觀卻早已於隆慶四年拜讀過湯顯祖於雲峰寺壁上的題詞〈蓮池墜簪題壁二首〉，達觀心儀，以此人頗有佛緣，欲引渡之。該詩可見於徐朔方箋校《湯顯祖詩文集》（上海：上海古籍，1982年），卷十四，頁549～550。

〔註110〕湯顯祖當時有多首詩作是與達觀往來，如〈江東神祠夜聽達公讚唄〉、〈達公過奉常，時予病滯下幾絕，七日復蘇，成韻二首〉、〈苦癃問達公〉、〈苦滯下七日達公來〉、〈高座陪達公〉、〈代書寄可上人〉、〈送乳林齎經入東海見大慈國，寄達師峨嵋〉、〈高座寺懷可上人〉等詩，詳見於徐朔方箋校《湯顯祖詩文集》（上海：上海古籍，1982年），卷九、卷十四、卷十五等，錄有湯顯祖所作關於達觀的詩篇達四十多篇，詩作多有佛道色彩。

專事文學，在儒檢與仙遊之間，他一方面勸自己該回頭，一方面也透露傾訴苦悶的對象是達觀，「朱門略到須回首，省得長呼達道人」；或說達觀是醫療自己的良醫藥王，在〈苦瘧問達公〉直言「四海難銷熱，三焦不煖涼。自然心似瘧，何處藥爲王？」〔註 111〕相對於羅汝芳影響湯顯祖的是離開政壇前、承染於儒家經濟群體的入世之心，達觀所慇勤相勸湯顯祖的，則是化解現實，回到寂然。

湯顯祖任遂昌時，正寫《牡丹亭》，回陞中央無望，達觀特意「買舟絕錢塘」，〔註 112〕四遇湯顯祖，以力勸湯「休」，意謂〔註 113〕休了塵緣俗世。萬曆二十年（1592），湯顯祖歸臨川，完成《牡丹亭》期間，他們二人對於思想的歸宿頗有討論，達觀一持初衷，萬曆二十六年（1598），四十九歲湯顯祖棄官在家，辭官固然如五柳歸去輕鬆雀躍，卻不免遺憾過去生命浪擲、卻又眼前消閑愁悶難遣，其〈卻喜〉透露：

> 卻喜家公似壯年，登山著屐快鳴鞭。遲回阿母加餐少，早作休官侍藥便。舞袖尚連金鸂補，歌笙時間白華篇。南遊北望成何事？且及春光報眼前。〔註 114〕

而其寫給拋嫦的〈新買谷南高岡卿比舍，卿病廢臥久，追念昔時歌酒泫焉〉中，也提到：「月下笑聲分的皪，風前碁興覺消疎。猶憐出餞鳴騶日，誰信接輿歸草廬」，〔註 115〕心情欲動欲靜，並不安寧。此時完成《牡丹亭》，在〈題詞〉中，湯顯祖則已經明確表達了「情眞」的立場，「人世之事，非人世所可盡。自非通人，恆以理相格耳！第云理之所必無，安知情之所必有邪！」〔註 116〕一方面說給觀眾聽，更一方面也像是說服自己一樣，由此，情在理之

〔註 111〕〈苦瘧問達公〉一詩見於徐朔方箋校《湯顯祖詩文集》（上海：上海古籍，1982年），卷九，頁 300。

〔註 112〕見於藍吉富編《紫柏尊者全集》卷二十三，〈與湯義仍〉，頁 570。

〔註 113〕乃達觀離開遂昌時對湯顯祖的期勉，〈還度赤津嶺懷湯義仍〉：「踏入千峰去復來，唐山古道足蒼苔；紅魚早晚遲龍藏，須信湯休願不灰。」見於藍吉富編《禪宗全書》（臺北：文殊文化，1989 年），「語錄部」，一五《紫柏尊者全集》卷二十七，頁 624。

〔註 114〕其〈卻喜〉見於徐朔方箋校《湯顯祖詩文集》（上海：上海古籍，1982 年），卷十四，頁 518。

〔註 115〕詩句引自其〈新買谷南高同卿比舍，卿病廢臥久，追念昔時歌酒泫焉〉一首，收於徐朔方箋校《湯顯祖詩文集》（上海：上海古籍，1982 年），卷十四，頁519～520。

〔註 116〕爲湯顯祖〈牡丹亭記題詞〉語，見於徐朔方箋校《湯顯祖詩文集》（上海：上

先，人生於情，理則生於人，肯定人性中必有的真情，破除「以理相格」的限制，夢中之情就一如現實之情同樣真實。則其理是理性之理、理學之理、儒家之理。鄭培凱認爲：

> 確定顯祖在〈牡丹亭記題詞〉中所說的「理」是儒學思辨的「理」，是究明顯祖思想的一個關鍵，因爲這裡明確顯示他想要擺脫儒學的概念化抽象思維，企圖以藝術創造人生實存可能的方式，開創一個以「情」爲基礎的具體文化思維領域。我們同時也必須指出，顯祖創造了杜麗娘，創造了一個「情真世界」，爲後世的文化思維開創了新的道路，提供了建立文化美學的重要資源，但是對他本人的生命追求來說，卻無法藉此完全說服自己，讓自己安身立命。〔註117〕

達觀則以爲客觀世界爲空無，人能體會空無，就能物我兩忘，然而人之痛苦來自於現世執妄，執妄出自「情有」，昧理縱情，不知「禍福生死、物我廣狹、古今代謝、清濁浮沉，皆情有而理無者」，〔註118〕自然時時發作無明，「山河大地本皆無生，謂有生者，情計耳，非理也。故曰：以理治情，如春消冰」，〔註119〕達觀欲以「情消」力勸湯顯祖的「情真」：

> 真心本妙，情生則癡，癡則近死；近死而不覺，心幾頑矣。……夫近者性也，遠者情也。昧性而恣情，詔之輕道。……此理皎如日星。理明則情消，情消則性復，性復則奇男子能事畢矣，雖死何憾焉。……如生死代謝，寒暑迭遷，有物流動，人之常情。眾人迷常而不知返，道終不聞矣；故曰，反常合道。夫道乃聖人之常，情乃眾人之常；聖人就眾人而言，故曰反常合道耳。〔註120〕

海古籍，1982 年），卷三十三，頁 1093～1094。
〔註117〕引自鄭培凱〈湯顯祖與達觀和尚──兼論湯顯祖人生態度與超越精神的發展〉一文，見於鄭培凱《湯顯祖與晚明文化》（臺北：允晨文化，1995 年），頁 389。
〔註118〕見於達觀〈大悲菩薩多臂多目解并銘〉：「世疑大悲菩薩臂目廣多，互相驚恠，蓋不以理察，橫以情觀。苟以理察之，則人人自信不暇，豈獨疑於大悲乎？」引自藍吉富編藍吉富《禪宗全書》（臺北：文殊文化，1989 年），「語錄部」，十五《紫柏尊者全集》卷二十二，頁 556。
〔註119〕「以理治情」，見達觀〈長松茹退〉，而其〈長松茹退序〉更言：「立言不難，難於明理；明理不難，難於治情；能以理治情，則理愈明；理愈明，則光大。」文均見藍吉富編《禪宗全書》（臺北：文殊文化，1989 年），「語錄部」，一五《紫柏尊者全集》卷九，頁 310。
〔註120〕爲萬曆二十六年（1598），達觀作〈與湯義仍之一〉一文，見於毛效同編《湯

達觀仍強調情雖爲人之常，但人必須反此情常，才能離苦，才能合於眞心本妙，方法就是「情消」。

同年，萬曆二十六年（1598）年底，達觀來訪臨川。當時湯顯祖剛剛完成《牡丹亭》，盡情發揮「情眞」觀點，實驗過儒家出仕，改良有限，已可見理有其限度；棄官歸隱了，又不免有些閑悶，加上秋天兩個幼子早卒，仍感傷痛，「身將百里郎官隱，心爲西河愛子傷」，〔註121〕正是說這種心情，不論是寫作、政壇不如意、歸隱尚未適應，孰能無知無覺？印證了他所說的：「人生而有情」，〔註122〕總之，做不到說放就放的灑脫。

達觀此行，是兩人最後一次見面，相偕出遊，達觀時而藉景說理，他以文昌斷橋指點湯顯祖，希望湯顯祖能超然通透「情枯智訖」，此可在〈臨川文昌橋水月歌〉中，更見到其反覆叮嚀的苦心：

> 君不見文昌橋上月，幾回圓兮幾回缺。……又不見文昌橋下水，逝波一去不復返。花開花落知幾遭，流水送花無近遠。……月兮花兮是何物，盈虧榮落信還屈，扣其兩端情自枯。情枯自然智亦訖，智訖情枯著眼觀。月明流水如湯沸。如湯沸，文昌橋斷應蠛蠓。蠛蠓文昌功最高，津梁萬古何崎崛。何崎崛，利害關頭情貴拂。情拂理通津梁成，頭顱水底休悲鬱。文昌橋上月明時，法食徧抛無煩乞。
>
> 管教一飽忘百饑，髑髏夢覺心非佛。〔註123〕

月之盈虧，花之榮枯，原來都只是眼中所見，物變情遷，既然痛苦使生命無所終底，那就以理拂除徘徊無定之情，達觀希望爲湯顯祖思想之斷橋再築津梁，並一再勉勵他，等待湯顯祖決定絕斷塵世煩惱，達觀再次提出，心寂境亦境，一旦能夠「欲海情枯斷愛纏」，凡女也能成了神仙。〔註124〕湯顯祖對達

顯祖研究資料彙編》（上海：上海古籍，1986 年），頁 231～235。

〔註121〕爲湯顯祖〈草堂〉詩句：「負卻臨江舊草堂，斷橋車馬向來忙。身將百里郎官隱，心爲西河愛子傷。酒後放歌難自短，花間笑語若爲長。高冠照水看何似，分付流光與鬢霜。」收於徐朔方箋校《湯顯祖詩文集》（上海：上海古籍，1982 年），卷十四，頁 526～527。

〔註122〕引自湯顯祖〈宜黃縣戲神清源師廟記〉語：「人生而有情，思歡怒怨，感於幽微，流乎嘯歌，形諸動搖。」文見於徐朔方箋校《湯顯祖詩文集》（上海：上海古籍，1982 年），卷三十四，頁 1127～1130。

〔註123〕全文可參藍吉富編《禪宗全書》（臺北：文殊文化，1989 年），「語錄部」，十五《紫柏尊者全集》卷二十九，頁 676～677。

〔註124〕語出達觀〈夜宿旴江太平橋南〉，其詩：「昨夜太平橋北宿，今宵太平橋南眠。橋南橋北只一水，一水何曾有兩船。若得詰朝天氣好，從姑山上訪神仙。神

觀的建議，並未拒絕，雖時有流露入禪之意，然而未必代表湯顯祖確定出塵離世，那是偶或療養的急藥，眞要湯顯祖一切皆空、鏡花水月、「身忘患忘」，〔註125〕並不容易。

達觀離開後，湯顯祖一口氣作了許多詩，一以思念達觀，另也整理自己混亂攪雜的思緒，在〈章門客有問湯老送達公悲涕者〉寄寓思念：「達公去處何時去，若老歸時何時歸？等是江西西上路，總無情淚濕天衣」；又在〈歸舟重得達公船〉憶別：「無情當作有情緣，幾夜交蘆話不眠。送到江頭惆悵盡，歸時重上去時船」；從而以〈江中見月懷達公〉說到情之擾人：「無情無盡恰情多，情到無多得盡麼。解到多情情盡處，月中無樹影無波」；而在〈離達老苦〉自勉：「水月光中出化城，空風雲裏念聰明。不應悲涕長如許，此事從知覺有情」，〔註126〕其詩情都頗見湯顯祖的猶豫難定。

達觀屢屢交代湯顯祖以情枯、情消、無情，然而他多次提點湯顯祖，自己則屢屢關注朝政，竟致送命，達觀又何以是無情、消情之人？達觀爲人，點化無情而自己多情，湯顯祖之矛盾，達觀亦復如是。至於對湯顯祖而言：其一，人生之情也許得等到生命西上之時，才不再有情淚，既然還未歸去，那情又豈能說消便消？其二，情眞、無情、情多、情盡，湯顯祖一再迷惑，

仙初亦是凡女，欲海情枯斷愛纏。一斷愛纏蛇爲龍，飛行自在獨超然。」旴江實是羅汝芳早年講學之故蹟。此詩見於藍吉富編《禪宗全書》（臺北：文殊文化，1989 年），「語錄部」，十五《紫柏尊者全集》卷二十六，頁 607。

〔註125〕此也是此次達觀到訪從姑山，故意引羅公勸湯顯祖之詩句，詩題〈遊飛鰲峰悼羅近溪先生〉。原詩長，筆者摘錄其中：「愁本莫過利與名，利名又以身爲鍵。身忘患忘神始全，神全風塵即閬苑。何必雲深覓從姑，卻被麻姑笑凡混。……羅公此妙孰能傳，能傳問君有受否？有受心外則有法，根塵兀然神復走。身心翻作是非巢，利名鳥雀爭好醜。鷦鷯一枝身以安，肯學烏雅（鴉）開惡口。惡口不開善口開，開言終與理不乖。橫說豎說萬竅號，天風寧出有心哉？無心根塵何彼此？如去如來莫亂猜。羅公此意得無得，暗將無得化春雷。春雷出地群蟄醒，醒後三家夢自回。君不見，儒釋老，三家兒孫橫煩惱。羅公一笑如春風，無明椿子都吹倒。旴江三月放桃花，兩岸紅顏知多少？莫道羅公去不歸，雲峰古路無人掃。」另達觀〈禮石門圓明禪師文〉亦言：「殊不知凡聖精粗，情有而理無者也；凡聖精粗所不能盡者，理有而情無者也。……心外無法，聖凡生殺，情枯智訖，天機始活。」均是再再勸解之語，二者分別引自藍吉富編藍吉富編《禪宗全書》（臺北：文殊文化，1989 年），「語錄部」，十五《紫柏尊者全集》卷二十九，頁 677；卷十四，頁 415。

〔註126〕湯顯祖〈章門客有問湯老送達公悲涕者〉、〈歸舟重得達公船〉、〈江中見月懷達公〉、〈離達老苦〉四者見於徐朔方箋校《湯顯祖詩文集》（上海：上海古籍，1982 年），卷十四，頁 531～532。

口中說的出「無影無波」，心中卻牽念聰明，情在，煩惱亦在；何時情盡，便何時消煩解惱，只是取捨不易，煩惱既不會自消，也非宗教所能盡消。其三，即使湯顯祖反覆自問心安何處，〔註127〕仍能看出湯顯祖偏於情多而少於理，雖在佛門門口繞了路，湯顯祖仍然繞回自己的情門多一些。這從他去信回覆達觀討論情理〈寄達觀〉的信中可以看到他尚且款款懇請達觀諒解他這個決定：

> 情有者理必無，理有者情必無，眞是一刀兩斷語。使我奉教以來，神氣頓王。諦視久之，并理亦無，世界身器，且奈之何。……邇來情事，達師應憐我。白太傅蘇長公終是爲情使耳。〔註128〕

筆者以爲：湯顯祖偶出出家之言是有的，但這種說法或想法應該是來自達觀與他刺激互動中而有，當是湯顯祖與達觀之意興知交語，並非湯顯祖精湛佛理或眞想出家的強烈欲望，從其作品可知，大抵只要是與達觀相晤，說禪就多，其餘很少，「情有者理必無，理有者情必無，眞是一刀兩斷語」是他對達觀情理分判俐落的欣賞語，就是他說的讓他是「奉教以來，神氣頓王」，並未說到自己就要棄情從理，更非情枯、情消。

此外，鄭培凱認爲：

> 在寫〈牡丹亭記題詞〉時的湯顯祖，主要的心思還在肯定「情有」，以對抗儒家主流思維脈絡的「理」。具體到藝術實體的展現，就是以杜麗娘對情生死不渝，對理想（藝術想像構築的）愛情與幸福的執著追求，以超越儒家道德秩序的「理」。然而，不到一年的時間，由於達觀眞可的影響，顯祖的思想架構產生了巨大的變化，他的「情」與「理」的概念，發生了內容的實質變化。顯祖不再繼續肯定「情有」，而是開始質疑「情多」，甚至希望「情盡」。至於達觀所標榜的精神超越的「理」，則成了顯祖可望而不可及的昇華境界。〔註129〕

筆者則以爲：湯顯祖終究未入佛門而入情門，入了情門，有情眞、情多，卻

〔註127〕 語出湯顯祖〈奉和吳體中明府懷達公〉：「知他曲向誰家唱，問汝心將何處安」，作於萬曆二十七年（1599），五十歲時臨川家居，因憶及去冬今春達觀來臨川。此詩見於徐朔方箋校《湯顯祖詩文集》（上海：上海古籍，1982年），卷十四，頁539。

〔註128〕 〈寄達觀〉一文見於徐朔方箋校《湯顯祖詩文集》（上海：上海古籍，1982年），卷四十五，頁1268。

〔註129〕 語見鄭培凱《湯顯祖與晚明文化》之〈湯顯祖與達觀和尚——兼論湯顯祖人生態度與超越精神的發展〉（臺北：允晨文化，1995年），頁409。

未必希望情盡，情盡可再商確。以下兩個說明：

第一，湯顯祖在上引〈答達觀〉已清楚告知而祈求達觀諒解「邇來情事，達師應憐我」，〔註130〕此時，依情作劇，《四夢》已成，他才會引白居易、蘇東坡終是情使，為自己也是「情使」、也只能是「情使」來略為開脫或解嘲。否則湯顯祖不會在年高六十五歲時，說自己仍然是那個「情多」的「非類」，甚至於年復一年，還在「為情作使，劬於伎劇」，而感嘆道：「嗟夫！想明思聰，情幽思鈍。情多想少，流入非類。吾行於世，其為情也不為不多矣，其為想也，則不可謂少矣。」〔註131〕

此外，這期間發生兩件大事，湯顯祖最終也未情盡。第一是，萬曆二十八年（1600），長子士蘧猝逝，讓湯顯祖不是不肯情盡，而是對情乃無能為力，當然順己性情。第二是，萬曆二十九年（1601），自己被吏部大計處分，削籍罷斥，湯顯祖終於下定決心，官場如夢，抽身趁早，而回到臨川生活。

第一件事，萬曆二十八年（1600），湯顯祖家居五十一歲，長子士蘧七月十六日猝逝南京，死訊未至，湯顯祖先在八月四日五鼓忽感煩悶，〔註132〕不得不驚覺巧合，以為有讖，〔註133〕「黃蛇朔五隊堦前，汝夢黃蛇飛上天。恰是病來初七日，肯教人不信因緣」，果真「江天捲地黑風來，報道吾家玉樹摧。驚落枕牀無淚出，重重書訃若為開」，〔註134〕湯顯祖疑問的是：父子情緣短短

〔註130〕〈寄達觀〉大約寫於萬曆二十六年罷官後，到三十一年達觀遇害之前。當中湯顯祖的大事有萬曆二十六年（1598）棄官歸臨川、作《牡丹亭》，萬曆二十八年（1600），做《南柯記》、長子士蘧死，二十九年（1601），吏部以「浮躁」罷職，作《邯鄲記》，三十年，李贄死，三十一年達觀死。湯顯祖所謂「邇來情事」應該主要是棄罷官職、作戲曲與士蘧死。約二十八歲寫《紫釵記》，十年後完成。

〔註131〕與「為情作使，劬於伎劇」句均引自湯顯祖〈續棲賢蓮社求友文〉一文，徐朔方箋校《湯顯祖詩文集》（上海：上海古籍，1982年），卷三十六，頁1160～1162。

〔註132〕當時作〈庚子八月四日五鼓，忽然煩悶，起作三首〉，其中有「不合生兒望做龍」、「並道文章是國華，年來夢卜總無佳」之句，竟成詩讖。此詩見於徐朔方箋校《湯顯祖詩文集》（上海：上海古籍，1982年），卷十四，頁554。

〔註133〕見湯顯祖〈亡蘧四異〉：「七月五日，玉茗庭前斃一蛇，兒便六日在南都夢黃蛇上天。七日病瘍下兼痢，驟服參朮求健入試。過中元一日不起矣。」徐朔方箋校《湯顯祖詩文集》（上海：上海古籍，1982年），卷十四，頁558。「黃蛇朔五隊堦前」詩亦同見於〈亡蘧四異〉。

〔註134〕為湯顯祖〈庚子八月五日得南京七月十六日亡蘧信十首〉之一，見於徐朔方箋校《湯顯祖詩文集》（上海：上海古籍，1982年），卷十四，頁554～557。

二十三年，是偶然或命定，人生際遇究竟有情或無情？

　　第二件事，萬曆二十九年（1601），湯顯祖棄遂昌知縣而家居已過三年，原本申請的致仕在吏部考核，卻被作手「浮躁」而罷斥，固然湯顯祖本就打算「獨坐不羈高尚去」，〔註135〕卻變成懲處，聞訊啞然：「孫劉要使不三公，點涬爲云混太空。比似陶家栽五柳，便無槐棘也春風」，〔註136〕摯友劉應秋等人也受到牽連。湯顯祖此時寫作《邯鄲記》，將對大計之思寫進〈邯鄲夢記題詞〉，感慨「岸谷滄桑，亦豈常醒之物耶。第概云如夢，則醒復何存。所知者，知夢遊醒，必非枕孔中所能辯耳」，〔註137〕生命一晌，人生何者是真，何者又假？浮生若夢，富貴是夢，生命力氣既無可爲，因此，適可而止使雄心壯志沈澱成雲淡風輕，何況，澄清天下固然善意宏偉，然則情勢由人不由己，一方面認清局勢，另方面也得認清自己的質性與處事的本領，避免動輒得咎，於己大傷。當他將體悟轉往擔憂當時還在政治風暴圈中的李贄、達觀身上時，果不出其料，半年後，萬曆三十年（1602）二月，李贄在京被逮，〔註138〕旋即引刀身亡；三月達觀因爲妖書案被囚，一年後死獄；四月趙邦清事件發生。官場陰晴不定、禍福難料，他的朋友一個個遭遇不測，湯顯祖則選擇及早退場，另尋出路。

　　渡化未成，湯顯祖的「情多」，既表現在真實生活，也流露在家國情懷與作品主題中，儘管他能從官場抽身而退，人間自然天生的情感情愫卻不易一時通透徹悟，長子猝死，他慟而無淚，李贄與達觀投鷹飼虎之死，凡他仰慕之俠者、儒者，皆勇往直前而死，湯顯祖心中不無波瀾，在〈葉時陽歸書以

〔註135〕此心意係萬曆二十九年（1601）湯顯祖五十二歲家居時，其向時任都御史的溫純所言，絕句題〈辛丑京考後口號寄溫都堂純二首〉，見於徐朔方箋校《湯顯祖詩文集》（上海：上海古籍，1982 年），卷十四，頁 572。

〔註136〕乃其〈辛丑大計聞之啞然〉詩，見於徐朔方箋校《湯顯祖詩文集》（上海：上海古籍，1982 年），卷十四，頁 573。

〔註137〕萬曆二十九年（1601），中秋前一日寫此，湯顯祖心情因此特別有悟。〈邯鄲夢記題詞〉可參徐朔方箋校《湯顯祖詩文集》（上海：上海古籍，1982 年），卷三十三，頁 1095。

〔註138〕《明實錄》之《明神宗實錄》記萬曆三十年閏二月：「乙卯，禮科都給事中張問達疏劾李贄。……毋令貽亂于後，世道幸甚。已而贄逮至，懼罪不食死。」此記見於黃彰健校勘《明實錄》（日本京都：中文，1984 年），卷三六九，頁 6917～6919。另李贄《焚書》附袁中道作〈李溫陵傳〉，述卓吾持刀自割其喉，死法殘而狀甚詳，收於張建業編《李贄文集》（北京：社科文獻，2000 年），《續焚書》，頁 131～135。

期之〉抒發了「山歸百事總忘情，獨有恩仇氣未平。壯子殤來魂易斷，微官拋去路難行」〔註139〕之感，最後他舉白居易、蘇東坡之不能忘情，解嘲之外，在思辯上放棄「情多」的定位，情感則仍割捨不去，一如《牡丹亭》的眞情流露，他做不到情盡，其實湯顯祖也沒有要做到情盡。「情盡而分」就留給《紅樓夢》的「白茫茫的大地悲劇」來完成。至於湯顯祖劇作，傾力情眞，作家之眞性感染人心，引起共鳴，如他在〈焚香記總評〉說：「其塡詞皆尙眞色，所以入人最深，遂令後世之聽者淚，讀者顰，無情者動心，有情者腸裂。何物情種，具此傳神手。」〔註140〕

第三節　湯顯祖的情觀

　　湯顯祖一生「爲情作使」，肯定生命價值的依歸與隆重的身份，以此向外宣告，頗有自命、自負、自賞的信心。晚唐、宋代以後，儒釋道三教趨於混流，「儒帽、僧衣、道人鞋」是明代某些份子的風習，如果說湯顯祖的「情至」、「情眞」思想受到三教影響，應也是歷史環境使然，其中最受儒家「仁」思想的影響，乃至道家「貴眞」、禪宗「自性」等要義也在當中。而湯顯祖尊重愛護個體自由生命之「根性」，〔註141〕溫厚篤實，更是實現此生命嚮往的驅力。

　　正因爲意志自由、狂狷與抉摘情僞，李贄〈童心說〉自然就是「眞心」之說，出自童心之文即是眞心之文，文學所以感人必須在於發自眞心，否則心假而文假，寫的人假，讀的人也假。若只模擬舊聲，做做姿態，便不足以觀，這也是李贄對晚明好古、擬古文學的批評。湯顯祖談到詩歌創作時，曾經直說：「世總爲情，情生詩歌」，〔註142〕也是「文貴情眞」的看法，他最重要的「情」觀文字在於〈牡丹亭記題詞〉，文中聲明了「情眞」：

　　　天下女子有情寧有如杜麗娘者乎。夢其人即病，病即彌連，至手畫

〔註139〕〈葉時陽歸書以期之〉詩見於徐朔方箋校《湯顯祖詩文集》（上海：上海古籍，1982年），卷十四，頁559。

〔註140〕語見湯顯祖〈焚香記總評〉一文，本文另名〈玉茗堂批評焚香記〉，可參徐朔方箋校《湯顯祖詩文集》（上海：上海古籍，1982年），卷五十，頁1486。

〔註141〕此其〈答于中父〉信之語：「世局何常，根性已定」，文見徐朔方箋校《湯顯祖詩文集》（上海：上海古籍，1982年），卷四十七，頁1357～1358。

〔註142〕語見其〈耳伯麻姑遊詩序〉，徐朔方箋校《湯顯祖詩文集》（上海：上海古籍，1982年），卷三十一，頁1050～1051。

形容傳於世而後死。死三年矣，復能溟莫中求得其所夢者而生。如
麗娘者，乃可謂之有情人耳。情不知所起。一往而深，生者可以
死，死可以生。生而不可與死，死而不可復生者，皆非情之至也。
夢中之情，何必非眞。天下豈少夢中之人耶。必因薦枕而成親，待
掛冠而爲密者，皆形骸之論也。……嗟夫！人世之事，非人世所可
盡。自非通人，恆以理相格耳。第云理之所必無，安知情之所必有
邪。〔註143〕

而其「情眞」之說，其來有自，以下分述。

一、情觀來源——從「造物生機，天然樂趣」〔註144〕到「知生自貴」〔註145〕

究竟湯顯祖所謂「情」者何指？這要先觀察他「情觀」的思想淵源。從
湯顯祖在哲學養分上領悟的與文藝連貫的思考邏輯上來看，湯顯祖有〈明
復說〉一文，顯示他受學羅汝芳以爲人性自由發展的啓發，羅汝芳在解釋
「樂」與「仁」的關係時，特別指出「樂」、「仁」二者的一致性與人出生
乃由天賦予一種天生自然的「生機」聲息相通，因此人本就「生機」，此並無
疑義：

> 問孔顏樂處。羅子曰：「所謂樂者，竊意只是個快活也。豈快活之外，
> 復有所謂樂哉？生意活潑，了無滯礙，即是聖賢之所謂樂，卻是聖
> 賢之所謂仁。蓋此仁字，其本源根柢於天地之大德，其脈絡分明於
> 品彙之心元。故赤子初生，孩而弄之，則欣笑不休；乳而育之，則
> 歡愛無盡。蓋人之出世，本由造物之生機，故人之爲生，自有天然
> 之樂趣。故曰仁者人也。此則明白開示學者心體之眞，亦指引學者
> 以入道之要。後世不省仁是人之胚胎，人是仁之萌蘗，生化渾融，
> 純一無二；故只思於孔顏樂處竭力追尋，顧卻忘於自己身中討求著

〔註143〕〈牡丹亭記題詞〉見於徐朔方箋校《湯顯祖詩文集》（上海：上海古籍，1982
年），卷三十三，頁1093。

〔註144〕此題引羅汝芳答「孔顏樂處」語，見於自黃宗羲《明儒學案》（臺北：世界，
1973年），卷三十四，「泰州學案三」，〈近溪語錄〉，頁346。

〔註145〕此湯顯祖論「天地之性人爲貴」，用以強調：「大人之學，起於知生。知生
則知自貴，又知天下之生皆當貴重也。」引自〈貴生書院說〉，收於徐朔方
箋校《湯顯祖詩文集》（上海：上海古籍，1982年），卷三十七，頁1163～
1164。

落。誠知仁本不遠，方識樂不假尋。〔註146〕

羅汝芳答覆「孔顏樂處」只是個「快活」，析論人「因仁而樂」。聖賢所謂
「樂處」之所以爲「樂」，並非浮面「快活」之歡，而是源自心理天賦的「造
物生機」、「天然樂趣」者。所以能如此，乃是因爲以人天生之「仁」爲之
「樂」基礎而言，所謂「仁是人之胚胎，人是仁之萌蘗」。且「自有」二字說
明「仁」之來源的確定與穩定，凡生而爲人，無人不具，暗合於先秦儒學對
人人有之的「仁心」、「怵惕惻隱」等自然勃發、不待外求的意志力量，「仁」
具備「樂」之性質，而「樂」即是「仁」的特質，「仁」爲人的「心體之
眞」，是「人之胚胎」，「仁」是生意活潑、生動溫煦的精神，即時實踐道德起
來，或心態、或氣度，也仍是生動自然的人情，而非禮教規條橫擺出暮氣沉
沉的面孔。

此外，羅汝芳談「復心」乃自吾心的意義時，解釋到「心」、「復」：

> 宇宙之間，總是乾陽統運。吾之此身無異於天地萬物，而天地萬物
> 亦無異於吾之此身。其爲心也，只一個心；而其爲復也，亦只一個
> 復。經云「復見天地之心」。則此個心即天心也。此心認得零碎，故
> 言復亦不免分張。殊不知天地無心，以生物爲心。今若獨言心字，
> 則我有心而汝亦有心，人有心而物亦有心，何嘗千殊萬異。善言心
> 者，不如把個生字來替了他。則在天之日月星辰，在地之山川民物，
> 在吾身之視聽言動，渾然是此生生爲機，則同然是此天心爲復。故
> 言下著一生字，便心與復即時混合，而天與地、我與物，亦即時貫
> 通聯屬而更不容二也已。〔註147〕

羅汝芳認爲天地萬物，包含人類，天地之心，即「天心」，「天心」有一共同
普遍的「生」、「生生之機」，不論是日月星辰、山川民物、視聽言動，都融入
在這個「生生之機」當中。因此，零碎的我心、你心、人心、物心，只需以
一個字來「生」聯繫，天、地、物、我，便即時聲息通融。天地萬物生生不
息，人的「天心」也一樣生生不息，生生的發展本乎自然。而湯顯祖追索生
命意義的歷程中，續在〈明復說〉一文中，承繼羅汝芳「仁」、「樂」，「天心」、
「生機」等要點，「仁」既然是萬物生生不息的淵源，因此天賦人性當然深富

〔註146〕引自黃宗羲《明儒學案》（臺北：世界，1973 年），卷三十四，「泰州學案三」，
　　　　〈近溪語錄〉，頁 346。
〔註147〕引自黃宗羲《明儒學案》（臺北：世界，1973 年），卷三十四，「泰州學案三」，
　　　　〈參政羅近溪先生汝芳〉，頁 350。

自由發展的體質：

天命之成爲性，繼之者善也。顯諸仁，藏諸用，於用處密藏，於仁中顯露。仁如果仁，顯諸仁，所謂「復見其天地之心」，「生生之謂易」也。不生不易。天地神氣，日夜無隙。吾與有生，俱在浩然之內。先天後天，流露已極。……浩然初氣，腤合爲難。吾人集義勿害生，是率性而已。……吾儒日用性中而不知者，何也？「自誠明謂之性」，赤子之知是也。〔註 148〕

「性」者以「赤子之知」爲內容，因此「赤子之知」雖然是日用而不知，然而所謂「率性」，也就是率天命的「赤子之知」。再者，湯顯祖在晚年作品〈貴生書院說〉一文中，更明顯表現出他與泰州學派的思想脈絡：

天地之性人爲貴。人反自賤者，何也。……故大人之學，起於知生。知生則知自貴，又知天下之生皆當貴重也。〔註 149〕

湯顯祖承用了以上「百姓日用」、「知生自貴」、「赤子之知」，足以說明湯顯祖在哲學思想上的血脈；後來湯顯祖在政治難境中選擇離開而突圍，應該也是他「知生」、「自貴」之思想表現，實以含元保眞。就如他在〈徐聞留別貴生書院〉詩中自明：「天地孰爲貴，乾坤只此生。海波終日鼓，誰悉貴生情」；〔註 150〕亦如羅汝芳昂首闊步之言：「收拾一片眞正精神，揀擇一條直截路徑，安頓一處寬舒地步，共友朋涵泳優游，忘年忘世」；則「其齒雖近壯衰，而其眞不減童稚」，甚且得以「解纜放舡，順風張棹，則巨浸汪洋，縱橫任我，豈不一大快事也耶？」〔註 151〕乃此生希罕，以保留實力、留得青山。

〔註 148〕文見湯顯祖〈明復說〉，可參徐朔方箋校《湯顯祖詩文集》（上海：上海古籍，1982 年），卷三十七，頁 1164～1165。

〔註 149〕語見〈貴生書院說〉，見於徐朔方箋校《湯顯祖詩文集》（上海：上海古籍，1982 年），卷三十七，頁 1163。

〔註 150〕此萬曆二十年（1592）湯顯祖四十三歲時作，此詩可見於徐朔方箋校《湯顯祖詩文集》（上海：上海古籍，1982 年），卷十一，頁 435。

〔註 151〕「收拾一片眞正精神」與「其齒雖近壯衰」爲近溪勉覆其生聶希賢之言，語見〈明德先生臨別贈言〉；「解纜放舡」語則爲近溪指示爲人「工夫難得湊泊，即以不屑湊泊爲工夫，胸次茫無畔岸，便以不依畔岸爲胸次」，用以成就「大襟期」、「大氣力」與「大大識見」。二者語出方祖猷、梁一群、〔韓〕李慶龍、潘起造、羅伽祿編校整理《羅汝芳集》（南京：鳳凰，1982 年），頁 305～306；「壹語錄彙集類」，《近溪子集》，頁 62。

二、情是何物——「人生而有情」〔註152〕與「志也者，情也」〔註153〕

湯顯祖認爲「人生而有情」，認爲人之個體對意欲、願望、情感、嚮往等的意識，便是「情」，爲與生俱來之先驗存在，而在生命進程中，始終自然存有；「志」就是「情」，如其在〈董解元西廂題辭〉言「志也者，情也。先民所謂發乎情，止乎禮義者是也。嗟呼，萬物之情各有其志」，以天下「萬物之情各有其志」，個性各具，「情志」中自有禮義，能合於「情性」就是合於「禮義」，與李贄所謂「自然發乎情性，則自然止乎禮義，非情性之外復有禮義可止也」之說相合，〔註154〕同時「世總爲情」，「情」能夠遍及到「天下之聲音笑貌，大小生死，不出乎是」，還能夠發揮「承天下之吉凶，決萬物之成毀」的作用，「惟情至，可以造立世界」。〔註155〕「情」不僅挹注入於人生社會，也永不消退，而在天地之間普遍存在。

三、「情」的性質——從「狂斐駘蕩」〔註156〕到「夢中之情，何必非眞」〔註157〕

另者，湯顯祖本就擺盪「儒檢」與「仙遊」之間，他自說：「余素無老子之恍忽，兼乏孔子之中庸」，一種既非純儒家、也非純道家的風度格調，既然「中行不可得」，如此一來，湯顯祖確實具有泰州學派「赤手以搏龍蛇」的態勢，他對自己性情的理解與期許，都在於「狂斐」、「狂狷」，這種自我理解便延伸到他在文藝精神的傾好上，是而偏向「非名教之所能羈絡」的「駘蕩」

〔註152〕此文引湯顯祖〈宜黃縣戲神清源師廟記〉文章首語爲題，以明其立場，文見徐朔方箋校《湯顯祖詩文集》（上海：上海古籍，1982 年），卷三十四，頁 1127。

〔註153〕此引湯顯祖〈董解元西廂題辭〉語爲題，文見徐朔方箋校《湯顯祖詩文集》（上海：上海古籍，1982 年），卷五十，頁 1502～1503。

〔註154〕語出李贄《焚書》卷三〈讀律膚說〉，收於張建業編《李贄文集》（北京：社科文獻，2000 年），頁 123～124。

〔註155〕見於沈際飛〈題南柯夢〉，收於毛效同編《湯顯祖研究資料彙編》（上海：上海古籍，1986 年），頁 1325。

〔註156〕以湯顯祖年三十六作〈與司吏部〉中「人各有章，偃仰澹淡俐落隱映者，此亦鄙人之章也。惟明公哀憐，成其狂斐。」與〈寄石楚陽蘇州〉之「有李百泉先生者，見其《焚書》，畸人也。肯爲求其書寄我駘蕩否？」二者合而爲題，二文收於徐朔方箋校《湯顯祖詩文集》（上海：上海古籍，1982 年），卷四十四，頁 1224～1226、1246。

〔註157〕此題以湯顯祖〈牡丹亭記題詞〉言人「一往而深，生者可以死，死可以生」者方爲「情之至」語，此文收於徐朔方箋校《湯顯祖詩文集》（上海：上海古籍，1982 年），卷三十三，頁 1093～1094。

一類，也才能夠脫離當時復古模擬的文風，如他任職南京太常博士，表明不願北上赴任，向人剖析自己是：

> 倘得泛散男郎，依秣陵佳氣，與通人秀生，相與徵酒課詩，滿俸而出，豈失坐嘯畫諾耶。語不云乎，「斐然成章」。人各有章，偃仰澹淡歷落隱映者，此亦鄙人之章也。惟明公衰憐，成其狂斐。〔註158〕

與其說請人成全狂斐，不如說是他區隔氣質、表明心機與自我期待，這正符合他為何深深欽仰李贄、達觀一類非儒非佛、畸怪不全，卻很不客氣展現「我就是我」強烈姿態的人格類型，他甚至寄信請朋友為他尋寄李贄《焚書》時，在仰慕中流露心態：「有李百泉先生者，見其《焚書》，畸人也。肯為求其書寄我騁蕩否？」至於品評文學風格時，他一貫表現出對「狂斐進取」風格的偏好：

> 子言之，吾思中行而不可得，則必狂狷者矣。語之于文，狷者精約儷屬，好正務潔。持斤捉引，不失繩墨。士則雅焉。然予所喜，乃多進取者。其為文類高廣而明秀，疏夷而蒼淵。在聖門則曾點之空窔，子張之輝光。于天人之際，性命之微，莫不有所窺也。因以裁其狂斐之致，無詭于型，無羨于幅，峨峨然，颯颯然。〔註159〕

在思想中欽仰狂斐，在文學中追求騁蕩，是李贄「絕假純真童心」的另一種說法，也就是重新尋覓心性之固有、現實中放失的真摯之自我性情與人際情感，這才是生命要事；而文學也必然要以真摯為創作的動機與目的，人之可愛、文之可觀，端視其中有否真情。

湯顯祖從哲學到文學「狂斐騁蕩」的思考，哲學之「情」給了文學一個理之自然的原則，同時，「情」在哲學、文學之間通用，於是，文學之目的便無關乎道德教化，脫離「文以載道」；況且「情致所極，可以事道，可以忘言」，加以「自然靈氣，恍惚而來，不思而至。怪怪奇奇，莫可名狀」、「心靈飛動」的創作想像，那麼，他在〈牡丹亭記題詞〉中的真情宣告：「夢中之情，何必非真？天下豈少夢中之人耶！必因薦枕而成親，待掛冠而為密者，皆形骸之論也。」「真」為真誠不偽，唯有真誠不偽，人之哭、怒、親方可動人；而夢境本來非真，但真情之真，卻足以使非真、似真，變成是真實，是而又何必

〔註158〕語見其〈與司吏部〉，可詳參徐朔方箋校《湯顯祖詩文集》（上海：上海古籍，1982年），卷四十四，頁1224～1227。

〔註159〕引自湯顯祖〈攬秀樓文選序〉，見於徐朔方箋校《湯顯祖詩文集》（上海：上海古籍，1982年），卷三十二，頁1076～1077。

非拘泥在時間、空間等之形骸經驗呢？因此，「情」才足以使杜麗娘脫除了夢與死的限制，有情之人便能真實存在於現實之外。可見杜麗娘尋情以致歸禮，正是要印證：從人情上做的便真實自然；反之，則勉強做作了。

湯顯祖「夢之至情」當是源自他「伉狀不阿」的認真氣質，「貴真」而「情真」，崇尚個體真情流露，就像杜麗娘自白「一生愛好是天然」，而「第云理之所必無，安知情之所必有邪」，杜麗娘因情成夢，因夢而死，情之所至，死而回生，看似不合常理，湯顯祖則以「情真」使杜麗娘得以自由出入生命軀殼之型態，而完成「天下有情人」的使命。

四、情歸於理——從「人情大寶」到「名教至樂」〔註160〕

湯顯祖設計《牡丹亭》現實、夢幻的時間交錯，以打破真實與虛幻的分隔，在歸鄉之前，湯顯祖已經創作《牡丹亭》，他以〈宜黃縣戲神清源師廟記〉論述到戲劇功能與表演藝術時，說到人情由生，並且能夠感染人心：

> 人生而有情。思歡怒愁，感於幽微，流乎嘯歌，形諸動搖。或一往而盡，或積日而不能自休。蓋自鳳凰鳥獸以至巴渝夷鬼，無不能舞能歌，以靈機自相轉活，而況吾人。〔註161〕

他認為，自然生命都有情感，無論鳳凰鳥獸、巴渝夷鬼，無不能歌，憑藉天生靈機的情感而生存，戲劇藝術的目的是要以嘯歌動搖的形式，表現思歡怒愁之情，以撫慰人心。而舞台上的表演，真者為真，虛幻也可為真，透過戲劇能夠「生天生地生鬼生神，極人物之萬途，攢古今之千變。一勾欄之上，幾色目之中，無不紆徐煥眩，頓挫徘迴。恍然如見千秋之人，發夢中之事」，〔註162〕當入人最深時，「遂令後世之聽者淚，讀者嘆，無情者心動，有情者腸裂。何物情種，具此傳神手！」〔註163〕劇場於焉構築了另一個真情、自由，而時空所不能羈限的世界。湯顯祖因以「情真」播揚為「情至」的情境，以

〔註160〕「人情大寶」與「名教至樂」二題，引自湯顯祖〈宜黃縣戲神清源師廟記〉，文中，湯顯祖以「人生而有情」，是而當思歡怒愁或感於幽微之際，則「無不能舞能歌，以靈機自相轉活」，乃見雜劇傳奇等戲之美好。該文見於徐朔方箋校《湯顯祖詩文集》（上海：上海古籍，1982年），卷三十四，頁1127～1130。

〔註161〕〈宜黃縣戲神清源師廟記〉一文收於徐朔方箋校《湯顯祖詩文集》（上海：上海古籍，1982年），卷三十四，頁1127～1130。

〔註162〕亦引自湯顯祖〈宜黃縣戲神清源師廟記〉一文。

〔註163〕為湯顯祖〈焚香記總評〉一文者，見於徐朔方箋校《湯顯祖詩文集》（上海：上海古籍，1982年），卷五十，頁1486。

「情眞」出發，極致爲「情至」，而「情至」的具體表現則在於「生可以死，死可以生」的歷程中。

至於「情歸於理」，湯顯祖懷疑性命之學所談「理先氣後」之說，他認爲有「道」、有「氣」，「道」、「氣」兩相涵詠，「道」之中含有「深情」，湯顯祖藉「以田語於學植者」來引申此理。他認爲「田之不以其人，且稗且廢」，植田之道與學習之道相同，成果好壞端視植田者、學習者的努力：

> 然不以美學，不以學至于道，能無稗且廢乎。如此田雖美，不知其美也。以美而學于於道，不日月比其成，多少淺深之數，亦莫能明也。〔註164〕

他又說：「法王以眾生爲田，吾聖王亦以人情爲田」，〔註165〕以「田」比喻爲「情」、「人情」，因此「情」既出於仁義內在之道，便與仁義之理相合，乃至於「道心之人，必具智骨；具智骨，必有深情。」可見，湯顯祖所講的「道心」並不是理學先驗的道德主體，而是生生的本心，順此，「情至所極，可以事道，可以忘言」。

很顯然的，湯顯祖闡「情」而未棄「理」的這種思考，顯然深深反省了僵理濫情的時風人情，而在情、理之間取得一個高尚又平衡的依歸，「情」乃和諧而非叛逆，「情」又可愛而非放浪。這樣，才能說明杜麗娘春夢成眞、出死入生的樞紐正在於她發動了源自「道心」的「深情」，即能脫除形式上的限制。另一方面，也才能說明爲什麼杜麗娘最後將愛情還原到婚姻上，從「人情大寶」出發，再回到「人情大寶」，方爲「名教之至樂」。也就是說，缺乏了「情」的意識，「理」便不合理；反言之，出自「情」的意識之情，便能與「理」相合，才是眞情眞理。

五、情的形式——「因情成夢，因夢成戲」〔註166〕

湯顯祖說到自己撰寫《臨川四夢》的寫作動機與歷程：「因情成夢，因夢成戲」，表明其戲劇是以「情」出發，而以「夢」爲實現「情」的藝術形式，

〔註164〕「田之不以其人，且稗且廢」語與此引文均見於湯顯祖〈南昌學田記〉一文，收於徐朔方箋校《湯顯祖詩文集》（上海：上海古籍，1982 年），卷三十四，頁 1116～1118。

〔註165〕爲湯顯祖〈臨川縣新置學言記〉之句，見於徐朔方箋校《湯顯祖詩文集》（上海：上海古籍，1982 年），卷三十四，頁 1118～1119。

〔註166〕此題引湯顯祖〈復甘義麓〉論性與情之異時所言，此文收於徐朔方箋校《湯顯祖詩文集》（上海：上海古籍，1982 年），卷四十七，頁 1367。

繼而展開寫作的。他從美學思想、表現手法、藝術形式上，連貫了情、夢、戲三者的關係。首先，他在〈董解元西廂題辭〉強調：

> 志也者，情也。先民所謂發乎情，止乎禮義者，是也。嗟呼，萬物之情各有其志。董以董之情而索崔、張之情於花月徘徊之間，余以余之情而索董之情於筆墨烟波之際。〔註167〕

就像董解元從情感出發，寫崔、張之情，即他之志；而「余以余之情」去索求董解元之志、崔張之志，又有了「余之志」；作者以「情」體會角色之「情」，又在筆墨中表現角色之情，「情」使閱者透過角色而探悟作者之情，於是作者、閱者、角色三者之情彼此感契，可見湯顯祖以「情」為文學創作來源，是出於情感興發與感染。

他認為人生而有情、情又能造立世界，那麼能愉快宣洩人情的藝術在於能啓「人情之大竇」之戲劇，而「世總為情，情生詩歌，而行於神」，戲曲就是「情」的產物，而感悟「情」的最佳途徑在於借用「戲曲」。同時，如何能夠達到戲劇的最大效果，就是把不可能變成可能，「夢中之情」僅止於夢中，應該是假；但「情之所至」時，獨立自主的主體將可使夢想成真，體驗成真。從某種意義上說，杜麗娘的「夢」也意味著湯顯祖的「生命之夢」，湯顯祖對夢之至情，超越生死，突破限制，確實也是他一生的體道之思，超越有涯，以得無涯，這正是湯顯祖傳情妙手遠邁古人、卓絕明代劇壇的奧秘。

正因他自己如此迷醉，不禁「如醉如痴，銷魂落魄」，以致於「臣庭中薪上，掩袂痛哭」，不能自抑了。即便現實生活中，對湯顯祖而言，深情並非只在戲劇，所掛意的對象也視之為雖死猶生，隆慶三年（1569），湯顯祖娶婦吳氏，他在〈送張伯昇世兄歸吳序〉提到成婚一事：「猶記己巳臘之四日，余婚焉，此實人生一大事。」當吳婦病逝後，萬曆二十九年（1601），年已五二，他尚為詩〈辛丑社日至良岡，憶壬申數年事，泫然口號〉深情追憶，仍泫然感傷：「十上曾歸此讀書，病妻贏女正愁予。重來眷屬俱黃土，夜雨燈花灑淚初」，〔註168〕而事實上，這已經是時隔近三十年前的往事了。

湯顯祖從「政治人」轉向「文學人」，非以身報國，而是改以文學奉獻的歷程，正可顯示出他對自己意願心志與王朝官場之間，一步步的選擇與確認，

〔註167〕語見〈董解元西廂題辭〉，見於徐朔方箋校《湯顯祖詩文集》（上海：上海古籍，1982年），卷五十，頁1502～1503。

〔註168〕此詩收於徐朔方箋校《湯顯祖詩文集》（上海：上海古籍，1982年），卷十四，頁573～574。

研究明代戲曲之重要材料的明代呂天成（1580～1618）《曲品》評人論事，深評湯顯祖近狂之外，更有賞語：

> 湯奉常，絕代奇才，冠世博學。周旋狂社，坎坷宦途。當陽之謫初還，彭澤之腰乍折。情癡一種，固屬天生；才思萬端，似挾靈氣。
>
> 搜奇八索，字抽鬼泣之文；摘豔六朝，句疊花翻之韻。〔註169〕

湯顯祖的「情眞」、「情至」，情到極致，足以顛倒生死、出入眞幻，問題是，情眞雖然與童心、良知有關，但是良知畢竟是儒家規整收斂的本心，文以載道才是正事，李贄的童心、湯顯祖的情眞，是否意味文學內涵的多元性？因爲出於眞心之文自然也是合於禮義的。再者，在情爲眞的前提下，夢中、夢外之情，無一不眞，因此，湯顯祖方說：「夢中之情，何必非眞」之語，更何況「人世之事，非人世所可盡」，既然不能盡，自不能以有限之人事經驗去推論一個更廣而未知的空間，文學的想像有變成眞實的可能性，亦即「情眞」使文學的想像足以飛天躓地，致杜麗娘「死三年矣，復能溟冥中求得其所夢者而生」才會成眞，也以此成全「情眞」。這是他文學與人生的答案，在戲劇中逞其想像，彌補現實不滿的遺憾，也在戲劇中鋪張情眞，強調眞情無敵。文學的堅持，既不須討好，就不用經過他某首肯，因此湯顯祖對於沈璟（1553～1610）、呂玉繩（1560～？）改動而轉致之《牡丹亭》等作，湯顯祖則特立而伸張其寧可「拗盡天下人嗓子」、〔註170〕也「一字不能易」之論。

〔註169〕文見毛效同編《湯顯祖研究資料彙編》下（上海：上海古籍，1986 年），頁653～654。

〔註170〕明人王驥德（？～1623）亦析錄此事：「臨川之於吳江，故自冰炭。吳江守法，斤斤三尺，不欲令一字乖律，而毫鋒殊拙。臨川尚趣，直是橫行。組織之工，幾與天孫爭巧。而佶曲聱牙，多令歌者齚舌。吳江常謂：寧協律而不工，讀之不成句，而謳之始協，是爲中之之巧。曾爲臨川改易《還魂》字句之不協者。呂吏部玉繩（鬱藍生尊人）以致臨川，臨川不懌。復書吏部曰：『彼惡知曲意哉！余意所至，不妨拗折天下人嗓子。』其志趣不同如此。鬱藍生謂臨川近狂而吳江近狷，信然哉！」就此，湯顯祖堅持拗嗓之特立獨行，乃先後致信凌初成、孫俟居、羅章二等，在〈答凌初成〉先聲明：「不佞《牡丹亭》記，大受呂玉繩改竄，云便吳歌。不佞啞然笑曰，昔有人嫌摩詰之冬景芭蕉，割蕉加梅，冬則冬矣，然非王摩詰冬景也。其中駘蕩淫夷，轉在筆墨之外耳。」於〈答孫俟居〉明告：「弟在此自謂知曲意者，筆懶韻落，時時有之，正不妨拗折天下人嗓子。」〈與宜伶羅章二〉則重申：「《牡丹亭》記，要依我原本，其呂家改的，切不可從。雖是增減一二字以便俗唱，卻與我原做的意趣大不同了。」王驥德文與湯顯祖三文分別見徐朔方箋校《湯顯祖詩文集》（上海：上海古籍，1982 年）附錄，頁 1548；卷四十七，頁 1344～1345；卷四十六，

　　湯顯祖出身陽明學派，十三歲拜師泰州羅汝芳爲嫡傳，爲何肯在小道戲曲上費盡心力？湯顯祖並非只在作詩填詞、聊遣煩悶之作，而是表達人生永恆與否的疑惑，以文學治療心靈，同時給自己答案；因爲生命不時無明，人生幾多風雨，歸宿何覓？耿直執著的儒生性格，亟欲改良現實，施展無功，也許還惹來一身傷痕，難以復原。筆者以爲：湯顯祖心想的也許是，人性一樣的貪嗔癡，即使換成佛家，又能如何超越淨盡？

第四節　杜麗娘與柳夢梅「情眞」之歷程與美學

　　湯顯祖貶爲徐聞典史、設貴生書院，結束宦途前後之際，寫出哀感頑艷的《牡丹亭》，此戲劇一經敷演，將少女杜麗娘從「一個十六歲的少女」變成「天下第一有情人」，其聲揚之情，並不僅只少女單相思、少男少女私訂或是暗刺朝廷之情，更包括了湯顯祖自己長期的、深層的感受與寄託，乃至於時代環境的思想氣氛。湯顯祖藉著杜麗娘「因情成夢，因夢成戲」，概括了他的思想在戲曲創作的思考過程與結論。湯顯祖說這是他的得意之作，也許並不全在表揚自己寫的好，而是以之貫徹心思後某種舒息的感慨，在某次開演時，湯顯祖寫詩記到心情：「玉茗堂開春翠屏，新詞傳唱《牡丹亭》；傷心拍遍無人會，自掐檀痕教小伶」，〔註171〕其盼得知音的心緒，可以想見。

　　《牡丹亭》全劇共五十五齣，其文字修辭之美，主在曲文，不在賓白，其主題與故事承襲，湯顯祖在〈牡丹亭記題詞〉自說：

> 天下女子有情寧得如杜麗娘者乎。夢其人即病，病即彌連，至手畫形容傳於世而後死。死三年矣，復能溟莫中求得其所夢者而生。如麗娘者，乃可謂之有情人耳。……傳杜太守事者，彷彿晉武都守李仲文、廣州守馮孝將兒女事。予稍爲更而演之。〔註172〕

可見杜麗娘，一名十六歲的少女，雖從「情」出發，仍終之以「禮」，其間種種疑惑與探險，受封「有情人」，正是湯顯祖所亟欲以《牡丹亭》全劇來表達

　　　頁1299：卷四十九，頁1426～1427。「寧拗盡天下人嗓子」一語則引自同書
　　　湯顯祖〈宜黃縣戲神清源師廟記〉「箋」，頁1129。
〔註171〕語見湯顯祖〈七夕醉答君東二首〉之二，徐朔方箋校《湯顯祖詩文集》（上海：
　　　上海古籍，1982年），卷十八，頁735。
〔註172〕文見〈牡丹亭記題詞〉，收於徐朔方箋校《湯顯祖詩文集》（上海：上海古籍，
　　　1982年），卷三十三，頁1093。

的主題思想。

　　湯顯祖轉向文學人，尊重生命天理，力呈「情眞」，是他平生自處逗漏於碧蕭紅牙隊之間，欣然「爲情作使」的動機。亦即，若我們將「情」視爲一種文學精神，便能發現湯顯祖的創作企圖、讀者接受的心態、文學潮流或是作品精神本身的內在發展，乃至於主角的設計，在在與原來文學傳統之間展開了拉距。晚明情潮紛紛，湯顯祖讓杜麗娘自己付出專情與努力，獲得圓滿愛情的過程、方式、條件等變化，讓《牡丹亭》與言情習套明顯區別，特別是吸引女性閱眾的是人類天性中，女兒情懷如詩意般的盡情展露。

　　美國馮麗莎（Lisa See）驚嘆杜麗娘是：

> 《牡丹亭》是中國歷史上第一本女主角——一個十六歲的少女——選擇自己走自己的路的小說。這是很驚世駭俗的，也很令人嚮往的。
> 這部小說讓無法看到這齣戲、聽到這齣戲，卻有幸能見識文字內容的那些大家閨秀們，在閨房之內、教育之外產生了極大的震撼。

現實生活中，少女一直存在，只是她們或被遺忘，又或被刻意掩略，十七世紀中葉，在中國長江中下游，許多富貴閨秀，裹腳妨礙行動，生活封閉，因而發覺「這群少女是巨大現象中的冰山一角」，[註173] 杜麗娘純粹是一位等待情、也發動情感的少女，而其「才」則尙未獨立，最多是大家閨秀受普遍教育的那部份，被動的接受家族的婦女教育或讀物；不像《紅樓夢》林黛玉等的詩才、賈探春理家之才等。杜麗娘的「情女」變成《紅樓夢》的才女，正是延續了閨閣內之「情」的嚮往，甚至也在《紅樓夢》中，一批「才女」走出比杜麗娘更多樣貌來。

一、「閨閣中多有解人」[註174]

　　《牡丹亭》，萬曆二十六年（1598）問世，初期流傳的盛況，如清蕉園顧姒之媳才女林以寧（1655～？）言：「書初出時，文人學士案頭無不置一冊」，[註175] 後來更引起熱烈轟傳，讀《牡丹》、賞《牡丹》成爲晚明士夫、婦女的

〔註173〕前引文與此語引自馮麗莎（Lisa See），見於馮麗莎《牡丹還魂記》（Peony In Love）〈作者後記〉（臺北：高寶，2008 年），頁 351～357。

〔註174〕此題引顧姒〈還魂記跋〉：「百餘年來，誦此書者如俞娘、小青，閨閣中多有解人」，引自毛效同編《湯顯祖研究資料彙編》（上海：上海古籍，1986 年），頁 905～906。

〔註175〕林以寧等三人之文分別爲林以寧之〈還魂記題序〉、顧姒〈還魂記跋〉、程瓊

消閑流風，直到清代，《牡丹亭》的刻本、傳抄本、全本、選本、改本、繡像本、評本等，仍不斷付梓暢銷；戲劇表演方面，全本或單齣也多有。閱聽者感動愉悅，反應熱烈的地域主在江南，如江蘇、浙江、安徽、福建、上海等城鎮。眾多閱聽者的身分，男性多為文人，明清一時名家如王驥德、梅鼎祚（1549～1615）、臧懋循（1550～1620）、呂天成等人紛紛置評。

　　特別引人的是形成閨閣女性閱讀，清初顧姒說：「百餘年來，誦此書者如俞娘、小青，閨閣中多有解人」，從明萬曆四十三年（1615）湯顯祖為俞二娘事賦詩二首，直到晚清女彈詞家姜映清為止，識與不識之女性們的呼聲與遙契，前後綿延了將近三百年之久。這些女性閱眾，從俞二娘、內江女子、金鳳鈿、馮小青、商小玲，吳吳山陳同（？～1665）、談則（？～1675）、錢宜（1671～？）三婦，晚明才女葉小鸞（1616～1632）、黃淑素，清代名媛李淑、林以寧、顧姒、洪之則、程瓊等，在《牡丹亭》的閱讀與傳播史上多所留名，如程瓊所言：

> 崔浩所云，閨人筐篋中物；蓋閨人必有石榴新樣，即無不用一書為夾袋者，剪樣之餘，即無不願看《牡丹亭》者。閨人恨聰不經妙，明不逮奇，看《牡丹亭》，即無不欲淹通書史，觀詩詞樂府者。

可見《牡丹亭》在當時閨閫流通情況，是許多閨門深院中女性，或閑讀或必讀、或自賞或討論交流的讀物。至於讀到激動處，或夭、或亡、或出走，弄假要變真、要以身相許等，當時也是有的。〔註176〕吳梅（1884～1939）評之：「臨川此劇，大得閨閫賞音」，〔註177〕甚至評點，清初女詩人李淑：「自有臨川此記，閨人評跋不知凡幾，大都如風花波月，漂汨無存」，〔註178〕而最早女性評點《牡丹亭》即是明末黃淑素之《牡丹記評》；此外，最重要的女性評本則有兩本：一是清康熙時期，一家三婦陳同、談則、錢宜之《吳吳山三婦合

〈批才子牡丹亭序〉，詳見於毛效同編《湯顯祖研究資料彙編》（上海：上海古籍，1986 年），頁 889～890、905～906、919～921。

〔註176〕陳同、談則、馮小青、俞二娘等人，都讀過《牡丹亭》並留下評語，有些還因此一慟而亡，究其實，早在接觸《牡丹亭》之前，她們幼即身弱或有病在身，通常是慢性病，再加上讀《牡丹亭》，心神搖盪，甚至要追隨湯顯祖，或多或少病發或死亡。

〔註177〕語見吳梅〈還魂記跋〉，收於毛效同編《湯顯祖研究資料彙編》（上海：上海古籍，1986 年），頁 973～975。

〔註178〕語見李淑〈還魂記跋〉，收於毛效同編《湯顯祖研究資料彙編》（上海：上海古籍，1986 年），頁 904～905。

評牡丹亭》；另者則在雍正時期，程瓊的《才子牡丹亭》，都流露了女性觀點。不管男性或女性閱眾，多半掌握了湯顯祖的「情」思想，當然，也偶有批評的。〔註179〕其中，《吳吳山三婦合評牡丹亭》，陳同、談則、錢宜三女共嫁「西泠三子」吳人為妻，前後批寫《牡丹亭》，並聘「蕉園詩社」才女撰跋，吳人概述出版緣起，錢宜典賣嫁奩以付梓，使該書被譽為世界上女性文學批評之首本。

《牡丹亭》一書道出女性的情感處境之難與紓解之道，閨閣評點也重在發揮「情」，如明黃淑素所言：「《西廂》生於情，《牡丹》死於情也。⋯⋯柳夢梅、杜麗娘當夢會閨情之際，如隔萬重山，且杜寶勢燄如雷，安有一窮秀才在目？時勢不得不死，死則聚，生則離矣」，〔註180〕情至畢現，如杜麗娘以寫真保留自己的真情形貌，《吳吳山三婦合評牡丹亭》記她是：「遊園時好處恨無人見，寫真時美貌恐有誰知，一種深情」，是而「為柳郎三字，認得真，故為情至」。〔註181〕

杜麗娘從宦家獨生小姐，聯繫這個身分的是悠長年月中，幽深的女教、寂靜的閨房，知書達禮，中規中矩，卻偶一讀《詩經》、偶然踏進後花園，觸動「人情」，失落魂魄，因此展開三次驚奇的「情」之冒險：

第一次的驚險，是她感而發夢，入夢與不相識的柳夢梅情會，卻消了魂而一夢夭亡，死葬在後花園梅樹下。第二次驚險則是幽魂入冥，奉旨裁革，罰監三年，閻羅胡判官哀憐放假，因而遊魂方能二會柳夢梅，感應現影，而約定陽世重作夫婦之婚盟。第三次驚險則是開眼還魂，要求「父母之命，媒妁之言」，堅持「鬼可虛情，人須實禮」，才與柳夢梅連理。並且向父親杜寶慷慨陳詞，最後，柳夢梅中舉，杜麗娘、柳夢梅則「奉旨完婚」、「敕賜團圓」。

杜麗娘為追求美好的情感理想，而出生入死、起死回生的歷險，肯定了人追求生命真意的合情合理性。杜麗娘「不知何起，一往而深，生者可以死，

〔註179〕多說曲律不合，而女詩人浦映淥的〈題牡丹亭〉：「情生情死亦尋常，最是無端杜麗娘。虧殺臨川點綴好，阿翁古怪婿荒唐。」她認為為情生死，時或可見，亦是常見之文學主題，是以杜麗娘為情出入生死，莫名其妙。

〔註180〕此明建武黃淑素〈牡丹亭評〉之語，引自徐扶明《牡丹亭研究資料考釋》（上海：上海古籍，1987年），頁88。

〔註181〕陳同、談則、錢宜《吳吳山三婦合評牡丹亭》（上海：上海古籍，2008年），〈寫真〉、〈冥誓〉批語。

死可以生」〔註182〕與「搜抉靈根，掀翻情窟」，〔註183〕她不論當人或當鬼，一樣勇敢而深情，即使因夢生情、死而復生，並不合乎現實物理，其昂壯的情感意志力，決意與禮教規範週旋到底，其情感凌駕禮教，並貫徹始終，杜麗娘的十六歲，不只啓蒙了自己，還啓蒙了女性們「十六歲的嚮往」。

二、「世間只有情難訴」〔註184〕──杜麗娘的閨情

湯顯祖首先派使杜麗娘單挑獨生女兒的任務。杜麗娘長於詩書仕族，是西蜀名儒、南安太守杜寶遲暮所生的單生千金，天女俊才，才貌端妍，溫順婉靜，年方二八，而未議婚配，既是仕女班頭，還可能會是文章魁首。然而女性爲母、爲婦、爲女，受限於傳統的性別職能，既不必參與公共領域，也不可能參與，名門閨秀終生在家庭中活動。總之，杜麗娘被描寫成一個講究家教、有錢有閑的中上階層女性。她從小接受教育，而資質優異的女兒常被視爲家族的資產，同時，出色的女兒即便在婚後，仍然代表原生家庭調教出來的文化程度，更是母家炫耀的明珠。

（一）獨生女兒

杜家成員清簡，父親杜寶、母親甄氏、獨生女兒杜麗娘與侍女春香，杜麗娘既無兄弟，也少姐妹，杜寶又視「只生一個女兒」、「中郎有誰付」（〈延師〉）爲畢生遺憾：「我比子美公公更可憐也。他還有念老夫詩句男兒，俺則有學母氏畫眉嬌女」，〔註185〕遺憾後繼無人、愧對宗法，因此杜麗娘即使獨生，也無過，性別仍是弱勢，只是暫住的「做客爲兒」，〔註186〕杜寶既期待女兒將來「招得好女婿」（〈訓女〉），爲父母者必須先將女兒陶融訓練、提命一

〔註182〕 語見湯顯祖〈牡丹亭記題詞〉，收於徐朔方箋校《湯顯祖詩文集》（上海：上海古籍，1982 年），卷三十三，頁 1093。

〔註183〕 引自吳梅〈還魂記跋〉，收於毛效同編《湯顯祖研究資料彙編》（上海：上海古籍，1986 年），頁 973～975。

〔註184〕 此爲湯顯祖《牡丹亭》首齣〈標目〉用以說明創作源起「蝶戀花」之句：「忙處拋人閒處住。百計思量，沒箇爲歡處。白日消磨腸斷句，世間只有情難訴。玉茗堂前朝復暮，紅燭迎人，俊得江山助。但是相思莫相負，牡丹亭上三生路。」

〔註185〕 〈訓女〉，此杜寶心聲，另〈訓女〉有：「鍾郎學富單傳女，伯道官貧更少兒」、〈延師〉：「雖然爲政多陰德，尚少階前玉樹蘭」、「中郎有誰付」。

〔註186〕 女嫁爲媳，爲婚姻離開原生家庭，進入婚生家庭、爲人媳婦才是主人，明呂坤《閨範》卷二：「世俗女子在室，自處以客，而母亦客之。」

番，諸如「論娘行，出入人觀望，步起須屏障」（〈肅苑〉），「男女《四書》，他都成誦」（〈延師〉），「他背熟的班姬《四誡》從頭學」（〈鬧殤〉）；再者，女子學問再好也無從科考聞達，〔註187〕更何況「怎念遍的孔子詩書，但略識周公禮數。不枉了銀娘玉姐只做箇訪磚兒，謝女班姬女校書」（〈訓女〉）就足夠了。

本來，女兒的價值在於締結門戶登對之家族，讀書也僅爲了匹配相稱的書生，無關個人成長，因此杜寶才說得出「看來古今賢淑，多曉詩書。他日嫁一書生，不枉了談吐相稱」（〈訓女〉），爲女兒確保出嫁以後，「他日到人家，知書知禮，父母光輝」（〈訓女〉），以爲家聲代言賢淑的官家風度，甚至，丈夫知書達禮，妻子也不宜膚淺；而丈夫若只一介小儒，多曉詩書的妻子倒須謹記藏才，以謙卑讓夫。而延師教學的唯一條件是「尋箇老儒教訓」的老成廩生陳最良，「老成」也許無關教學品質，即使落第十五次，還被罰處停膳，但飽學無虞，甚具安全性，換成教兒子，杜寶絕對另覓高才，因此陳最良的「最良」便是教杜麗娘。由此可知，杜麗娘與父母仍屬傳統親子關係，杜寶，象徵父權的巨大形象，對杜麗娘總有恨不生爲男兒的挫折在。

杜麗娘單單獨生，深居綺閣，既缺乏鼓勵的女性如母親、姐妹，或相談分賞的閨中密友，在心事與文學上，缺乏討論對象，更少能交流刺激，就像杜麗娘雖被塑造讀了許多，但劇中並未見她展現文才，少了杜麗娘的創作，就看不到她的心思筆力。可見，家族女性有共同的文學興趣，母女、姐妹、姑嫂、妯娌等閨中近親的小型文學群體，或獨立創作或共同創作的可能性，在《牡丹亭》時尚未被建立。湯顯祖賦予杜麗娘身分、姿色與教養，遊園之前的教養與大戶閨女無異，尚無才學可言，只是平板人物。

（二）終日繡房〔註188〕——閨禁

杜麗娘的舊時千金生活，「女子要深藏簡出，無與人覿面相歡之理」（〈閨範〉），做箇紡磚、誦讀男女《四書》、又唸遍孔子詩書，「男女四書，他都成誦了」、「凡爲女子，雞初鳴，咸盥、漱、櫛、笄，問安於父母。日出之後，各供其事」（〈閨塾〉），以讀書爲事，還須要早起，「他背熟的班姬《四誡》從頭學，不要得孟母三遷把氣淘」（〈鬧殤〉），生活中盡是閒悶而無以聊賴，「剛打的鞦韆畫圖，閒榻著鴛鴦繡譜。從今後茶餘飯飽破工夫，玉鏡臺前插架書」

〔註187〕 「守硯臺，跟書案，伴詩雲，陪子曰，沒的爭差」，見〈閨塾〉。
〔註188〕 此題引杜寶問春香語，見於《牡丹亭》，〈訓女〉。

（〈訓女〉），日子過久了，連杜麗娘都自覺「倚嬌癡慣習如愚」（〈訓女〉）。加上母親杜夫人甄氏溫柔和順，一方面順從父親，另方面則是父親管教麗娘的傳聲者，杜麗娘晝日眠睡，杜寶責備她縱容閒眠、是她爲娘的失教。操作教養的義務在母親，做主決策則在父親，如延師一事，母親說「要箇女先生」（〈訓女〉），最後由杜寶定奪「後堂公所，請先生則是齎門腐儒」（〈訓女〉）。母親勸麗娘要體劬聽訓：「何不做些鍼指，或觀完書史，舒展情懷？」（〈訓女〉）有時則對她沒輒，也只自嘲「女孩兒長成，自有許多情態，且自由他。正是：『宛轉隨兒女，辛勤做老娘』」（〈驚夢〉）。

對過去女性而言，讀書總是「刺繡餘閒」之事，「昔日賢文把人禁殺」（〈閨塾〉）的女則讀物，使女性不至胡思亂想，意謂著將桀驁不馴、迷戀愚蠢等惡行歸罪於女性誤讀閨禁誨淫之書，因此特別不適於年輕女性從事閱讀；擔心會挑動欲望而疏忽婦職，是而不給女性看是基於女性的義務在人倫，而不在於女性個人的活動或思想。更認爲閱讀會妨害女性道德的培養，變成是深閨女性的危險。於是，餘閒沉寂之時，女性總是「長向花陰課女工」、「終日繡房」（〈慈誡〉），杜麗娘死時，春香哭道：「想著你夜深深放剪刀，曉清清臨畫藁」（〈鬧殤〉），杜麗娘女紅精巧，卻無聊閑散，巧畫蛾眉，憑欄倚窗，賞花望月，生活單調無奇而停滯，難怪她晝日眠睡。當然，杜麗娘，十六歲少女所負擔的家庭責任較少，還在養成中。杜麗娘的家教歷程，我們既看不到她的自傳色彩，反而是當時大家閨女的生活縮影。至於後來杜麗娘則身負任務，必須將「情」演說出來，以完成終身之震撼任務。

（三）關關雎鳩 [註189]

杜麗娘置身嚴父慈母、腐塾幽閨團團圍住之限制，卻從《詩經・關雎》動人的詩句中，領悟而獲致情感啓蒙，從而越加接近她的情感旅程。何以《詩經》啓人情懷？這可以想到袁枚所謂「女性學詩」一事，原來「詩三百」一篇篇情詩，洋溢著是孔子保留而不刪的抒情詩。傳統女性讀《詩經・關雎》要讀的重點是「后妃之德，有風有化，宜室宜家」，即陳最良所謂孟子說的「聖人千言萬語，則要人收其放心」（〈肅苑〉）；然而，杜麗娘讀到的卻是：即使聖人之情，也離不開君子淑女，可見人情之常，古今無別。

朱熹注〈關雎〉而言「周之文王，生有聖德，又得聖女姒氏以爲之配，

[註189] 此題引《牡丹亭》，〈閨塾〉陳最良教杜麗娘閨門賢良女教之《詩經》語。

宮中之人，於其始至，見其有幽閑貞靜之德，故作是詩。言彼關關然之雎
鳩，則相與和鳴於河洲之上矣」之語，雎鳩，水鳥，形似鳧鷖；關關，狀雎
鳩之鳴聲，即是「雌雄相應之和聲」。或說，雎鳩春情漾漾，覓偶時節，鳴聲
催發，等到了偶配，便並遊相棲，莊重而不狎。〈關雎〉一篇以鳩鳴引興將詠
之辭，朱熹說歌頌周文王偕妻和諧，並以雎鳩雌雄偕樂的自然聲韻，其寓意
則在於王者夫婦相敬的和諧關係，由此，朱熹又說「此窈窕之淑女，則豈非
君子之善匹乎？言其相與和樂而恭敬，亦若雎鳩之情摯而有別也」，又引匡衡
之言說「窈窕淑女，君子好逑，言其能致貞淑，不貳其操；情欲之感，無介
乎容儀。」可見，朱熹亦以「情摯」為人性「情欲」的基礎。

　　時隔朱熹幾百年後，正如呂坤（1536～1618）慨言明末之婦道風習久衰：
「近世婦女，以灑樂為多情，以清佻為風韻。夫婦相與，非情欲之感，則狎
昵之私。和樂非正，恭敬為羞，與淑女窈窕全不相似」，〔註190〕是以讀此詩正
用以反思雎鳩定偶相配之美；〔註191〕而湯顯祖給了〈關雎〉自己對詩情與人
情的解讀，杜麗娘把〈關雎〉的后妃之德，讀出了「窈窕淑女，君子好逑」
的醒悟，不禁悄然廢書，感嘆心聲而領悟到「聖人之情，盡見於此矣。今古
同懷，豈不然哉？」（〈肅苑〉）杜麗娘發現聖人亦不諱言男女戀情，聖人之情
與自己青春之情直是古今同懷、聲息相通，因此當她發現後花園「春色如許」
（〈驚夢〉），然而春光兀自春光，無人欣賞而凋零，猶如自己青春美麗被忘記
一樣，多麼可悲，生命匆匆，如何是好。杜麗娘於是疑問到生命存在所為何
來，「春色惱人」、「春光困人」（〈驚夢〉），並非春天壓抑心靈，反而是春天喚
醒了情愫，年華自當珍惜。因此做起大膽春夢，夢中享受美好的愛情，回到

〔註190〕其更以宋代荊信兩公主雖貴為天子之女、之姑姊妹之姿，下嫁而能克謹婦
　　　　道，感嘆其時富貴女性在婚配與人倫接待之失：「婦道之衰也久矣。貴族之女
　　　　嫁賤，富室之女嫁貧，則慢視舅姑，輕侮夫婿。舅姑夫婿，亦不敢以婦禮責
　　　　之，見夫黨尊長，則倨傲輕浮，此皆無知俗女，小度痴兒，有識者為之嘆
　　　　笑」，而欲以挾勸此等女子；前段與「近世婦女，以灑樂為多情」二者，分別
　　　　引自呂坤《閨範》（收於王國軒、王秀梅整理《呂坤全集》，北京：中華，2008
　　　　年），卷三「善行」「婦人之道」，頁 1522～1523；卷一「嘉言」「詩經」，頁
　　　　1422～1423。
〔註191〕呂坤苦心「雎鳩」之意而於萬曆十八年（1590）作《閨範》四冊，其〈辨明
　　　　心迹疏〉自表作書之冀：「前述經傳，皆賢聖法言；後列貞淑，皆古今善行。
　　　　體依劉向，意本《關雎》」，以明女教。文見王國軒、王秀梅整理《呂坤全集》
　　　　（北京：中華，2008 年），「去偽齋集卷二」，「奏疏」，「告病第五疏」，頁 72
　　　　～74。

現實，勢必得另謀他途。於是再回到夢境，飄到冥界，都只求一償宿願。因此臨死之際，沒有留戀活著、惋惜美貌，惟想珍愛青春、情感有依。如果杜麗娘夢而不死，則其愛不夠熱切；若死而不生，也不足以表現她堅執果敢，因此湯顯祖以違背常理的方式來表現人性之常。從讀詩、遊園之後，杜麗娘除了聰明、嫻靜、美麗，而增添了青春熱情與情感憧憬的赴險勇氣。

從湯顯祖設計杜麗娘讀詩或袁枚鼓吹女性學詩，「詩」與「情」之意涵特別而深刻。如陳繼儒〈牡丹亭題詞〉之體會：

> 夫乾坤首載乎《易》，鄭衛不刪於《詩》，非情也乎哉！不若臨川老人括男女之思而托之於夢。夢覺索夢，夢不可得，則至人與愚人同矣；情覺索情，情不可得，則太上與吾輩同矣。化夢還覺，化情歸性，雖善談名理者，其孰能與於斯！〔註192〕

感情是一種美好的情操，人性可貴可愛之所在，與生俱來，感情出自於內心精神的需要，可見抒情並不僅是文藝，更是人類生存中隨時而發的精神活動。「有情眷屬」之說雖然古老，卻因為兩情相悅、真情實感，是每一個人生命的美好價值，因而歷久彌新地美麗著。在明代社會，「兩情相悅、真情實感」的兩性關係，現實中很難找到，否則湯顯祖不會把這個尋覓的過程，描寫驚險曲折，有時還顯得恐怖；也因此突顯了夢想、真情的可貴。況且，真情的完成並不在於是否獲致愛情權力，而在於宣誓忠誠、努力以赴；因此，杜麗娘、柳夢梅的感情承諾，還將更遠遠到達了「作夫妻，生同室，死同穴」（〈冥誓〉）的境地。

三、危險後花園

《牡丹亭》後花園的魅惑與危險，是湯顯祖故意設計給杜麗娘展開「情真」之旅的象徵場所，一旦踩進，便關禁不了出走之「情」。雖然，很顯然的，這種後花園的女性活動空間是才子佳人的習套之一，但也因為後花園的隱蔽幽遠，才能形成杜麗娘有亟欲突破的必要性，這是她突圍拘限的先決條件。男子志存四海，以朋友為親，而妻妾其末，說是婦人正位於內，禮不出閨門，實際上則是，閨閣闈闈被劃歸在大門出入口之內，閨房、繡房、花園小院才是女性活動空間，甚至花園也少去為妙，如《牡丹亭》中「手不許把鞦韆索

〔註192〕該題詞收於毛效同編《湯顯祖研究資料彙編》（上海：上海古籍，1986年），頁855～856。

挈，腳不許把花園路踏」（〈閨塾〉），蒔花剪紙彈琴讀書，幽深靜處，漫漫長年，時光無聲的進行，女性於是身影漫滅。若嫌時光漫長，便埋首針黹，只要不出房門，做什麼都好，「昨日勝今日，今年老去年。可憐小兒女，長自繡窗前」（〈慈戒〉），最多也不過是「更畫長閒不過，琴書外自有好騰那。去花園怎麼？」（〈慈戒〉）

故意說花園不淨，此有兩種解讀：一是花園中花妖樹怪，不適女子，就像《牡丹亭》中有花神；二是幽會，擔心女子把心玩野。以至於杜麗娘長到了十六歲，竟不知只在閨房近處還有一座花園，由此可以想像，她除了父親、塾師之外，大約也鮮少接觸異性。也許是花園的春色無邊，也許是旅途的探險，誘引實守家聲、老成尊重的閨媛，亟欲出走；但更是遂順了純然真摯「一生兒愛好是天然」（〈驚夢〉）的天性，使之蠢蠢欲動。杜麗娘，關禁了十六年的少女，即將從危險後花園突圍，青春重尋與愛情探險，於焉開始。

在〈驚夢〉中，杜麗娘以嚴妝盛服的儀式，莊嚴跨步，從深閨到花園，「這小小的第一步卻意味著一個嶄新里程的出發」〔註193〕才一進園，滿眼春光，「裊晴絲吹來閒庭院，搖漾春如線」，麗娘見到隨風飄蕩的遊絲，恍然想到自己與花園相近，卻從來無緣得見、錯過春光。霎時，一句由衷驚嘆「不到園林，怎知春色如許？」蕩漾春色，一直在此，「朝飛暮捲，雲霞翠軒；雨絲風片，煙波畫船」，年來年去，竟無知而徒令春色自老，轉而一想，「原來姹紫嫣紅開遍，似這般都付與斷井頹垣。良辰美景奈何天，賞心樂事誰家院！」人生如寄，奄忽物化，杜麗娘「如花美眷」，深恐「虛度青春」，女兒既不能追求聞達富貴，則如何證明生命來過人間，青春生命竟與春色一般匆匆，她擔心即使擁有「生於宦族，長在名門」之身，但有「年已及笄，不得早成佳配」之憾，春色將盡，青春不再。「停半晌，整花鈿」，顧影自憐的少女情態，正是「不到園林，怎知春色如許！」如果杜麗娘未曾入園，或也就只是無憂又無聊的傷春悲秋罷了。但一趟遊園，靈動的情愫飛翔了起來，從此刻起，

〔註193〕康師來新〈唯情觀的傳承──《牡丹亭》與《紅樓夢》〉一文：「杜麗娘以無比的審慎與莊嚴跨出了遊園的第一步，而這小小的第一步卻意味著一個嶄新里程的出發，她的嚴妝也具有類似儀式的象徵意義，甚至她在這其間所說的一些話，也可用來寫照她的人生信仰。……這一趟後花園之旅對她得成長而言，可能遠遠超過她過去十六歲生命的總和。」見康師來新《紅樓長短夢》（臺北：駱駝，1996 年），卷二〈從艷曲到村談──紅樓好箇夢〉之五，頁84～87。

杜麗娘對情之自覺自信充滿活動力，未來將更充滿了努力。

　　偶遊後花園之後，賢文女誡、父母師長拉不住杜麗娘「凡少年女子，最不宜豔妝戲游空冷無人之處」的後遺症，〔註194〕她忽忽起於花間的春夢，夢中自由的國度，惹得她睡起無味，茶飯無咽，柔腸不住轉，惟念舊夢重來。杜麗娘開啓了遊園之門，逐步探索情爲何物，因而無處不傷情言情，杜麗娘終究須以「情」來救贖自己，情爲目標，夢爲手段，對花園的興趣遠超過書房、繡房，後花園雖冷僻隱蔽，但其春意成爲她的愁思，以致病體沉滯，終在中秋月夜傷情夭亡，以下，杜麗娘的愛情從夢開始，柳夢梅的愛情也將因畫而生。遊園前，杜麗娘情感拘牽而平靜，動向亦不明，遊園後，她意識到以自己眞情爲心，既不以父母、更不是陳最良教誨「求放心」的一套，〔註195〕「生情悵然、生淚暗懸」（〈尋夢〉）、專注記憶著「折柳適柳」，獨自承受情事，爲情清瘦，心思翩躚，多希望天從人願，「偶然間心似繾，梅樹邊。這般花花草草由人戀，生生死死隨人願，便酸酸楚楚無人怨」（〈尋夢〉）。而紅顏易老，杜麗娘擔心自己形容「寢食悠悠，敢爲春傷，頓成消瘦」（〈寫眞〉），於是細細自畫眞容，希望能夠「也有古今美女，早嫁了丈夫相愛，替他描模畫樣；也有美人自家寫照，寄與情人。似我杜麗娘寄誰呵！」（〈寫眞〉）她刻意留下自畫以爲傳情線索，深情不更不易，即使半年懨懨，病到深秋，性命垂危，仍囑春香將畫裝入紫檀匣，沉到太湖石底，雖說是「題詩在上，外觀不雅」（〈鬧殤〉），杜麗娘其實是希望保留心事以避免被看出，也是保留青春美麗，再葬梅樹之下，她唱了「這梅樹依依可人，我杜麗娘若死後，得葬於此，幸矣」（〈尋夢〉）；結實飽滿的梅樹，象徵了杜麗娘神秘的夢中情人，只有她自己心知指定梅樹、「得傍蟾宮」（〈寫眞〉）之深意。爲了花園一夢、夢中之遇而癡情慕色、青春夭亡，終是爲情「烈性上青天」（〈遇母〉）。杜麗娘利用這兩個信物：柳枝跟自畫眞容，以達成來日姻緣相認的憑藉，以物繫情，約定盟誓。

　　而後花園的象徵，隱蔽獨立，從深閨到庭院或花園，再一越牆，便出到外面，而花園位處邊緣：這個位置，一來可以連結閨閣與外界，二者也是杜麗娘「夢」的起源，花園因此可視之爲一種凡界與他界的交界地帶。杜麗娘

〔註194〕如〈詰病〉：「花妖木怪」、「怕腰身觸污了柳精靈，虛囂側犯了花神聖」。
〔註195〕如〈肅苑〉：「孟夫子說的好，聖人千言萬語，則要人『收其放心』。但如常，著甚春傷？要甚春遊？你放春歸，怎把心兒放？」

闖進花園，開始思春，後花園變成象徵女性受壓抑的情欲與可能發生逾禮之歡愉的場所。如胡曉眞言：「花園本是熟悉不過的家居的一部分，但在文學及文化傳統中，演變為欲望壓抑的隱喻以及欲望回歸的出口，於是，花園在小說中往往就成了奇詭經驗的發生地。所以，表面上春意盎然的庭園，其實隱藏著花妖樹怪，隨時等著引誘少不更事的遊園幼女。春色、春情、欲望、危機與非人的引誘，這些特質與聯想與庭園的意象總是亦步亦趨。」〔註196〕

四、杜麗娘的突圍──夢與回生

杜麗娘的愛情起於春香引路到後花園，此後的冒險，都由她單獨完成。這當中，杜麗娘有兩次看似不合理卻合情的突圍，一次是入夢生情、因夢而死；一次則是出生入死、出死回生。

關鍵情節在於遊園後，杜麗娘與柳夢梅在夢中定情。杜麗娘芳年二八，遊賞後花園，鶯燕嬌啼，驚醒牽動春懷與鬱鬱幽情，睏睡入夢之間，巧得花神安排，與不相識的風流書生柳夢梅巧遇；二人情投意合，醒後難忘，傷春成疾而殞落。夢境一為象徵，二為預告，用以陳述家教嚴謹的閨女不可能在現實中自主情感，必得在幻境裡才得致，而情使夢變得信實可徵，卻又恍惚迷離，杜麗娘一夢而死，也預示了柳夢梅即將在現實中再遇杜麗娘。三婦錢宜批此：「柳因夢改名，杜因夢感病，皆以夢為眞也，纔以為眞，便果是眞」，「夢」因此成「眞」而不虛。

杜麗娘以寫眞繪錄自己「情至」的模樣，傳形寫眞，攝人魂魄，感應丹青，重點不在於神蹟靈異，而是藉由影像的力量變成文學的重要媒介，杜麗娘對鏡照影傳形是極重要的設計，此照影是她發現自己情欲的契機，憑藉寫眞，《牡丹亭》結局仍複製了人間儒家理想的人倫關係，這一趟入死出生又回到人間的設想，有情男女從此生活美滿無瑕；至於徹底將大團圓結局幻滅掉的，就留給《紅樓夢》處理了。

死亡是杜麗娘的第二次出遊，較之遊園，從眞實凡界出發，到達幽遠的他界，杜麗娘雖然尋夢難成，只在心中反覆著「武陵何處訪仙郎？從此時時春夢裏」（〈尋夢〉）；她為了專注的情感願望，感知自己必須脫離幽閨自憐與拘限的形體，意志才能如夢自由，於是離開生命的軀殼去探險。從〈旅寄〉

〔註196〕關於花園與情欲的象徵，可參胡曉眞《才女徹夜未眠》（臺北：麥田出版，2003 年），〈秘密花園──女作家的幽閉空間與心靈活動〉，頁 179～228。

到〈冥判〉，杜麗娘歷經森嚴的閻羅十殿，等待遞解四萬八千界，遣往投胎。判官見她面泛桃紅，杜麗娘自表未婚又不酒，純是相思冤死，判官質問花神，調閱斷腸簿與姻緣簿，確定杜麗娘與柳夢梅實是緣訂三生，既然神主未點，便放杜麗娘飄離枉死城。也因杜麗娘愛意堅定，判官更令花神護身，使屍不腐。

杜麗娘，不管是由生離魂或是由死還魂，〔註197〕只因宿願未償，死而復歸原身的復活並非開始新的來生，而是延續未竟的此生，在夢與死的轉折之間獲取情感。顯然，「世境本空，凡事多從愛起，如麗娘因遊春而感夢，因夢而寫眞，而死，而復生」，〔註198〕這裡的「夢」或「死」並不擔負勸懲的作用，而是提供女性情感不被現實威脅的一個重大媒介，有足夠實現的可能，夢境既然不存在於現實，那麼，夢就有了自由，足以承載人類的所有發想與憧憬，包括女性長期被壓禁的情欲。

元雜劇、明傳奇爲中國戲劇史的兩大高峰，多有「倩女離魂」的情節，離魂者多半爲女性，顯然透露著：女性，其情感往往最被壓抑，冤情難以紓解，人情上因此值得多給通融；此外，女性在愛情關係中較能勇敢承擔，因此能擔負離魂一類光怪之事。就如〈鬧殤〉中，春香爲杜麗娘表出「世間何物似情濃」的感懷，當杜麗娘爲情所感時，即使形體已化鬼魂，她仍能毫無顧忌自薦於情人，乃至於被人發現情會，她也一無所懼。

忠實於湯顯祖的「情歸於理」的「情觀」，杜麗娘的愛情將如何終結？杜麗娘對自我感性情欲的表現與追尋，不掩不藏，她曾驕傲向春香宣布「咱也有箇人兒」（〈寫眞〉），甚至不惜要與父親切割，等到還魂回生，柳夢梅向她正式求配，杜麗娘想到的是，依從古書「必待父母之命，媒妁之言」（〈婚走〉）的囑咐，因爲再世爲人，「比前不同：前夕鬼也，今日人也。鬼可虛情，人須實禮」（〈婚走〉）；既爲人身，則自有爲人之人情人理，發乎情、止於禮，方見情之可愛可貴。可見杜麗娘的女性意識並非只在蓄意反抗，看似回到社會常軌，實則發諸「道心」之「情心」有以致之，而非被動妥協，杜麗娘或人或鬼、有情知禮，才是湯顯祖「情觀」之貴重處。

面對專斷的性別傳統，在〈孔雀東南飛〉、〈釵頭鳳〉等深重之情意與道

〔註197〕六朝志怪小說中，常有離魂或還魂的故事，如《幽明錄》等，到了唐朝，「魂體分離」變成是故事蓄意安排的轉折。

〔註198〕語見陳同、談則、錢宜《吳吳山三婦合評牡丹亭》（上海：上海古籍，2008年），「標目」批語。

義的作品之後，余國藩循此指出湯顯祖《牡丹亭》的意義，其認爲眞情往往是：

> 常在睡夢和奇想中滋長，再由文學作品孳生繁衍，所奮鬥者無非要垂諸永世，希望超越倏忽的人世和無情的時空，因此播下後代《牡丹亭》的種子。湯顯祖這齣戲寫情最大膽，在奇想中甚至要讓「情之至」摧毀那生死的界圍。〔註199〕

因此，學者指出杜麗娘如英雄歷險之神話模式，在青春期的心理轉化與精神成長的危機中完成愛情歷險，〔註200〕她從遊園、驚夢到尋夢、寫眞，又從夢死、幽逢、拾畫、回生，情節瑰奇虛幻，畢現了湯顯祖的「情至」觀點，她在這趟自己的旅程中，完成了一場「情」之萌動與「禮」之回歸的大典，所以能出入於虛實生死，正是杜麗娘自由而意志堅強的「一往情深」。

學者論及晚明個人思潮，或稱「尊情觀」、「言情觀」、孫遜稱之「情本」思想、鄭培凱則稱爲「情眞」思想等，必須從晚明人文啓蒙思潮觀看湯顯祖，再從湯顯祖一生際遇從而醞釀的生命以見其對「情」的意義確認；循此，方能解讀杜麗娘、柳夢梅或《牡丹亭》之情的內涵與深度，〈牡丹亭記題詞〉：「天下女子有情，寧有如杜麗娘者乎？」這裡的「情」的深度意涵，亦即杜麗娘的「情」並非僅止於男女情思，湯顯祖言「情」應當有更大的襟懷。杜麗娘因春覺情，春是觸媒，「情」則是人性本具之思，杜麗娘意識自我存在之境、存在之感，當尋情受到禮制與生死之人爲及自然限制的阻撓時，執意抒「情」、情之必勝成爲她的欲望，「欲望」形成「意志」，杜麗娘隨其情之意志，男女情思已然集結成爲主動的行動力。杜麗娘因情而產生存在感，這種主體意識使出於情的欲望、意志做出選擇，並付諸決斷的動力，深富主動性，因此看似杜麗娘爲夢中情人欲生欲死，更正確的說，杜麗娘必須對「自我發現」做出完整的回應；柳夢梅固然有情，杜麗娘對自我之情的發現、行動、堅持，從主體意識出發，依憑自由意志而完成她定義的「情」，尋情過程中貫徹意志，

〔註199〕引自余國藩著、李奭學譯《重讀石頭記：《紅樓夢》裡的情欲與虛構》，〈情欲〉（臺北：麥田出版，2004年），頁147。

〔註200〕張淑香以喬瑟夫‧坎伯之神話論述與話語解釋杜麗娘：「杜麗娘由生活在精神的荒原、接受自然的情色啓蒙，經歷夢境、而到死亡與復活的過程，已構成英雄歷險的神話原型完整模式。它與成長危機的原型冒險具有相同的涵義，象喻青春期的心理轉化與精神成長。」參見張淑香〈捕捉愛情話的春影——青春版《牡丹亭》的詮釋與整編〉一文，收入白先勇編《姹紫嫣紅《牡丹亭》：四百年青春之夢》（臺北：遠流，2004年），頁105。

此情的更高層次當在於自我意志。最後,當杜麗娘、柳夢梅圓滿成禮時,「情」與「禮」獲得協調。反過來說,如果杜柳僅在滿足男女私情,杜麗娘便落得一個愛不到就不肯死的女鬼而已,或者一個少女因為一場假的夢中歡會竟就鬧成活不了,根本不需有「人需實禮」的典儀,兩人私奔一樣也是歡會。湯顯祖的「主體意識」建立在「情」,創造杜麗娘為「有情人」,其有之情既是男女相悅,更是「自由意志」。

五、柳夢梅的情

　　理想愛情來自於兩情相悅,湯顯祖對於書寫愛情或人情的理想性與其「仁」之哲學思想相通,因此《牡丹亭》之情自然從杜麗娘、柳夢梅之相互之情出發,〈圓駕〉中,杜麗娘與柳夢梅雙雙唱道:「普天下做鬼的有情誰似咱」,兩人之「情癡」與「志誠」有相稱的付出與努力;〔註201〕而柳夢梅一如杜麗娘,因情堅強、因情奉獻,並非只是杜麗娘愛情故事中一個被動者;亦即若缺少柳夢梅相對的深情與努力,杜麗娘的尋情最終仍只情傷而無善終,對湯顯祖所欲張揚之情便薄弱下來。

　　柳夢梅一夢在杜麗娘春夢之前,本來二人「素昧平生,不知名姓」(〈驚夢〉),因此夢而有感「姻緣之分,發跡之期」(〈言懷〉),柳夢梅改名為「梅」,而其字「春卿」,杜麗娘因遊園而「驚春」,「因春感情」,「春」表面指滿園春色,實則鋪陳柳夢梅;杜麗娘有感於「春」,柳夢梅有感於「梅」,「春」與「梅」變成伏筆雙方互許的「警報」,「驚春誰似我」正是柳夢梅對杜麗娘情感的默契與回應。他現身在杜麗娘春夢中,感到「曾相見,相看儼然」(〈驚夢〉),因此改名,此一改名,乃是等待即將實現的前訂姻緣。〈拾畫〉中,柳夢梅遊園,將杜麗娘生前之遊也走、也感懷一趟;在〈玩真〉時拾得畫軸,見畫中人,心一動「成驚愕,似曾相識」,將畫像「早晚玩之、拜之,叫之、贊之」,可見情癡不在杜麗娘之下,因為此時對柳夢梅而言,杜麗娘並不存在。待到〈幽媾〉,柳夢梅更不知杜麗娘為鬼時,為穩定杜麗娘,即發願定名杜麗娘為正妻,兩人盟約「生同室,死同穴」,當真為她開山啓墳,助她開眼回生,相對於杜麗娘「為鍾情一點,幽契重生」(〈婚走〉)、如春香說的「你做的相思鬼穿,你從夫意專」(〈遇母〉)之專情相隨,柳夢梅為杜麗娘重生而奔走,「開

〔註201〕參見華瑋〈情的堅持——談青春版《牡丹亭》的整編〉,收入白先勇策畫、盧煒等《曲高和眾——青春版《牡丹亭》的文化現象》(臺北:天下遠見,2006年),頁88~115。

棺見喜」（〈硬拷〉）之情，也如同杜麗娘的執著一樣。後來在兵荒馬亂之中，繼續奔波杜麗娘認親、自己的科舉等社會認可，在〈硬拷〉，當杜寶的「無情棒」打了柳夢梅這個「多情種」，差點毀了一對「玉潔冰清」的情人，柳夢梅止不住說「我爲他」、爲杜麗娘所付出的，他從出身河東舊族、淪落落拓寒儒，再到科舉揚名、皇帝賜婚，並不只成就個人生命規劃；更在於落實對杜麗娘情感的責任感。柳夢梅對杜麗娘「拾取春容，朝夕挂念」（〈圓駕〉），並「感此眞魂，成其人道」（〈圓駕〉），就對杜麗娘的生命而言有再造之恩；就情感之正當性，則深蘊了承諾與實踐之勇；就對實際婚姻生活責任，更富含爭取家庭與社會認可之努力，一連串的過程，即建立在柳夢梅一開始情深若此之初衷。

明清才子佳人戲曲小說以「高中狀元、奉旨成婚」爲終局，杜麗娘與柳夢梅的愛情亦復如是，看似俗套；然而婚姻之於兩性是情感相悅後之終身相許，因此與終身生命相繫的日常均在婚姻承諾或責任之中，得到祝福，擔負責任；如果柳夢梅僅僅溺於虛愛而不負責任，正如杜麗娘只要柳夢梅而忽略對家人、社會等親情、禮制之人際觀感的話，杜麗娘徒成妖冶女鬼，柳夢梅也只顯得浮浪薄倖，因此學者指出柳夢梅之「功名」係爲一個爲人間愛情尋找「合法化」的工具。〔註202〕

〔註202〕參見李娜〈從劇本改編看青春版《牡丹亭》的藝術個性〉一文，收入白先勇策畫、盧煒等《曲高和眾──青春版《牡丹亭》的文化現象》（臺北：天下遠見，2006 年），頁 70～83。

第三章　「大旨談情」
——《紅樓夢》之情與女性書寫

　　《紅樓夢》是一部絕無僅有的弔詭奇書，作者的身世離奇、成書離奇、意旨也離奇，就如張愛玲說《紅樓夢》未完是她的千古之憾，〔註1〕或應是紅迷共同之憾。

　　《紅樓夢》全書固然如謎難盡，其寫一干風流冤家孽鬼、造劫歷世而了結的一段風流公案，情男情女都各有前世，來到人間大觀園歡聚，最後再一散，石頭回天、寶玉離塵、女性消亡而編回幻境圖冊。其中最富風流的是顛倒了性別典型，試圖在「男性中心」的史學書寫之外，力闢「女性中心」的文學書寫，作者「批閱十載，增刪數次」，經營「風塵懷閨秀」的苦心，由第一回女媧開場以後，「當日閨友閨情」陸續登場，用以「為閨閣昭傳」的愛惜之心，飽蘊了「女性似水」的美學氛圍，無疑是中國「列女」的另一種書寫典範。如作者自言，生命中如果少了這群性情眾釵，一生僅剩庸貧，《紅樓夢》也將無足可觀。當然，唯一一位可愛的男性——賈寶玉，又自當是中國文學開天闢地以來，雖莫名其妙、又妙不可言的男性典型。

〔註 1〕 張愛玲《紅樓夢魘》頗多考證比較《紅樓夢》版本，認為：《石頭記》在曹雪芹生前雖經五次整理，但未完成，此可從乾嘉文人記載可證；而現存抄本未有超過八十回，殘缺或未定稿變成千古之憾。乾隆五十六年（1791）程高輯補殘存餘稿而成為百二十回本紅樓夢《新鐫全部繡像紅樓夢》，刪除脂批，增圖與贊，活字連史紙精印萃文書屋發行，滿足迫切讀者，暢銷讀物，陸續重訂再版三次。張愛玲形容其憾如「一恨鰣魚多刺」，「二恨海棠無香」，此外，「三恨紅樓夢未完」，其語見於《紅樓夢魘》（臺北：皇冠，1995 年），〈紅樓夢未完〉，頁 16。

　　歷來紅迷醉眼，或說《紅樓夢》是一部「告別青春」、「自傳」、「心理成長」的書，《紅樓夢》既世情又抒情，筆者以為：作者早已大無畏地昭告此書是一本「大旨談情」（一回）的情書，情之繾綣、情之多向，絕無倫比。康師來新說《紅樓夢》作者曹雪芹應是「中國文學史上第一個作謙卑最真誠的女性之友」，〔註 2〕曹雪芹身世離奇，而從其《紅樓夢》雖寫意又真實體悟的紀錄，以作為釐析其思想觀點的材料；再者，讀者兼推動者的脂硯齋等參與撰寫過程，從而脂評亦透露了曹雪芹的「情觀」與其他文藝觀點。〔註3〕

　　曹雪芹刻意撇棄才子佳人習套，而繼承晚明以來的「情觀」思潮，大談特談了「情」，坦蕩為女性一拂歷史塵埃，除了「尊重女性」之情、「少男少女」之情，還有「普世同情」之情，曹雪芹如何塑造賈寶玉以顛覆傳統文學男性之形象？又如何表達關懷女性、安置女性？哪些女性角色被曹雪芹賦予深情的意義？曹雪芹「尊重女性」，要使女性有哪些異於傳統、甚至具備近代新女性特質的表現？此外，比起《牡丹亭》，《紅樓夢》打開門窗，獨寫一個家庭，再透過微觀而擴及閎觀整個社會，《紅樓夢》中家庭生活，〔註 4〕亦是那個時代的縮影，其特意讓女性的活動空間被展現，女兒們睡覺吃飯、發呆

〔註 2〕 太愚亦說：「《紅樓夢》是中國最能理解婦女悲劇性的書」，語出其〈花襲人論〉，收入《曹雪芹藝術論》（臺北：里仁，1984 年），語見頁 1。

〔註 3〕 康師來新在〈對照記──張愛玲與紅樓夢〉提出「脂學」在紅學中有三大貢獻：一是小說美學，二是史傳曹學，三是探亦紅學；源自芹脂之關係深切、習性親近、熟悉彼此身世心思，且曹雪芹之作、脂硯齋之評，二者乃幾乎同時進行。而根據吳新雷〈曹雪芹評傳〉考證，除了《紅樓夢》，曹雪芹作品，流傳至今，僅在敦誠《四松堂集》卷五「鷦鷯庵筆塵」有曹雪芹看戲即席詩二句：「白傳詩靈應喜甚，定教蠻素鬼排場」。康、吳二文均見於朱嘉雯《紅樓夢導讀》（宜蘭：佛光人社，2003 年），頁 235～268、125～147。芹脂關係，亦可參同書皮述民〈脂硯齋與紅塵夢的關係〉，頁 149～167。

〔註 4〕 《紅樓夢》飽含曹雪芹匠心，充分描寫生活美學，王希廉《紅樓夢總評》卷首：「一部書中，翰墨則詩詞歌賦、制藝尺牘、爰書戲曲，以及對聯匾額、酒令燈謎，說書笑話，無不精善；技藝則琴棋書畫、醫卜星相，及匠作構造、栽種花果、畜養禽魚、針黹烹調，巨細無遺；人物則方正陰邪、貞淫頑善、節烈豪俠、剛強懦弱，及前代女將、外洋詩女、仙佛鬼怪、尼僧女道、娼妓優伶、點奴豪僕、盜賊邪魔、醉漢無賴，色色俱有；事蹟則繁華筵宴、奢縱宣淫、操守貪廉、官闈儀制、慶吊盛衰、判獄靖寇，以及諷經設壇、貿易鑽營，事事皆全；甚至壽終夭折、暴病亡故、丹戕藥悞，及自刎被殺、投河跳井、懸樑受逼、吞金服毒、撞階脫精等事，亦件件俱有。可謂包羅萬象，囊括無遺，豈別部小說所能望其項背。」王希廉語見於一粟編《古典文學研究資料紅樓夢卷》（臺北：新文豐，1989 年），頁 149。

忙碌、偷看閒書、花園晃蕩的生活被看到，後花園變成一個更大的大觀樂園；更重要的是關於詩的活動，曹雪芹本欲藉《紅樓夢》傳詩，便使眾釵寫詩起社，還另有理家的大本事，更突破了閨閣印象。因此本章將析論寶玉之情、女兒抒情寫詩與世情理家的能力、大觀園。

　　以下分述：一、曹雪芹與《紅樓夢》，二、開闢鴻蒙誰為情種，三、抒情詩的女兒國，四、我但凡是個男人，五、乾淨水世界。

第一節　紅樓未完——《紅樓夢》與曹雪芹

　　《紅樓夢》思想主題究竟是「情」或「夢」，歷來多有討論，作者身世有難言之隱，蓄意製造猜謎，也因為書未完，謎團難解，作者又表明「一聲二喉」之兩面手法，魯迅說他是打破了傳統寫法，同時《紅樓夢》因而衍生出許多關於「兩個」或「兩個世界」的問題，〔註5〕如版本、主題等問題繁複：八十回本、百廿回本，「石頭記」、「紅樓夢」，原本、評本，抄本、刻本，文字版、繡像版，虛構人事、真實自傳，索隱派、考證派，紅學、曹學等等。就史學而言，紅學與曹學多少有關連；以文學而言，則紅學純粹是紅學。曹雪芹、脂硯齋，「一芹一脂」組成的作者、讀者、評者兼具的作者群，〔註6〕是理解《紅樓夢》之重要依據，「紅樓」與「曹學」的研究，證明了小說虛構與作者真實身世之若干聯繫。

一、曹雪芹——「滴淚為墨，研血成字」〔註7〕

　　《紅樓夢》作者是否即曹雪芹，固為懸案，惟學界目前多持肯定之詞，

〔註5〕 此借用余英時語，取其一分為二，二亦合一的概念，見於其〈紅樓夢的兩個世界〉一文，收於余英時《紅樓夢的兩個世界》（臺北：聯經，1987年）一書。另蘇友瑞「紅樓夢專輯」有「走出劫難的世界——紅樓夢的逍遙觀」一文，其對《紅樓夢》有一簡要之說：「從《紅樓夢》第一個字開始，『正』與『邪』之對立、『女人代表的水』與『男人代表的泥』之對立、『大觀園內的乾淨』與『大觀園外的污穢』之對立，就開始了曹雪芹把紅樓夢二元化成兩個對立世界的構思。」語見 http://life.fhl.net/Literature/culture/hongloumeng/hlm08.htm。

〔註6〕 或說脂硯齋堪稱最早紅學家也是作者的知己，與作者的寫作亦步亦趨，直到曹雪芹死後，長達二十年、批閱約十次之多，熟悉人事、品評得失有之，更多時候放聲一哭或沉湎回憶。可知的批閱年代有1759年之前、1759年、1762年、1764年、1767年、1774年，還有一次年月不詳。

〔註7〕 此題為「有正本」五十七回脂評回前總批，見自陳慶浩《新編石頭記脂硯齋評語輯校》（臺北：聯經，1986年），頁656。

主要的證據仍在於原典,「甲戌本」第一回脂硯齋「甲午八月淚筆」、「滿紙荒
唐言」一詩之線索:

> 能解者方有辛酸之淚,哭成此書。壬午除夕,書未成,芹爲淚盡而
> 逝。余嘗哭芹,淚亦待盡。每意覓青埂峯再問石兄,余(奈)不遇
> 獺(癩)頭和尚何?悵悵!今而後惟愿造化主再出一芹一脂,是書
> 何本(幸),余二人亦大快遂心于九泉矣。〔註8〕

若比照「能解者方有辛酸之淚,哭成此書」、「書未成,芹爲淚盡而逝」與第
一回「滿紙荒唐言,一把辛酸淚。都云作者痴,誰解其中味?」加上「甲戌
本」第一回脂硯齋另批「後因曹雪芹於悼紅軒中,批閱十載,增刪五次,纂
成目錄,分出章回,則題曰『金陵十二釵』」時,謂:「若云雪芹批閱增刪,
然後開卷至此這一篇楔子又係誰撰?足見作者之筆狹猾之甚!」〔註9〕可見
《紅樓夢》原作者則屬曹雪芹。

曹雪芹(1724～1763),生於清雍正二年,卒於清乾隆二十八年,原名曹
霑,字芹圃,「霑」是取「蒙沾天恩祖德」之意,出自漢揚雄〈長揚賦〉「仁
霑而恩洽」。「芹圃」則是說如雨露的天恩澆灌田圃,此出於《詩經·魯頌·
泮水》「思樂泮水,薄採其芹」之句。其命名寄寓著家族期待:希望「入泮」、
「採芹」以求仕。曹家遠祖曹錫遠,籍遼陽,明熹宗天啓元年(1621)爲清
太祖努爾哈赤所執。曹錫遠之子曹俊彥後被改入旗籍漢軍,任教官,有戰功,
後來又以「從龍入關,分入內務府正白旗」。從漢人變成親近旗主之僕役包衣,
曹家人因此屢能入宮:曹俊彥之媳、即曹璽之妻爲康熙幼時乳母;康熙二年
(1663),曹璽出掌南京江寧織造,並且「專差久任」,一以爲皇室管理並採
辦織染,另者還有疏通滿漢的政治任務。此後,曹璽受賜正一品尙書銜,曹
家因此四次接待康熙南巡,並「以織造府爲行宮」,康熙在位六十一年,曹家
寵遇,聲勢鼎盛。

〔註8〕 引自「甲戌本」一回脂評,見自陳慶浩《新編石頭記脂硯齋評語輯校》(臺北:
聯經,1986年),頁12～13。

〔註9〕 脂硯齋提醒閱者「萬不可被作者瞞弊了去」,相類證據還有「甲戌本」十三回
末總評「秦可卿淫喪天香樓」,提及作者以史筆寫事:「其事雖未漏,其言其
意則令人悲切感服,姑赦之,因命芹溪刪去」;「庚辰本」二十二回末總評:
「此回未成而芹逝矣」;「庚辰本」七十五回前記有:「乾隆二十一年五月初七
日對清。缺中秋詩,俟雪芹。」關於脂硯齋等批者透露曹雪芹作《紅樓夢》
之著作淵源,可參馮其庸《曹雪芹家世新考》一書(上海:上海古籍,1980
年)。

而曹雪芹身世，學者多有討論，〔註10〕祖父是曹寅無疑，生父說是曹顒或曹頫，而按照雪芹好友敦誠在〈寄懷曹雪芹〉注「揚州舊夢久已覺」時，記有「雪芹曾隨其先祖曹寅織造之任」，〔註11〕可知曹雪芹早年確實獲享皇恩。這些繁華盛景在康熙六十一年時（1722），康熙死後，雍正皇帝為鞏固政權而掀起清整，雍正五年（1727），曹雪芹舅祖李煦被定為「大逆奸黨」，險死。而曹顒被以「行為不端」、「虧空罷任」而撤職嚴辦，要在三年內補償賒欠，年底十二月，山東巡撫塞楞額舉發曹顒運送龍衣，途經長清縣，曾犯不肖，勒索驛站，造成曹家最後也最重的難堪，「騷擾驛站」一事，波及成被查辦、枷號、抄家等家族浩劫。據此，曹雪芹當時大約在十三到十七歲，隔年，隨祖母、曹寅之妻移家北京，此後曹雪芹的際遇，如善因樓《批評新大奇書紅樓夢》第一回批語所言：「不得志，遂放浪形骸，雜優伶中，時演劇以為樂。」約乾隆十四年（1749），曹雪芹任右翼宗學任筆帖，結識同樣遭到抄家飄零的敦敏（1729～1796）、敦誠（1734～1791）兄弟，結交契合。

曹雪芹「善談吐，風雅游戲，觸境生春，聞其奇談，娓娓然令人終日不倦」，〔註12〕還能詩善畫，另友塾師張宜泉（1720～1770）寫曹雪芹是個「愛將筆墨逞風流」一輩，敦敏記他是：「傲骨如君世已奇，嶙峋更見此支離。醉餘奪掃如椽筆，寫出胸中魂磈詩」，〔註13〕可見其性情更加傲狂。根據「甲戌本」第一回脂評記到「能解者方有心酸之淚，哭成此書。壬午除夕，書未成，芹為淚盡而逝」，與敦誠〈挽曹雪芹〉祭弔「孤兒渺漠魂應逐」之注「前數月子殤，因感傷成疾」，曹雪芹當因喪子之痛，在乾隆二十七年（1763）除夕，病逝北京香山，早年榮富豪奢，晚年竟淒清蕭條，如夢轉眼虛空。

「甲戌本」脂評說此書作者「字字看來皆是血，十年辛苦不尋常」，〔註14〕學者相信《紅樓夢》是曹雪芹耗盡十年的泣血之作，正因遭遇不尋常，痛苦

〔註10〕可參吳新雷〈曹雪芹評傳〉一文，見於朱嘉雯《紅樓夢導讀》（宜蘭：佛光人社，2003年），頁125～147。

〔註11〕其〈寄懷曹雪芹〉詩與記見於一粟編《古典文學研究資料紅樓夢卷》（臺北：新文豐，1989年），頁1。

〔註12〕語見裕瑞《棗窗閒筆》，〈後紅樓夢書後〉，收於一粟編《古典文學研究資料紅樓夢卷》（臺北：新文豐，1989年），頁14。

〔註13〕為敦敏〈題芹圃畫石〉詩句，見於一粟編《古典文學研究資料紅樓夢卷》（臺北：新文豐，1989年），頁6。

〔註14〕引自《脂硯齋重評石頭記》「甲戌本」回前總批，見自陳慶浩《新編石頭記脂硯齋評語輯校》（臺北：聯經，1986年），頁5。

也不尋常。「有正本」五十七回總批亦提及作者「滴淚爲墨，研血成字」之句，足見曹雪芹在《紅樓夢》傾注了終生的憾恨與傷感。

至於曹雪芹力展在《紅樓夢》中的文才藝事、筆墨樂趣或寫作功力，其文學傳統，一個是他的祖父曹寅十多萬卷的「棟亭藏書」、擅戲曲、養戲班，自家族素養累積而來；另一個則是中國古典文學思想之傳統繼承，如瑰奇神話、魏晉風流與晚明流風餘韻等。〔註15〕

二、《紅樓夢》——「情」與「閨閣」

《紅樓夢》一書主題與立場論述，學者多有發揮，筆者以爲：曹雪芹的自表不宜草草放過，應先忠實原意，曹雪芹自說了兩大原意，一是「情」，二是「閨閣」，此二者是其苦心所在，正如此書命名一樣，以「情」命名者是「情僧錄」；以「閨閣」命名者是「金陵十二釵」。而學界討論紛紛，或說「主情」或「主悟」、「闡情」或「闡空」等等，都持之有理。

（一）情

曹寫芹、脂硯齋二人都自定《紅樓夢》一書關鍵在於「情」，第一回即表明「大旨談情」，回目更有許多以「情」命題的，可見處處留情，而脂硯齋說的「作者是欲天下人共來哭此情字」。〔註16〕就「情觀」文學傳承而言，《紅樓夢》與《牡丹亭》「情」的思想關係，深有淵源。龔鵬程處理種種關於《紅樓夢》是「情書」或懺情「悟書」的猜測時提出：

> 顯然很多人認爲它是情書，嫏嬛山樵的〈補紅樓夢序〉說：「古人云情之所鍾，正在我輩，故情也夢也，二而一者也。無此情即無此夢也，無此夢緣無此情也。妙哉！雪芹先生之書，情也夢也，文生於情、情生於文者也」，……認爲情才是全書主旨，悟只不過挪用了中國文學傳統的老套，故作門面語罷了。書中眞正吸引著他們的，是

〔註15〕周汝昌考證曹雪芹生平，在〈曹雪芹的根：「詩禮簪纓」〉說明早在曹雪芹宋代開寶年間先祖曹彬下江南時，曾命嚮導樊若水爲曹氏譜牒制序作贊道：「曹氏厥宗，本周分封。詩禮啓後，丕振儒風。文經武緯，將相王公。簪纓濟美，寵渥無窮。」此可見《紅樓夢》第一回一僧一道將頑石攜入紅塵歷劫，送進賈家「昌明隆盛之邦，詩禮簪纓之族」，其言不虛；也可想見培養曹雪芹文藝背景的家族條件。周汝昌之文收於其《紅樓家世：曹雪芹氏族文化史觀》（哈爾濱：黑龍江教育，2003 年），頁 41～47。

〔註16〕見「甲戌本」第八回批語，參見陳慶浩《新編石頭記脂硯齋評語輯校》（臺北：聯經，1986 年），頁 202。

那纏綿往復、癡絕奇絕之情。……然而,《紅樓夢》中,美人香土、
燕去樓空之感,觸處可見,眞的是毫無所悟嗎?訥山人〈增補紅樓
夢序〉說:「其書則反覆開導,曲盡形容,爲子弟輩作戒,誠忠厚悱
惻,有關世道人心者也。顧其旨深而詞微,具中下之資者,鮮能望
見涯岸,不免墮入雲霧中,久而久之,直曰情書而已」,就是對主情
說正面的批評。〔註17〕

「情書」、「悟書」兩派著眼、詮釋脈絡不同,「釵黛優劣論」,擁林或擁薛,
至今爭辯不休,筆者以爲:看似對立的「情」與「悟」二者,既難以截然
劃分,自當回到《紅樓夢》本身,作者曹雪芹已自表之「情」脈絡;至於,
「悟」是讀者取諸書中情節而反應,二者均可成立,惟曹雪芹是先「情」而
非「悟」;但另言之,曹雪芹往往善用兩面手法,「悟」當也是另一種作者不
言而言的深意。

(二)閨閣

曹雪芹在《紅樓夢》第一回即揭明自己對男女性別的意見,他先承認「堂
堂鬚眉,不若裙釵」,是而在懊悔前事、惆悵之際,要自己振作唯一一件值得
之事,便是「使閨閣昭傳」,〔註18〕他既提出撰寫的由衷之言,並希望藉以警
醒不肖同輩:

> 今風塵碌碌,一事無成,忽念及當日所有之女子,一一細考較去,
> 覺其行止見識皆出我之上;我堂堂鬚眉,誠不若彼裙釵;我實愧則
> 有餘,悔又無益,大無可如何之日也!……編述一集,以告天下:
> 知我之負罪固多,然閨閣中歷歷有人,萬不可因我之不肖,自護己
> 短,一並使其泯滅也。……雖我不學無文,又何妨用假語村言,敷
> 演出來,亦可使閨閣昭傳,復可破一時之悶,醒同人之目,不亦宜
> 乎?

〔註17〕 引文見龔鵬程《紅樓夢夢》(臺北:臺灣學生,2005 年),頁 47〜48。龔鵬程
之意見爲「情悟雙行」,且:「《紅樓夢》善於利用佛教義理和儒家學說中合而
不盡合之處,開創了這種情悟雙行的格局,以情悟道,而不捨其情,遂開千
古未有之奇。」可參其〈紅樓猜夢:紅樓夢的詮釋問題〉一文,收於《紅樓
夢夢》,頁 41〜68。

〔註18〕 使閨閣昭傳,據諸聯〈紅樓評夢〉:「總核書中人數,除無姓名及古人不算外,
共男子二百三十二人,女子一百八十九人,亦云夥矣」,且「園中諸女,皆有
如花之貌」,諸廉語引自一粟編《古典文學研究資料紅樓夢卷》(臺北:新文
豐,1989 年),頁 116。

其想當年，自己一名堂堂鬚眉，祖上積德，有幸承賴了天恩祖德，享受了錦衣紈褲、飫甘饜肥；卻不學無文，棄置父兄師友之教誨，落得蓬牖茅椽、繩床瓦灶、一技無成、半生潦倒，反襯出半世親見親聞、歷歷的、異樣的女性們，「或情或痴，或小才微善」，總之行止見識都在自己之上，萬萬不可因自己落難而辜負。

因此，《紅樓夢》是一本爲男性或女性立論的書？究其實，《紅樓夢》「尊重女性」相當明顯，林黛玉、薛寶釵、史湘雲或賈探春等年輕女孩成爲文學史上一個個耀眼的美學典型，從命題、內容、情感趨向上，《紅樓夢》無疑是決意以女性爲主的一部小說。設若《紅樓夢》著重男性，則男性與男性事件自屬首要，女性僅只陪襯，如唯一男主角賈寶玉、賈家其他男性、賈氏家族從盛轉衰的社會意義、寶玉出家所透顯的哲學意義等。而《紅樓夢》若著重女性，則改以女性與女性事件爲最重要，如兩位女主角林黛玉與薛寶釵、其他如史湘雲或賈探春等、女性才華、愛情與婚姻等。

余珍珠（Angelina CC Yee）分析海外學者對《紅樓夢》性別論述的兩個相反的意見，[註19] 以黃金銘、現代女性主義 Louise Edwards 爲例：

首先，黃金銘引申法國女性主義者海玲希克塞（Hélène Cixous）：「作者署名爲女性並不一定意味著那篇文章是女性的……作者署名爲男性也不排除那篇文章中的女性特徵」，而強調《紅樓夢》有濃厚的婦女解放思想，認爲黛玉是寶玉心目中勇猛婦女解放的主將。而 Louise Edwards 卻認爲曹雪芹一則藉寶玉對少女的偏愛，區別未婚女性「乾淨」、已婚婦女則「不潔」，看似尊愛未婚女子，其實不然，舉王熙鳳爲例，說她因爲越軌而下場悽慘，還是一種守舊的歧視。Louise Edwards 又批評《紅樓夢》根本是「著重男性的雙性取向，這就等於否定了女性的雙性潛力，也否定了女性任何積極的性慾，從而實際上取消了性別差異」。因此，《紅樓夢》是一本關於「男人掙扎」的小說，甚至，寶玉出家，在在暗示了「女性是男性精神自由的絆腳石」。

此外，《紅樓夢》的文學傳承，或說與老莊魏晉名士有關，性質則屬於

〔註19〕 香港科技大學人文社會科學學院余珍珠〈關於《紅樓夢》的女性主義論述〉一文，收入鄭振偉《女性與文學——女性主義文學國際研討會論文集》（香港：嶺南學院，1996 年），頁 69～78。該文並提出《紅樓夢》一方面質疑了中國男尊女卑的傳統文化，同時也在文學話語中顛覆並重建了象徵的價值。至於若只視《紅樓夢》僅僅是一本關於「男性掙扎」的小說，則當是忽略了書中明顯的性別焦慮。

《金瓶梅》，或說寫作技巧有得之於《金瓶梅》、《西遊記》等的影響。〔註20〕就主題思想，《紅樓夢》與湯顯祖《玉茗堂四夢》關係密切，專以「情觀」而言，《牡丹亭》全劇靈魂乃在於「遊園」、「驚夢」，而《紅樓夢》直可說是一部大型的「遊園驚夢」。從曹雪芹《紅樓夢》上溯湯顯祖《牡丹亭》，曹雪芹繼承「情觀」，而其手法有引用曲文成為情節、運用戲劇典故作為伏筆二者，這種運用，一方面是因為曹雪芹家族的戲劇素養與富豪條件，〔註21〕另一方面則是曹雪芹的難言之隱，便以戲劇暗喻，如元春省親時，點了〈豪宴〉、〈乞巧〉、〈仙緣〉、〈離魂〉四齣戲，正當賈家處在烈火烹油的巔峰時，以後賈家的落敗便坐實了這四齣戲的暗喻，〈豪宴〉屬《一捧雪》，暗伏賈家之敗；〈乞巧〉屬《長生殿》，暗伏元春之死；〈仙緣〉屬《邯鄲夢》，暗伏甄寶玉送玉；〈離魂〉屬《牡丹亭》，暗伏黛玉之死，脂硯齋批語說「所點之戲劇伏四事，乃通部書之大過節、大關鍵」，這是《紅樓夢》許多暗示之一，預告了情節發展與結局。

　　《紅樓夢》第一回，藉香菱與甄士隱以為書中角色命運的塑模。香菱，原名甄英蓮，取義「真應憐」，暗示女性命運不得於己；甄士隱，取義「真事隱」，也暗示曹雪芹有無以明說之意，而甄士隱棄世離塵也預告了賈寶玉與《紅樓夢》的終局。因此香菱學詩、甄士隱離家，都具有重大意義。

　　香菱，「粉裝玉琢，乖覺可喜」（一回），三歲時卻在元宵團圓夜被拐子拐走，養到十二、三歲被帶到他鄉轉賣，後來被富貴薛家買走，輾轉波折，跟著寶釵、薛蟠進入大觀園。原是薛蟠見香菱「生的不俗」（四回），模樣品格竟有些像秦可卿，「生得形容裊娜，性格風流」（五回），便立意買來作妾，然而薛蟠是個「弄性尚氣」、「使錢如土」（四回），兼以「浮萍心性」（九回）的呆霸王，姬妾眾多，淫佚無度，特別是薛蟠又娶夏金桂，香菱屢屢受氣挨打。後來香菱跟著黛玉學詩，竟能「苦志學詩，精血誠聚」（四十八回），有所感悟，事實上也因為學詩，香菱終於學到了一種擺脫不幸，確認自己存在的方式。

〔註20〕相關論述可參癡雲〈金瓶梅與水滸傳、紅樓夢之衍變〉、周策縱〈紅樓夢與西遊補〉二文，收於余英時、周策縱等《曹雪芹與紅樓夢》（臺北：里仁，1985年）。

〔註21〕《在園雜誌》記曹寅曾撰〈後琵琶〉以蔡文姬故事為劇，這個戲名後來在《紅樓夢》出現，五十四回，賈母指著湘雲道：「我像他這麼大的時候兒，他爺爺有一班小戲，偏有一個彈琴的，湊了《西廂記》的『聽琴』，『玉簪記』的『琴挑』，『續琵琶』的『胡茄十八拍』，竟成了真的了。比這個更如何？」可見所言不虛。

至於甄士隱，「稟性恬淡，不以功名為念，每日只以觀花修竹、酌酒吟詩為樂，倒是神仙一流人品」（一回），年過半百，才得甄英蓮，生活看似閒適，卻在一場夢醒後，展開步步危機。先是甄英蓮在喧鬧團圓的元宵佳夜失蹤，繼而甄士隱煩惱邁疾，家逢失火，偏值水旱不收，盜賊蜂起，只得折變田地，狼狽攜妻投靠岳家，貧病交攻，徹悟「亂烘烘，你方唱罷我登場，反認他鄉是故鄉。甚荒唐，到頭來都是為他人作嫁衣裳！」（一回）今昔之感，一聲「走罷」，割離俗念。

第二節　「開闢鴻蒙，誰為情種」[註22]──賈寶玉

賈寶玉是《紅樓夢》中的第一情人，亦是中國文學男性形象中，顛覆傳統最劇烈而突顯的一位。相較於中國男性傳統價值首在事功，才學為科選拔擢之用，是以學優而仕，經濟天下，充分表現「男主外」之事業企圖；寶玉則無一不反其道，正是以「無才」、「意淫」、「混世」，頑劣不喜讀書，最愛在內幃廝混，又視女性如水清淨，「可憐辜負好韶光，於國於家無望。天下無能第一，古今不肖無雙」（三回）而拔得另一種頭籌，寶玉在現實中無用，人格卻可愛快樂。

過去女性專在婚姻家庭，更遑論追尋自我價值，處境之風險或命運變數不時有之，而曹雪芹以一句「女孩子一定有什麼說不出的心事」（三十回），讓寶玉動輒「打疊起百樣的款語溫言來勸慰」（二十回）、「央告」（六回）、自慚，向女孩賠罪，因而體貼了、愛護了天下女性。

寶玉一生情的探險，是一趟從情天到情地、再回到情天的歷程。石頭無才的宿命，被棄在情埂，情根備具；化而為赤霞宮的神瑛侍者，逍遙漫步於西方靈河岸上行走，因此巧遇三生石畔嬌娜可愛的絳珠仙草，情不自禁，日以甘露灌溉，因水結緣，於是雙雙下世，了結情案。寶玉與石頭、神瑛一樣，無才卻多情，意淫體貼，以至於還有「情於不情」的獸氣，最終悲涼「情盡」出家。脂評說《紅樓夢》、寶玉：「是我輩於書中見而知有其人，實則親覩者。又寫寶玉之發言，每每令人不解；寶玉之生性，件件令人可笑；不獨于世上親見這樣的人不曾，即閱今古所有之小說奇傳中，亦未見這樣的文

〔註22〕此以《紅樓夢》第五回「紅樓夢引子」所描寶玉者為題，以證其「情」之身分。

字。」〔註23〕

因此，寶玉之情，一種是延續對木石前盟的絳珠仙草之專愛，一種則是普世意淫人間之愛的博愛，另一種則是情盡出家的無愛之愛。

一、「頑石」〔註24〕——**無才有情**

曹雪芹塑造寶玉為深具「名士風流」之多情公子，又為寶玉說長道短，寶玉天性中有兩個並存的傻氣：「無才」與「有情」，更是他一生路向。其「情」出自「青埂峰下」，可見「情」根於性；此外，寶玉「啣玉而生」，「玉」又為「欲」，欲也來自先天，可見曹雪芹寄「情欲」於寶玉一身。曹雪芹以「情欲」塑造寶玉，一方面頑石深富情的根性，另一方面頑石通靈變成神瑛侍者，又幻化成寶玉，「一落胞胎嘴裏便啣下一塊五彩晶瑩的玉來」（二回），「啣玉而生」，其意不言而喻：曹雪芹所謂情根之情、啣玉之欲，都屬於先天生而有之的情感本質。

與其說頑石懷才不遇，不如實說「無才」，「無才」既是寶玉的本質，也是他的生命型態與價值。寶玉前身，是無才頑石，所以無才是就現實補天的任務而言，脫離了特定任務，頑石就變成有情的通靈之石，通靈之石首先幻化成赤霞宮的神瑛侍者。三萬六千五百零一塊，是女媧煉石偶然多出來的零頭，單單剩下這一塊沒用上，這一塊，不多不少，勢得獨自存在，而石頭只是石頭，石頭之美者變成玉，在天無才，為人則有情，頑石變成寶玉的變身關鍵在於「棄在青埂峰下」而靈性自通，一僧一道的世道外人見得出石頭是個「靈物」、「奇物」（一回），可見情根已深種到情感堅定，正是顯示了頑石之頑處所在。「情埂」（一回）即「情根」，人情乃根於性，由此可見，人生而自然有情；至於寶玉「無才」，是指他懷藏非世俗所用之才，而非什麼都不會，他自矜才能，卻又不器重才能，能隨意寫詩寄興，卻又用不著嘔心費力，就像他在初進大觀園時，大發詩興的許多作品可證。

曹雪芹故意使寶玉「無才」，是要避免有才而為「才」所役使的困擾，還能開放了更多使才的可能性；因為「無才」便無用，「有才」則不免濫用而損

〔註23〕見「己卯本」十九回批語，參見陳慶浩《新編石頭記脂硯齋評語輯校》（臺北：聯經，1986年），頁354。

〔註24〕此以《紅樓夢》第一回「原來是無才補天、幻形入世、被那茫茫大士渺渺真人攜入紅塵、引登彼岸的一塊頑石。」所記寶玉前身，以證其生命體質之源。

傷自己，換言之，頑石本就「無才」，寶玉自然不能是、也不必是科舉仕宦之世俗中人，但石頭一開始就有補天之才，補天之外，石頭就一無是處了，故事就沒了下文；從前世到今生，唯一知音寶玉之真我，僅有黛玉，三十二回時，寶玉正面點明他與黛玉二人的相知之情：「林姑娘從來說過這些混賬話嗎？要是他也說過這些混賬話，我早和他生分了。」寶、黛兩人的相知，很重要的是，在神話中，他們原是仙質情根，愛情盟約從前生即已相契，無可動搖。

　　「無才而有情」是神話結構所賦予寶玉的性格條件，寶玉前生，經由女媧指定石頭無才，石頭在警幻仙子處變成神瑛侍者，補天之才的有無由女媧認定，人間兩種情份的交割則由警幻仙姑負責，從一開始寶玉就與女性關係深切。寶玉原是補天眾石中唯一被能獲選、偏偏剩下的一個零頭的無用頑石，正因為零頭，於是展開謫凡的機會；可見寶玉的才是不能用於世的才，而其別出一格的才便是「情」。對補天一事，石頭無才，自己也頗為無奈。後來頑石靈性已通，變成神瑛侍者，無心行走於西方靈河岸上，以甘露灌溉絳珠仙草，其無心出自其無所區別的愛護萬物之心。此外，無才石頭來到凡間，一樣多情，也因此可以理解，前生在三生石畔絳珠仙草，寶玉的「有情」任務正是彌補「無才」的缺憾，當小說中寶玉表現越「無才」時，情更深厚。也因此同一位寶玉往往同時有兩種並存的評價或敘述，便被賞識與被責備。頑石或神瑛謫凡、寶玉啣玉而生以後，將先天的「無才而有情」的稟賦得以延續到人間，與一群風流債鬼在警幻仙子處掛號，在人間歷練一番，好再回到天上交割銷案，從天上來，再回天上去，中途一段人間經歷本就路過而非永佇，石頭「無才有情」敏銳靈悟之稟賦，使得寶玉的生命特質，時而深嗅悲涼之霧，生命浪遊無寄，青春不再。惟當情盡，懸崖撒手、回到蒼茫的大荒山方休。但「無才」、「有情」這兩種傻氣，除了讓寶玉性情特異之外，「無才」使他與男性價值有別，「有情」則使他向女性風度靠攏，得到女性友愛，無疑的，不管是「無才」或「有情」，除了得到女性支持，大抵男性是不甚認同的。

　　「情」是寶玉自幼「性格異常」（十九回）的特質，天生性情不與常人盡同，寶玉自視才情只是點綴，無關名山事功，情鍾我輩，〔註25〕因而在「情」

〔註25〕語見《世說新語·傷逝》，王戎喪子而謂：「聖人忘情，最下不及情，情之所鍾，正在我輩。」

－110－

上用心最深，一如的也就是說，「無才」是寶玉明確切割了四書五經、科舉功名等的主流體制或世俗價值，往往裝病翹課、臨陣磨槍；而「有情」則是寶玉對人花蟲魚之普世「意淫」的情懷，沒有一點剛性兒，乃至於「雜學旁搜」（八回）地偷看《牡丹亭》、《西廂記》等移人心性的邪書，讀後滿口留香，連飯也不想吃。當然更包含他與黛玉的木石前盟。

如第二回，賈雨村與冷子興談到寶玉生命來歷，說天地生人，有大仁、大惡及平常人三種之外，還有一種奇特之人，其奇特在於：既聰明靈秀又乖僻荒謬，正邪互相激蕩，歷數男性如陶淵明、阮籍、嵇康、劉伶、宋徽宗、柳永、唐伯虎，女性如卓文君、紅拂、薛濤、崔鶯、朝雲之流，一方面聰俊靈秀，另一方面則又乖僻邪謬不近人情，都屬於這種「正邪兩賦一路而來之人」，此輩雖出生異時，惟或是隱士癲狂、帝王文士、技藝倡優、仕女侍妾，即使女性也不乏此類性格獨特、風流不羈之人。隨之在後的就是賈寶玉，「其聰俊靈秀之氣，則在千萬人之上」；第五回，警幻仙姑說寶玉是「天分高明，性情穎慧」，《紅樓夢》書中並不時評議他「癡狂」、「獸性」、「瘋傻」，總結以「意淫」說他，正是強調寶玉的奇絕稟賦。更深言之，天地之間有正邪兩氣，而人之生，或秉正氣而生，或秉邪氣而生，秉氣不同便產生賢愚善惡之分，但有一種人所稟賦的正邪兩氣交相搏擊掀發而發洩者，這種人若生於公侯富貴之家，則為「情癡情種」，寶玉無疑便是這等人物，此乃《紅樓夢》定評寶玉之言。正如第三回曹雪芹描寫寶玉的出場詩〈西江月〉時，其癡就如其言：「無故尋愁覓恨，有時似傻如狂；縱然生得好皮囊，腹內原來草莽。潦倒不通庶務，愚頑怕讀文章；行為偏僻性乖張，那管世人誹謗。」因此正與邪、「無才」與「有情」這兩種傻氣，是足以說明寶玉性情乃是矛盾的和諧。

二、「意淫」〔註26〕──水的癡情

寶玉之情感植基於「水」，而「意淫」是寶玉一生情意型態的關鍵概念，這本是他「天地間清明靈秀之氣所鍾，不假外求，無需造作，也不能型塑扭曲，人間的經濟世務、孔孟文章不能稍改」的天生情感。筆者以為：寶玉在天無才、在人間有情，這個「都云作者痴，誰解其中味」（一回），脂評亦謂

〔註26〕此為警幻所推寶玉「天分中生成一段痴情」之性情之榜詞，見於《紅樓夢》
　　　　第五回。

「謾言紅袖啼痕重，更有情癡抱恨長」，〔註27〕「癡」爲情之眞諦，同時不被世俗理解，即如警幻提醒所謂「卻於世道中未免迂闊怪詭，百口嘲謗，萬目睚眥」（五回）的境地了。不論寶玉是畸零之頑石，或是赤霞宮神瑛侍者，或是啣玉而生的富貴公子寶玉，從物到人的形體固有幻化變身，而其含情有欲，在先天、後天之間則始終不移。是而「情」爲萬物之本，草木與人的生命感通是因爲有「情」，只要是有情之存在，彼此就可以感應。

頑石通靈，寶玉深富「情根」，謫凡人間，布施情感，願意如水均霑，是處於眾釵之間唯一天眞純情的小男孩，雖以「天下第一淫人」（五回）之姿，其一無所求，廣施博愛，其爲人「不管青紅皂白，愛兜攬事情」（六十一回），疼女性，也疼惜女性的青春，擔心女性的婚姻與挫折，當他前世神瑛曾灌養絳珠以水，在人間寶玉用情於黛玉亦最深濃。神瑛與絳珠一段因「水」結緣的木石盟約，神瑛見到嫋娜仙草，卻無所求而滿心體貼，以水照顧絳珠，其情一則似水柔情，又能似水清淨，寶玉以情的慷慨施與，或癡、或呆、或無事忙以表達對女性的護惜之情。而對黛玉而言，「甘露之惠」，因水結緣；雙雙下世爲人，以淚償情，二人有專一之愛，卻同時有不能也不必結合的宿命，還一生所有的眼淚，淚盡還完，緣了證情，即當回到所來之處，不必遺憾。而本來石頭無才、日夜悲號慚愧，化爲神瑛逍遙時，余國藩特別提到神瑛「灌溉」動作的意義：

（棄石）如今身爲神瑛侍者，自非昔日吳下阿蒙。且不管何以欲求補天而不可得，此時身在太虛幻境的棄石確實自在逍遙，可以隨心所欲施捨甘露，造惠物類。從其受恩者的角度來看，他眼觀四面，宅心仁厚。從當代人的角度來看，他的行爲顯然又「性」味顯然。由是再觀，我們便也得重新考慮棄石是否「有材可用」的問題。絳珠草日受灌溉滋養，確實因此而得天精地華，脫卻草胎木質，化身爲「有情」。因此，「灌溉」這一動作或可視爲另一種的「修補」或「滋補」行爲。〔註28〕

〔註27〕見「甲戌本」第一回前總批，參見陳慶浩《新編石頭記脂硯齋評語輯校》（臺北：聯經，1986年），頁5。
〔註28〕余國藩簡言寶玉後天「意淫」出自先天「澆灌」的功力，其言甚確：「神瑛侍者區區舉手之勞，居然就可化腐朽爲神奇，化無情爲有情，則節外生枝定屬必然，蔓延處亦勢如野火燎原。」文係引自余國藩著、李奭學譯〈石頭〉一文，收於《重讀石頭記：紅樓夢裡的情欲與虛構》（臺北：麥田出版，2004

由此，那所謂「意淫」究竟爲何？五回，寶玉遊太虛幻境時，警幻苦心引渡時說：「吾所愛汝者，乃天下古今第一淫人也」，以「意淫」直指出寶玉的本心。「意淫」一詞，〔註29〕全書只出現一次，「意淫」本是貶詞，警幻則又獨許寶玉，並且爲他開破奇理，以陳明寶玉之「意淫」乃天生精神上之多情癡情，而非世淫好色「皮膚爛淫」之欲；是以警幻仙姑稱許寶玉是鴻蒙以來第一癡情者，這種絕異於一般男性對待女性的多情體貼、尊重珍愛，自是「閨閣良友」，無疑能爲閨閣增光；然而「意淫」同時也是危險的，正因淫於意而不淫於皮膚爛淫，畢竟與賈瑞一類膚淺男性相去太遠，危險即在於世人不解而對之嘲謗睚眦。書中，常常可見寶玉深情所致，到了「獃」、「傻」、「瘋」、「怪」，說他「發了獃氣」、「發了一夜的獃」的表現。

寶玉「意淫」出自先天神話「灌溉」（一回）之慣性，脂硯齋說「意淫」一詞「新雅」而「懇切恰當之至」，五回脂評更一語說中「意淫」是「寶玉一生心性，只不過是體貼二字，故曰意淫」，〔註30〕又二十回有寶玉的個性「是不要人怕他的」，性子裡有個「料定天地間靈淑之氣，只鍾於女子，男兒們不過些渣滓濁沫而已」（二十回）的「獃意」，於是理解寶玉對愛惜的對象很客氣、怕冒犯，也因爲珍惜，態度總顯得謹慎斟酌。第九回說寶玉之情根本就是天生成慣的個性：「作小服低，賠身下氣，性情體貼，話語纏綿」，脂評謂之：「凡四語十六字，上用天生成三字，眞正寫盡古今情種人也」，〔註31〕內心的體貼，表現在外的便是「作小服低」；而行爲上願意作小，是先有情，一如神瑛單純而非預設目之憫物忘身的大愛，才能配稱「古今情種」之名。寶玉之服低姿態，自居濁物，相較於賈瑞、薛蟠等人，深具意義，由於這等體貼的天分，心態謙卑，才能夠想像女性靈秀，而感悟女性命運。

表面上，寶玉「專能和女孩們接交」（四十四回），且眷戀不捨「如花美

年），頁 171～248。

〔註29〕 許衛和〈論《紅樓夢》中「意淫」一詞的出處及其幽默與意義〉一文則指出：「意淫」一詞並非曹雪芹獨創，而自出自古代醫經《黃帝內經》，以曹雪芹家學藏書而言，曹雪芹沿用醫經而用此詞是很可能的。《漢學研究》25：1，2007 年 6 月，頁 341～370。

〔註30〕 見「甲戌本」第五回夾批，參見陳慶浩《新編石頭記脂硯齋評語輯校》（臺北：聯經，1986 年），頁 135。

〔註31〕 見「王府本」第九回批語，參見陳慶浩《新編石頭記脂硯齋評語輯校》（臺北：聯經，1986 年），頁 207。

眷、似水流年」（二十三回）之貪歡，其實隱含著是其對人生空無之感；事實上，身為男性，心性卻與他人不同，對現世幸福的執著比全書任何一人強烈，他總渴盼春光不逝、歡筵不散、紅顏永駐，自然總與社會期待相違，同時流露對時間流逝的無奈與緊張感、對美好事物易逝難保的敏銳感，因而在意無常；二十三回時，當他一聽黛玉吟誦〈葬花辭〉，唸到了：「儂今葬花人笑癡，他年葬儂知是誰」、「一朝春盡紅顏老，花落人亡兩不知」時，寶玉一而二，二而三，反覆推求，一時思及消散如煙，悲傷難釋：

> 林黛玉的花顏月貌，將來亦到無可尋覓之時，寧不心碎腸斷，既黛
> 玉終歸無可尋覓之時，推之於他人，如寶釵、香菱、襲人等，亦可
> 以到無可尋覓之時矣。寶釵等終歸無可尋覓之時，而自己又安在呢？
> 且自身尚不知何在何往，將來斯處、斯園、斯花、斯柳，又不知當
> 屬誰姓？（二十八回）

從黛玉的花顏月貌，推之如寶釵、香菱、襲人等與其花顏月貌，終期有盡，那自己呢？斯處、斯園、斯花、斯柳？一樣也終有「無可尋覓之時」了。

《紅樓夢》中，寶玉一如宗教情懷的大愛，表現在三十回「齡官畫薔」：正當盛暑，賈家主僕早多日常神倦，寶玉一人無事，一路背手晃盪，進了大觀園。赤日當天，樹蔭匝地，滿耳蟬聲，靜無人語。齡官「眉蹙春山，眼顰秋水，面薄腰纖，裊裊婷婷，大有黛玉之態」，身形嫋娜不勝，心性卻因為一段困難的癡戀，用金簪畫地，一畫、一點、一勾，畫完了一個「薔」又畫一個「薔」，幾十個「薔」，使得這個悶悶寂靜的午後，難耐與激動將一觸即發。薔薇花架下裡面的齡官早已畫痴，另一個替著人家、心中跟著煎熬的寶玉也看傻了。寶玉想到的不是她是誰或她苦什麼，而是憐其心苦，想像其苦，「可恨我不能替你分些過來」。接著下面是很感人的，純是寶玉「意淫」奇特人格境界的呈現：突然一陣夏雨，颯颯落下，那畫字的女孩頭上滴下水來，衣裳立刻濕了，寶玉禁不住叫道：「不用寫了，你看身上都濕了。」女孩抬頭一望：「多謝姐姐提醒了我。——難道姐姐在外頭有什麼遮雨的？」一語之下，寶玉才覺得渾身冰涼，跑回怡紅院，心裡卻還記掛著那女孩沒處躲雨。齡官的青春情感既洶湧又抑鬱，讓寶玉在亦步亦趨的心理過程中，也掀朗起來。而人的「薔」與花的「薔」適巧相掩映在颯颯雨飄、花葉榮滋的畫面中；架下齡官、欄外寶玉，雙雙意蘊依依。後來在三十六回，寶玉到梨香院，央求齡官唱《牡丹亭》曲，在看到齡官與賈薔之間一段無聲的苦戀時，寶玉心靈一

陣雷電，一時癡了，「自己站不住，便抽身走了」，回到怡紅院，領悟到：「我昨兒晚上的話，竟說錯了，怪不得老爺說我是『管窺蠡測』！昨夜說：你們的眼淚單葬我，這就錯了。看來我竟不能全得。從此後，只好各人得各人的眼淚罷了。」寶玉這一個「深悟人生情緣，各有分定」像似禪悟的心得，是對「意淫」一次重要的整理。

王國維評論《紅樓夢》精神時，以頑石實自攜入紅塵以經歷宇宙中生活之欲與隨之而來的痛苦，同時人得以解脫痛苦有二：「一存於觀他人之苦痛，一存於覺自己之苦痛」，〔註32〕能觀他人之苦痛者，必需是「非常之人，由非常之知力」，才能洞察宇宙生命，設身處地、與物類化之同感，因此這個觀者並非旁觀，而是一個也在當中負擔的參與者，正因爲寶玉「意淫」是一種忘己之情，體現出「昵而敬之，恐拂其意」的心態，悲憫人事之時，便就有極廣大之愛的範圍與程度，甚至「愛博而心勞，而憂患亦日甚」〔註33〕了。

寶玉居末回情榜上的榜首，定評是「情不情」，〔註34〕說的正是他「愛博」、「癡情」到即使不情、無情之物，也能夠心有所感，就像他時常沒人在跟前，就自哭自笑；見燕子，跟燕子說；見魚，跟魚也能說；見了星月，不是長吁短嘆，就是咕咕噥噥的。賈府上下，「沒人怕他，只管隨便，都過的去」（六十四回）。四十九回，寶玉流連在白雪紅梅的情景中，雪後，寶玉來到櫳翠庵，庵裡的紅梅應襯著雪色，「分外顯得精神，好不有趣」，寶玉不禁「立住，細細的賞玩了一回方走」，面對萬物之生機活力，寶玉情感總顯得豐厚深邃。

七十七回，怡紅院階下一株海棠花，好好的卻無故死了半邊，寶玉鄭重地借題發揮了普世之愛的文告說：

> 不但草木，凡天下有情有理的東西，也和人一樣，得了知己，便極有靈驗的。若用大題目比，就像孔子廟前檜樹，墳前的蓍草，諸葛祠前的柏樹，岳武穆墳前的松樹：這都是堂堂正大之氣，千古不磨

〔註32〕見於王國維《紅樓夢評論》，〈紅樓夢之精神〉一文，收於王國維等《紅樓夢藝術論》（臺北：里仁，1984 年），頁 7～12。

〔註33〕爲魯迅論寶玉周旋於眾女兒之間的心緒，語見魯迅《中國小說史略》（天津：天津人民，1999 年），〈第二十四篇清之人情小說〉，頁 260～261。

〔註34〕見「己卯本」十九回批語，參見陳慶浩《新編石頭記脂硯齋評語輯校》（臺北：聯經，1986 年），頁 367。

> 之物。……若是小題目比，就有楊太眞沈香亭的木芍藥，端正樓的
> 相思樹，王昭君墳上的長青草，難道不也有靈驗？

寶玉以天下有情有理之物與人一樣具有靈驗，海棠後來果眞應驗了二事，一是晴雯夭死，另一件是賈家之敗。寶玉以普世之情推衍到天下無情之物，按照脂硯齋解釋，就是「凡世間之無知無識，彼俱有一癡情去體貼」。〔註 35〕人類能夠先視草木有情，視萬物有情，便就以癡情去體貼，可見寶玉普世「意淫」，愛自己所愛之黛玉，對不知名女性處境的同感，人際之間的關愛，更涵蓋了人對自然的憐物之愛，這些設身處地聽到他人微弱呼救的聲音，而與萬物交感生發之情，變成是寶玉感知自己與他人、萬物存在意義的天賦，以悲憫之心想要苦其所苦、分享快樂，當如宗教悲憫的情懷。

三、「混世魔王」〔註 36〕

「混世魔王」是寶玉「意淫」的外在形象，其非常之情，勢必非以奇絕的姿態表現不可，曹雪芹寓褒貶於一筆地描寫寶玉性情，說他是「癡」、「呆」、「傻」，賈政罵寶玉「逆子」（三十三回）、「酒色之徒」（二回），王夫人嗔他是「混世魔王」、「孽根禍胎」（三回），就連賈府的奴僕也批評他：「相貌好，裏頭糊塗，中看不中吃」（三十五回）；然而寶玉「混世魔王」究竟是混了、魔了、禍孽了或糊塗了什麼？此外，寶玉對「四書」意涵的概念又爲何？

寶玉大覺逆耳的是「仕途經濟」、「應酬事務」（三十二回）等考舉人進士的正經之事，因此學者多說其厭棄八股，是以不好儒典，筆者以爲：就寶玉好何書、不喜何書，寶玉確實好於「雜學旁收」，尤深好「濃詞艷詩」（二十三回），如《牡丹亭》、《西廂記》一類，還猶不愜懷，也就是賈政惱責寶玉「不肖孽障」（三十三回）的原因之一。然而，是否代表寶玉在濃艷之外者，便絕惡接觸而避之不及，特別是儒典「四書」？

筆者認爲：「四書」在《紅樓夢》書中的書寫意義有待澄明，應當是一個象徵的概念，而非泛寫。即在寶玉所好濃艷之外的其餘讀物中，寶玉仍大有輕重的區別，寶玉不僅讀「四書」，不燒「四書」，更有肯認「四書」之見；

〔註 35〕見「甲戌本」第八回批語，參見陳慶浩《新編石頭記脂硯齋評語輯校》（臺北：聯經，1986 年），頁 199。
〔註 36〕此引《紅樓夢》第三回寶玉初登場前，王夫人爲黛玉先説寶玉之言。

同時，寶玉時常將「四書」與其他書區別開來，而寶玉被誤以爲厭棄者，一如李贄被簡易誤判成一個反儒的異端一般，究其實，大有文章。此中力證在於數端：

首先，如三回，寶黛初見，寶玉問黛玉讀書，在笑談「古今人物通考」杜撰後，寶玉隨即講出「除了『四書』，杜撰的也太多呢」的話，這是寶玉第一次發表對「四書」的看法，雖是戲語，作者卻明確表出寶玉認定「四書」真實性的態度，這與他「雜學旁收」、喜看「濃詞艷詩」並不相違，可見，寶玉所以區別「四書」之意，在於尊重而非否定或鄙夷的立場。再者，曹雪芹善於或蓄意藏筆，如十九回，藉襲人下箴規以勸寶玉時，便帶寫到寶玉說了「只除了什麼『明明德』外就沒書了，都是前人自己混編，纂出來的」的再次真心話，脂評即確指：「寶玉目中猶有『明明德』三字，心中猶有『聖人』二字」，〔註37〕特別註明此是「作者瞞人之處」，而「明明德」語出《禮記‧大學》一篇，爲儒家立場之言；顯然，寶玉再再指陳「四書」與「明明德」，曹雪芹的苦心經營應非要誤導讀者，使寶玉徒然是個推託的懶怠人。

另者「庚辰本」三十六回，說到寶玉不耐應酬交接等事，而或如寶釵一輩有時見機勸導，他反生起氣來：「不想我生不幸，亦且瓊閨繡閣中亦染此風，真真有負天地鍾靈毓秀之德了！」原來接著的是「因此禍延古人，除四書外，竟將別的書焚了」之句，〔註38〕可見，正因爲寶玉不喜八股科舉，因此並非否定儒家經典之本身，亦即固然不喜八股應制，但也不廢「四書」的價值，善讀作者曲筆的脂硯齋更爲之明指：「寶玉何等心思，作者何等意見，此文何等筆墨。」但寶玉究竟讀不讀「四書」？或說他讀了多少「四書」？七十三回，趙姨娘跟賈政說話後，賈政要找寶玉問學，寶玉忖想：「肚子裏現可背誦的，不過只有『學』、『庸』、『二論』還背得出來。」二十八回，寶玉跟薛蟠、馮紫英玩女兒酒令，寶玉提議除了喝酒、唱曲，還要現成取樣「席上生風」的「或古詩、舊對、『四書』『五經』成語」，可見寶玉仍讀「四書」。

〔註37〕見「己卯本」十九回批語，參見陳慶浩《新編石頭記脂硯齋評語輯校》（臺北：聯經，1986年），頁377。

〔註38〕同回「王府本」脂評爲之挑明：「寶玉何等心思，作者何等意見，此文何等筆墨」，可見所謂「寶玉焚書」一事不可泛看，批語見於陳慶浩《新編石頭記脂硯齋評語輯校》（臺北：聯經，1986年），頁570。

　　曹雪芹寫寶玉讀書，並不正寫用功，往往「從問中臨而有」，「稍能適性者偶然一讀，不過供一時之興趣，究竟何曾成篇潛心玩索」，正如脂評明之「寶玉讀書，非為功名」，〔註 39〕寶玉自表動機甚明，厭科舉一如厭廟神，既厭以讀書求功名，又厭倦與如賈雨村一類士夫應酬，也厭恨「俗人不知原故混供神，混蓋廟」（四十三回），假經濟之名以行干祿之實，錯解儒典原意的迂儒俗儒與有錢的老公愚婦混供神、混蓋廟，並無兩樣。更何況所謂「書中黃金」之說，導致大奸大盜皆從此出，誤盡天下蒼生。〔註 40〕歷來學者多言寶玉叛逆，因此鄙夷或聽聞不得「四書」，明確地說，寶玉平時「本就懶與士大夫諸男人接談，又最厭峨冠禮服賀弔往還等事」（三十六回），「不通庶務」是避免應酬官場，「怕讀文章」是厭倦科考應制，也厭棄人勸的這類「混賬話」，嫌鄙八股科舉僅是「餌名釣祿之階」（七十三回），士夫文人也不過是「國賊」、「祿蠹」之流，乃至於「文死諫，武死戰」則「皆非正統」，雖是家族視之「略可望成」（五回）以經邦濟世的命根，寶玉卻寧可轉將氣力「雜學旁收」了《牡丹亭》、《西廂記》等被賈政視為「移人心性的邪書」，還猶不愜懷，以致「連飯也不想吃」；遇到考書，便裝病曠課，頂多「臨陣磨槍」，最終落為「於國於家無望」、「古今不肖無雙」。由此看來，錯讀聖賢經典者才是寶玉所說的「國賊」、「祿蠹」一輩，「鬚眉濁物」等「文死諫、武死戰」之死徒，「都是沽名釣譽，並不知君臣的大義」（三十六回）。而寶玉一如李贄、湯顯祖、馮夢龍等人，特別是李、馮二人，看似棄儒，實則誚謗假人讀書。

　　筆者認為：孔門之「仁」在於生生不息的愛情惜物之意，則寶玉保留「四書」之舉，正是力證了寶玉雖是「混世魔王」，實則「千古情種」之人；二者相合，寶玉不燒「四書」，當不可泛泛視之。聖賢之言本是人情活潑，「四書」屬愛人之書，並無害人之意，有害無害端視讀者用心。而寶玉所惜者是如「四書」經典本是儒家之源頭活水，顯然寶玉反對者並非「四書」本身，「四書」無害，其害者是誤讀誤用者自生出來，此方是寶玉何以處處區別「四書」之用心。況且讀「四書」若只為交換富貴，便是「『富貴』二字真真把人荼毒了」（七回），設若寶玉鄙儒，一味抹煞經典，曹雪芹又何必屢屢曲筆暗示？因此，

〔註 39〕引自「庚辰本」七十三回：「痴丫頭誤拾繡春囊，懦小姐不問纍金鳳」，見陳慶浩《新編石頭記脂硯齋評語輯校》（臺北：聯經，1986 年），頁 690。

〔註 40〕可參「王府本」七十三回回末總評，引自陳慶浩《新編石頭記脂硯齋評語輯校》（臺北：聯經，1986 年），頁 693。

與其說寶玉叛逆，不如說他好於純眞，亦即寶玉所不喜的是引儒取祿，卻不代表寶玉反對儒家尊重愛惜萬物之根本。可見，寶玉敢以「混世魔王」之面以裝「千古情種」之心，絕對是一種「異端」姿態了。對女性而言，寶玉應當是《紅樓夢》中唯一可看的可愛男性，一方面鄙視功名仕途、厭斥國賊祿蠹之時，另一方面則尊重人格，愛護女性，看似叛逆，卻很眞心，形象甚是清新。

　　寶玉與賈政的父子衝突源自寶玉對讀書的態度與認知，其不肯自律便無從進官加爵，必須功成名就並非出於貧窮，而是在賈府支派繁盛、祖宗封爵賜祿之下，光宗耀祖變成責任；而責任不問好惡，只要達成維繫祖勳的任務，於是對賈政而言，責備寶玉科甲無疑是他「贖罪」的唯一管道，只是，寶玉竟一無可取。賈家先祖九死一生掙下家業，榮封寧國公、榮國公，然而富麗堂皇的鐘鳴鼎食之家、詩禮簪纓之族，以皇室爲靠山，以道德管別人，仗勢依財，徇私枉法，排場派頭，漫不經心，結果除了期賴後繼之人的寶玉以外，賈家男性無一像樣，煉丹的煉丹、爬灰的爬灰，全是表面衣冠的儒家之輩。賈政長子賈珠早殤，一脈至此單傳，寶玉原來還算是唯一尚可冀望的男性，賈政因之期待殷切。但偏偏一個寶玉不肖，不求上進，對舉業學習一無興趣，「縱然生得好皮囊，腹內原來草莽。潦倒不通世務，愚頑怕讀文章」（三回），總取笑讀書之事，甚至任性對讀書上進的起外號叫「祿蠹」，一如「蠹」也是世淫者之稱，襲人只得哄勸他「只做出個愛念書的樣兒來」，用以「也叫老爺少生點兒氣，在人跟前也好說嘴」（十九回）。可見寶玉既不喜應試文章，更不喜人情練達，如五回，秦可卿領寶玉到上房時，寶玉抬頭看到一幅掛畫「燃藜圖」，有訓勉學子苦讀之意，心中就不快起來；連對聯「世事洞明皆學問，人情練達即文章」也見不得，哪怕室宇精美，他也要逃之夭夭，避之不及，只不過是圖畫對聯，不算是眞正讀書，寶玉也不願忍受片刻，戒愼以保持距離。

　　賈政既然期待寶玉，自然也最氣厭寶玉之無才，混在女孩堆中，「那胭脂膏子也等我再來製」，無心仕途的模樣；而視寶玉的有情「爲這些人死了，也是情願的」（三十四回）爲胡做妄爲。正如《牡丹亭》杜麗娘的春夢勢必要被母親打醒中斷，她因此必須突圍這種來自父母倫理的限制，於是期待入夢續夢；而《紅樓夢》寶玉與賈政之父子衝突，寶玉的「女兒夢境」也往往被賈政打斷，同時賈政更不時被寶玉招惹出「恨鐵不成鋼」的失落感。

四、「清淨」〔註41〕女兒

（一）「女兒是水做的骨肉」〔註42〕

女兒似「水」，是曹雪芹對女性隆重的疼護之詞。《紅樓夢》第五回，在清淨女兒之地、太虛幻境中，為普天下女兒特設「薄命司」，與「痴情司」、「結怨司」、「朝啼司」、「暮哭司」、「春感司」、「秋悲司」等的配殿，輪迴在古今風月情債裡的眾女兒們，被收容在「金陵十二釵正冊」、「副冊」、「又副冊」之中，這批女性譜系壯觀，芳魂早晚都得歸虛報到，然而現實使女性難以維持清淨安全的生命，卻只落得千紅一「哭」，萬豔同「悲」，令人驚訝的是：這些女殿竟似「現成是十八世紀女性專屬的精神醫學中心」。〔註43〕而薄命司的對聯：「春恨秋悲皆自惹，花容月貌為誰妍？」則清楚告示了女性薄命之因，乃在於春恨秋悲之情與花容月貌之色，若乾淨女兒在濁泥世界難能有歸，全因身不由己；那麼「薄命」是女性在現實處境下的不幸寫照，也因女子「薄命」，而更當受到護愛。

源自絳珠仙草領受神瑛侍者柔情之水，化身女體，順此，女性是「水的骨肉」，寶玉因此視女性如水般清淨，備愛女性，即使最愛在內幃廝混，也不及於亂。寶玉崇拜「嬌娜可愛」的「乾淨女兒」，「弄花兒，弄粉兒，偷著吃人嘴上擦的胭脂，和那個愛紅的毛病兒」（十九回），更有奇說：「女兒是水做的骨肉，男人是泥做的骨肉」（二回），因為女兒令人清爽，但覺男子濁臭；寶玉珍視女性，口吻淘氣，立場卻堅決，「女兒個個是好的，女人個個是壞的」（七十七回），只要是女子，俱當珍重。又說未嫁女兒是清淨的、純潔的寶珠，最為可愛，嫁了的就變成了沒有光彩的死珠，甚至是死了的魚眼珠，了無生氣；七十七回，迎春丫鬟司棋因與表兄潘又安之事，將被攆出園外，周瑞家的領幾個婆子強帶司棋，寶玉恐怕這些人又告舌，恨說：「奇怪，奇怪！怎麼這些人，只一嫁了漢子，染了男人的氣味，就這樣混賬起來，比男人更可殺了！」

〔註41〕 「清淨」在《紅樓夢》第二回，由賈語村側論寶玉女性論點帶出；第五回則太虛諸仙子怨謗警幻引寶玉汙染「清淨女兒」之境。均以「清淨」命名「女兒」。

〔註42〕 此以《紅樓夢》第二回冷子興學舌寶玉的奇語為題。

〔註43〕 參見康師來新〈淚眼先知——評《重讀石頭記》第五章〈悲劇〉〉，中研院文哲所《中國文哲研究通訊》15：4，2005 年 12 月，「余國藩教授榮退專輯」，頁 35～40。

　　而其禮讚女子，如四十三回，熙鳳生日盛宴，寶玉卻掛意劉姥姥瞎說茗玉的事，遍體純素出園，一口氣跑了七八里路，到水仙庵祭拜這個不知名姓的女孩，焙茗替寶玉訴說禱詞這女孩肯定是「人間有一、天上無雙的、極聰明、極清雅的一位姐姐妹妹」。二回，寶玉借甄寶玉之口發表一篇「乾淨女兒」的宣言，以表達對女子的戀慕尊重：

　　　　這「女兒」兩個字極尊貴極清淨的，比那瑞獸珍禽、奇花異草更覺
　　　　希罕尊貴呢！你們這種濁口臭舌，萬萬不可唐突了這兩個字，要緊，
　　　　要緊！但凡要說的時節，必用淨水香茶漱了口方可；設若失錯，便
　　　　要鑿牙穿眼的。

「女兒」的乾淨，是連出口都要芳香的，而平常暴虐頑劣的男子，只要放學回家，見了女兒們，就馬上變得溫厚和平，聰敏文雅，這樣讀書就頑劣、見女兒就歡喜，寶玉即使被父親下死笞楚過幾次，個性還是改不了，更甚的是，要是被打到疼不過時，就「姐姐妹妹亂叫起來」（二回），這是他的解疼秘法。

（二）「草木之胎」〔註44〕

　　女子又似「花」柔脆，本憐之不及，絳珠仙草本就是「草木之胎」，有其生命與情感；女子的幸福短暫，悲愁則多與男性有關，命運難卜，二十八回，寶玉跟薛蟠等人玩酒令，要把「女兒」跟「悲」、「愁」、「喜」、「樂」四字貫在一起，寶玉說的是：

　　　　女兒悲，青春已大守空閨；女兒愁，悔教夫婿覓封侯；女兒喜，對
　　　　鏡晨妝顏色美；女兒樂，鞦韆架上春衫薄。

二十三回，曹雪芹以〈葬花辭〉表達對眾女兒境遇的哀憐，「忍踏落花還復去」、「一年三百六十日，風刀霜劍嚴相逼」，也因此黛玉邀寶玉葬花，便象徵寶玉亟欲將女性永遠保護在大觀園內。而黛玉在〈葬花辭〉自問：「花謝花飛花滿天，紅消香斷有誰憐？昨宵庭外悲歌發，知是花魂與鳥魂？」「儂今葬花人笑癡，他年葬儂知是誰。」她視落花為知己而與之對話，花就是自己，這符合了黛玉前身。而寶玉護花如護女子，也在二十三回，寶玉在沁芳橋邊桃花底下從頭細讀《西廂記》，正看到「落紅成陣」，一陣風過，把樹頭上桃花吹下一大半來，落得滿身滿樹滿地皆是，寶玉先要抖下，恐怕腳步踐踏了，

〔註44〕以黛玉「絳珠」前世身質為題，見於《紅樓夢》第一回。

兜花，來至池邊，因而撂在乾淨輕飄的水面，花瓣浮水飄蕩，流出了沁芳閘。在寶玉看來，落花是有生命的，花是自然之美，花的開落短暫，因此「恐怕腳步踐踏了」花兒，寶玉愛花、護花，與黛玉愛花、葬花，願花「質本潔來還潔去」的默契相應。而在黛玉看來，「撂在水裏不好，你看這裏的水乾淨，只一流出去，有人家的地方兒什麼沒有？仍舊把花糟蹋了。」就在畸角上立花冢葬花，這個隨時而有的身世之感，使她的情感必須定向在與寶玉的關係上，「情情」是說黛玉這個專注之情。而寶玉要「撂在水裏」，黛玉則說「要埋在土裏」，都表現了一種憐惜花與女子的情感。

寶玉的生命集中在情，出自純淨善良的動機，使他每每易於設想他人感受與境遇，其珍愛女性之情，常被視爲愚傻瘋癲。正因爲「古今不孝無雙」，才同時保留了「非矯屬所得」的純眞天性。而愛脂粉、混內幃，還喜歡爲丫鬟充役，是他與他人不同對待女性的方式，寶玉周歲，賈政便要「試他將來的志向」，結果寶玉「伸手只把些脂粉釵環抓來玩弄」（二回），凡是讀書上進的人，都被他起名「祿蠹」（十九回）；寶玉又被賈政笞撻，原因是寶玉怕讀文章，卻好在內幃廝混，加上懶與士夫接談，又喜和優伶交往。寶釵等人見機導勸，他就生氣，認爲是前人「立意造言」（三十六回），因此，他便要禍延古人，嚷要燒書。

即使聽到女孩哭聲，也多所同情，如二十七回，寶玉自去葬花，將到花冢，還沒轉過山坡，只聽到有傷心嗚咽的哭聲，便心想：「這不知是那屋裏的丫頭，受了委屈，跑到這個地方來哭？」或見到湘雲「一把青絲，拖於枕畔；一幅桃紅紬被，只齊胸蓋著，襯著那一彎雪白的膀子，撂在被外，上面明顯著兩個金鐲子」（二十一回），寶玉擔心她風吹肩窩，便輕輕爲她掩被。五十一回，襲人探母喪，三更後，寶玉睡夢渴茶，麝月忙起來，只單穿紅紬小綿襖兒，寶玉要她「披了我的皮襖再去，仔細冷著」，甚至，寶玉「只願人長聚不散，花常開不謝」（三十一回），撕扇只爲晴雯一笑，寶玉對物的哲學是物盡其用而使自心快樂，自然地分享己物，無分彼此，認爲才算是愛物之方。

其中，寶玉最在意的是女子離園出嫁，如邢岫烟擇了夫婿、迎春婚訂孫紹祖，在在使之惆悵擔憂。五十八回，寶玉病後去看黛玉，從沁芳橋一帶堤上走來，眼見一株杏樹，花落、葉稠、陰翠、結子，自想辜負杏花，因而思及岫烟已經擇婿，將又少了一個好女兒，繼而也要如杏樹「綠葉成陰子滿枝」，

終至「烏髮如銀，紅顏似縞」。正悲嘆時，忽有一個雀兒飛落在枝上亂啼，寶玉又想是雀兒啼哭杏花開落，寶玉由物及人的感慨，深深憂患著花、雀、女兒等美好生命的變化消散。七十九回，寶玉得知迎春將嫁，越發掃興，每日痴痴呆呆的，不知作何消遣。又聽說要四個丫頭陪嫁，更跌足嘆說：「從今後這世上又少了五個清淨人了。」因此天天到紫菱洲一帶地方徘徊瞻顧，見其軒窗寂寞，屏帳翛然，只有幾個上夜的老嫗，在「蓼花葦葉」、「翠荇香菱」搖落寂寥之間，思故惜人。

寶玉認為女兒是精華靈秀的絕色人物，才華在自己之上，因此尊重並鼓勵女性寫詩，從第三十七回海棠結社到第七十回重建桃花詩社，大觀園中的女性寫詩活動，寶玉無役不與。海棠結社時，寶玉興奮，還積極奔走，說：「這是一件正經大事」；香菱癡迷學詩，寶玉則讚：「這正是地靈人傑。老天生人，再不虛賦情性的。我們成日嘆說可惜他這個人竟俗了。誰知到底有今日。可見天地至公。」可見，男性學詩，女性也可以學詩，才是天地至公之理，這是寶玉或曹雪芹的獨到慧眼。

（三）寶玉是「丫頭錯投了胎」[註45]

曹雪芹多次以寶玉被誤當丫頭，來暗示女性的心事或處境，透過女性體會其實較諸男性更真切深刻，寶玉「臉面俊秀」（三十回），像個女孩模樣：「面如敷粉，唇若施脂；轉盼多情，語言常笑。天然一段風騷，全在眉梢；平生萬種情思，悉堆眼角」（三回），就像「意淫」是寶玉奇絕的性情特質，常人難解，七十八回，賈母說：

> 我也解不過來，也從未見過這樣的孩子。別的淘氣都是應該的，只他這種和丫頭們好，卻是難懂。我為此也耽心，每每的冷眼查看他。只和丫頭們鬧，必是人大心大，知道男女的事了，所以愛親近她們。既細細查試，究竟不是為此。豈不奇怪！想必原是個丫頭，錯投了胎不成？

五十回，白雪紅梅琉璃世界，四面粉粧銀砌，寶玉攏翠庵乞梅回來，賈母笑著忽見「寶琴披著鳧靨裘，站在山坡後遙等；身後一個丫鬟抱著一瓶紅梅」，丫鬟還穿著大紅猩猩，賈母問是哪個女孩，眾人笑說是寶玉。至於三十回，齡官畫薔時，齡官根本就直呼寶玉是「姐姐」了，顯然，寶玉身形、氣質如

[註45] 即下文賈母說與王夫人者，見於《紅樓夢》七十八回，見於「紅樓夢網路教學研究資料中心」http://cls.hs.yzu.edu.tw/HLM/home.htm。

女兒，是曹雪芹的故作之筆。

五、「走來名利無雙地，打出樊籠第一關」〔註46〕──情盡

　　《紅樓夢》中，紅男綠女、天天年節、日日歡宴，曹雪芹寫書中場面再熱鬧、人情再美麗，就是要它有一天重重跌下來，走到最後眼前無路、過眼幻影。寶玉曾兩次對黛玉說：「你死了，我做和尚」（三十回），脂評謂之：「寶玉之情，今古無人可比固矣。然寶玉有情極之毒，亦世人莫忍為者，看至後半部，則洞明矣」，〔註47〕情極之毒，情毒何時爆發？在二十五回時，寶玉失心瘋，一僧一道被邀入賈府，和尚將寶玉項上的玉拿在手上，說：

> 青埂峰下，別來十三載矣。人世光陰迅速，塵緣未斷，奈何奈何！
> 可羨你當日那段好處：天不拘兮地不羈，心頭無喜亦無悲；只因鍛
> 煉通靈後，便向人間惹是非。可惜今日這番經歷呵：粉漬脂痕污寶
> 光，房櫳日夜困鴛鴦；沉酣一夢終須醒，冤債償清好散場。

寶玉、黛玉與一干風流債鬼的一段情孽幻緣，謫落凡間償情，人間之情是一筆不能相欠的債，債一償完，就返天交割給警幻銷案。神話結構的往返與完成，從天上到人間、再回到天上，天上既屬啟程，亦是終境，途中僅只旅程，人生如寄，警幻一再警醒虛幻，盛極必衰，得意洋洋、榮華燦燦、情愛深深之時，命運之神往往窺伺下手，而人徒呼負負，卻為時已晚，換命運之神冷眼旁觀下一個獵物。於是避免墜落難拔，必須被警訓「好就是了」（一回）了，只是寶玉聽不懂。寶玉出家，「情盡」之時，便回到天上交割銷案，又重新回到「不拘不羈，無喜無悲」（二十五回）。

　　三十一回，寶玉氣惱晴雯挑釁些將來要「好離好散」的混話，便脫口而出：「你不用忙，將來橫豎有散的日子！」寶玉或將悟「散」與黛玉喜「散」又將相合。寶玉體悟情分有定的重要環節在三十六回，「識定分情悟梨香院」。寶玉聽說齡官是唱《牡丹亭》最佳小旦，便到梨香院找齡官，卻在這裡，因感受到、看到、聽到，而引發他省察兒女真情與人間情分，寶玉陪笑央請齡官唱〈裊情絲〉，齡官一見他坐下，便抬身躲避正色拒絕，寶玉認出是畫薔的齡官，一時之間，「從來未經過這種被人棄厭，自己便訕訕的，紅了臉，只得

〔註46〕此題引《紅樓夢》一百十九回寶玉瘋傻出門而去之作者語。
〔註47〕引自「庚辰本」二十一回批語，見陳慶浩《新編石頭記脂硯齋評語輯校》（臺
　　　北：聯經，1986 年），頁 416。

出來了」，藥官留他等賈薔來，忘了自己聽曲，後來看著賈薔討好齡官，齡官則使性鬥氣，故作逗詞，寶玉見得痴了，才領會過畫「薔」的深意，自己站不住，痴痴回到怡紅院中，跟襲人長嘆：

> 我昨兒晚上的話，竟說錯了，怪不得老爺說我是「管窺蠡測」！昨
> 夜說：你們的眼淚單葬我，這就錯了。看來我竟不能全得。從此後，
> 只好各人得各人的眼淚罷了。

襲人笑他瘋話，寶玉卻「默默不對。自此深悟人生情緣，各有分定」。在梨香院受到從所未有的冷淡，寶玉不是記恨，反而看到齡官癡情，「一心裁奪盤算，痴痴的回至怡紅院中」（三十六回），「意淫」遭受挫折，而與黛玉誤解猜疑情急的辯白賠罪之詞常常是「我做和尚」或要去續《莊》，都只是當下一時擺脫之法。二十二回，寶玉聽曲文悟禪機時，作下「你證我證，心證意證。是無有證，斯可云證。無可云證，是立足境」之偈語，結果先被黛玉「無立足境，是方乾淨」一駁，又被寶釵講神秀慧能故事一比，寶玉便立刻覺悟到自己是「自尋苦惱」，距離解悟禪境還遠，對於寶玉這一段出入佛道的言行意趣，脂硯齋說：

> 寶玉有生以來此身此心為諸女兒應酬不暇，眼前多少現（成）有益
> 之事尚無暇去作，豈忽然要分心於腐言糟粕之中哉。可知除閨閣之
> 外，並無一事是寶玉立意作出來的。大則天地陰陽，小則功名榮枯，
> 以及吟篇琢句，皆是隨分觸情，偶得之不喜，失之不悲，若當作有
> 心謬矣。只看大觀園題咏之文，已算平生得意之句，得意之事矣，
> 然亦總不見再吟一句，再題一事，據此可見矣。……黛玉一生是聰
> 明所悞。寶玉是多事所悞。多事者，情之事也，非世事也。多情曰
> 多事。〔註48〕

「閨閣良友」的寶玉立志在「情」上作為，這個作為最終是要使人理解人類情感竟為何物，除此，並無一事是寶玉立意要做的。「大觀園題咏」是寶玉的得意之事，但此後不見他再吟再題，是而寶玉反覆推求，由此而彼、由生而死的領悟。隨著大觀園女性生命的破滅，寶玉對人事死散之領悟日深，總在極歡之中見到聚散之理，如前述四十三回，榮寧二府替熙鳳大肆舉辦生日盛宴，本應在場的寶玉卻藉口悼北靜王姬妾，一早帶著茗煙，素服騎馬，到了

〔註48〕引「庚辰本」二十二回批語，詳見於陳慶浩《新編石頭記脂硯齋評語輯校》（臺
北：聯經，1986年），頁437。

城外水仙庵，以悼念雖值生日卻早已投井屈死的金釧，脂硯齋評：「攢金辦玉家常樂，素服焚香無限情」、「寫多情不漏亡人，情之所鍾，必讓若輩，此所謂『情情』者也。」〔註49〕金釧之死震動寶玉，他曾在玉釧面前低下表達愧悔，以祭奠金釧，同時感悟到悲涼消亡的氛圍日近。

　　神瑛與絳珠的木石前盟，到人間來幻化歷練，黛玉為情而生、而苦、而死；寶玉則因情而喜、而悲、而悟。當黛玉淚盡而逝，賈府被抄，寶玉悟禪機，從執著、失落，以至於徹悟、毅然割捨，抽身出門而去。生命之苦，理既安頓不成，情也解決不了。寶玉唧玉而生，情根深種，自幼及長都處在「花柳繁華地、溫柔富貴鄉」（一回），尤其是大觀園這「人間最清淨的理想世界」，〔註50〕無怪寶玉會有「由色生情，傳情入色」（一回）的執迷。然而，除非大觀園與外界真實人生完全隔絕，否則青春會老、歡筵將散，終至芳華無蹤。當黛玉還淚終結，「沉酣一夢終須醒，冤債償清好散場」（二十五回），「寶玉」失而復得，夙慧重生，怡紅院中的「富貴閑人」（三十七回）又一次的脫胎換骨，人生作一了結，也正中了黛玉「喜散不喜聚」的夙質。黛玉之死，是寶玉「以情悟道」的關鍵，其在墮落與覺悟之間，最後打破情關，「懸崖撒手」（二十一回脂評），翻身徹悟，零頭之頑石最終也得重回到「臨了剩我一個孤鬼兒」（十九回）的結局。〔註51〕

　　曹雪芹以風流情男獨標寶玉，以嘲弄其他男性或男性事業，又書寫許多女性之才與情，這種對情、對女性的尊重，與晚明之「情」思潮關係密切，特別是湯顯祖已經提供了少女杜麗娘尋情圓滿的故事與思想基礎。一如《牡丹亭》文中時常出以「情」字，《紅樓夢》復是，杜麗娘在整個情感過程中付出最大的一己之情；曹雪芹則使之情天情地、情男情女，無所不情。然而，固然人永恆的痛苦與執著是在於命運不由人願，而以「情」作為價值總還能安慰人心，只是《牡丹亭》之情呈現積極浪漫，《紅樓夢》之情卻選擇使之一哄而散，顯得淒涼沉重。

〔註49〕引「王府本」四十三回回末總評，見陳慶浩《新編石頭記脂硯齋評語輯校》（臺北：聯經，1986 年），頁 617。

〔註50〕余英時〈紅樓夢的兩個世界〉文中屢以「清淨」與「理想」反覆陳明大觀園之女子之境。其文見於余英時《紅樓夢的兩個世界》（臺北：聯經，1987 年），頁 41～70。

〔註51〕此是襲人說將回去嫁人，寶玉感慨「出嫁」之語，見《紅樓夢》十九回「情切切良宵花解語，意綿綿靜日玉生香」。

第三節 抒情詩的女兒國

固然《紅樓夢》是曹雪芹痛苦的回憶錄，當年接觸的女性與其才華，更是曹雪芹為閨閣紅裙寫史立傳之志，使女性詩情充溢，是以稱之「抒情詩的女兒國」。過去，女性多半幽居在家庭後方隱密處，深居簡出而不受注意，多只接觸家人或親近的女性朋友，年輕女子當然要穿針撚線，若干更可寫詩填詞，可以跟母親等女性親友們學習，閱讀寫作、書畫彈琴，甚至跟同輩女孩交換秘密；顯然，女性創作或討論的意見，不像男性一樣容易流傳到閨閣之外，女性也不容易成為男性的文學知己。像寶玉拿了黛玉等人寫的詩稿到外面給相公看，還抄刻，探春、黛玉罵他胡鬧，說不該傳到外頭去；寶玉倒說了：「古來閨閣中筆墨不要傳出去，如今也沒人知道呢」（四十八回）的賞音。

繼女性是一個乾淨的性別之後，曹雪芹必須賦予女性一個清新任務。杜麗娘為情追逐，是《牡丹亭》裡僅有的年輕閨閣少女；而《紅樓夢》女性眾多，未嫁少女如林黛玉、薛寶釵、賈探春、賈惜春、賈迎春、史湘雲，偶爾還有已嫁的賈元春、王熙鳳、李紈與修行者妙玉等等，比起杜麗娘，其才華、喜惡或生活是如何展現風貌？筆者以為：過去女性未嫁前與其婚後，因角色與職務所致之心思、負擔不同，因此未嫁之前，往往保留了較為耀眼的博學與聰慧。特別是像黛玉夙慧、寶釵勤學一類的士大夫階層女性，更為明顯。那麼，在杜麗娘身上未及做的，曹雪芹讓黛玉、寶釵等女性又做出了什麼？

二十三回，元妃省親以後，說要讓「家中有幾個能詩會賦的姊妹們」住進園去，何以強調詩賦？又何以女性寫詩結社一事，對曹雪芹、或對女性這麼重要？女性抒情以言志，用以表達主觀情感，而情感出自意識，如探春「脂粉不讓鬚眉」（三十七回）之強烈自覺，由她創立詩社，顯然是蓄意自行製造發聲的管道，乃至於建立一種足以「以詩傳世」的理想，透過寫詩結社，用以區分出自己的性別之聲。

一如甄士隱是寶玉出家離塵的前行者，甄英蓮是繼女媧、警幻、絳珠三位神界女性先後出場的第一位世間女性，後來，在團圓喧歡、花燈簇簇的元宵佳夜，襁褓的英蓮被抱走失，輾轉販給了薛蟠，英蓮後來改名「香菱」，跟其他女性先後來到，香菱也進了大觀園，還跟黛玉學寫詩。香菱本不識字，卻聰明伶俐，因此「香菱學詩」在《紅樓夢》女性在大觀園這個半開放空間

裡，提供了女性作詩一個間接又重要的說明；同時，女性並非天賦不足學詩，是僅困於後天教養資源之協調暢通與否而已。

一、「務結二三同志」〔註52〕——詩社聯吟

《紅樓夢》女兒國有三大領袖，女媧掌天，元春開園，黛玉寫詩。書中女兒詩社從大觀園海棠詩社開始。元春因賢孝才德入宮做女史，晉封鳳藻宮尚書，加封賢德妃，是有御賜省親之殊榮，榮國府為了迎接聖典嬌客，即起造大觀園。後來，元春回宮就讓這群女子搬園入住，大觀園變成了一群青春少女的樂園，唯一的男性是寶玉；已婚女性也不能住，唯一例外是寡居的李紈，住在稻香村。發起詩社的是探春，結成大觀園海棠詩社，此是女孩們入園以後，最早也最重要而隆盛的一個人文活動，自此，大觀園便是展現詩學詩才最風光自由的天地，這是拜賈家極盛所賜而有錢閒與空間的女性資產。

曹雪芹在三十七回放手使眾釵寫詩填詞又作札，「詩復詩，詞復詞，札又札」，〔註53〕寶玉自賈政起身之後，日日任意縱性遊蕩，剛好探春致花箋邀寶玉起詩社，說「脂粉不讓鬚眉」，是女性們的大事，探春還親撰社團發起宗旨，隆重號召：

> 今因伏几處默，忽思歷來古人，處名攻利奪之場，猶置些山滴水之
> 區，遠招近揖，投轄攀轅，務結二三同志，盤桓其中，或豎詞壇，
> 或開吟社：雖因一時之偶興，每成千古之佳談。妹雖不才，幸叨陪
> 泉石之間，兼慕薛林雅調。風庭月榭，惜未宴集詩人；帘杏溪桃，
> 或可醉飛吟盞。孰謂雄才蓮社，獨許鬚眉；不教雅會東山，讓余脂
> 粉耶？

又邀黛玉、寶釵入社。正巧秋天，賈芸送來幾盆襯景盛開的白海棠，便以「海棠」命名詩社，起社地是探春所住秋爽齋，由李紈自舉掌壇社長，社址定在稻香村，迎春、惜春掌副社，一時之間，眾人號為詩友，取名雅號，李紈是「稻香老農」、探春是「蕉下客」、黛玉是「瀟湘妃子」、寶釵是「蘅蕪君」、寶玉是「怡紅公子」、迎春「菱洲」、惜春「藕榭」。聚會時間原則上一月只要

〔註52〕引自《紅樓夢》三十七回探春致送寶玉邀起詩社之花箋語。

〔註53〕語見「己卯本」三十七回回前總批，引自陳慶浩《新編石頭記脂硯齋評語輯
校》（臺北：聯經，1986年），頁575。

兩次，高興的話，即再加社。緊接著展開詩社的首次活動，是即興以海棠作詠花詩，命題、限題、限韻、限時的才藝大賽、詩壇盛會，有作業，也有討論。海棠詩社基本是才藝競賽，後來四時節慶歡宴都有活動，如以後以「菊花」、「懷古」等聯吟組詩。因此，起社不待男性，而作詩更成爲大觀園女性們的重要聯誼。

從第三十七回海棠結社到第七十回黛玉重建桃花詩社，詩社眾釵的詩作，或詠海棠、菊花、螃蟹、桃花、柳絮等，既是詠詩，也是表現各自的個性才情，其中黛玉、湘雲都是好手。

海棠結社時，湘雲詩情豪邁，寶玉說湘雲「這詩社裏要少了他，還有個什麼意思」，就忙叫人往賈母處「立逼著叫人接去」，晚到的湘雲趕上詩會，也不負獎評，便「一心興頭，等不得推敲刪改，一面只管和人說著話，心內早已和成，即用隨便的紙筆錄出」，兩首詩作一出，讓：

> 眾人看一句，驚訝一句，看到了，贊到了，都說：「這個不枉做了海
> 棠詩！眞該起這『海棠社』了。」

湘雲詩才敏銳令人折服，寫出好詩，又自罰爲東道，再邀一社，爲詩社帶來生機妙趣。黛玉詩才亦高而生性孤傲，至於湘雲眞摯奔放則是另一種情調，「沒晝沒夜高談闊論」，作詩本是湘雲「本等」，如「眠芍」即顯示了湘雲之生命詩意。

除了比賽作詩，寶釵、黛玉還能論詩，黛玉教詩，如四十八回香菱請黛玉教詩，黛玉說詩、評詩，她分析說：學詩要有三人作底，王維、杜甫與李白，然後再看陶淵明、應、劉、謝、阮、庾、鮑等人。按序是先從《王摩詰全集》，五律一百首要細心揣摩透熟，再讀一百二十首老杜七律，再讀李白七絕一、二百首。其他以後再看，「不用一年工夫，就不愁不是詩翁了」。香菱拿了詩，回到蘅蕪院，諸事不管，只向燈下一首一首的讀起來。寶釵連催她睡覺，她仍讀詩不眠。後來，香菱回頭跟黛玉討論讀詩的心得，香菱頗有體會，引「大漠孤烟直，長河落日圓」說：「據我看來，詩的好處，有口裏說不出來的意思，想去卻是逼眞的；又似乎無理的，想去竟是有理有情的。」她說到杜絕，更是大幅遣字斟酌、流露詩情的專業語，其洋洋灑灑的論詩，探春還樂邀請她入社。姑且不論，就眞正詩家來看，《紅樓夢》女性們的詩作、論詩之程度如何，曹雪芹欲以證明的是：女性亦可學詩，詩也可以學得極勤、極好，更有論詩識見，只要不被剝奪識字、學習的機會。當然，《紅樓夢》中

的眾釵之詩很多是作命運預讖之用的，詩的抒情成分則少些。

到四十九回時，金陵十二釵前後齊聚大觀園。後來更來了些女孩，大觀園中更熱鬧，李紈、迎春、探春、惜春、寶釵、黛玉、湘雲、李紋、李綺、寶琴、岫煙，再加熙鳳與寶玉，作詩聯吟，共十三人。四十九回、五十回，在眾人踏雪尋梅聯吟佳句中，詩社活動哄擁到最精彩的情境。當時賈府新來了許多好姑娘，寶玉著了魔意，自笑自嘆：「老天，老天！你有多少精華靈秀，生出這些人上之人來！」這些絕色人物加入大觀園，為女性詩歌又增幾首，就如探春說「咱們的詩社可興旺了」，眾釵齊聚大觀園，相約次日要賞雪作詩。曹雪芹在描寫詩社活動之前頗作鋪陳，特別是寶玉，不擅也不喜讀書的寶玉，竟視作詩為一等的正經大事，在詩會之前一天便擔心天晴雪化，竟「一夜沒好生得睡，天亮了，就爬起來」，看「只是窗上光輝奪目，心內早躊躇起來，埋怨定是晴了，日光已出。一面忙起來揭起窗屜，從玻璃窗內往外一看，原來不是日光，竟是一夜的雪，下的將有一尺厚，天上仍是搓綿扯絮一般。」寶玉心歡，儘管大雪紛飛，仍興著聞香尋梅，遠遠的是青松翠竹，自己卻似裝在玻璃盆內一般，再轉過，已聞一股撲鼻寒香，一看，竟是櫳翠庵十數枝如胭脂的映雪紅梅，寶玉便立住，細細的賞玩了一回方走。而在雪中細細賞玩櫳翠庵那「映著雪色，分外顯得精神，好不有趣」，「如胭脂一般」的「數十株紅梅」，陶醉於美景中。繼而，寶玉又與湘雲恣情「割腥啖膻」、「大吃大嚼」了一回鹿肉，頗有名士風流之雅興豪氣。

到了五十回盛大的爭聯即景詩，眾釵盡情爭聯，詩才敏捷超拔的黛玉與湘雲、寶琴三人脫穎，聯詩變成她們「三個對搶」，對搶作詩的湘雲早就「伏著，已笑軟了」，在「眾人看她三人對搶著，也都不顧作詩，看著也只是笑」的霎那間，脫塵離世、詩意流動，女性們純淨而融洽的情感，借詩往來，而詩會的結尾處是作詩總是落第的寶玉被罰乞紅梅，寶玉訪妙玉乞紅梅，眾人繼續賞梅吟梅，詩情餘韻無窮。

黛玉善詩、寶釵善戲曲、黛玉「詩瘋子」、香菱「詩呆子」（五十二回），曹雪芹以美學品味讓群芳各具風華姿態。書中之詩幾乎是女子之天下，一次次聯吟結社之文學雅集，多半是女子作詩、論詩、賞詩的才藝表演。在作詩場面中，寶玉是唯一能寫的男性，寶玉喜風雅，賈政則以為四書五經才是正道，自然氣惱他，時有怒怨，可以想見賈政並非因為自己不通此道而禁止寶玉，而是在意學問高低與用途差異，在賈政看來，寶玉心野貪玩，即便懂得

幾句詩詞，也是胡謅亂道，詩寫的好，仍不過風雲月露，無益於男性一生事業；總之，男性不宜吟風弄月。此外，作者曹雪芹有傳詩之意，刻意在書中錄用龐大的詩詞韻文，或作者自言，或由人物代言，或委由女性創作。亦即書中詩詞，除了與人物性格或命運相關之外，也有是曹雪芹消遣遊戲、應景即席而作的。

二、「芙蓉女兒」〔註54〕——詩化的女性形象

《紅樓夢》全書如詩，顯然是承襲「詩騷」的抒情特質，而女性有如詩般的敏銳聰慧，黛玉、寶釵、湘雲、晴雯、齡官等，在在都寄寓了曹雪芹珍視女性的深意，其中屬於黛玉型態之黛玉、晴雯、齡官，最令讀者難忘。黛玉是千金之姿，晴雯、齡官則分別是丫鬟與伶員中的黛玉，而寶玉以〈芙蓉女兒誄〉祭晴雯，暗伏黛玉薄命，兩位芙蓉女兒，先後芳魂離塵，至於齡官最後不知所終，本節將分述黛玉、晴雯二人。

黛玉無疑是《紅樓夢》最詩化的女性。黛玉，瀟湘妃子，精魂似花，其來歷不凡，她是靈河岸上三生石畔的絳珠仙草，嬌娜可愛，偶然被神瑛侍者以甘露灌溉，後來久延歲月，又受天地精華，再得雨露滋養，草胎木質換成人形女體。這個女體內的心思敏銳細緻，終日遊於離恨天外，飢食秘情果，渴飲灌愁海水，五內情義鬱結，心中經常「情思縈逗，纏綿固結」（一回），因此本性嬌懶，不肯多話。進了大觀園內，住在「鳳尾森森，龍吟細細」（二十六回）的瀟湘館，瀟湘淚竹又說明黛玉美麗哀淒之深情。

而「黛玉葬花」是黛玉最詩化的一幕：花冢在沁芳橋後的畸角上，既是零落花瓣的埋身之處，更是黛玉的心事秘密之地，她埋葬落零花瓣，或肩荷花鋤，鋤掛紗囊，手持花帚，悄悄在山坡後攏土成冢。二十七回，正值暮春時節，桃飄李飛，巧遇餞花之期，黛玉正一腔無明，未曾發洩，又勾起傷春愁思，於是把些殘花落瓣去掩埋，不禁感花傷己，哭了幾聲，便隨口唸了幾句，「花謝花飛飛滿天，紅消香斷有誰憐」、「手把花鋤出繡簾，忍踏落花來復去」，傷心嗚咽，一傷花開花落，二傷自己飄零，「花影不離身左右」，情境纏綿。

另如二十三回，寶玉、黛玉「共讀西廂」：三月中浣，一早飯後，寶玉走

〔註54〕此以《紅樓夢》七十八回寶玉祭晴雯「芙蓉之神」命題，藉以比喻寶玉與黛玉、寶玉與晴雯「公子情深，女兒命薄」之情。

到沁芳閘橋那邊，坐在桃花底下一塊石上，展開《會眞記》，從頭細看，正看到「落紅成陣」，「只見一陣風過，樹上桃花吹下一大斗來，落得滿身滿書滿地皆是花片」，寶玉恐踐著落花，便兜起花瓣，走到池邊，抖花入池，看著花瓣浮水，飄飄蕩蕩地流出沁芳閘。曹雪芹故意安排這一段「落紅成陣」，呼來這陣微風湊趣，寶玉痴情惜花的同時，黛玉緩步走來。寶玉喜不自勝，便跟她分享好文章，說：「妹妹，要論妳，我是不怕的，你看了，好歹別告訴人。眞是好文章！你要看了，連飯也不想吃呢！」黛玉接書來瞧，從頭看，越看越愛，不一頓飯，一口氣連看好幾齣，心領神會，只覺得詞句警人，餘香滿口，還出神默記。寶玉說自己「就是個多愁多病的身」，黛玉便是「那傾國傾城的貌」，雖然黛玉嗔叱寶玉拿淫詞艷曲來欺負她，「不覺帶腮連耳都通紅了，登時豎起兩道似蹙非蹙的眉，瞪了一雙似睜非睜的眼，桃腮帶怒，薄面含嗔」，脂評補道：「前以會眞記文，後以牡丹亭曲，加以有情有景消魂落魄詩詞，總是急於令顰兒種病根也。」〔註55〕可見，寶玉、黛玉共讀《西廂》，是兩人確認情感關係之重要線索。

至於晴雯，是寶玉丫鬟，「心比天高，身爲下賤」（五回），十歲時被賣給賴大，因爲生得「十分伶俐標致」（七十四回），賴大就把晴雯孝敬給了賈母。五十二回中，說她與寶玉親密，而性如「爆炭」，自尊敏銳、說話酸苛、心高氣傲，還動輒「氣的蛾眉倒蹙，鳳眼圓睜」（五十二回），又只怕是「伶俐聰明活不長」（五十二回），她是丫鬟中的黛玉。

三十一回，「晴雯撕扇」：晴雯氣惱襲人言語，正當氣無可出，碰巧寶玉因爲還在沉悶黛玉講的人生聚散之理，回房吁歎。偏偏晴雯更衣，一失手，把寶玉扇子掉了地上，跌折扇骨。寶玉遷怒嘆罵晴雯是個顧前不顧後的蠢才，晴雯心一烈，便撒潑起來，冷笑道：

> 二爺近來氣大的很，行動就給臉子瞧。前兒連襲人都打了，今兒又來尋我的不是。要踢要打憑爺去。——就是跌了扇子，也算不的什麼大事；先時候兒什麼玻璃缸，瑪瑙碗，不知弄壞了多少，也沒見個大氣兒。這會子一把扇子就這麼著。何苦來呢！嫌我們就打發了我們，再挑好的使。好離好散的倒不好？

不拘身分，一陣說白，毫不客氣，眼中無人地得罪起來。襲人出來勸，晴雯

〔註55〕見「庚辰本」二十三回回末總評，參見陳慶浩《新編石頭記脂硯齋評語輯校》（臺北：聯經，1986 年），頁 458。

反而酸酸的回道：

> 姐姐既會說，就該早來呀，省了我們惹的生氣。自古以來，就只是
> 你一個人會伏侍，我們原不會伏侍。因為你伏侍的好，為什麼昨兒
> 才挨窩心腳啊！我們不會伏侍的，明日還不知犯什麼罪呢？

拌嘴、搶白、夾槍帶棒，說得襲人又惱又愧，只得停話。寶玉氣到臉黃，撇
了晴雯，阻止襲人說：「好妹妹，你出去逛逛兒，原是我們的不是」；又好言
跟晴雯道：「你也不用生氣，我也猜著你的心事了。我回太太去，你也大了，
打發你出去，可好不好？」晴雯又氣又傷心，又哭又鬧，直嚷著要一頭碰死，
又不肯走。整個吵架場面，晴雯盡情一人放肆反覆，寶玉被她迫到無奈：「你
又不去，你又只管鬧，我經不起這麼吵，不如去了，倒乾淨」等「做和尚」
的話，語罷，嚇得襲人跪下，一群丫鬟碧痕、秋紋、麝月等鴉雀無聞，跪下
央求。晚間，寶玉吃酒回到怡紅院，晴雯臥在院中乘涼的枕榻，悠哉悠哉，
寶玉把她一拉，坐在身旁，好賠罪款待，便說「咱們兩個洗」日常話，還要
她吃果子，晴雯便又端架說「我一個蠢才，連扇子還跌折了，那裏還配打發
吃果子呢！倘或再砸了盤子，更了不得了！」寶玉便說「愛砸便砸」吧，還
說上一番「愛物」的謬論，晴雯便說「最喜歡聽撕的聲兒」，索性痛快拿扇來
撕，越撕越笑。如果晴雯與寶玉，可以親密坐一起說話、一起洗，那麼晴雯
像這樣的撒潑，應不只是偶一為之，跌扇之外，恐怕還摔了不少玻璃缸、瑪
瑙碗的。顯然，晴雯與寶玉的互動，並不是以爺跟僕來看待二人的關係，反
而比較像是情侶。比起「撕扇」的潑辣，「勇補孔雀裘」是晴雯另番細膩而大
氣之女兒風度，也因為她與寶玉關係非比尋常，既見其才幹，也證明她在乎
寶玉。

　　五十二回，晴雯閃風發燒，臉面飛紅，病的幾天裡，發燒頭疼，鼻塞聲
重，將好未好，卻又著了氣，傷風更嚴重，翻騰難眠。寶玉嗐聲頓腳，帶回
老太太歡喜給自己的一件褂子，卻把後襟燒出了一塊指頭大的燒眼，偏偏寶
玉隔天就得穿這件，趕著叫婆子悄悄拿出園外，請人織上。婆子忙了半日，
又拿回來，因為織補匠、裁縫、繡匠、女工們，沒人認得褂子是什麼材料，
也就不敢攬下。晴雯聽到，翻身起來，移燈細瞧，便即刻認出「這是孔雀金
線的」，曹雪芹在此讓晴雯深具無人能識、唯晴雯知之的識貨之能，又借麝月
說出一句晴雯會「界線」的強項。晴雯掙命要補，坐起來，挽了一挽頭髮，
披了衣裳，雖然頭重身輕，滿眼金星亂迸，實掌不住；但不做，又怕寶玉急，

便狠命咬牙捱著。晴雯謹分步驟細補孔雀裘：先拆裡子，用竹弓釘繃在背面，刮鬆破口，用針納了兩條，分經緯，界地子，再依本紋來回織補。雖身體不適，織補不上三五針，得伏在枕上歇會，寶玉在旁瞎忙照顧，晴雯央請他去睡，直到寶玉聽到自鳴鐘敲了四下，孔雀裘才剛補完，晴雯正又細細地用小牙刷慢慢的剔出絨毛來蓋著，補如原樣。一夜補裘，晴雯嗽了幾陣，等到補完，「力盡神危」，「嚗喲」一聲，身不由主倒下了。而晴雯不計心力以赴，也足見晴雯對寶玉的另一種深情。

晴雯急躁鋒利，銳不可擋，後來遭忌被逐，抱屈夭亡，寶玉將思念寫進〈芙蓉女兒誄〉，芙蓉變成了兩個女兒的影子，一是晴雯，一是黛玉，而「誄」了晴雯，黛玉之死自當不遠了。

曹雪芹使女性如詩，一者塑造女性柔美形象，二者使大觀園中女性以寫詩證明生命的存在感，除了各顯個性才情之外，也呈現大觀園內一種生命和諧的情調。曹雪芹特意借黛玉、寶釵、探春等女性來傳詩，一方面突破了傳統對「婦道無文」，甚至「婦人之事，翰墨不與其中」的舊習限制，更呼應了當時閨秀文才越加開放的時風。晚明以後，名媛閨秀才藻煥發，婦女作家漸興，作品漸多，開放自由的文學氛圍有以致之，閨閣女性不必愧於才學不足，而可以自性而發，士夫階層之家還特別願意表彰女性之作。從《紅樓夢》看到了閨閣文學的生機，也顯示了曹雪芹對才情的執著，乃至於鼓勵欣賞女性的細膩才學之見。

第四節　「我但凡是個男人」〔註56〕——理家

過去知識或精英階層的婦女，在家庭環境中被教養，成為成熟的閨秀名媛，生活重心在家庭婦職，即使頗具才幹，也僅只在家庭庶務上發揮；又即使她們有心建構自己，終其一生，可能多只在簾帳、屏幕與門扉之後度過。《紅樓夢》男性無能理家，理家掌權之才是女性，賈母、熙鳳、寶釵、探春，賈母地位最高，熙鳳掌權最盛，寶釵與探春則臨危受命，寶釵識大體，探春庶出而知所上進；熙鳳之才在理財，探春之才，一是發起詩社的行政能力，另者則是臨危理家與冷靜的魄力。

〔註56〕此題引《紅樓夢》五十五回趙姨娘為賈環領賞來向探春生事翻騰時，探春說與她聽之語。

一、「大母容儀，太君體度」〔註57〕──賈母

史太君是榮國公長子賈代善之妻，金陵世家史侯之女，身居榮國府最高權威的老祖母，對外是孝婦賢母的典型，對內則是個頭腦清楚，能審時度勢、及時享樂的老長輩。就母親或祖母的身分而言，賈母既高居在龐盛家庭中「宗法家庭的寶塔頂」，〔註58〕比起一般家族老者所累積的身分更高、環境更複雜、見過或處理過的場面更繁複，同時，賈母被栽培了中國傳統女性家長的能力、擁有權力、懂得享受，還受成群兒孫擁戴。

嫁作賈家重孫媳婦，熬到了自己也有了重孫媳婦，除了少數幾位平輩外，榮寧二府上下、男女三四百口都在「老祖宗」之下。她年輕時的理家事蹟，書中少有提及，然而她初嫁時，賈家正當鼎盛，丈夫坐襲父蔭，她自己躬逢過幾次金陵接駕的盛典，見多識廣，精通世故，其理家能力當在熙鳳之上，如寶釵說她巧，她稱自己是「當年比鳳姐兒來得」（三十五回）。另者，賈母能嚴查賭博、洞悉弊端、分散餘貲，井井有條，理家之才亦見一斑。

至於其能幹是經過千錘百鍊的，如四十七回，賈赦想納鴛鴦為妾，鴛鴦不肯，賈母責備邢夫人「賢惠」，她自說：「我進了這門子，做重孫媳婦起，到如今，我也有個重孫子媳婦了，連頭帶尾五十四年，憑著大驚大險、千奇百怪的事，也經了些，從沒經過這些事！還不離了我這裏呢！」此外賈母腦筋清楚，還能評騭才子佳人陳腐舊套，而她擁有足夠條件，因此盡情享樂，應該是年邁經歷之中，對命運的一種沉穩的領略。

賈母深孚傳統威望，承認自己喜歡奉承排場，在多福多壽多兒孫之中，享受晚年，愛尋快樂。王希廉說她：「福壽才德四字，人生最難完全。寧榮二府，只在賈母一人。」〔註59〕福壽希有，而她臨終遺言說「心實吃虧」（一百十回）四字，更可見得宅心仁厚誠實。

〔註57〕此題引凌承樞〈紅樓夢百詠詞〉之「賈母〔五福降中天〕之句，其謂賈母乃是「天申萧祿誰能匹，不媿六珈冠帔，大母容儀，太君體度，不在珠冠玉珮。」引自一粟編《古典文學研究資料紅樓夢卷》（臺北：新文豐，1989 年），頁 472。

〔註58〕語出王太愚〈宗法家庭的寶塔頂──賈母〉，收於王國維等《紅樓夢藝術論》（臺北：里仁，1984 年），頁 92～104。

〔註59〕引自《紅樓夢總評》，收於一粟編《古典文學研究資料紅樓夢卷》（臺北：新文豐，1989 年），頁 149。

二、「竟是個男人萬不及一的」〔註60〕———熙鳳

《紅樓夢》理家的首席熙鳳，助成她獨霸的是賈母，年邁賈母本來想將事務交給媳婦王夫人，王夫人卻應付無方，才轉由熙鳳持掌。曹雪芹寫熙鳳之才，如五十四回寫她仿戲彩斑衣，可見熙鳳本就是史太君的「要緊陪堂」，〔註61〕以「戲彩斑衣」以寫熙鳳之寵、之勞，實則寄寓對賈珍、賈璉一輩之無能。

熙鳳出場聲勢非凡，美貌多才，是書中女性最閃耀的一顆政治明星，手腕高，無一不敢，即使賈家男性也無一能與之抗衡。秦可卿說她是「脂粉隊裏的英雄，連那些束帶頂冠的男子也不能過你」（十三回），李紈說她「鬼聰明」（七十一回），而鳳姐自己「素日最喜攬事，好賣弄能幹」（十三回），書中描述熙鳳舉辦兩次盛大活動，逞才顯能之處，第一是協理寧國府可卿喪事，熙鳳忙於奔走二府，「只因素性好勝，惟恐落人褒貶，故費盡精神，籌畫的十分整齊，於是合族中上下無不稱嘆」，表面上自貶口笨、心直、臉軟、膽子小、沒見過世面，而其實巧言善辯、好於故作反話邀功，其唯我獨尊，發表就職講演，發派工作：

> 既托了我，我就說不得要討你們嫌了。我可比不得你們奶奶好性兒，諸事由得你們。再別說你們「這府裏原是這麼樣」的話，如今可要依著我行，錯我一點兒，管不得誰是有臉的，誰是沒臉的，一例清白處治。（十四回）

接著便層層發派，點名核對、分班派事、明訂罰則，不准偷懶狗情，不可恃輩邀功，吃飯領牌俱要遵守時辰，還要賴升家的每日攬總查看，乃至於派器具、搬家伙、一面發一面記、某人管某處、某人領某物，開得十分清楚，效率大大提升，眾人分配工作各有投奔，避免勞逸不均，更避免補充物資無故偷失。

第二件大事是十九回元妃省親的籌備招待，表面上由王夫人發落，實則「園中俱賴鳳姐照料」（十八回），忙到日夜不閑，連年也不能好過，如交清賬目、陳設古董、採辦鳥雀、伶官雜戲、唸佛誦經等等，都要賈母「色色斟

〔註60〕 此題引《紅樓夢》第二回冷子興演說時，形容熙鳳模樣標緻、言談爽利、心機深細而男人未及之語。

〔註61〕 與「斑衣戲彩」句，均引自「庚辰本」五十四回回前總批，參見陳慶浩《新編石頭記脂硯齋評語輯校》（臺北：聯經，1986 年），頁 650。

酌,點綴妥當」（十八回）才算數,等到省親告結,「榮寧二府中連日用盡心力,真是人人力倦,各各神疲;又將園中一應陳設動用之物收拾了兩三天方完。第一個鳳姐事多任重,別人或可偷閑躲靜,獨他是不能脫得的;二則本性要強,不肯落人褒貶,只扎掙著與無事的人一樣。」（十九回）然而熙鳳在榮府裡,威重令行,放錢收息,裏外下人說她是「巡海夜叉」（五十五回),其一方面很有理財整事之才,另者卻也使賈家財務虧空。可見,熙鳳雖被視為男孩教養而不讀書,其才出乎男性之上,卻也不學而有術。

三、「三娘才調見英奇」〔註62〕──探春

後人詠探春「三娘才調見英奇」,肯定其才。而探春理家之才,最明顯的在於「興利除弊」一事,像是女媧補天一樣,探春也企圖修補末世將亡的賈府。探春早慧之才,是元春提醒的,她是元春指定的人才,二十三回,元春省親回宮以後,單單命令探春抄錄題詠,足以見得對探春長才的理解與器重,是足可交辦事項,同時也藉此暗示將來賈府大難,探春乃深具挽頹解難的重要性。

探春是曹雪芹特意在四春之中,使她最出色的,熙鳳雖然潑辣犀利,在一群姑親當中,卻最怕探春。探春性情磊落合群,不同於迎春懦弱、惜春孤僻,她深知:惟有自尊才得人重。探春,雖然身為是賈政次女的小姐身分,卻又庶出於趙姨娘,探春是「三姑娘的渾名是『玫瑰花兒』,又紅又香,無人不愛,只是刺扎手。可惜不是太太養的,老鴰窩裡出鳳凰」（六十五回）。這個「姨娘養的」（五十五回）的身分使她尷尬,為擺脫「只可惜他命薄,沒托生在太太肚裏」（五十五回）的身世污點,即努力做好自己,用以惕屬。心志高曠,精細不讓熙鳳;甚具才幹,卻不似熙鳳聰明外露。而同為才女的黛玉眼中所看到的探春:「削肩細腰,長挑身材,鴨蛋臉兒,俊眼修眉,顧盼神飛,文彩精華,見之忘俗」（三回),可見探春文采外放,丰姿颯爽,她所以令人忘俗,並非驚於美貌,而是氣質言動之間的素養,也許這正是她異於綺華膏粱的清爽之氣。

探春心志高、能力強,閨閣未嫁,遠嫁的時機未到之前,能使她沉積的能量展現的,便在起詩社與理家二件事情,前者海棠結社是組織才能,揭幕

〔註62〕引自沈慕韓《紅樓百詠》「賈探春」,見於一粟編《古典文學研究資料紅樓夢卷》（臺北:新文豐,1989 年）,頁 559。

大觀園首次文化活動；後者是理家的行政才能，在賈家末世振作了清新的效率。她自覺追求知識，以脫身庶出，庶出身世的窘境使探春時時警惕自己當須好樣，更突顯小姐身分的尊嚴，在大觀園抄檢時令人見到她口氣咄咄、鎮定雍容的氣派。探春的身分、知識、合眾的行政能力與遠嫁，正是合成了她「才自清明志自高」（五回）的性格與命運，更脫除了性別與幽禁的家門。

（一）「筆海內插的筆如樹林一般」〔註63〕

探春庶出的身分，賈家下人私下傳口、偶或刁難，也曾在媒合婚姻時被輕狂人挑剔，〔註64〕雖然趙姨娘陰微鄙賤，而每每生事，甚至跟下人胡鬧，自然不會因為探春是小姐而沾福，而探春也不甚受趙姨娘的氣；但探春頗受譏評的是「自以為能，遇事從刻」，〔註65〕甚至「矯做正直」，〔註66〕然而，對知識的覺察，轉而為才幹識見，是她能努力為自己獲得平等尊重的途徑。

探春用心於知識，書中有兩個暗示，一是她的丫環名叫侍書，另一個則是從她很不浪漫的房間秋爽齋看出，其寢室文雅而不緋艷：

> 探春素喜闊朗，這三間屋子並不曾隔斷，當地放著一張花梨大理石大案，案上堆著各種名人法帖，並數十方寶硯，各色筆筒；筆海內插的筆如樹林一般；那一邊設著斗大的一個汝窯花囊，插著滿滿的一囊水晶球的白菊。西牆上當中掛著一大幅米襄陽「烟雨圖」。左右掛著一副對聯，乃是顏魯公墨跡。其聯云：烟霞閑骨格，泉石野生涯。（四十回）

天寬地闊，不拘小節，可見她但求爽朗的原則。如林的筆叢見其陶養，磊著各式法帖見其疏朗，寶硯筆筒見其耐性，米畫顏書，物雖珍貴而古意清朗。

〔註63〕此即引自《紅樓夢》四十回，賈母壽宴時，賈母、劉姥姥與熙鳳來到探春房中，所見探春屋景。

〔註64〕《紅樓夢》五十五回，鳳姐曾說：「你那裏知道？雖然正出庶出是一樣，但只女孩兒，卻比不得兒子，將來作親時，如今有一種輕狂人，先要打聽姑娘是正出庶出，多有為庶出不要的。」

〔註65〕清陳其泰評探春為人：「毫無含蓄，自以為能，遇事從刻，且以得管家務為榮」，語見其〈紅樓夢回評〉第五十五回「辱親女愚妾爭閑氣，欺幼主刁奴蓄險心」，引自朱一玄編《紅樓夢資料匯編》（天津：南開大學，2001年），頁737。

〔註66〕此重責探春之語出於解弢〈小說話〉：「賤視其所生，避之唯恐不及，趨炎附勢，矯作正直，吾甚惡之。」見於一粟編《古典文學研究資料紅樓夢卷》（臺北：新文豐，1989年），頁625。

寬敞整齊之居間，竟似文雅書房，疏雅而不纖弱，閨心不俗，才情不凡，無脂粉驕氣，秋爽齋一屋盡是清雅的書畫文具，詩社由探春發起，可見其雅興與努力。比起寶玉房間還來得豪氣的是探春的秋爽齋：「一是大：大房子，大案，大花囊，大幅的畫，大鼎，大盤子，連佛手也是大個的。二是滿：法帖，寶硯，筆，菊，什麼都堆的滿滿的。三是雅，尤其是那幅畫和那幅對聯表現了她性格中瀟灑的一面。」〔註67〕可見曹雪芹一再鋪陳探春近乎中性的審美特質。

探春透過知識，見識自又不同，熙鳳說過探春：「他雖是姑娘家，他心裡卻事事明白，不過是言語謹慎。他又比我知書識字，更厲害了一層」，平兒也說探春三姑娘「雖是個姑娘，你們都橫看了他。二奶奶在這些大姑子小姑子裏頭，也就只單怕他五分兒」，可見知識足以產生令人尊重的力量，知書識字便是探春覺察到脫身困境的良方。探春警覺到知識是唯一足以改變處境的方式，能使女性出得遠門，跟寶琴相比，寶琴有錢而旅行，而探春遠嫁未嘗不是具有成為王妃的能力與知識給予她的憑藉。

此外探春在給寶玉的起社請帖中，也透露了自己讀書知理之雅好與自愛：「今因伏几處默，忽思歷來古人，處名攻利奪之場，猶置些山滴水之區」（三十七回）。探春機敏，黛玉說她是「守如處女，出如脫兔」（七十三回），辦事沉穩有節，就像她下棋靜默寡言一樣；甚且仗義直言，賈母氣惱錯罵王夫人，只有她挺身而出。

（二）「不教雅會東山，讓余脂粉耶」〔註68〕──秋爽結社

探春發起詩社，三十七回，賈政奉旨學差出身而去，大觀園一少了男家長，園子的女性便開始作詩、賞詩。放眼眾釵，李紈處寡，主動倡樂不合她的個性；黛玉雖然能詩，卻心事難開；迎春、惜春之文又不及探春，兩人能助詩興的是貢獻繪畫；至於有才又懂事的寶釵、開朗的湘雲，只暫留大觀園，又未必久留，也不宜主動發起，最適格的發起人自是探春。

探春一改前回安靜合群，變成了一群「女詩翁」們的總召集，趁著海棠盛開，共結海棠詩社，這很符合她喜歡「有意思兒又不俗氣的東西」（二十七回）的性情。她轉致寶玉請帖，想習古人遺風，邀集文藝同好，用以「或豎

〔註67〕引自胡小偉〈佳園結構類天成──談曹雪芹關於大觀園的藝術描寫〉一文，收於明文書局編《大觀園論集》（臺北：明文，1985年），頁171～194。
〔註68〕此題引自《紅樓夢》三十七回，探春邀約寶玉共起海棠詩社之邀詞。

詞壇，或開吟社」（三十七回），在宴集詩人之間，互競才華、聯絡感情，二者兼而有之。探春起詩社一事，使她在行政組織與人際合群的能力與熙鳳有極大差異，熙鳳期待眾人的注目與掌聲，探春的清新則在於她總能保留自信自安、自我恬適之氣味。海棠詩社的成立，曹雪芹特意描述了探春等眾釵的詩文表現，探春人緣極能合眾，李紈能仲裁，寶釵詩風賢穩，黛玉詩格風流，湘雲飄逸等等，再加上一個寶玉在旁做小服低，直到寶琴、岫烟與紋綺等入園而大盛。正因這樣固定碰面、做功課、討論的雅會，可以想像：眾釵在女紅之餘，正蘊釀出文藝氣質，大觀園內，諸女諸景旋即熱鬧起來，海棠詩風，盛美一時。後來詩社冷淡，直到黛玉重建桃花，詩情風采已不復盛況。

　　探春結社，一方面有合眾組織的能力，另方面亦有其詩才，其詩才也是元春暗示的，十八回，賈妃把眾作「又命探春另以彩箋謄錄出方才一共十數首詩，出令太監與外廂」，元春選探春而非釵黛，探春所勝出的，應當是她雍容篤定的氣派已經略出，而古時擬詔，或翰林御史之流，女史教習以傳后妃之教，此處預告了將來探春命運與詩文、政治的關係。海棠結社是探春在文學與政治能力之間初試啼聲，探春從結社海棠出發，以後的理家、為王室義女、遠嫁為藩妃等工夫，此時正逐漸練就中。

（三）「鎮山太歲」〔註69〕——興利除弊

　　探春所以「敏」，是一「看得透，拏得定，說得出，辦得來，是有才幹者」，〔註70〕其寫〈簪菊〉詩：「短鬢冷沾三徑露，葛巾香染九秋霜。高情不入時人眼，拍手憑他笑路旁」（三十八回），菊花固然清高，但只是在詩文中顯文才，並非探春志向，其才幹當更有表現處。其身處久困，既走不出去，曹雪芹因此讓她在大觀園氣數將盡之前，大理賈家，後來她遠嫁藩國，探春所以能以王妃輔國，也是側證她的能力。熙鳳著病，王夫人命探春與李紈、寶釵三位「鎮山太歲」（五十五回）代協理家時，〔註71〕非常時期，探春對自己看重尊

〔註69〕命題引以《紅樓夢》五十五回，裏外下人暗中抱怨探春理家精細之語。

〔註70〕語見「王府本」五十六回回末總評，引自陳慶浩《新編石頭記脂硯齋評語輯校》（臺北：聯經1986年），頁653。

〔註71〕在《紅樓夢》五十五回「辱親女愚妾爭閒氣，欺幼主刁奴蓄險心」中，下人紛紛竊評抱怨李紈、探春、寶釵三人。指王夫人事忙，李紈與探春「便一日皆在廳上起坐，寶釵便一日在上房監察，至王夫人回方散。每於夜間針線暇時，臨寢之先，坐了轎，帶領園中上夜人等，各處巡察一次：他三人如此一

嚴，對他人則有原則，而三人之中，決斷賞罰，其實出自探春。

探春「言語安靜，性情和順」（五十五回），精細處則不讓鳳姐，且敢言能做而不肯專權，對權力恬淡剛正，平日痛感家族敗落、能洞燭危機，偶然被派代理家務，無權而有責，曹雪芹一方面藉此暴露賈家積弊，主要是請探春實際操作才智，以興利除弊，對付衰頹家道，制服欺主的刁奴、生母趙姨娘之胡纏，特別是賈家這隻「死而不僵」的「百足之蟲」。探春攝家理政的頭腦與魄力是黛玉等女子所缺乏的，其實頗具新女性的自立姿態。

探春面對財政枯竭積弊重重之家，精識敢行，口直心快，與下人相處謹慎周延，即使只到廚房裡去弄點油鹽炒荬芽兒，也要送些銀兩，避免口實。擔任侍僕的趙舅氏死了，老管家媳婦故意隱蒙發銀往例，蓄意欺瞞李紈，卻刁難不了探春，探春查明帳目，按理細說，依例舊額，公正果斷，全數咋舌，不敢怠責，熙鳳病了以後，探春與李紈、寶釵暫代責任，結果下人私下抱怨探春，說：「剛剛的倒了一個『巡海夜叉』，又添了三個『鎮山太歲』，越發連夜裏偷著吃酒玩的工夫都沒了！」（五十五回）

熙鳳盡掌賈家權財，使壞瞎做的又從熙鳳來，時常掣肘探春。探春理家的第二事是蠲免了賈環、賈蘭、寶玉上學的額外月銀，因為款項其實被挪用給他們身旁人的津貼，事情本來不大，卻驚動一些假公濟私者，而惹來熙鳳潑辣批評，語帶酸意，連聲三好，還要平兒提防探春「擒賊必先擒王」，說：「倘或他要駁我的事，你可別分辯，你只越恭敬越說駁的是才好」（五十五回）。平心而論，賈家主僕上下多半安富尊榮，運籌謀畫者卻無一個，未出閨閣的探春，以男性氣概魄力而掌理協助家政，勉力赴之，正如脂評讚之：「看得透，拿得定，說得出，辦得來，是有才幹者。」〔註72〕

從曹雪芹第七十五回至七十六回的描寫中，暗示探春是最後力挽賈府狂瀾的女性，中秋月夜，賈母等人在凸碧山莊團圓賞月：

> 凡桌椅形式皆是圓的，特取團圓之意。上面居中，賈母坐下，左邊賈赦、賈珍、賈璉、賈蓉，右邊賈政、寶玉、賈環、賈蘭，團團圍坐：只坐了半桌，下面還有半桌餘空。（七十五回）

> 夜靜月明。……賈母已朦朧雙眼，似有睡去之態。……賈母道：「什

理，更覺比鳳姐兒當權時倒更謹慎了些。」

〔註72〕見於「有正本」五十六回回末總評，引自陳慶浩《新編石頭記脂硯齋評語輯校》（臺北：聯經，1986年），頁655。

麼時候？」王夫人笑道：「已交四更。他們姊妹們熬不過，都去睡
了。」賈母聽說，細看了一看，果然都散了，只有探春一人在此。
賈母笑道：「也罷。你們也熬不慣；況且弱的弱，病的病，去了倒省
心。只是三丫頭可憐，尚還等著。你也去罷，我們散了。」（七十六
回）

中秋夜取意團圓，賈家坐席卻是不團不圓，落敗徵兆已出；而守到終場，待
收殘局的是「尚還等著」的探春。

五十五回，為了個繡春囊，大觀園被抄檢時，探春怒打王善保家的一記
耳朵子，霎時，玫瑰帶刺，雄姿震爍，而她膽敢嚴拒自家人抄檢的醜態，當
人人偃息妥協時，唯獨探春秉燭開門以待，正面迎戰，保護丫頭，鎮靜含威，
指揮若定：

我的東西，倒許你們搜閱；要想搜我的丫頭，這可不能！我原比眾
人歹毒，凡丫頭所有的東西，我都知道，都在我這裏間收著：一針
一線，他們也沒得收藏。要搜，所以只來搜我。你們不依，只管去
回太太，只說我違背了太太，該怎麼處置，我去自領。──你們別
忙，自然你們抄的日子有呢！你們今日早起不是議論甄家，自己盼
著好好的抄家，果然今日真抄了！咱們也漸漸的來了！可知這樣大
族人家，若從外頭殺來，一時是殺不死的。這是古人說的，「百足之
蟲，死而不僵」，必須先從家裏自殺自滅起來，才能一敗塗地呢！（七
十四回）

結果，王善保家的老不識相，趁勢作臉，翻掀探春的衣襟，探春大怒一掌直
下，指罵王善保家的是「狗仗人勢，天天作耗，專管生事」（七十四回），
氣出了「我但凡是個男人，可以出得去，我早走了，立出一番事業來，那時
自有一番道理」（五十五回）的既憾恨又豪壯之言。探春出色的才幹，不能
跳脫女兒性別與現實環境，只能在口舌之間辨理明心；如脂評說之通徹：「以
姑娘之尊，以賈母之愛，以王夫人之付託，以鳳姐之未謝事，暫代數月，而
奸奴蜂起，內外欺侮。」〔註73〕筆者以為：「探春理家」的意涵正在於，當秋
瑾革命女性將現身在近現代來臨之際，探春大聲疾呼走出家門的聲量，確實
做了重要又顯著的預告，女性就要走出家門，家庭之母即將變成一國之民，

〔註73〕見「王府本」五十五回回末總評，參見陳慶浩《新編石頭記脂硯齋評語輯校》
　　　　（臺北：聯經，1986年），頁653。

〔註74〕豪氣邁步了。

第五節　乾淨水世界──大觀園

　　筆者所以稱大觀園爲「乾淨水世界」在於：一者，「諸艷之冠」的寶玉與衆釵進駐，而女兒才是水做的、乾淨的骨肉，特別是未婚的珍珠們。二者，道學一輩很少進入此園，十七回，賈政與清客進園，衆人提議要按景致作出燈匾對聯時，賈政說且待賈雨村，說不過時，只好承認自幼題詠平平，年紀大又案牘勞煩，而生疏了怡情悅性之文，總是「縱擬出來，不免迂腐古板，反不能使花柳園亭生色，似不妥協，反沒意思」。其實賈雨村沒來、賈政不在行，是曹雪芹本就沒要他們來題的。同一回中，衆論的一樹西府海棠花，女兒棠，是外國花種，出自女兒國，此說雖荒唐不經，大約是騷人咏士以此花紅若施脂、弱似扶病，最重要的是「近乎閨閣風度」，才會以「女兒」命名。

　　中國女性長久幽居，既然要走出隱密閨房，也還要走出大門外，介於閨房與門外開放世界之間的花園，是使女性在使用空間時，從限制到開放的一個過渡，此即《紅樓夢》大觀園作爲女性主要活動空間的背景。而賈府誌喜言痛、詠花詠蟹等繁富生活，除了是展現雄厚的政治經濟實力、背景之外，也在在呈現出賈家貴族世家的眞實記錄與美學品味。

　　曹雪芹八十回本多半以大觀園爲背景，大觀園是《紅樓夢》最大型建築群，爲一文學環境與氛圍之典型，園林型構總結了當時江南園林和帝王苑囿，也是曹雪芹創作出來的世外桃源。小說的紙上園林寫得逼眞歷歷，一群讀者則忙著坐實園林的落腳處或臆測其文學虛構之內涵，繪者、猜者或建者多有，其中最著名的詮釋爲余英時「兩個世界」說。〔註75〕其實，大觀園既是人物

〔註74〕可參黃錦珠《晚清小說中的新女性研究》（臺北：文津，2005 年），其認爲：到了晚清小說中的新女性，獨立性更強烈，無論是強調女界，或強調女子爲國民之母，或強調女國民的責任；總之，女性必須自立自強，這論調倒是相當一致，「國民之母」的說法，將女子的責任與地位，從家庭擴及國家，「女國民」的說法，則看重的是「女子作爲國民的身分以及對於國家的責任」，順此，家庭都不再是女子唯一的權責與義務之所繫。

〔註75〕余英時認爲書中同時存有一烏托邦的世界與現實世界，前者爲大觀園的世界，後者則爲大觀園以外的世界，可參其〈紅樓夢的兩個世界〉、〈眼前無路想回頭──再論紅樓夢的兩個世界兼答趙岡兄〉二文，收於余英時《紅樓夢

活動的背景與地點，便具有作者的企圖與理想，而非只是如實作者所見園林的翻版；再者，曹雪芹以此讓紅學家找不出確切所指的紙上花園，除了有身世不可說的苦衷、藉此達到文學想像效果之外，應也是暗示大觀園終將消散、不必然實存的一種敘述方式。

因此眞實園林本來是晚明清初文人貴士坐擁的實體園林，作爲居息悠遊之用，在《紅樓夢》中，曹雪芹爲了主角，特別是女性，提供了一所抒情的空間環境，隨著時令季節、喜喪節慶等活動，使得女性閨閣動態在其中若隱若現，因此，大觀園除了有實際生活休賞之生活功能外，更深具特殊之象徵意涵。

曹雪芹寫大觀園，反映了古典園林理論、園林藝術、造園手法等，並融混南北園林，足證曹雪芹故意混淆眞假。書中有幾回，透露了大觀園的幾條主要路線與布局，像十七回，賈政偕寶玉、清客等人遊園題額時的路徑；十八回，元妃省親時，遊幸園區；四十回，史太君壽宴，她與劉姥姥進大觀園時；與七十四抄檢大觀園時。合看這幾次路徑，曲徑通幽、縱橫彎環、水樹花草、奇石怪磊、花遮柳隱，甚爲可觀；然而，大觀園雖然迎住了眾釵，畢竟只爲虛設，等到「三春去後諸芳盡，各自須尋各自門」（十三回），芳盡園滅，徒然無計留春，也門掩黃昏了。

一、「芳園應錫大觀名」〔註76〕——省親別墅

脂評宣言大觀園乃「玉兄與十二釵太虛玄境，豈可草率」，〔註77〕此園用以安排將來群芳會聚之盛況。大觀園建在賈府之中，位於寧國府、榮國府二府之間、之北，是舊園翻建過的，其中堂館亭榭隨置，盡是古木繁花。二回，賈雨村提到他到金陵、進石頭城、經賈府宅第時：「從他老宅門前經過。街東是寧國府，街西是榮國府，二宅相連，竟將大半條街占了。大門前雖冷落無人，隔著圍牆一望，裏面廳殿樓閣，也還都崢嶸軒峻；就是後一帶花園子裏面樹木山石」，後一帶花園子是統指寧、榮兩府之園。爲了提供或襯托接待元妃，將住宅原有的會芳園擴建成私家園林，「從東邊一帶，借著東府裏花園起，至西北，丈量了，一共三里半大」（十六回），匠人拆掉寧國府會芳園

的兩個世界》（臺北：聯經，1987 年），頁 39～70、71～147。

〔註76〕此是以《紅樓夢》十八回元春省親時，所題命名大觀區額之絕句爲題。

〔註77〕見於「庚辰本」十六回批語，可參陳慶浩《新編石頭記脂硯齋評語輯校》（臺北：聯經，1986 年），頁 294。

的牆垣樓閣，榮國府東大院中群房也盡拆，連屬兩處舊園，因地制宜，籌劃改建。〔註78〕園中諸景諸院，「究竟只在一隅，然處置得巧妙，使人見其千邱萬壑，恍然不知所窮，所謂會心處不在乎遠。大一山一水，一木一石，全在人之穿插佈置耳」，〔註79〕既基於元妃省親與團聚宴樂之考量，雖是富貴私園，在山重水複、地勢高低之間，盡置了堂館亭榭、廊塢花架、橋樑樓閣，「崇閣巍峨，層樓高起，面面琳宮合抱，迢迢複道縈紆」（十七回），甚具皇家氣派。

大觀園的起造，起於元春封為鳳藻宮尚書，加封賢德妃，為了展示皇恩浩蕩，賈家傾竭物力人力以迎此千古未聞之典，為此建成省親別院，以提供「庶可盡骨肉私情，共享天倫之樂事」（十六回），元春晉封的大觀園，因而紀錄了風光一時的賈家。園林出自元春最合情理，若無元春之尊貴，則大觀園缺少建立的合理性，一者，若無其尊，以賈家織造之經濟背景何能膽敢起建此一備具皇家園林的規模；二者，元春為十二釵之首，以元春之手打開大觀之門，邀請女性入園，此開放空間比起她所謂「那不得見人的去處」（十八回）成為對照，至於黛玉等未婚女性總還有些快樂在園內發生，眾釵才是大觀園的真正使用者，為了不使「佳人落魄，花柳無顏」（二十三回），元妃回宮後，便特命「家中現有幾個能詩會賦的姊妹們」（二十三回），進去居住。而從第二十三回開始，眾釵如黛玉、寶釵、探春、迎春、惜春等人進住大觀；四十八回，香菱入園；四十九回，岫烟、李紋、李綺、寶琴因待進京而暫入大觀園。

大觀園建竣，元春省親遊園，「擇其喜者賜名」（十八回），親命園之總名為「大觀園」，大觀園從此熱鬧迎接一個個可愛女性。後來眾釵遷入園內安身，一人一處，一處一景，美不勝收。賈府大張旗鼓興建的大觀園，元春卻只是行色匆匆，事實上，元春作為大觀園的起造者甚合神話情節，因為洞天由女媧來修補，大觀園則由元春開啟，可見曹雪芹所謂「為閨閣昭傳」，並不盡然

〔註78〕既然「先令匠人拆寧府會芳園牆垣樓閣，直接入榮府東大院中」，依曾保泉〈尋得桃源好繪圖──大觀園布局的初步探索〉一文說明到：「整座大觀園所佔的地方大體是：榮禧堂（即賈政院落及後邊抱廈）之後，賈赦院落之後，東邊下人一帶群房，寧榮小巷，及會芳園西邊一帶。形狀大體是不規則的長方形（東西略長，西南凹盡一塊）。」該文收入明文書局編《大觀園論集》（臺北：明文，1985年），頁61。

〔註79〕見「己卯本」十七回批語，參見陳慶浩《新編石頭記脂硯齋評語輯校》（臺北：聯經，1986年），頁313。

只局限黛玉一批。

　　從文學上來講，曹雪芹讓大觀園的來去都出自「天恩」，他爲女性安排這個大場所，勢必要有合情理之理由，所以大觀園是因爲元春晉封才有的，從會芳園變成大觀園，大觀園的原意本就是「會芳」，然而，《紅樓夢》的結局使「會芳」很快地變成芳歇、芳滅，大觀園來得快，是因爲皇帝一場體仁沐德而醒眼之省親；大觀園也去得急，曹雪芹自然還得製造一個龐重危急的因素，使之一霎毀滅，當時最好的理由便是天恩不再，使抄家又從「天恩」來。在抄家未到之前，便在園內盡情鋪展人生團圓節慶、佳餚宴飲、閑雅文藝、喧歡戲謔等至樂之事。元妃晉封使賈府聲勢威赫，氣魄驚人，一旦燃火滅頂，轉眼不測，一如花園百花繁盛，終而芳蹤杳然，可見大觀園最終是脆弱的，因爲曹雪芹早就提示了太虛幻境。

二、「園中諸景最要緊是水」〔註80〕

　　中國古典園林建築在選擇基址時，先考慮到用水及水的龍脈，講究用水之巧。大觀園，從第十六回開始建造，十七回完成全貌，〔註81〕同回中清楚交代水源水脈，乾淨水世界之水，其實源自會芳園的一股活水，入園後即命名「沁芳」，水流由沁芳閘蓄水管制，沁芳溪則流遍大觀全園。脂硯齋：「園中諸景最要緊是水」，引水之便就從會芳園來。周汝昌提醒了大觀園是依水而建的布局，其主脈與靈魂是一條蜿若遊龍的「沁芳溪」。亭、橋、泉、閘，皆以此二字爲名，可爲明證。一切景觀，依溪爲境。大觀園的一切池、台、館、泉、石、林、塘，則皆以沁芳溪爲大脈絡而盤旋布置。

　　再者，大觀園內的「羊腸鳥道不止幾百十條，穿東度西，臨山過水」，〔註82〕一堆的透迤轉折、穿插佈置，雖未明寫園中之水的來處，又處處未嘗離水，清流瀉石、出亭過池、得泉一派、水聲潺潺、落花浮蕩，至一大橋，

〔註80〕此以「甲戌本」十六回批語「會芳園本是從北角牆下引來一股活水」命題。
〔註81〕此後，紅樓夢人物將進入大觀園，展開情節，曾保泉在〈文學繪畫與園林〉一文說：「如果說十七回大觀園是一幅長卷，那麼，十七回以後的大觀園便是一本冊頁，每一頁是一幅畫面。大觀園的景色又像是舞台上的一幕幕布景，人物紛紛登場，演出了許多生動的故事。大觀園正是作者曹雪芹爲刻畫人物、展開情節所安排的典型環境。」該文收於王國維等著《紅樓夢藝術論》（臺北：里仁，1984 年），頁 366～384。
〔註82〕見「己卯本」十七回批語，參見陳慶浩《新編石頭記脂硯齋評語輯校》（臺北：聯經，1986 年），頁 307。

水如晶簾一般奔入，此是「原來這橋便是通外河之閘，引泉而入者」，轉過花障，則見青溪前阻，又見水，賈珍轉過花障看見清溪，遙指道：「原從那閘起流至那洞口，從東北山坳裏引到那村莊裏，又開一道岔口，引到西南上，共總流到這裏，仍舊合在一處，從那牆下出去」，而這仍舊合在一處，水便匯流到了怡紅院，之後再出園去。

可見大觀園主要水流經過之處，幾遍全園，調節全園的水供應與排導，更利用流水取景造勢，以豐富景致，如十七回，「一帶清流，從花木深處曲折瀉於石隙之中」，「清溪瀉雪，石磴穿雲，白石爲欄，環抱池沿」，「後院牆下；忽開一隙，得泉一派，開溝僅尺許，灌入牆內，繞階緣屋至前院，盤旋竹下而出」，「忽聞水聲潺湲，瀉出石洞，上則蘿薜倒垂，下則落花浮蕩」，「大家攀藤撫樹過去。只見水上落花愈多，其水愈清，溶溶蕩蕩，曲折縈迂」，「至一大橋前，見水如晶簾一般奔入」，流經沁芳閘、杏葉渚、紫菱洲，荷塘、花漵、漂花、蕩槳，通花渡壑，廊引人隨。

余英時談到《紅樓夢》中有眞、假兩個世界時，認爲曹雪芹設計讓「《紅樓夢》中乾淨的理想世界是建築在最骯髒的現實世界的基礎之上。他讓我們不要忘記，最乾淨的其實也是在骯髒的裏面出來的」，筆者以爲：乾淨與骯髒的區隔固然是以大觀園內、園外爲界，而最重要的因素則是「水」，沁芳閘之前的水在會芳園，而會芳園之髒，流出大觀園的水無疑又髒，僅有的乾淨只保留在大觀園中的這一段沁芳溪，正如二十三回，寶玉與眾釵初入大觀園，三月春花正盛，寶玉、黛玉兩位花使先後來到沁芳閘。寶玉在橋邊石上展讀《會眞》，風吹落紅，桃瓣滿書，寶玉兜花到池邊，抖在池內，花瓣飄蕩，流出沁芳閘。而黛玉擔鋤掛囊，掃集花瓣，埋進花冢。女性如花，寶玉護花，黛玉本是花魂，將花瓣護留在大觀園才能保證乾淨安全，黛玉因此說：「你看這裡的水乾淨，只一流出去，有人家的地方髒的臭的混倒，仍舊把花糟蹋了。」可見女性也得留在園內，才不被污染。當然，大觀園也有人力難挽的危機，園起園滅，最後保持了「質本潔來還潔去」只有早逝的黛玉。

大觀園努力庇護女性，務使女兒清淨得以永遠保留，但是保持清淨，一如希望大觀園不滅的想法，在現實中並不牢靠，變數甚大；是如余英時言：「曹雪芹雖然創造了一片理想中的淨土，但他深刻地意識到這片淨土其實並不能眞正和骯髒的現實世界脫離關係。不但不能脫離關係，這兩個世界並且是永遠密切地糾纏在一起的。」既此，大觀園最終只成空想的樂園，因爲：

《紅樓夢》這部小說主要是描寫一個理想世界的興起、發展及其最後的幻滅。但這個理想世界自始就和現實世界是分不開的：大觀園的乾淨本來就建築在會芳園的骯髒基礎之上。並且在大觀園的整個發展和破敗的過程之中，它也無時不在承受著園外一切骯髒力量的衝擊。乾淨既從骯髒而來，最後又無可奈何地要回到骯髒去。
〔註83〕

女性無以控制的兩個變數，除了是青春有限，更擔心的是所遇難料，對寶玉而言，女性出了園，若進入婚姻，婚姻難以保證安全，於是與其冒險而可能無處可逃，像李紈嫁給賈珠，不能白首，只能寡居；熙鳳即使能幹，賈璉一樣出軌；元春為妃受寵，仍然命薄而無福消受，那麼，便不如在園林中提供一安全幽密之所，接納年輕、體弱、貌美、怨悱等種種少女，在大觀園中休息，讓青春永駐。當然，如果以現實而言，大觀園奢費，維持不易，園林最後勢必幻化於金錢不足、園主不測，說不定落到易主的命運，大觀園最終只是一個美好、卻也脆弱的理想女兒國。

三、「燕譖鸚嘲，蝶癡蜂嬲，酒酣人鬧」〔註84〕——園居美學

相對於住宅提供了日常與倫理的生活功能，園林則提供了休閒欣賞之美學功能。曹雪芹在大觀園中安排細緻的園林配置、曲折路徑與居家屋室，以使眾釵在廣闊空間得以展開更多樣的活動，大大增加了原來僅限於閨閣的可能性。而大觀園呈現的園居美學，較諸真實園林，更顯細膩優雅。

二十三回，寶玉與眾釵都搬進大觀園定位之後，怡紅院、瀟湘館、蘅蕪苑、大觀樓、秋爽齋、芍藥畃、薔薇架、櫳翠庵、紫菱洲、暖香塢、稻香村、梨香院、蜂腰橋、翠烟橋、滴翠亭、蘆雪庵、柳堤、榆蔭堂、嘉蔭堂、凸碧山莊、凹晶溪館等，全數鋪展在這一座最負盛名的紙上園林，成為新場景，

〔註83〕余英時意見見於〈紅樓夢的兩個世界〉一文，其反覆論證大觀園在《紅樓夢》中，具有「清」與「濁」、「情」與「淫」、「假」與「真」之理想世界與限實世界二者，一而二、二而一的文學象徵。此語引自余英時《紅樓夢的兩個世界》（臺北：聯經，1987 年），頁 43。

〔註84〕筆者借凌承樞〈紅樓夢百詠詞〉「劉老老——茅山逢故人」之「這個家居絕好，曾見拈花鬥草。燕譖鸚嘲，蝶癡蜂嬲，酒酣人鬧。如何容易秋風，頓覺天荒地老。才子歸林，美人歸土，蛾眉歸道。」以劉姥姥之眼見大觀園盛極一時，園中歡樂無邊之景。語見一粟編《古典文學研究資料紅樓夢卷》（臺北：新文豐，1989 年），頁 473。

如寶黛共讀《西廂》的沁芳閘上游，因地處隱密，所以適合偷讀；而花家也在附近。

書中雖然也略提到黛玉、寶釵等女子也做些紡績針黹，大抵是打發無聊用的，身旁多有嬤嬤丫環，並不須親持家務，應該就像寶玉一樣，「自進園來，心滿意足，再無別項可生貪求之心，每日只和姊妹丫鬟們一處，或讀書，或寫字，或彈琴下棋，作畫吟詩，以至描鸞刺鳳，鬥草簪花，低吟悄唱，拆字猜枚，無所不至，倒也十分快意。」（二十三回）可見，燕閒清賞才是大觀園人物最主要的生活心態與型態，即便忙，也是忙著閒。

在大觀園的園林空間裡，穿越地理、景致蕭散、四季更替、飲食燕賞，都成了一次次小型的旅行或聚會，看似脫俗悠閒，其實蘊藉富貴名流園居之情境美學。大觀園處處可見的優雅情境，像是瀟湘館臨風灑淚、怡紅院對月長吁、凹晶館的寒塘渡鶴影、薔薇架下畫薔寫相思等；而一次次園遊，以各種名目舉行尋芳之雅聚觸詠，在在以園為樂，如湘雲眠芍、海棠結社、詠菊花詩、割腥啖膻、夜宴怡紅等。

園居中最富感官的是飲食與餘閒活動，賈家一派大家貴氣，講究其來有自，連吃蟹，也極美，有講究、有氣派。三十八回，秋天，寶玉剪了桂花，放在連珠瓶裡送給賈母，還要吃當令、玩當令、賞桂花、看海棠、吃螃蟹、喝燒酒，一叫整簍肥蟹，食材新鮮，內行的吃法是清蒸原味，並選在水中央的藕香榭內，四面有窗，左右迴廊，既吃且賞，為了去腥，還備好了薑醋。等老太太夫人吃罷退席，年輕人正起興，湘雲將詩題綰在牆上，準備賽詩，以下興事繁複登場：黛玉不吃酒蟹，只倚欄坐著釣魚；寶釵手拿桂花，俯在窗檻，掐桂蕊，扔在水面，引來游魚唼喋；湘雲出神，等著襲人同食，又招呼眾人放量吃；探春和李紈惜春則立在垂柳陰中看鷗鷺；迎春獨坐花陰，針穿茉莉；寶玉分心最多，又看黛玉釣魚，又俯在寶釵傍邊說笑，又看襲人等吃螃蟹，自己也陪喝酒，又吃襲人剝遞的殼肉。

如此富閒場景，黛玉閒釣，寶釵掐桂，湘雲招吃，探春看鷗，迎春穿花，寶玉說笑；吃的蟹、用的杯、做的事，加薑添醋，色色全是講究的上流品味，流露出悠閒細膩之富貴情調。

第四章　從《牡丹亭》到《紅樓夢》

　　《牡丹亭》與《紅樓夢》，二者關係密切。這兩部出自男性文本的「情書」，一前一後都以書寫心志與女性爲主體。而兩位男性作家之生命心得、背景經歷、寫作企圖等，也使書中的主題思想、角色意義、美學思想等不盡相同。學者指出《牡丹亭》之情節結構從「夢中情」、「人鬼情」到「人間情」，對應其主題呈現而言，即從「情眞」、「情深」到「情至」，亦即從「情與自我」、「情與他者」到「情與社會」的關係，其發展層層遞進，〔註1〕柳夢梅始終努力圓成情感，照顧社會觀感；《紅樓夢》以「太虛幻境」暗指生命虛空，是以賈寶玉則雖意淫泛愛，亦終究一無可留。以才子佳人戲曲小說生命理想之訴求而言，湯顯祖《牡丹亭》情節或角色雖不無波折，倒能步步高升而圓滿結局；曹雪芹《紅樓夢》則志在打破才子佳人之習套寫法，情節先大喜而後大悲，人事凋零，終場淒清。此外，柳夢梅爲一有「情」之才子，賈寶玉則轉而爲一「無才」之情人。

　　「情」是《牡丹亭》與《紅樓夢》文本之主要思想，均在肯定「情」之價值，脂硯齋也認爲「情」是《紅樓夢》傳書之旨，又說杜麗娘與林黛玉都是「情小姐」，是以杜麗娘、柳夢梅與賈寶玉、林黛玉二組，便承載了作家的情懷與理想。這兩組傳「情」者，就文字而言，《牡丹亭》有哪些材料直接被《紅樓夢》襲用？襲用之意爲何？就思想核心「情」而言，《牡丹亭》之「情」與《紅樓夢》之「情」，基本觀點是什麼？再者，其筆下女性角色，從杜麗娘

〔註 1〕 參見華瑋〈情的堅持──談青春版《牡丹亭》的整編〉，收入白先勇策畫、盧煒等著《曲高合眾──青春版《牡丹亭》的文化現象》(臺北：天下遠見，2006年)，頁 97。

到林黛玉等人,角色意義有何銜接與進展?特別是《紅樓夢》女性學詩一事,與清代當時現實有何相合之處?男性角色則有何轉折?女性活動空間有何改變?文本書寫「情」與「女性」的關懷為何?

以下分述:一、文學因緣,二、理想女性情人,三、理想男性情人,四、女性空間的擴大、五、文本之人文關懷。

第一節　文學因緣——文字與思想

曹雪芹愛好《牡丹亭》,並加以發揮,從兩方面可見,一是文字材料上之直接沿用,用以驅動情節。另者,則是在思想上的張揚,雖然二者都著重「情」,但《紅樓夢》思想主題繁複之深度與廣度,遠遠超過《牡丹亭》。換言之,《牡丹亭》與《紅樓夢》在文學與思想上的關係,特別是以「情」脈相承,二者之間的聯繫,乃多可觀之處。

一、文字因緣

《紅樓夢》直接沿用《牡丹亭》文字的證據,以二十三回「西廂記妙辭通戲語,牡丹亭豔曲警芳心」一回中的段落最明顯。該回,寶玉在沁芳橋邊偷看《西廂記》,被黛玉發現,寶玉把書給黛玉看,還跟黛玉半玩笑半認真的說:「我就是個『多愁多病身』,你就是那『傾國傾城貌』。」惹得黛玉嗔怒,罵他用混賬話欺負人,眼圈跟著泛紅,經寶玉賠罪才終了。後來黛玉悶悶正要回房,剛走到梨香院牆角外,只聽見牆內十二個女孩演習戲文,歌聲婉轉,黛玉偶然明白乍聽:「原來是姹紫嫣紅開遍,似這般,都付與斷井頹垣……」悠揚之聲,一時感慨纏綿;又一止步側耳細聽:「良辰美景奈何天,賞心樂事誰家院……」,黛玉先是點頭自嘆,再自思道:「原來戲上也有好文章,可惜世人只知看戲,未必能領略其中的趣味。」正要提步,再聽到:「只為你如花美眷,似水流年」、「你在幽閨自憐」,竟心動神搖,越發醉痴,站立不住,蹲坐在山子石上,細嚼「如花美眷,似水流年」八字滋味。梨香院小伶練唱《牡丹亭》「驚夢」曲文,黛玉偶聽,又想起前日見古人詩中,有「水流花謝兩無情」、「流水落花春去也,天上人間」,眼前《西廂記》「花落水流紅,閑愁萬種」之句,一時湊聚,仔細忖度,竟不覺心痛神馳,眼中落淚,所以情態如癡如醉,固然是曲文動人,更是自傷身世。曹雪芹寫這一段,透露了《西廂記》、《牡丹亭》一類戲曲小說在閨閣生活圈的流傳情況。

　　《牡丹亭》在清代官府的禁毀書榜上，屢屢有名，歸爲「小說淫辭」一類；然而在更多士夫知識階層裡，卻被喜賞樂道著，曹家也在其中，雪芹祖父曹寅以好劇聞名，曾寫〈念奴嬌〉一詞，送給當時崑劇名伶朱音仙，其中寫到：「當場搬演，湯家殘夢偏好」，指的是湯顯祖的《玉茗堂四夢》，正因有此淵源，雪芹才能寫進書中。《牡丹亭》戲劇演出，盛行於乾隆時期，清人錢泳（1759～1844）有記乾隆庚辰年（1760）「牡丹亭角色」所述風靡之狀可爲證明：

> 乾隆庚辰一科進士，大半英年，京師好事者，以其年貌各派《牡丹亭》全本腳色，眞堪發笑。如狀元畢秋帆爲花神，榜眼諸重光爲陳最良，探花王夢樓爲冥判，侍郎意梧岡爲柳夢梅，編修宋小巖爲杜麗娘，尚書曹竹墟爲春香。同年中每呼宋爲小姐，曹爲春香，兩公竟應聲以爲常也。更有奇者，派南康謝中丞啓昆爲石道姑，漢陽蕭侍御芝爲農夫，見二公者，無不失笑。〔註2〕

正因爲士夫群嫻熟樂道此劇，才能在官場餘興中，以戲中角色調笑取樂。然而，《牡丹亭》描寫杜麗娘名門閨秀而私訂終身、夢醒生死之事，女性勢必不宜接觸其戲其文，避免流入閨閣內室，以致大壞教化、引誘女性，甚至婦道失守。然而，官府越禁，卻禁不了女性可能從男性流傳的管道，也接觸了《牡丹亭》這一類「淫辭」，其實從明末，《牡丹亭》就頗得閨客知己，在閨閣生活圈中，變成女性寄託情感、與女性親友交流之讀物，《紅樓夢》四十回，賈母壽宴，在大觀園中飲酒行令，鴛鴦提令，當時輪到黛玉，黛玉就引了《牡丹亭》「良辰美景奈何天」與《西廂記》「紗窗也沒有紅娘報」二句，寶釵當場回頭看她，直到四十二回才以此勸訓黛玉，這也略可證明某些「淫辭」在閨閣生活圈中確有流通，甚至女性閱群也熟悉到能信手拈來。正如四十二回，寶釵私下勸黛玉要謹慎自己是個不出門的千金女孩，不可滿嘴胡說而失檢點，黛玉領會過來是因那兩句話，便央求寶釵守密；寶釵這段「你當我是誰」體己的款款訓話，則有些興味，透露了當時閨秀傳閱書籍與家教的情況：家中讀書人，藏書多，無所不有，男孩要學作詩寫字，讀書明理以致輔國治民，不可看雜書；女孩更不行，針線紡績才是敬謹正事，理當不用識字，做詩寫字更不在列，即便偶一懂了些字，也只能挑正經書，更要揀避開不正經的雜書，切勿偷看，以免情性被移而不可救，《西廂》、《牡丹》即是寶釵說的「雜

〔註2〕引自錢泳《履園叢話》（北京：中華，1979 年），卷二十一，頁 551～552。

書」。黛玉乖乖稱是,是因為寶釵沒有當眾揭穿她讀雜書的事,心中暗服她的善解;另者,寶釵透露了「誨淫」歸誨淫,男孩看,女孩也看,「他們背著我們偷看,我們也背著他們偷看」,可見「偷看淫辭」是女性生活圈中調劑心情的方式與活動。

曹雪芹對《牡丹亭》文字上的沿用,並不只在套用原文,而是藉以增加文學效果,在寶黛感情關係上加強情節,同時也因此流露了他自己嫻擅戲曲與對戲曲小說一類言情作品之喜愛與肯定。可貴的是,曹雪芹清楚意識到《牡丹亭》、《西廂記》在閨閣生活圈流傳的現象與意義,從而提示了《紅樓夢》的「情」主題。

此外,十八回,元妃省親在大觀園點的四齣戲,第四齣是〈離魂〉,〈離魂〉是出自湯顯祖《牡丹亭》第二十齣「鬧殤」之崑劇演本,脂硯齋評說「《牡丹亭》中伏黛玉死」,又說:「所點之戲劇伏四事,乃通部書之大過節、大關鍵」,而《紅樓夢》一書終局,黛玉淚盡而亡,裙釵「諸芳盡」,「離魂」變成了便成了預告眾釵命運的伏筆,﹝註3﹞亦見《牡丹亭》在曹雪芹的創作構思上之重要性。

二、從「情眞」到「情盡」

《牡丹亭》與《紅樓夢》兩部談「情」的書,所談之「情」有同有異。相同的是,「情」由天生,因此作品中無不闡情;「情」的表現則不同,湯顯祖以《牡丹亭》的杜麗娘顯展現「情眞」,曹雪芹則在《紅樓夢》中,使賈寶玉選擇「情盡」。這個思想層次上的差異,是作家自家精神之貫徹與其眞實生命經驗關係極為重大。湯顯祖亟欲突圍晚明文化中僵滯的倫理壓力;曹雪芹則深受慘痛的身世經驗,要處理的是如何重整受傷心靈中家族舊事之深沈感觸。二人身世既異,則其「情」形成了不一樣的美學情調,當然也透露了作家自己的「情觀」。

湯顯祖思想複雜,唯獨對「情」一往情深,包括他棄官返鄉,尚未平靜,甚至家人遽逝,湯顯祖許多無明無解的心事,摯友達觀時而勸他「窒情」或「情盡」,他不無猶豫,還時有遁辭,從他寄給達觀〈寄達觀〉中,可見衝突:

﹝註3﹞ 見於「己卯本」十八回批語,引自陳慶浩《新編石頭記脂硯齋評語輯校》(臺北:聯經,1986年),頁348。

情有者理必無，理有者情必無。眞是一刀兩斷語。使我奉教以來，

神氣頓王。諦視久之，并理亦無，世界身器，且奈之何。……邇來

情事，達師應憐我。白太傅蘇長公終是爲情史耳。〔註4〕

他先說同意達觀所說「情有者理必無，理有者情必無」，情理無法並存，但是「諦視久之，并理亦無，世界身器，且奈之何？」亦即，如何能夠超越對世事的執著之情，又不可能放掉執著，最後只好連白居易、蘇東坡也說進來，總之，請求達觀諒解。再者，湯顯祖坦承自己「爲情作使」之願，在〈牡丹亭記題詞〉中，推崇「情眞」，「情不知所起，一往而深。生者可以死，死可以生。生而不可與死，死而不可復生者，皆非情之至也。夢中之情，何必非眞？」杜麗娘所以「情眞」是來自湯顯祖的「情眞」思想，因爲選擇「情眞」以對，並且終生行之。他認爲「人生而有情」，生於天生之情，與天生之理並不相扞，此情之眞，便無疑義，也因爲「情眞」，才能達到「情至」之境。

「情眞」思想也在《牡丹亭》中發揮，杜麗娘醒悟青春既易逝，則必須明快堅決決定出生命中最首要之事，而情既然天生，「情」便是生命中最值得全力以赴者。「情眞」，既是杜麗娘「一生愛好是天然」的信念，使她足以出入虛實生死，同樣也是湯顯祖一生「情使」的動力；杜麗娘是書中「情使」，湯顯祖亦是自己眞實生活中之「情使」。雖然現實世界是「有法之天下」，能突圍現實的就是非現實的「夢」，以「情眞」入夢出夢，「有情人」杜麗娘「因情成夢」，又「夢其人即病，病即彌連」，之後又「死三年矣，復能溟莫中求得其所夢者而生」，爲情而死而生，構築出一個「有情之天下」，最後得與柳夢梅獲致人間婚姻美滿、富貴功名與骨肉團圓的完美結局。湯顯祖以《牡丹亭》充分發揮「情眞」理想人格，使杜麗娘成爲「有情人」之文學典型，全劇因此充滿湯顯祖浪漫的生命理想。

曹雪芹的「情」包含兩種：一是寶玉、黛玉一類之兒女情事，另者是人間萬物普世之情。雪芹塑造最理想之情人典型是寶玉、黛玉，然而從木石前盟到黛玉死、寶玉出家，說明了離散才是人生常態，賈家盛極而衰，是曹家翻版，在《紅樓夢》中，不斷暗示人生聚散眞假、抽身要趁早等語。第一

〔註 4〕　〈寄達觀〉寫於湯顯祖萬曆二十六年（1598）罷官後，以至於三十一年（1603）
　　　　　達觀被害於北京獄中前。文引自徐朔方箋校《湯顯祖詩文集》（上海：上海古
　　　　　籍，1982 年），卷四十五，頁 1268。

回的「好了歌」、第五回寶玉神遊太虛，幻境中不斷出現警示：太虛幻境的對聯「假作真時真亦假，無爲有處有還無」、「孽海情天」之牌坊、普天下女子之「薄命」簿冊、花樹精油煉的「群芳髓」、「千紅一窟」之茶露、「萬豔同杯」之汁液與「紅樓夢傳奇」原稿，總之，最後是「落了片白茫茫大地真乾淨」。

按照情節的步步鋪陳，寶玉「因色成空，因空成悟」，「色」與「悟」時常糾雜。二十二回，寶玉聽曲文悟禪機，賈母等人正在點戲，寶玉聽寶釵說戲中詞藻好，寶釵便念給他聽：

> 漫搵英雄淚，相離處士家。謝慈悲，剃度在蓮臺下。沒緣法，轉眼
> 分離乍。赤條條，來去無牽掛。那裏討，煙蓑雨笠捲單行？一任俺，
> 芒鞋破缽隨緣化！

寶玉一聽，竟喜到拍膝搖頭，稱賞不已，黛玉罵他是還沒唱「山門」，就先「裝瘋」。如果「金陵十二釵冊」讖語是眾釵命運的預告，寶玉命運便伏筆在這段曲文，寶玉動輒說要當和尚去，後來的寶玉也果真失心瘋而剃頭出門去。

曹雪芹以《紅樓夢》寄託生命體悟、生命理想或審美情調，正因爲期待「質本潔來還潔去」，到最後結局只會是「欲潔何曾潔」，因此又使《紅樓夢》深富悲劇性，即使擁有也只片刻，終將不免在現實中幻滅消散，寶玉、女兒、賈家、大觀園，潔淨一時，終將污染，則爲歡幾何？可見脂硯齋說「作者是欲天下人共來哭此情字」，〔註5〕「情」是拿來哭的，顯然湯顯祖猶豫未決的「萬法皆空」，是曹雪芹讓寶玉做到徹悟而「情盡」，湯顯祖沒有變成「達觀」，最後「達觀」竟是寶玉。

若說《牡丹亭》的「夢」有憧憬，《紅樓夢》的「夢」則一再警示幻滅，一僧一道提醒的：富貴場溫柔鄉等的紅塵，瞬息萬變，何況「美中不足，好事多磨」，〔註6〕到頭夢一場，曹雪芹說：「浮生著甚苦奔忙，盛席華宴終散場。悲喜千般同幻渺，古今一夢盡荒唐。」〔註7〕大夢誰覺？前面是甄士隱，最後是賈寶玉。《紅樓夢》從一開始就不斷預告閨閣盡散、人間孤獨之境的種種分

〔註5〕引自「甲戌本」第八回，見於陳慶浩《新編石頭記脂硯齋評語輯校》（臺北：
聯經，1986年），頁202。

〔註6〕引自「紅樓夢網路教學研究資料中心」http://cls.hs.yzu.edu.tw/HLM/home.htm，
《紅樓夢》第一回二仙師對石頭語。

〔註7〕引自「甲戌本」凡例詩，見於陳慶浩《新編石頭記脂硯齋評語輯校》（臺北：
聯經，1986年），頁5。

離：甄英蓮襁褓迫離父母，親情之離、婚姻之離、友情之離、生死訣別之離，人間之情各各離散，情盡情滅，更徹底到無可挽回。

　　《牡丹亭》與《紅樓夢》兩部「情書」，《牡丹亭》之情，輕揚有力而得到希望，是勇敢做自己；《紅樓夢》之情，沈重淒美，而使讀者讀到領悟。

第二節　理想女性情人──情女與才女

　　《紅樓夢》二十三回，黛玉偶聽《牡丹亭》杜麗娘走步後花園時，「原來是姹紫嫣紅開遍」曲句時，脂硯齋批之：「情小姐故以情小姐詞曲警之」，〔註8〕杜麗娘、林黛玉，其「情」一脈相承。而就知識女性而言，如果說杜麗娘是晚明「情女」身份，「才」則是林黛玉、薛寶釵等清初知識女性的新標識。杜麗娘象徵那個時代女性情感意識的覺醒，而林黛玉等緊追在後，變成是覺醒後的才女典型，意識了對自己才華的覺察，前後相映，光芒燦燦。

　　筆者以為：中國女性的成長歷程，有三次輪廓鮮明的變化，從一開始，男性觀點所視為「女範」或「女禍」兩種極端的傳統看法；到了晚明清初，「情女」與「才女」的大量出現；最後是晚清以後投入事功的「女英雄」、「女國民」等。足見，當女性在職能與空間的逐漸鬆綁時，其參與的活動也逐漸多元而富挑戰性，從閨門、家門而至國家事務。而晚明清初，從男性作家書寫心聲的同時，所為女性說出肺腑之言的湯顯祖、曹雪芹二人，使杜麗娘成為「情女」、林黛玉則變成「才女」，恰好為中國女性覺醒自我成長的歷史中，畢現了女性必先意識「自我之情」，繼而發揮「自我之才」的聯繫關係。

一、從情女到才女

　　大約明末，「女子無才便是德」口號流行，印證了長久以來輕視女性聲音之傳統，因為「無才有德」的觀念更早即有。「男外女內」之性別教育，從家庭開始教導母教婦學，於是女性價值受制於倫理角色，顯然無暇發揮自己的情思或才學，這兩個衝突的角色，女性能做的，通常是必須是完成婦職米鹽織繡、課子侍夫之後，尚有餘力，才能略做自己，前提都不可妨礙婦職，女性不用多讀書，即使是名門女性亦復如此，如《紅樓夢》李紈即一典型，第四回，李紈雖出身金陵名宦之女，卻襲自父教以女子重德，便只記了點「女

〔註8〕引自「庚辰本」二十三回眉批，可參見陳慶浩《新編石頭記脂硯齋評語輯校》（臺北：聯經，1986年），頁458。

四書」、「列女傳」、認得幾個字與幾個前朝賢女，而以紡績女紅爲要；繼以青春喪偶，雖處膏粱錦繡，竟似槁木死灰，惟知侍親養子，閑時陪侍小姑等針黹誦讀而已，其餘則一概不聞問。由此可見傳統名媛的家教。而李紈年紀與熙鳳相仿，約十八九歲，年輕寡居，依靠翁姑，獨養遺孤，其處境應是明清時代許多貞節女性尋常的生命型態；又五十五回，說李紈「本是個尚德不尚才的」，而其日常情態，正反應了多數傳統女性之眞實生活。

　　寡居者如此，即使擁有婚姻的女性亦有苦楚，就如熙鳳精明能幹，「是個楚霸王」，〔註9〕卻整治不住賈璉時常的搞捻，如二十一回，熙鳳女兒發疹，她忙著照顧還得日日供奉「痘疹娘娘」，賈璉才搬出外書房，就與多姑娘兒相通。四十四回，賈母責備賈璉「鳳丫頭和平兒還不是個美人胎子？你還不足？成日家偷雞摸狗，腥的臭的，都拉了你屋裡去！」再如八十回，迎春嫁孫紹祖以後，挨了打，返家哭訴：

> 說：「孫紹祖一味好色，好賭，酗酒，家中所有的媳婦丫頭，將及淫遍。略勸過兩三次，便罵我是『醋汁子老婆擰出來的』。又說老爺曾收著五千銀子，不該使了他的。如今他來要了兩三次不得，便指著我的臉說道：『你別和我充夫人娘子！你老子使了我五千銀子，把你准折賣給我的。好不好，打你一頓，攆到下房裏睡去！當日有你爺爺在時，希冀上我們的富貴，趕著相與的。論理，我和你父親是一輩，如今壓著我的頭，晚了一輩，不該做了這門親。倒沒的叫人看著趨勢利似的。』」一行說，一行哭的嗚嗚咽咽，連王夫人並眾姊妹無不落淚。

婚姻不睦，家務煩難，丈夫品格不端，動輒出口起手，但即使賈府大戶，對出嫁女兒的協助，也僅能止於勸解，王夫人勸迎春「這也是你的命」、「鬥牙鬥齒，也是泛泛人的常事」，〔註10〕甚至還得勉強忍情不說出去。如明代以典制明定，或限制、或保護了女性之婚姻權，《大明令》有「凡嫁娶皆由祖父母、父母主婚；祖父母、父母俱無者，從餘親主婚」，〔註11〕餘親如只伯叔父母、姑、兄姐、外祖父母等；再無，則須從餘親之尊長；婚姻不能自主，遭遇只

〔註9〕 引自《紅樓夢》三十九回，李紈形容熙鳳之語。

〔註10〕 見於《紅樓夢》八十回，孫紹祖虐暴迎春，迎春返向王夫人傾訴委屈，王夫人對之勸釋之語。

〔註11〕 此關於明代婚姻制度載錄於《大明令》「戶令」，此書收入虞浩旭主編《天一閣藏明代政書珍本叢刊》（北京：綫裝，2009年），第二冊，頁309。

能承受，古時女性之辛酸困境可予略見。況且「婦人終老深閨，女紅之外，別無事業」，女性讀書亦非「咿唔文章咏物寫情」之類，必須限制而教以女範之屬以爲正道；表面上並不反對女性讀書，惟讀書要選材，如清藍鼎元（1680～1733）引明人呂氏言：

> 今人養女，多不教讀書認字，蓋亦防微杜漸之意。然女子貞淫，郤不在此。果教以正道，令知道理，如《孝經》、《列女傳》、《女訓》、《女誡》之類，不可不熟讀明講，使他心上開朗，亦閫教之不可少者。〔註12〕

呂氏主張閫教可以使女性「心上開朗」，著重的是仍是《女誡》之女則教育，用以提振久衰之婦道；另者，溫璜（1585～1645）《溫氏母訓》更正言婦女多識字無益而有損；〔註13〕顯然，對士夫而言，女性培養婦德要遠比培養才華重要的多。然而，晚明時期，女性貞節壯烈，如李贄、湯顯祖、袁中郎等人，透過思想與文學的播揚，呼籲「尊重女性」，如崇禎九年（1636）江南吳江甲族文學家庭菁英婦女沈宜修（1590～1635）之夫葉紹袁（1589～1648），爲妻女四人輯文出版《午夢堂集》，以實際行動肯定女性當如男性丈夫「立德、立功、立言」之「三不朽」一般，「婦人亦有三焉，德也，才與色也，幾昭昭乎鼎千古矣」。〔註14〕同一個時代，「女子無才便是德」企圖要消解女性意見，而「才德不相妨」則鼓勵女性嘗試建立意見，這兩種牴觸的力量，使得晚明清初的女性努力發出自己聲音的同時，必須先建立「情」的主體意識，再進而建立「才」的主體意識，換言之，先覺察自己的存在、進而覺察自己對「自

〔註12〕「婦人終老深閨」與「今人養女」語，引自藍鼎元《女學》（臺北：文海，1977年），卷六，「婦功篇」，頁 377～378。「今人養女」語，《女學》書內記爲「呂氏曰」，今人多以呂氏爲呂坤，筆者檢索王國軒、王秀梅整理之《呂坤全集》（北京：中華，2008年），亦未見是語，因此僅遵原文謂之「呂氏」。另「郤」作「郤」、「誡」作「誡」，亦從其原文。《女學》一書收於沈雲龍主編「近代中國史料叢刊續編」第四十一輯。

〔註13〕溫璜《溫氏母訓》簡之：「婦女只許粗識柴米魚肉數百字，多識字無益而有損也」，書收於任繼愈、傅璇琮總主編《文淵閣四庫全書》（北京：商務印書館，2005年），子部，儒家類，第二三八冊，頁 467～469。

〔註14〕此爲葉紹袁《午夢堂集》之〈序〉語，藉以紀念「我內人沈宛君，夙好文章，究心風雅，與諸女題花賦草，鏤月裁雲，一時相賞，庶稱美譚。……豈不青門共隱，白首同期，而琴斷徽亡，簫殘鏡破，生人不幸，至於斯歟。嗚呼傷哉！」的妻女之才與自傷之情。此文見於葉紹袁原編、冀勤輯校《午夢堂集》（北京：中華，1998年）。

我之才」的存在。

王德威觀察從杜麗娘到林黛玉二者「抒情主體」的特質，在於以情的「表演」爲重頭戲，且「只有在書寫或表演的自我反射、再現的過程裏，情的過渡才能產生，乃至完成」，〔註15〕是而，從「情」來看，杜麗娘，千金小姐，生生死死只爲情多。當她遊園歸來，歎道:「天呵，春色惱人，信有之乎！常觀詩詞樂府，古之女子，因春感情，遇秋成恨，誠不謬矣。吾今年已二八，未逢折桂之夫；忽慕春情，怎得蟾宮之客？」（〈驚夢〉）以致於「癡情慕色，一夢而亡」（〈魂遊〉），柳夢梅爲她開山請神，終於還魂回生，杜麗娘自擇了夫婿，突破女性不可自議婚姻的限制。而林黛玉，聰明俊秀，出身「支庶不盛」（二回）的書香之家，有著絳珠仙草嫋娜不勝的體質，因此一生淚多，愛哭是爲了償還情債。入住大觀的瀟湘館，瀟湘的幾竿竹子，「哭」與「竹」是娥皇、女英深情灑淚成斑，「絳珠」紅淚，可見黛玉「滴不盡的相思血淚」，點點淚珠盡是愛情印記。

二、女詩人——林黛玉

杜麗娘、林黛玉兩位，固是「情女」無疑；惟黛玉並不僅此，還很有才華。黛玉是《紅樓夢》中「能詩會賦的姐妹」中，最具才情的一位。十八回，元妃省親時，使寶玉等人即席題匾作詩，黛玉才思敏捷而先寫了〈世外桃源〉，後來元春看畢，稱賞黛玉寶釵所作與眾不同；而黛玉安心大展奇才以壓倒眾人，元妃卻只命一匾一咏，沒可逞能，心上不快，倒見寶玉無才之筆尚在蹇澀，黛玉一揮筆，便好上幾倍。元妃看了〈有鳳來儀〉、〈蘅芷清芬〉、〈怡紅快綠〉、〈杏帘在望〉，稱讚寶玉「果然進益」，又指〈杏帘〉一首是四首之冠，卻不知正是黛玉捉刀之作，就如前首〈世外桃源〉，也只是黛玉當場胡亂戲作，可見，黛玉對自己敏捷詩才頗感自負。

三十七回，黛玉寫詩更精彩，眾人起海棠詩社，起興要以香計時，隨手競詩，便作海棠詩，侍書預備四分紙筆，丫鬟點了一枝易燼的「夢甜香」限時，當眾人各自悄然思索時，獨黛玉故作多事，或撫梧桐，或看秋色，或和丫鬟嘲笑。而探春寫了還要改，寶釵寫了自說不好，寶玉背著手踱步迴廊，看黛玉還沒寫，還催了她幾次，香快完了，黛玉只管蹲在潮地下，也不作。

〔註15〕見於王德威〈遊園驚夢，古典愛情——現代中國文學的兩度「還魂」〉一文（「聯合報」副刊 2004 年 4 月 23～29 日）。

李紈要大家交卷，探春的、寶釵的、寶玉的，都看過了，只見黛玉「提筆一揮而就，擲與眾人」，寫得風流別致，才氣躍然，贏得滿堂喝采，稱爲最上。後來題菊花詩，黛玉的三首詩獨占鰲頭，譽爲「題目新、詩也新、立意更新」，盛稱她是「詩魁」（三十八回）。

透過天賦或教養之「才」的肯定與張揚，使得清代知識女性在某種程度上，突破傳統閨闈限制，從而學習藝文、交遊結社、創寫如詩文彈詞等作品，諸種情形在《紅樓夢》可得印證。此外《紅樓夢》中的女性或才或德之面貌，也不盡然相同，黛玉多才、寶釵有德。不過，書中女性寫的詩是曹雪芹之作，女性命運或理想是作者的設計，詩中有多少女性意識，則又另當別論。

林黛玉，是清代閨秀詩人的典型，敏感、有才、早夭。中國才女比起才子，因爲難以培成而罕見，直到明清時期才大量出現。明代才女詩作超過此前各朝女性詩詞的總和，而清代才女詩作又超過歷代。所謂「才女」，更確切的說是「女詩人」，同時精通書史，兼善書畫藝事。當時女詩人與其作品集的湧現，特別是清代，或夫婦隨唱、或一門聯吟、或閨秀結社、拜師交友，詩作的專著或選集多有出版發行，因此這個盛況值得在文學史上更傾注意。過去，女性不被鼓勵讀書，僅能讀男性安排的女教，讀詩作詩是更不可能的，因此養成「無才是德」方是閨秀之觀念，男性提倡，許多女性亦信之不疑。然而正如袁枚所說：「古聖賢未有尊性而黜情者」，〔註16〕況且「詩者，人之性情也」，〔註17〕詩表現人的天真情感，男性寫詩，女性當然也可以詩顯情了。

男性所謂以「誨淫」的理由而限制女性從事文藝，是要避免兩種危險，一是擔心導淫，不可挑動起欲望，二是擔心女性疏忽家庭職責，因而設想女性發展自己與家庭職責二者，是一個絕大的衝突。然而閨秀淑媛，幽閉家居，長日無事，才思如何排遣？主要是才子的養成，或一些才女跟著受惠，從小研讀儒家經典、書史詩文，就像杜麗娘讀《詩經》，〔註18〕惟二者讀書用途有

〔註16〕引自王英志編《袁枚全集》（江蘇：江蘇古籍，1993年），《小倉山房文集》，頁395。

〔註17〕見於袁枚《隨園詩話》（臺北：漢京，1984年），頁565。

〔註18〕明清時期，《詩經》是重要的女教教材，明代如仁孝文皇后許氏自稱幼誦詩；葉小鸞夙慧，兒時能誦《毛詩》，由養母張倩倩教之，清代如毛奇齡妾張曼殊好誦《毛詩》，每誦三葉，後以臥病罷誦等。因此，《牡丹亭》描寫杜麗娘學《詩經》是當時之真實情境。

差異，男性被期待進入科舉等社會事業之公領域，而才女被要求嫻熟於女則閨範一類，以準備成爲一位合宜的家庭婦女。此外，清代有一爲數較少的才女們，是具有文學養成的背景，正如晚明江南文學家庭之女性文學活動，事實上已經不完全限制在閨閣中家族成員或閨中密友的交談或流通，時或能參加結社等社交場合，這可證明曹雪芹寫探春等人結社確爲社會眞實。

女性「詠絮才高」的心聲或意見，流傳困難，除了是男性不鼓勵之外，往往也是女性以「內言不出」、「不以才炫」而自戒，特別是良婦或閨秀，認爲詩名外揚等於敗壞名聲，未嫁閨秀自吟自賞，最後動輒焚燒詩稿，以「才思非婦人事」、「以才情自誨」，如清人徐世溥（1608～1657）之妻王氏有詩詞二百餘首，徐想爲她刊詩，王氏則不忍詩稿外流，而或有與青樓詩作混淆而壞名的不測之險，乾脆焚稿以絕後患，徐世溥因此慨嘆：

> 蓋自來刻詩者，《方外》之後，緊接《名媛》，而貞婦、烈女、大家世族之詩類與青樓泥淖並列；姬每言之，輒以爲恨。予嘉其志，不敢付梓，並其名字亦不忍露也。〔註19〕

可見，閨中不乏才女，自負詩才，愛詩如命，但在外界壓力與自我貶抑之下，能夠苦吟不輟的，寥寥無幾，而能公開與男性競秀，更屬少見。對多數能詩的女性們，如黛玉寫詩僅止於一種私下愛好。此外，明清時期湧現許多女性創作之彈詞戲曲等，創作初期，也多只在閨閣中流傳，後來才出版，如陶貞懷《天雨花》、陳端生（1715～約1796）《再生緣》、劉清韻（1841～1915）《傳奇二十四種》〔註20〕等，〔註21〕女性作品中的傷愁往往來自現實隱痛，既不可能放浪形骸，於是樂中含憂，欲放還收。

特別值得一提的是，晚明以來，男性提出「天地獨鍾女性」的觀念，時有出現，才女、女詩人逐漸展現姿態；而當「晚明才伎紛紛以『婦德』自期之際，大家閨秀卻汲汲自許爲『才女』」，是以孫康宜論女子才德，提到女性追尋發聲：《紅樓夢》稱頌貌美綽約的年少才媛，足以證驗十八世紀「閨閣獨占天地靈秀之氣」的觀念已出；且此一出於晚明的嶄新閨秀觀，既確實牽動

〔註19〕此語引自錢鍾書《管錐編》（臺北：華嚴，1987年）第二冊，一八四，卷四二九，頁810之周亮工《書影》卷一語。

〔註20〕現存十種，有〈鴛鴦夢〉、〈氤氳釧〉、〈英雄配〉、〈天風引〉、〈飛虹嘯〉、〈鏡中圓〉、〈千秋淚〉等。

〔註21〕尚有侯芝《再造天》、邱心如《筆生花》、程蕙英《鳳雙飛》、朱素仙《玉連環》、鄭澹若《夢影緣》、周穎芳《精忠傳》、映清《玉鏡臺》等。

了許多婦女的創作欲，更挑戰了社會既存之文化勢力。是而閨秀不服「女子無才便是德」之說，主張作詩填詞與刊刻所著乃屬天理所容；女性再不願以柔順服務家庭而自滿或變成「沒有聲音」者；男女兩性亦且開始意識到女性文才並不妨德，甚可益德，用以掃除古來懼才疑才的心理。〔註22〕

因此，像黛玉、寶釵一類的才女，才情見識在男性之上，風姿果敢，那麼「才」的覺察與其名正言順，應是曹雪芹賦予林黛玉一個有別於杜麗娘的角色意義，以此突顯「女子有才」的尊重呼聲，崇拜「才女」更是「情觀」所致。曹雪芹寫女性，寫女性之詩，寫女性生活，大觀園將要打開，不久，女孩子們就要走出來了。

第三節　理想男性情人──才子與不才

才子佳人戲曲小說中之男性角色，「才」、「情」是才子自我命名的內在力量表現，深具意義與作用。〔註23〕柳夢梅與賈寶玉，此兩種男性均是理想情人之形象，柳夢梅既爲愛付出，並追求事功，榮獲社會肯定；賈寶玉則專意體貼、棄絕事功，顛覆傳統，在文學作品中，應屬絕無僅有。前者以「才」與「情」自我命名；後者則以「情」與「不才」自我命名；可見，柳夢梅、賈寶玉是否選擇要以通過科舉爲自我考驗，與其對改變現實與實現價值的動機與方式不同，因此產生不同的理想範式。此外，「男子居外」、「男不言內」，使中國傳統男性向來看重社會領域與職能發揮，這種職能區分與生命價值，也投射在戲曲小說中的男性角色身上，此在柳夢梅更明顯。

一、才子情人柳夢梅

柳夢梅同時代表「才子」與「情人」，一者志在四方，另者則爲愛奉獻，理想人生要包含兩件事情都能夠圓滿達成，一是科舉功名，再是歸第成婚，二者都屬於社會認定的價值，如魯迅所謂「凡求偶必經考試，成婚待於

〔註22〕而早在明代，「才女」其實是現實世家女性對自我的生活理想。此文與前「晚明才伎紛紛以『婦德』自期之際」之句，引自孫康宜〈論女子才德觀〉，收入孫康宜《古典與現代的女性闡釋》（臺北：聯合文學，1998 年），頁 135～164。

〔註23〕參見李志宏〈參、內在探索：才子／英雄神話作爲個體化過程的原型模式〉，此文見於其《明末清初才子佳人小說敘事模式》（臺北：大安，2008 年），頁218～240。

詔旨」。〔註24〕

　　在〈言懷〉，柳夢梅自道對事功之自信與抱負：「男兒結果之場」，柳夢梅不甘窮頓，讀書過了二十歲，一時並無發跡之期，雖然自許為「擎天柱，架海梁」（〈旅寄〉），卻苦無機會，不為朝廷重價購求，陷於「無一人購取，有腳不能飛」（〈謁遇〉）的窘態。而與杜麗娘之邂逅，固然欣喜多情，事業未成卻實是人生缺憾，還落魄到了「破衣、破帽、破褡裌、破雨傘，手裏挈一幅破畫兒，說他餓的荒了」（〈鬧宴〉）之境況。再者，柳夢梅協助杜麗娘復生，結為夫妻；柳夢梅對功名從對自我期許到給予婚姻安定的心態轉變上，越到後來，越見柳夢梅對愛情的認識與履踐。

　　此外，柳夢梅在〈言懷〉中，一夢而生痴情，以夢為真，正與杜麗娘因春感情、牽掛夢中人相應；在〈拾畫〉、〈玩真〉中縈繫畫中人，自敘「驚春誰似我」，其鍾情正在於杜麗娘之「因春感情」、「慕春」之「春」；在〈幽媾〉、〈冥誓〉、〈回生〉中，柳夢梅愛之精誠，即使得知杜麗娘為鬼魂仍一無反悔，更願堅決協助杜麗娘重生為人；兩人的愛情逐漸從虛轉實時，柳夢梅必須排除更艱困的現實任務，〈泊淮〉、〈硬拷〉、〈圓駕〉中，因情而生義，自然之至性真情對抗杜寶所代表之人為規範，柳夢梅維護真情而面對生硬之禮教權威，堅毅不讓，使人鬼婚戀得以人類生命形態現世，並得到眾人認同。柳夢梅之鍾情，即便備受折磨與冤枉，仍不易情，柳夢梅之情顯然單純真誠，特別是〈硬拷〉中，杜寶開堂審問柳夢梅，各說各話之時，柳夢梅雖又急又惱，卻能不疑、不駁、不悔，以致能與杜麗娘終生相許：

> 此記奇不在麗娘，反在柳生。天下情痴女子，如麗娘之夢而死者不乏，但不復活耳。若柳生者，臥麗娘於紙上，而玩之、叫之、拜之，既與情鬼魂交，以為有精有血而不疑，又謀諸石姑開棺負屍而不駭。
> 及走淮揚道上，苦認婦翁，喫盡痛棒而不悔，斯洵奇也。〔註25〕

此外柳夢梅對生命理想的實踐極為實際，特別是當杜麗娘還魂後，「情」嚮往不能只停留在兩人喁喁，日常生計、時局戰亂，甚至為杜麗娘尋親相認、為科舉功名等精神的嚮往或現實的需要，在在才是「情」之考驗，當現實越困

〔註24〕魯迅論及明代人情小說受制於其時科舉思想牢籠所致，而呈現之人事成功模式。語見魯迅《中國小說史略》（天津：天津人民，1999年），〈第二十篇明之人情小說（下）〉，頁216。

〔註25〕語見陳同、談則、錢宜《吳吳山三婦合評牡丹亭》（上海：上海古籍，2008年），〈硬拷〉，頁131。

難時，柳夢梅的決心與行動便更果敢激昂，亟欲戰勝愛情與現實的阻撓，贏得佳人、家人、社會之認可與稱賞，柳夢梅當然不會只是一個儒生形象，而更是承擔責任、實踐意志的男性。

二、「不才」情人賈寶玉

「才子」有才，發展到了《紅樓夢》時，曹雪芹便加以改造成另一種「才子」，「不才」變成了更理想的男性典型，使之不必「無才」而深深「有情」。杜麗娘是「情種」的原型，曹雪芹藉以將寶玉翻版成一位「多情公子」。

曹雪芹說要「打破歷來小說窠臼」而寫「兒女之眞情」，可見他願意正視兩性健康交往的誠意，對女性珍惜與友善，因此與其說《紅樓夢》是一本「風月寶鑑」；更貼切的應是一部「戒妄動風月之情」的小說，〔註26〕也因此，寶玉「意淫」是個有情人，對黛玉而言是專情，對普天下女性同情，對萬物則有多情。

五十四回，賈母破陳腐舊套，說才子佳人小說最沒趣味，不過是男性作者借小說污穢名門女性，也是曹雪芹對男性書寫習套，繼第一回後的再次反省：佳人所以爲佳人，自是家庭愛如珍寶、通文知禮而無所不曉的女兒，若此女「只見了一個清俊男人，不管是親是友，想起他的『終身大事』來，父母也忘了，書也忘了，鬼不成鬼，賊不成賊，那一點兒像個佳人？」透過這個反省，曹雪芹對兩性之書寫，才能建立起「兩性平等」的概念。

才子佳人中的「才子」往往號稱「天下第一才子」，而寶玉偏偏就是「天下古今第一淫人」，比起柳夢梅、未央生一類號稱「天下」，「淫人」更勝一籌，從空間「天下」、時間「古今」二者來看，都無與倫比。「淫人」是如何的人格？

曹雪芹在第五回藉由警幻仙姑之口，澄清了正當的兩性關係，首先批評「淫污紈褲與流蕩女子」做出輕薄之事，卻故意以「色而不淫」濫熟之語，只在混淆視聽、掩非飾醜，還故作堂皇而已，俗世好淫者，不過耽溺在「悅容貌，喜歌舞，調笑無厭，雲雨無時，恨不能天下之美女供我片時之趣興」而已，絕非尊重情感之輩。而寶玉珍貴之質性乃在於「天分中生成一段痴情」

〔註26〕由此，賈寶玉「色而不淫」的兒女之情，方得以避免「不過偷香竊玉暗約私奔而已」的風月故事，可參陳萬益〈說賈寶玉的「意淫」和「情不情」〉一文，收於余英時、周策縱等《曹雪芹與紅樓夢》（臺北：里仁，1985年），頁205～248。

的「意淫」之情，自是「天下古今第一淫人」之多情種。而寶玉則獨得警幻仙姑讚許的「意淫」，此「天生痴情」乃無人有之。脂硯齋評寶玉「一生心性，只不過是體貼二字，故曰意淫」，曹雪芹以寶玉又是「天生成慣能作小服低，賠身下氣，性情體貼，話語纏綿」，「天生成」的古今「情種」，是因為寶玉前世本就出自「情埂」通靈之石，「情根」屬其天賦，不假外求，更是此生不去之性情特質，也非教化所能扭曲改變，所以才能夠「慣能」，總能出於自願而不勉強。

而寶玉以此質素與女性相處，往往作小賠身、體貼纏綿，脂硯齋感知「作書者視女兒珍貴之至，不知今日女兒可知？余為作者癡心一哭，又為近之自棄自敗之女而一恨」，〔註27〕曹雪芹借寶玉「情癡情種」，珍惜女性心思靈秀，體貼女性處境，他這種友善，自是閨閣良友，以致「通部中筆筆貶寶玉，人人嘲寶玉，語語謗寶玉」，被世道視為迂闊怪詭，也不意外，批評說他不走「正道」，是個「淫魔色鬼」，可怪的是，尊重女性、愛護女性何以不是正道？顯然，曹雪芹努力要用寶玉這個單純可貴的質素，塑造成為一位「理想情人」，第五回「意淫」之說，就讓第六回以後的寶玉「倍偏，倍癡，倍聰明，倍瀟灑」了，以完成為閨閣傳達「理想男性」心聲的深意。因此，寶玉一方面能「怡紅」，另一方面，則具有「女性化」的特質與形象。

他同情香菱被拐賣給動輒動手的呆霸王薛蟠，又同情身陷苦戀而身心俱疲的齡官；平兒理妝，寶玉跟著為她遞粉調脂、剪花插簪；看到湘雲吃醉，貪涼酣眠，擔心她風吹肩窩，輕輕為她合被；喜歡黛玉，跟她胡謅放鬧之間，都只一個「怕她睡出病來」的疼惜。二十五回，寶玉臉被燈油燙傷，黛玉去探，要瞧瞧，寶玉「卻把臉遮了，搖手叫他出去：知他素性好潔，故不肯叫他瞧」，寶玉「怡紅」不忍，真心友善而平等尊重女性，服低下氣，而不涉於皮膚淫爛，女性在大觀園內、怡紅院內，都得到安全的呵護與休息。

至於，寶玉的「女性化」，曹雪芹多次側寫到，齡官畫薔時，曾經誤認寶玉俊秀是個「姐姐」；怡紅院內「寶二爺的臥房」，其實像個「小姐的繡房」，〔註28〕賈母也說他「原是個丫頭錯投了胎」。曹雪芹以「情」來肯定女性天生

〔註27〕 「作書者視女兒珍貴之至」、「通部中筆筆貶寶玉」與「倍偏，倍癡，倍聰明，倍瀟灑」三語，分別引自「甲戌本」五回眉批與回末總評，見於陳慶浩《新編石頭記脂硯齋評語輯校》（臺北：聯經，1986年），頁126、125、137。

〔註28〕 「寶二爺的臥房」與「小姐的繡房」語見於《紅樓夢》四十一回，劉姥姥問襲人語。

靈秀的資質，而藉著寶玉「女性化」，試圖將「情」之資質還給男性，因為「情」是先天情根以具的稟賦，男女兩性本就皆具，限於後天人為刻意的綁束，男性設計社會禮教，而使男性少談情而多講理，最後只在拘泥而少真情；也由於女性不像男性陽剛，在「情」意識的覺醒上，顯然比男性保留多一些「情」，較易發覺。

有學者將寶玉「女性化」解釋為同性戀、雙性戀，筆者以為：不論是「意淫」或「女性化」，都在強調單純的體貼、尊重、疼惜、友善之情。「女性有許多說不出來的心事」，當湯顯祖先將「情」還給杜麗娘去發現自己心事之後，曹雪芹借「淫」的說法，寶玉之「情」，自然的天生體貼，自可珍惜女性，這是男性「情」意識的自我覺察，如《紅樓夢》五十二回，寶玉問候黛玉睡眠，細聲一問，只為一日常卻極體己的問候，寶玉問道：「如今夜越發長了，你一夜咳嗽幾次？醒幾遍？」看似無味扯淡，除了透露寶黛情誼默契之外，更重要的是曹雪芹斷然不肯將作品寫成「偷寒送暖，私奔暗約，淫情浪態」〔註29〕之俗筆。

從杜麗娘「情女」到賈寶玉「情男」，二者之間，「情」在性別上的改變，顯然證明了「情」的覺察，是從女性進展到男性的；同時，從柳夢梅「才子」到賈寶玉「情人」二種理想男性的轉變，也顯示了男性作家覺察男性意識的歷程。筆者以為：寶玉的「情人」形象，其內涵在於「人人具有平等尊重他者的善良意志」，更應該是曹雪芹對理想人格的一種企慕。

第四節　女性空間的擴大——後花園與大觀園

對舊時代女性而言，家庭是唯一的活動空間，女性在家庭中的活動又往往帶有被父權劃分的意味在，人們慣以方位、距離、形制、區域、高低等等來表達對空間的思考，「空間」的區隔，往往出自一種人為標準；因此，該標準所形成的空間，展示的並不僅是使用功能或用途，更在於背後所隱含的價值觀點，價值觀點是積澱而形成的，空間於是有牢不可破的指涉在，藉由空間配置，即可獲悉文化的某些明示或暗示，亦即空間的文化感往往隱含一種觀念或價值。因此，「空間」並不只是「物」的存在，而是用以表現「價值」，

〔註29〕語見「庚辰本」五十二回：「豈別部偷寒送煖，私奔暗約，一味淫情浪態之小說可比哉。」引自陳慶浩《新編石頭記脂硯齋評語輯校》（臺北：聯經，1986年），頁645。

如李豐楙說空間是社會關係的產物，其言「透過空間表徵所表述的空間就不再是靜態不變的物質，也非純然的想像，而是社會關係的產物」，而空間不斷被分類、解釋、實現和挪用的過程，更建構出種種社會關係；同時，該過程「經由敘述形成一種用空間架構的理想世界、集體記憶和個人情感的書寫模式，由此積澱出重要的文化論述。」〔註30〕

文學作品經常出現「空間」的比喻，最具代表性的是《紅樓夢》的「大觀園」，象徵意義重大而豐富。〔註31〕以文學中的空間而言，從空間的區隔開始，該空間的意義、用途、使用者、活動等，也隨之區隔，更重要的是成為深富意涵的「象徵」。

杜麗娘春遊的「後花園」、林黛玉等人集住的「大觀園」，因此不能單純只視為提供生活之功能型空間，「後花園」、「大觀園」二者的象徵概念，必須從兩個角度觀察，第一，中國空間配置中之性別標準；第二，湯顯祖、曹雪芹之創作意涵。

一、性別與空間

中國傳統空間的使用，關涉到極明顯的性別標準，男性著重公領域，女性則限於私領域。當男性「受命於朝」，女性則是「受命於家」，相對於「朝」

〔註30〕而空間在作品中的意義，除了是居處空間之外，更重要的是還擔負了文學象徵的任務，因此更如其言：「中國文人到底如何表現其空間觀念，就如現代的學科分類一樣，其中有關地理學（特別是人文地理學）、藝術學、園藝學以及其他藝術領域，在古代士人的養成教育中，大多能廣博地涉及。因此今人面對這些材料時，實也適合採取較多學科的觀點，重新詮釋，如此始能彰顯其為空間藝術的特質。這些既有自然空間，也有人為空間，都能經由藝術家及諸多文人的『觀看』，然後巧妙表現於不同的藝術形式。每一種作品在自然的模擬與人為的參與中，都試圖表現其空間、場所的個性、秩序及美感。所以今人應如何詮釋含藏於圖像、文字中『境』的精神與意義，從空間現象學理解其存有的意義，應是哲學家所試圖提醒的一種認知或體驗吧！」可詳參李豐楙、劉苑如編《空間地域與文化——中國文化空間的書寫與闡釋》（臺北：中研院文哲所，2002年），〈導論〉，頁1～22。此二引文分別引自該書頁1、16～17。

〔註31〕如戴思客（Scott Davis）言及中國之文本空間時，其認為：「以中國的文本空間為例，我們可以說，文本空間就像人們生活的空間一樣，從我們的經驗可得知，兩者的生命緣素與能指系統都都具有選擇性的特質。」空間既實用感而又具有弔詭的性質。見戴思客〈古代中國的本文空間——《周易》的模型設計〉一文，收於李豐楙、劉苑如編《空間地域與文化——中國文化空間的書寫與闡釋》（臺北：中研院文哲所，2002年），頁1～42。

包含的社會、工作、仕途、事功、地位等意義，「家」的範圍就集中在家務的、私人的、親屬的空間之中。家庭與婚姻是女性終生之「歸」，且「婦人者，從人者也，幼從父兄，嫁從夫，夫死從子」，夫婦之間雖然「妻同齊」，但仍然是「夫者，妻之天」，也就是「士有百行，女唯四德」，更具體的是：「婦順者，順於舅、姑，和於室人，而后當於夫，以成絲麻、布帛之事」；〔註32〕因此相對於男性佩以冠、綏、纓、端、韠、紳、摺笏、玦、捍、管、遰等外用之飾，女性則另佩以箴、管、線、纊，另施繁袠之飾，用以認領事舅姑如事父母之家庭內務；〔註33〕總之，所從事者均非她之「本身」。父權對女性的期待，是建立了家庭秩序，從而由女性來加以維護，延續下來的是女性的活動範圍，《禮記‧內則》：「禮始於謹夫婦」，兩性之宮室與職務定調為「男不言內，女不言外」、「內言不出，外言不入」，男子居外理外而不入內，女子則居內理內而不得出外，以此為女性隔離了活動與空間，更延及以確認了女職婦職，甚至僵滯了女才。

同時，女性還得自閉以防止被家族男性或男性奴僕以外男性、男客看到，責備的理由在於女性有如主動拋頭露面一般，女德因此玷污。女性的重要性既然在於為人女、為人婦、為人母等柴米瑣屑、織繡課子之事，如此一來，「女性在家」變成是正當而常見的畫面，她的社會職能其實就是家庭職能，二者同為一事；因此，歷史上的女性雖然有其生命，卻往往成為停留在家庭空間之中的影像，也許是因子而貴的母親，或是以夫為榮的妻子，至於她自己，也就不甚了了。然而，在這種性別空間中，女性是否完全無力？筆者以為：閨閣看似封閉，不被注意，幽微深居卻自成天地，因而足以保留自我私密，反而蘊含了另一種豐富的空間意義。胡曉真認為相對於男性，空間之於女性，既是「身體上居處空間的配置」，亦是「職責上人生義務的分工」，以現代性別論述觀此「正位於內」的概念，自被詮釋為對女性不公的限制與禁錮；然而，此中意義其實值得換個相對的可能性以深思之，即：「面對此一由文化加諸其身的內／外之分，女性是否也能藉勢為自己開拓一個私密的空

〔註32〕引自《禮記‧內則》，見於姜義華注譯、黃俊郎校閱《新譯禮記讀本》（臺北：三民，1997年），頁892。

〔註33〕與「男不言內，女不言外」、「內言不出，外言不入」語均出於〈內則〉，〈內則〉另有：「男子居外，女子居內」、「男不入，女不出」。〈郊特牲〉、〈昏義〉亦有相似之議。以上引自姜義華注譯、黃俊郎校閱《新譯禮記讀本》（臺北：三民，1997年）。

間，發展自由的心靈活動。」〔註34〕

亦即，相對於男性居外爭拼，外在事業也屢有威脅，男性也許不免有身不逢時、所遇非君等的難堪；女性卻得以在婦職之餘，就在自家深閨中，保留自己。循此，則女性長年居處深閨，鄰近閨房的還有花園，像是杜麗娘去的「後花園」，林黛玉等人住的「大觀園」，深閨與花園帶給女性什麼感受、空間本身有何意義或象徵？

二、從後花園到大觀園

在屋舍配置中，後花園是女性無事閒逛的去處，通常在屋群的最後方，顯然這也是以方位考慮女性的活動動線，以確保大門不出、二門不邁。在空間位置上，後花園既外於閨閫，又與閨閫連接；又地處遠僻，園的內外僅僅一牆之隔，屢屢蠢動了情欲，變成閨室女性的縱情之所，造成「許多公案皆愛踏春陽之一念誤之也」，〔註35〕像崔鶯鶯、杜麗娘等。可見，後花園的危險性，其實來自邊緣而挑動情欲，情欲也往往挑戰了禮法邊緣。父兄長輩還會詭誠閨女禁止進入，說花園表面上春光盎然，其實躲藏著花妖樹精，隨時引誘遊園少女，花園同時變成一個詭異經驗的發生地點。因此，後花園對杜麗娘最重要的兩個意義：一是情感的「啟蒙」，二是形軀的「重生」，二者使之情感獨立。

首先，杜麗娘藉後花園總結無知而開啟情愫。杜麗娘進園之前，生活悶悶，要不「終日繡房」、「長向花陰課女工」，「剛打的鞦韆畫圖，閒榻著鴛鴦繡譜」，閑做輕巧針線，打發漫漫長日，要不無聊眠睡，或者「念遍的孔子詩書」，卻只是「略識周公禮數」，〔註36〕閨中生活使她漫不經心，「素妝纔罷，

〔註34〕 胡曉眞進而言之：由於女性空間幽閉，女性是否可藉以發展私密活動？且當活動空間隨之幽閉時，「閒」與「無聊」這兩種極端的私人感受，一方面女性作家以此定義自己，另方面也因此形成女性創作的動力。其言可參其〈秘密花園──女作家的幽閉空間與心靈活動〉一文，胡曉眞《才女徹夜未眠》（臺北：麥田出版，2003 年），頁 179～226；引文則見於頁 180。

〔註35〕 引自陳同、談則、錢宜《吳吳山三婦合評牡丹亭》（上海：上海古籍，2008 年），〈標目〉，頁 2：「『情』不獨兒女也，惟兒女之情最難告人，故千古忘情人必于此處看破。然看破而至于相負，則又不及情矣。……世境本空，凡事多從愛起，如麗娘因遊春而感夢，因夢而寫眞，而死而復生，許多公案皆愛踏春陽之一念誤之也。」

〔註36〕 「終日繡房」、「長向花陰課女工」、「剛打的鞦韆畫圖」、「念遍的孔子詩書」與「略識周公禮數」數語，均見於〈訓女〉。

緩步書堂下。對淨几明窗瀟灑」《昔氏賢文》，把人禁殺，恁時節則好教鸚哥喚茶」（〈閨塾〉）。幽居閨室，斗室寂靜，固定的生活空間、活動，容易屏絕人事，以致於杜麗娘長到十六歲，根本不曾進到園內，為何不曾？乃因生活封閉，渾然無知到近在家內竟有一座後花園。閨房是杜麗娘私人而不自由的空間，時間靜止，室景滯固，幽閉並非出於她自己的選擇，她還不到操持婦職的年紀或身分；然而為了所謂維護閨秀、避免開雜，恐怕唯有緊迫地堅持閉鎖空間，屏絕閨秀與外界人事接觸，方可致之。由是，空間不只限制了行動，更限制了時間，乃至於思考。

　　幽幽深閨，漫漫長晝，杜麗娘對時間是無感的，更無法意識自己的感受，二者的改變有待於她偶進後花園。傳統少女的「十六歲」，及笄之年，經父母作主以許字他姓，杜麗娘的「十六歲」則在「後花園」發現自己，發現時間，並突破空間。本來閨房的空間、杜麗娘自己、時間漫長，這三者都是凝滯的狀態，一離開閨室，一進了花園，花園不是幽室，空間開放，景物隨著季節轉換鮮明，提示時間的流動。杜麗娘於是醒來，「如花美眷，似水流年」，花園解除了她的沉睡與及笄聽命許字的拘套。就像父母要杜麗娘少去花園，塾師陳最良也囑咐她：「手不許把鞦韆索拏，腳不許把花園路踏」（〈閨塾〉）。杜麗娘顯然沒真被威脅，她掃除花徑，進了園，在園中醒悟過來，從花園出發，跨過閨閣疆界，展開驚險愉悅的愛情冒險；杜麗娘以發乎人性自然湧動之真情辨認自己，「啟蒙」是後花園對杜麗娘最重要的意義。

　　其次，杜麗娘又藉後花園重生，圓滿了人鬼因緣。杜麗娘夢情而死之後，骸骨埋葬在花園裡，表面上看來，生命的終結代表了希望、情欲、理想的結束，杜麗娘的確遺憾「情之不足」；然而「情真之至」，杜麗娘讓自己還魂回生，從棺木中顯靈還陽，從而完成愛情使命。「重生」是第二個意義。

　　而從後花園到了大觀園，空間更大，象徵意涵更深。「大觀園」，是曹雪芹創造出來的一個理想國度，雖然有中國庭園園林的架構；但就其現實性而言，大觀園並不存在。因此，文學園林是男性作家寄託思想之象徵性的場地，一是大觀園是「太虛幻境」，終歸於無；二是大觀園是女性的安全樂園。

　　首先，大觀園就是「太虛幻境」。脂硯齋批：「大觀園係玉兄與十二釵之太虛玄境，豈可草率？」余英時論述大觀園與太虛幻境二處的關係，爬梳文本以指明作者屢屢點醒讀者此二者之二而一、一而二的關聯：「大觀園不在人間，而在天上；不是現實，而是理想。更準確地說，大觀園就是太虛幻境。」

〔註 37〕曹雪芹時時緊密編組二者，最重要的證據在第五回、十七回。五回，寶玉遊太虛幻境，寧國府梅花盛開，寶玉跟著去賞花，中途倦怠，想睡中覺，秦可卿帶到房間，恍惚睡去以後，隨著警幻仙姑經遊太虛幻境。太虛幻境住著一群「神仙姐姐」，警幻仙姑「蹁躚裊娜，與凡人大不相同」，還有幾位「荷袂翩躚，羽衣飄舞，嬌若春花，媚如秋月」的仙子。寶玉夢中歡喜，覺得「這個地方兒有趣，我若能在這裏過一生，強如天天被父母師傅管束呢！」寶玉做夢，來到了太虛幻境這個神仙世界，神仙世界便是承載著曹雪芹或賈寶玉理想之夢的世界，在此，沒有時間空間的界限，超塵絕俗，因此只在夢中出現。

　　而大觀園是太虛幻境的人間投影，十七回，寶玉跟著賈政、賈珍等人繞園題額，走到正殿時，寶玉心有所感，「心中忽有所動，尋思起來，倒像在那裏見過的一般，卻一時想不起那年那日的事了」，「那裏見過」其實就是第五回遊的幻境。寶玉發覺園中正殿的玉石牌坊似曾相識，暗示讀者大觀園其實是以太虛幻境為底本的，只因為大觀園被曹雪芹嵌入了似真的情節，令人誤以為真了。

　　至於建造大觀園的理由必須極其盛大，以使大觀園有在現實中存在之理由，就如熙鳳說的「從來聽書聽戲，古時候兒也沒有的」（十六回），在人間僅此一座，元春冊封貴妃，皇帝特許她省親而造。但園林景致與太虛幻境相應的是女性飄零，所有女性魂歸幻境各司的簿冊，由此看來，大觀園的起造理由、省親活動、園林規模，甚至是只願收容閨秀女性的理想，在現實而言，不只是「誰信世間有此境」（十八回），根本是曹雪芹擬造的一座夢想國，夢會醒，一如大觀終歸於虛。

　　再者，大觀園是女性的安全樂園，有幾個證明：

　　第一，大觀園暗喻「女兒國」，並且由寶玉先說來，十七回，賈政跟清客穿堂過舍，過了月洞門，看見一樹西府海棠，「其勢若傘，絲垂金縷，葩吐丹砂」，賈政說是「女兒棠」，傳說出於外國的女兒國，寶玉繼續發揮「女兒」之說：「此花紅若施脂，弱如扶病，近乎閨閣風度，故以『女兒』命名。」所謂「閨閣風度」是說少女青春貌美，卻如花嬌弱不勝的體質，容易受傷，少女因此「女兒如花」，在《紅樓夢》時常出現「以花擬人」之喻，最典型的是

〔註 37〕引自余英時〈紅樓夢的兩個世界〉，見其《紅樓夢的兩個世界》（臺北：聯經，1987 年），頁 45。

黛玉「絳珠仙草」、「芙蓉」，寶釵「牡丹」等。

第二，二十三回，元春去後，想起園中景致，是不想辜負此園，不使佳人落魄，不欲花柳無顏；顧及寶玉自幼在姊妹叢中長大，於是下諭：「命寶釵等在園中居住，不可封錮，命寶玉也隨進去讀書」，便讓進住。因此，住進大觀園是寶釵、黛玉等姊妹們與寶玉，「園中那些女孩子，正是混沌世界天眞爛漫之時，坐臥不避，嬉笑無心」（二十三回），都是一群未嫁女兒，而寶玉如女兒，大觀園是少男少女之快樂國。

第三，眾釵進住大觀園後，發生的第一件事是「黛玉葬花」，更可見花園、花、女兒三者的關聯。二十三回時，黛玉不想花瓣流到園外以保留乾淨，就跟寶玉說：「那畸角兒上我有一個花冢，如今把他掃了，裝在這絹袋裏，埋在那裏；日久隨土化了，豈不乾淨。」維持花的乾淨唯一之法是將把花留在園內，因爲一旦流出去了，園外髒臭的風險太大，清淨純潔勢必難保，正如同住在園內是未嫁的少女，對女性而言，最大風險在於被「所遇」糟蹋；此外，婚姻可能使女性必須調整自己，而不見得能保持自我，《紅樓夢》中，多次描寫女性苦境，而多加同情，是而刻意造出一個青春永駐之女性樂園，以保證女性能夠避開挫傷；這個園地還「未許凡人到此來」（十八回），正如五十九回，寶玉「女兒至上」的大論，說：「女孩兒未出嫁是顆無價寶珠」，一出嫁則變出許多不好毛病；再老，珠子竟只成了死魚眼睛。未出嫁的女兒是寶珠，嫁了的就難保珍珠光彩；總之，出嫁是女兒的生命風險，曹雪芹還借著鴛兒的老姑媽，訕笑「魚眼睛」的老婆子，說是「本是愚夯之輩，兼之年邁昏眊，惟利是命，一概情面不管」（五十九回），而且還會倚老賣老。未婚女性住在大觀園裡，象徵清淨女兒國的國境，在此國境中，女性被保護，以避開女性命運最大賭數：無可預知的婚姻品質與驚險境遇。不論大觀園是曹雪芹的夢想國，或是寶玉與眾釵的女性樂園，二者最後都不存在。

居家建築空間被倫理秩序所規範，而區隔了性別的權利與義務，也規範了「情」與「理」，花園與正屋的區隔，暗示花園是女性專屬園地，因此可以暫停婦職俗累，甚至變成女性追求超越經驗的秘密空間，不論是後花園或大觀園，均屬瀰漫青春歡樂、情欲爛漫的理想情境。如果，「花園」既是撩撥女性情欲之地；那麼，《牡丹亭》的花園啓蒙了杜麗娘，使之發現情感；《紅樓夢》的花園則疼護了林黛玉等女兒，使之發現才華。

第五節 文本之人文關懷

以《牡丹亭》與《紅樓夢》二文本之「情」書寫而言,「萬物各得其所」、「各遂其生」當爲其呼籲。儒學欲以人倫規範建立理想社會,使人際關係能臻於和諧尊重之倫理秩序,〔註 38〕一方面正面肯認人性:「仁者,人也」;另一方面則希望透過禮樂,「仁」與「禮」相互配合而成爲「和」的社會,如有若之言:「禮之用,和爲貴」(《論語・學而》),可見「禮」雖爲規範,卻意在維繫溫情脈脈之人際而非束縛人情,正如關懷倫理學者所重視之「人與我」的關係。能「和」建立在能「覺」,「自覺」自我的自然生命如情欲之天賦需求,也自覺群體的社會生命如倫理之後天要求,人既爲人際網絡中之一員,勢必因此產生互動,關懷自己,延伸關懷他人。若人際或性別關係上的尊卑是某一種倫理設計,則人更須自省生命的意義。

《牡丹亭》杜麗娘與柳夢梅雙雙有情人,終成眷屬並非來自天造地設,而是彼此願意看重關係、實踐責任與承諾所致,如吳吳山三婦〈回生〉批語杜柳乃是:「情之所鍾,要會尋、又要會守。柳、杜得力,皆在此二字」,其愛情中道義的成分源生於「情」;又批〈言懷〉柳夢梅之夢:

> 柳生此夢,麗娘不知也;後麗娘之夢,柳生不知也。各自有情,各
>
> 自做夢,各不自以爲夢,各遂得眞。〔註39〕

將夢當眞,是因爲將夢中之情以爲眞,就人性主體而言,既情爲眞,夢因此轉幻而變眞。一者,「情」本人性天然稟賦,〈冥判〉中胡判官審訊杜麗娘「一夢而亡」,即召來花神求證,胡判官詰問花神「爲什麼流動女釵裙」,花神答以「花色花樣,都是天公定下來的,小神不過遵奉欽依,豈有故意勾人之理?」可見花開落的時季,花色樣的多樣,如人情出乎天然,由天公定下,因此花神勾引杜柳二人進入情夢,無非順應天道自然。青春及時,男女勿失時,儒家以詩爲教,使男有分、女有歸,自爲人情事理之當然。

二者,愛情之值得珍貴,外在如形色名利的可靠性有限,行之久遠仍在

〔註38〕傅佩榮所謂:「凡是有人群的活動,而產生彼此間的特定關係,這些特定關係所寓含的相應規範,就稱之爲『倫理』。因此,就其外延而言,『倫理』主要指的是人群的規範。」參見蔡美芳編《人生價值與社會倫理:人文雙月會文稿集》(臺北:洪建全基金會,1994 年)第七篇〈倫理〉,頁 163。

〔註39〕「情之所鍾」與「柳生此夢」等杜柳雙雙有情之語,分別見於陳同、談則、錢宜《吳吳山三婦合評牡丹亭》(上海:上海古籍,2008 年),「回生」,頁 88;「言懷」,頁 3。

於兩性對情之認知與成長的空間，缺乏承擔承諾責任的愛情，即使門第功名俱在，仍無法擔保真情成分之廣度與深度。如杜麗娘重生以後，新的意識覺醒，欲以回歸秩序，〔註40〕以普天下人際網絡非僅自己一人所能、所應獨存，愛情除了兩情相悅，則周圍人的感受如何因此得到解釋或照顧？青春之夢，發乎情、止乎禮，若相悅僅只於彼此、致令眾人納悶之餘，則二人不過是一晌貪歡之浮男浪女，無異於私奔，儘管縱情恣欲、不合禮法的愛情也是愛情，但是罔顧他人感受或不得祝福，等於自己自絕了對他人的關懷與被他人關懷，更遑論關懷當中包含的責任與承諾，譬若杜麗娘如何面對父母與外界看法？並且父母如何面對外在？因此照顧自己與他人的感受或需要，應也是湯顯祖個人寄託之外，使絕世佳人、完美才子突顯「至情」浪漫中一種人文的關懷，每個個體公平地擁有開發自我價值、擁有尊嚴獨立人格、得以追求自我發展，乃至於發揮優秀之女性特質，杜麗娘之情方能引起女性閱眾的廣大迴響。

相較於《牡丹亭》之「情」，《紅樓夢》賈寶玉之「情」則極博愛。「情」是寶玉之異常特質，在「情」上用心最深，一方面他深悟人生情緣，各有分定；另一方面他體貼女性、事物而取消自己。賈寶玉「意淫」緣起對周圍的牽掛，表現出「情不情」，這種牽掛使他時或聞嗅悲涼之霧，如羅洛梅（Rollo May，1909～1994）《愛與意志》所言「愛慾以及人情厚道的來源」即屬「仁者愛人」、在乎他人存在狀態理想與否之襟懷：

> 掛慮之存在，它有賴於「承認他人」，換言之，即是承認「我是人類，人類是我」。再者，便是要懷抱著「人溺己溺」的情操，亦即視別人之痛苦、歡樂和自己為同一物；另外，我們還需體認到，不管是悲憫，或是罪惡，我們皆跟其他人一起站在全體人類所共立的人道基礎上。〔註41〕

一者，賈寶玉「意淫」的全心體貼去乃是符合儒家視人如己的襟懷，人際倫

〔註40〕參見張淑香〈捕捉愛情神話的春影──青春版《牡丹亭》的詮釋與整編〉語：「所以復活後的杜麗娘，顯現心腦合一的成熟人格，展開由柳夢梅代理的尋父之旅，即意味著愛情尋求回歸父親所象徵的社會精神秩序，創造個人與社會的二度和諧」，收入白先勇編著《姹紫嫣紅《牡丹亭》：四百年青春之夢》（臺北：遠流，2004年），頁107。

〔註41〕參見羅洛梅（Rollo May）著、蔡伸章譯《愛與意志》（臺北：志文，1976年）第十二章，〈掛慮的意義〉，頁357。

理包括愛情為一相互平等對待之關係，自己與他人之完美人生必須依賴關懷而生；二者，儒家肯定人具有向善之趨力，但落實於現實時，人性不能掌握或受外在影響更多見，儒家大同理想世界於焉難以達成。曹雪芹是否以此暗示「意淫」或體貼其實是一種不可能發生的品格，不得而知。

　　而二文本之「女性」書寫的意義當在於「尊重女性」，是延續自「萬物各得其所」與「各遂其生」的觀點。女性一生依附家庭與婚姻，倫理之間本來應可產生依賴與關懷，然明清時期貞節觀與名利誘惑聯結以致的女性道德狂熱，成為殘虐不經思考的人造道德意識，並非出於真誠操作，個人只在婚姻中成為使家族順利「上以事宗廟，下以繼後世」之傳承中介，卻變成無法發展出自尊自重或同情他人處境、了解他人觀點，女教期待並訓練女性端順勤勉等利他而無我，甚至不必有我、不知有我之道德，過度強調女性絕對幽貞，天理人欲本是借道德工夫以克制淫溢人欲而修養道德人格，卻演變成「雖視人之飢寒號呼，男女哀怨，以至垂死冀生，無非人欲」〔註42〕的抗議，道德人格的淬煉與人性情欲的追求，此二者的衝突導致人性蕭索。弘揚女性並不僅止於關懷女性，更重要的是關懷個體，一如杜麗娘、柳夢梅之情，賈寶玉、林黛玉之情「情理相合」之真心莊嚴的情感心態，在情感的淬煉中，彼此人格智識平等、相互尊重充實。

〔註42〕戴震論宋儒言理欲，乃：「雖視人之飢寒號呼，男女哀怨，以至垂死冀生，無非人欲，空指一絕情欲之感者為天理之本然，存之於心。」引文均見戴震《孟子字義疏證》（北京：中華，1982年），卷下，「權」五條之一，頁53。

第五章　結　論

　　明清尊情觀起自思想家、文學家等知識階層對時局困境的焦慮，從焦慮轉爲反省人爲之政制禮教，關懷自我之身心處境、提出個性自由之主體意識時，將心比心同情貞節嚴格化中女性的身心處境。這些在自由風氣下衍成，而與現代價值相應的啓蒙文化之男性文本的努力應當被發現與敬重，因而有本文之作。

　　回顧本文各章，第一章緒論，筆者提出以「關懷」視角，釐析出晚明清初時期思想家、文學家對自我與女性之關注，抉選明清時期最重要且富代表性，同樣言情、同樣言女性之男性戲曲小說文本《牡丹亭》、《紅樓夢》兩部鉅作，並提出「關懷」、「情」、「女性」三大元素的闡釋與背景交代；再提出近十年來關於此議題與視角之文獻，進而提出研究的立場。

　　第二章以文本《牡丹亭》闡明其「情」與「女性」書寫的關懷，提出《牡丹亭》之「情」既與作家湯顯祖師友羅汝芳、趙邦清、李贄、達觀影響有關，也是對時代政治環境下自省的進路與釋懷之出路；同時因「情」之主體意識或尊重生命之自由意志，「情」更是劇中角色杜麗娘與柳夢梅從相許相悅、彼此爲情堅執付出、最後符合禮制與社會觀感而穩定的愛情，從對愛的「嚮往」，「追尋」與「實踐」之，揭示「情」、「理」相需的人文情懷，以「情眞」、「情至」尊重自然生命。而以杜麗娘爲敘事故事之角色，劇中出現的女性教養、空間環境等的限制適爲中國長期女性幽禁之實錄，「女性」因此也是文本本身所透露之關懷者。

　　第三章以文本《紅樓夢》闡明其「情」與「女性」書寫的關懷，提出《紅樓夢》之「情」或是作家曹雪芹寄託身家遭遇者，塑造賈寶玉「情種」之天

性，使之歷劫回到天上的宿命，情之消盡，飽含著曹雪芹對生命終局的思考，特別是賈寶玉在「意淫」與「情盡」之間的變化。更有賈寶玉、林黛玉以情為盟之愛；林黛玉、王熙鳳、賈探春等女性角色如詩、理家等多元才藝；大觀園為女性空間與活動的開放之所。

　　第四章對照《牡丹亭》與《紅樓夢》文本中「情」與「女性」呈現關懷之延續與轉變。《牡丹亭》的「情」世界，以情入理，尊重意願感受之情調豐厚愉悅；《紅樓夢》的「情」通透世間變化而以之掌握生命處境之無可掌握，以情為悟。「理想男性情人」之柳夢梅與賈寶玉二角之理想情男，柳夢梅為有才之情人，賈寶玉則轉變為無才而「情不情」之情人；「理想女性情人」之杜麗娘與林黛玉之理想情女，杜麗娘才藝不明，林黛玉則以詩顯才，為女詩人，成為具象化的女性新形象。從杜麗娘無意偷遊後花園到大觀園名正言順是女性開放之活動空間，空間改變，女性行動與思考亦隨之改變。以儒家「仁」學、「關懷倫理學」觀二文本之「關懷」，乃代言了普世願望，期待尊重生命、兩性相悅、各適其性，使倫理與秩序因「情」而建立穩固。

　　透過以上，解釋或釐清了某些學術上的意見，筆者發現：

　　第一、明清尊情觀以注重個體生命之「主體性」或「主體意識」的覺察而言，這種覺察起自思想家、文學家對時局變化、志向無寄的焦慮，同時檢視政制權勢而產生關懷，深具前瞻與啟蒙的意義；從覺察「主體」重新認知人之平等天賦應受尊重；此「主體意識」之尊重一如李贄將夫婦置於五倫之首、主張「夫婦無別」，從而提示了男女平等之新性別觀點。

　　第二、中國女性長期被消音，明清貞節觀嚴格化當中，《牡丹亭》、《紅樓夢》男性文本以「情」為終極價值，從覺察自我「主體性」，進而尊重性別平等以護愛女性，這種性別關懷是極其可喜的。湯顯祖以「情至」使杜麗娘突圍、曹雪芹以「才女」命名林黛玉等女性，婦女在性別關係之人格與處境被關注；此外，如《牡丹亭》、《紅樓夢》等女性讀者，也因閱讀而得到撫慰鼓勵。特別重要的是，湯顯祖以杜麗娘代言「情真」、「情至」，一以寄託個人心志；另則以詮釋功能而言，湯顯祖本可以相類之男性角色柳夢梅言情，而委由杜麗娘代言，關鍵考量在於杜麗娘之困境正是女性之現實，則女性角色遠比男性角色的戲劇張力強大。

　　第三、以「關懷」而言，杜麗娘、柳夢梅愛情圓成同時，獲得社會價值的認可與祝福，是「己立立人」的仁之表現；賈寶玉「情不情」是欲使「萬

物各得其所」的仁之懷抱，而其近如女性「關懷」美德或「男性弱化」其實
正與「關懷倫理學」男性應當學習關懷的意見相呼應。

　　第四、關於湯顯祖的「情觀」，其形成過程，並非全無波瀾，此牽涉其個
性、身家、崇仰或交往對象如羅汝芳、李贄、趙邦清、達觀等人，使他不無
欽慕，以致於猶豫，如與達觀論佛，往往有短暫的依從，最後再回到「情」的
主脈來。且其關懷之「情」乃「情理相需」，因此「歸情入理」，認為「情」
也人性天生，「性」是理，「情」也是「理」，於是當「情眞」、「情至」之極
時，便自然「歸情入理」，「情」與「理」並不衝突，此非學者簡言的「以情
抗理」或「反禮教」之說。自然生命之「情」為社會秩序之根本，無情或曲
解之情僅使社會秩序的建立流於空虛儀式。

　　第五、湯顯祖直到晚年仍作「情使」，其「情觀」早在完成《牡丹亭》時
就已自明是「情眞」、「情至」，並非如鄭培凱所言是湯顯祖與達觀討論時出現
猶豫的「情多」，更不是「情盡」了。湯顯祖貫徹始終的「情」是「情眞」、「情
至」；「情多」是他偶一的心情波折；且終究中年歸鄉、遂己心願，也不必要
「情盡」。

　　第六、中國女性受限於傳統性別的期待或責備，致使在近代，女性成長
有其步驟，或說女性要取回應屬之權利時，自然先是「意識自我的存在」，再
「做自己想做、也做得來的事」，可見，杜麗娘的「情女」必然會早於林黛玉
的「才女」出現。同時，男性的形象也正在「反轉」當中，從建立事功的「才
子」變成發現自己與女性情感的「情人」，一如湯顯祖一生尋情與寶玉凡心所
熾、大開痴頑的情之歷程，均極曲折感人，二人執意護花，這個「反轉」正
是一種對性別的反省。順此，女性活動的後花園或大觀園之實體，乃成為女
性情欲覺醒與自我實現的象徵性場所。

　　第七、明清時期獨鍾女性的觀念，其反省是植基於對現實女性或心如槁
灰、生若鴻毛，或壯烈慘痛的處境與苦狀，當重新肯定「情」是人性之本質
時，呼籲一開，長期被政治鞏固的禮教才有可能產生反省而鬆動，一方面還
原原始儒家本就不廢「人之大欲」的初衷，並還給女性更多的時間、更廣的
空間與更彈性的職能。

　　第八、無論是杜麗娘、林黛玉與賈寶玉，或湯顯祖、曹雪芹，其努力
是：即便白駒過隙、人事哀愁，在在堅持尋找、尊重自我與他人的信念，該
信念出自無所矯揉之眞情至性。如同「關懷心理學」所謂母胎關係三階段，

儒家一再強調，我不只是自我，我的意義在自己與群體關係中同時被實踐與顯現，亦即能在別人的需要上看到自己存在之意義。

本文將儒家「仁」學與「關懷倫理學」之「關懷」的角度，解讀明清男性才子佳人戲曲小說文本《牡丹亭》與《紅樓夢》，以「關懷」整合二者，亟以提出男性文本中「尊重自我」與「弘揚女性」並置之文本精神。湯顯祖以戲曲言志，曹雪芹則以小說言志；前者以「情」彰顯生命主體，後者以「情」嘆憾生命際遇；而其一致護愛「女性」，在中國長期籠罩儒教之性別風習中，其歧出於這套穩定的操作之外，另成一股嶄新活潑的思潮。

「情」與「女性」的兩種關懷，歸還了道德規範毋論出於先天或後天訓練，道德都必須出自「真情」發動而方能展現的實踐動力與魅力，個人與女性的價值因「真情」而重新被開發器重，嶄露頭角；而女性從「烈女」到「列女」，《牡丹亭》中，先鬆綁了女性之「情」，《紅樓夢》則繼之鬆綁了女性之「才」，當「情」足以出之時，「才」則現蹤，兩部男性文本從「情的自主」到「才的自主」，跡痕深刻。

主要參考書目

一、原　典

1. 漢・董仲舒著：《新譯春秋繁露》（北京：北京圖書館出版社，2003 年）。
2. 漢・司馬遷：《史記》（臺北：大申書局，1982 年）。
3. 漢・劉向著，明・仇英繪：《列女傳》（北京：中國書店，1991 年）。
4. 漢・班固：《白虎通義》（北京：中華書局，1985 年）。
5. 漢・班昭：《女誡》（臺北：德志出版社，1961 年）。
6. 宋・王安石：《王臨川全集》（臺北：世界書局，1966 年）。
7. 宋・程顥、程頤，王孝魚點校：《二程集》（北京：中華書局，1981 年）。
8. 宋・朱熹，宋・黎靖德編：《朱子語類》（臺北：文津出版社，1986 年）。
9. 明・王守仁著，王雲五編：《王文成公全書》（臺北：臺灣商務印書館，1979 年）。
10. 明・王守仁，吳光、錢明、董平、姚延福編校《王陽明全集》（上海：上海古籍出版社，1992 年）。
11. 明・王守仁著，葉紹鈞點註：《傳習錄》（臺北：臺灣商務印書館，1994 年）。
12. 明・歸有光：《震川先生集》（上海：上海古籍出版社，2007 年）。
13. 明・羅汝芳著，曹胤儒編：《盱壇直詮》（臺北：中國子學名著集成編印基金會，1978 年）。
14. 明・羅汝芳：《羅近溪先生明道錄》（臺北：廣文書局，1987 年）。
15. 明・洪楩編：《清平山堂話本》（臺北：建宏出版社，1995 年）。
16. 明・李贄著，張建業編：《李贄文集》（北京：社會科學文獻出版社，2000 年）。

17. 明・呂坤撰，王國軒、王秀梅整理：《呂坤全集》（北京：中華書局，2008年）。

18. 明・達觀眞可著，明・憨山德清閱，藍吉富編：《紫柏尊者全集》（《紫栢老人集》）（臺北：文殊文化有限公司，1989年），《禪宗全書》，「語錄部」，十五。

19. 明・湯顯祖著，洪北江編：《湯顯祖集》（臺北：洪氏出版社，1975年）。

20. 明・湯顯祖：《牡丹亭還魂記》（臺北：故宮博物院，1988年），「明代版畫叢刊」三。

21. 明・湯顯祖著，徐朔方、楊笑梅校注：《牡丹亭》（臺北：里仁書局，1995年）。

22. 明・湯顯祖著，俞爲民校注：《牡丹亭校注》（臺北：華正書局，1996年）。

23. 明・湯顯祖著、徐朔方箋校：《湯顯祖詩文集》（北京：北京古籍出版社，1998年）。

24. 明・湯顯祖著，清陳同、談則、錢宜合評：《吳吳山三婦合評牡丹亭》（上海：上海古籍出版社，2008年）。

25. 明・高攀龍：《高子遺書》（臺北：臺灣商務印書館，1983年），清・紀昀總纂《影印文淵閣四庫全書》，第一二九二冊，集部二三一，別集類。

26. 明・袁宏道：《袁中郎全集》（臺北：國家圖書館），明末刊本。

27. 明・袁宏道著、錢伯城箋校：《袁宏道集箋校》（上海：上海古籍出版社，1994年）。

28. 明・馮夢龍評輯，周方、胡慧彬校點《馮夢龍全集》（江蘇：江蘇古籍出版社，1993年）。

29. 明・馮夢龍著，魏同賢編：《馮夢龍全集》（南京：江蘇古籍出版社，1993年）。

30. 明・袁中道著，錢伯城編校：《珂雪齋集》（上海：上海古籍出版社，1989年）。

31. 明・葉紹袁原編，冀勤輯校《午夢堂集》（北京：中華書局，1998年）。

32. 明・趙世杰、朱錫綸：《歷代女子詩集》（臺北：廣文書局，1981年）。

33. 明・黃宗羲：《明儒學案》（臺北：世界書局，1973年）。

34. 明・黃宗羲，沈善洪編：《黃宗羲全集》（杭州：浙江古籍出版社，2005年）。

35. 清・錢謙益：《列朝詩集小傳》（臺北：明文書局，1991年）。

36. 清・陳確：《陳確集》（北京：中華書局，1979年）。

37. 清・顧炎武：《日知錄》（臺北：臺灣商務印書館，1978年）。

38. 清・陸圻：《新婦譜》（臺北：莊嚴文化事業有限公司，1989年），四庫

全書存目叢書編纂委員會編《四庫全書存目叢書》子部，第九十五冊。

39. 清・吳綃：《嘯雪庵詩集》（北京：北京出版社，2000 年），四庫未收書輯刊編纂委員會編《四庫未收書輯刊》，柒輯，貳拾參。

40. 清・永瑢等、王雲五主持：《合印四庫全書總目提要及四庫未收書目禁燬書目》（臺灣：臺灣商務印書館，1978 年）。

41. 清・陳鼎輯：《東林列傳》（北京：明文書局，1991 年），周駿富輯「明代傳記資料叢刊・學林類」。

42. 清・張廷玉等撰：《明史》（北京：中華書局，1997 年）。

43. 清・藍鼎元：《女學》（臺北：文海出版社有限公司，1977 年），沈雲龍主編「近代中國史料叢刊續編」第四十一輯。

44. 清・陳宏謀編：《五種遺規》（臺灣：臺灣商務印書館，1965 年）。

45. 清・袁枚：《隨園詩話》（臺北：漢京文化事業公司，1984 年）。

46. 清・袁枚著，王英志編：《袁枚全集》（江蘇：江蘇古籍出版社，1993 年）。

47. 清・曹雪芹、高鶚著：《程乙本新鐫繡像紅樓夢》（臺北：廣文書局，1977 年）。

48. 清・曹雪芹、高鶚原著，啟功等校注：《彩畫本紅樓夢校注》（臺北：里仁書局，1983 年）。

49. 清・戴震：《孟子字義疏證》（北京：中華書局，1982 年）。

50. 清・戴震，張岱年編：《戴震全書》（合肥：黃山書社，1995 年）。

51. 清・趙翼：《二十二史箚記》（臺北：臺灣中華書局，1981 年）。

52. 清・章學誠：《文史通義》（臺北：華世出版社，1980 年）。

53. 清・彭紹升：《居士傳》（上海：上海古籍出版社，2002 年），續修四庫全書編纂委員會編《續修四庫全書》，一二八六，子部，宗教類。

54. 清・錢泳：《履園叢話》（北京：中華書局，1979 年）。

55. 清・王先謙：《荀子集解》（臺北：藝文印書館，1994 年）。

56. 方祖猷、梁一群、〔韓〕李慶龍、潘起造、羅伽祿編校整理：《羅汝芳集》（南京：鳳凰出版社，2007 年），「陽明後學文獻叢書」。

57. 黃彰健校勘，中央研究院歷史語言研究所校印：《明實錄》（日本京都：中文出版社，1984 年）。

58. 虞浩旭主編：《大明令》（北京：綫裝書局，2009 年），《天一閣藏明代政書珍本叢刊》第二冊。

二、專　著

1. 一粟編：《古典文學研究資料紅樓夢卷》（臺北：新文豐出版股份有限公司，1989 年）。

2. 一粟編：《紅樓夢資料彙編》（北京：中華書局，2004 年）。

3. 丁淑梅：《中國古代禁毀戲劇史論》（北京：中國社會科學出版社，2008 年）。

4. 方立天：《中國古代哲學問題發展史》（臺北：洪葉文化事業有限公司，1995 年）。

5. 王晶：《西方通俗小說：類型與價值》（昆明：雲南人民出版社，2002 年）。

6. 王力堅：《清代才媛文學之文化考察》（臺北：文津出版社，2006 年）。

7. 王永健：《湯顯祖與明清傳奇研究》（臺北：志一出版社，1995 年）。

8. 王安祈：《明代傳奇之劇場及其藝術》（臺北：臺灣學生書局，1986 年）。

9. 王汎森：《中國近代思想史的轉型時代》（臺北：聯經出版事業公司，2007 年）。

10. 王成勉編：《明清文化新論》（臺北：文津出版社，2000 年）。

11. 王利器輯錄：《元明清三代禁毀小說戲曲史料》（上海：上海古籍出版社，1981 年）。

12. 王昆侖：《紅樓夢人物論》（臺北：里仁書局，1982 年）。

13. 王國維等：《紅樓夢藝術論》（臺北：里仁書局，1984 年）。

14. 王雲五編，王夢鷗註譯：《禮記今註今譯》（臺北：臺灣商務印書館，1987 年）。

15. 王爾敏：《明清社會文化生態》（臺北：臺灣商務印書館，1997 年）。

16. 王德威：《小說中國：晚清到當代的中文小說》（臺北：麥田出版，1996 年）。

17. 王德威、陳平原、商緯編：《晚明與晚清：歷史傳承與文化創新》（武漢：湖北教育出版社，2002 年）。

18. 王璦玲：《明清傳奇名作人物刻畫之藝術性》（臺北：臺灣書店，1998 年）。

19. 王璦玲編：《明清文學與思想中之主體意識與社會——文學篇》（臺北：中央研究院中國文哲研究所，2004 年）。

20. 王璦玲：《晚明清初戲曲審美構思與其藝術呈現》（臺北：中央研究院中國文哲研究所，2005 年）。

21. 毛文芳：《晚明閒賞美學》（臺北：臺灣學生書局，2000 年）。

22. 毛文芳：《物‧性別‧觀看——明末清初文化書寫新探》（臺北：臺灣學生書局，2001 年）。

23. 毛效同：《湯顯祖研究資料彙編》（上海：上海古籍出版社，1986 年）。

24. 中研院近史所：《近代中國婦女中文資料目錄》（臺北：中央研究院近代

史研究所，1985 年）。

25. 中研院近史所：《海內外圖書館收藏有關婦女研究中文期刊聯合目錄》（臺北：中央研究院近代史研究所，1995 年）。

26. 中國佛教會：《續藏經》「史傳部」（臺北：中國佛教會影印，1967 年）。

27. 中國歷史文獻研究會編：《章學誠國際學術研討會論文集》（北京：北京圖書館出版社，2004 年）。

28. 白先勇編：《牡丹還魂》（臺北：時報文化出版企業股份有限公司，2004 年）。

29. 白先勇編：《姹紫嫣紅《牡丹亭》：四百年青春之夢》（臺北：遠流出版事業股份有限公司，2004 年）。

30. 白先勇策畫、盧煒等：《曲高和眾：青春版《牡丹亭》的文化現象》（臺北：天下遠見，2005 年）。

31. 安平秋、章培恆：《中國禁書大觀》（上海：上海文化出版社，1990 年）。

32. 江西省文學藝術研究所編：《湯顯祖紀念集》（南昌：江西文學藝術研究所，1983 年）。

33. 江西省文學藝術研究所編：《湯顯祖研究論文集》（北京：中國戲劇出版社，1984 年）。

34. 江建俊校注：《新編劉子新論》（臺北：臺灣古籍出版有限公司，2001 年）。

35. 左東嶺：《李贄與晚明文學思想》（天津：天津人民出版社，1997 年）。

36. 任一鳴：《中國女性文學的現代衍進》（香港：青文書屋，1997 年）。

37. 朱一玄：《明清小說資料選編》（濟南：齊魯書社，1990 年）。

38. 朱一玄：《紅樓夢資料匯編》（天津：南開大學出版社，2001 年）。

39. 朱淡文：《紅樓夢研究》（臺北：貫雅文化事業有限公司，1991 年）。

40. 朱傳譽編撰：《馮夢龍傳記資料》（臺北：天一書局，1981 年）。

41. 朱嘉雯：《紅樓夢導讀》（宜蘭：佛光人文社會學院編譯出版中心，2003 年）。

42. 牟宗三：《才性與玄理》（臺北：臺灣學生書局，1989 年）。

43. 牟宗三：《中國哲學十九講》（臺北：聯經出版事業公司，2003 年）。

44. 巫仁恕：《奢侈的女人：明清時期江南婦女的消費文化》（臺北：三民書局，2005 年）。

45. 巫仁恕：《品味奢華：晚明的消費社會與士大夫》（臺北：中央研究院、聯經出版事業公司，2007 年）。

46. 李又寧、張玉法編：《中國婦女史論集》（臺北：臺灣商務印書館，1981 年）。

47. 李孝悌：《戀戀紅塵：中國的城市‧欲望與生活》（臺北：一方出版有限公司，2002 年）。

48. 李孝悌編：《中國的城市生活》（臺北：聯經出版事業公司，2005 年）。

49. 李志宏：《明末清初才子佳人小說敘事研究》（臺北：大安出版社，2008 年）。

50. 李明輝：《儒家思想的現代詮釋》（臺北：中央研究院中國文哲研究所，1997 年）。

51. 李貞德編：《中國史新論——性別史分冊》（臺北：中央研究院文哲所、聯經出版事業公司，2009 年）。

52. 李栩鈺：《午夢堂集女性作品研究》（臺北：里仁書局，1997 年）。

53. 李晨陽：《多元世界中的儒家》（臺北：五南圖書出版股份有限公司，2006 年）。

54. 李湜：《明清閨閣繪畫研究》（北京：紫禁城出版社，2007 年）。

55. 李焯然：《明史散論》（臺北：允晨文化公司，1991 年）。

56. 李豐楙、劉苑如編：《空間‧地域與文化——中國文化空間的書寫與闡釋》（臺北：中央研究院中國文哲研究所，2002 年）。

57. 杜維明（Tu Wei-ming）著，陳靜譯：《儒教》（臺北：麥田出版，2002 年）。

58. 呂啓祥、林東海編：《紅樓夢研究稀見資料匯編》（北京：人民文學出版社，2002 年）。

59. 何金蘭：《文學社會學》（臺北：桂冠圖書公司，1989 年）。

60. 余英時：《歷史與思想》（臺北：聯經出版事業公司，1976 年）。

61. 余英時、周策縱等：《曹雪芹與紅樓夢》（臺北：里仁書局，1985 年）。

62. 余英時：《紅樓夢的兩個世界》（臺北：聯經出版事業公司，1987 年）。

63. 余英時：《知識人與中國文化的價值》（臺北：時報文化出版企業股份有限公司，2007 年）。

64. 余國藩著，李奭學譯：《重讀石頭記：《紅樓夢》裡的情欲與虛構》（臺北：麥田出版，2004 年）。

65. 性別／文學研究院主編：《古典文學與性別研究》（臺北：里仁書局，1997 年）。

66. 阿英：《小說閒談四種》（上海：上海古籍出版社，1985 年）。

67. 林其賢：《李卓吾的佛學與世學》（臺北：文津出版社，1992 年）。

68. 林景蘇：《不離情色道真如——紅樓夢賈寶玉的情欲與悟道》（臺北：大安出版社，2005 年）。

69. 林樹明：《多維視野中的女性主義文學批評》（北京：中國社會科學出版

社，2004 年）。

70. 林聰舜：《明清之際儒家思想的變遷與發展》（臺北：臺灣學生書局，1986年）。

71. 孟悅、戴錦華：《浮出歷史地表——中國現代女性文學研究》（臺北：時報文化出版企業股份有限公司，1993 年）。

72. 孟瑤：《中國小說史》（臺北：傳記文學出版社，1980 年）。

73. 明文書局編：《大觀園論集》（臺北：明文書局，1985 年）。

74. 周元江：《湯顯祖新論》（臺北：國家出版社，2002 年）。

75. 周志文：《晚明學術與知識分子論叢》（臺北：大安出版社，1999 年）。

76. 周汝昌：《紅樓夢與中華文化》（臺北：東大圖書股份有限公司，1989年）。

77. 周汝昌：《紅樓家世——曹雪芹氏族文化史觀》（哈爾濱：黑龍江教育出版社，2003 年）。

78. 周育德：《湯顯祖論稿》（北京：文化藝術出版社，1991 年）。

79. 周建渝：《才子佳人小說研究》（臺北：文史哲出版社，1998 年）。

80. 姜義華注譯、黃俊郎校閱：《新譯禮記讀本》（臺北：三民書局，1997年）。

81. 郁賢皓、周福昌、姚曼波注譯，傅武光校閱《新譯左傳讀本》（臺北：三民書局，2002 年）。

82. 胡文彬：《紅樓夢敘錄》（吉林省：人民出版社，1980 年）。

83. 胡文楷：《歷代婦女著作考》（上海：上海古籍出版社，1985 年）。

84. 胡適：《胡適紅樓夢研究論述全編》（上海：上海古籍出版社，1988 年）。

85. 胡曉真編：《世變與維新：晚明與晚清的文學藝術》（臺北：中央研究院中國文哲研究所，2001 年）。

86. 胡曉真：《才女徹夜未眠——近代中國女性敘事文學的興起》（臺北：麥田出版，2003 年）。

87. 香港中文大學中國語言及文學系：《中國現代文學論集》（香港：香港中文大學中國語言及文學系，1999 年）。

88. 俞平伯：《俞平伯論紅樓夢》（上海：上海古籍出版社，1988 年）。

89. 俞平伯：《紅樓夢研究》（臺北：里仁書局，1997 年）。

90. 高洪鈞編著：《馮夢龍集箋注》（天津：天津古籍出版社，2006 年）。

91. 唐文標：《中國古代戲劇史初稿》（臺北：聯經出版事業公司，1984 年）。

92. 唐君毅：《中國哲學原論——原性篇》（臺北：臺灣學生書局，1984 年）。

93. 容肇祖：《李卓吾評傳》（臺北：臺灣商務印書館，1973 年）。

94. 容肇祖：《明李卓吾先生贄年譜》（臺北：臺灣商務印書館，1982 年）。

95. 夏志清著，王德威編：《夏志清文學評論經典：愛情・社會・小說》（臺北：麥田出版，2007 年）。

96. 孫永旭：《曹雪芹的早期傳奇創作》（甘肅：敦煌文藝出版社，1991 年）。

97. 孫康宜：《古典與現代的女性闡釋》（臺北：聯合文學出版社，1998 年）。

98. 孫康宜：《文學的聲音》（臺北：三民書局，2001 年）。

99. 孫遜：《紅樓夢探究》（臺北：大安出版社，1991 年）。

100. 徐扶明：《牡丹亭研究資料考釋》（上海：上海古籍出版社，1987 年）。

101. 徐扶明：《湯顯祖與牡丹亭》（上海：上海古籍出版社，1993 年）。

102. 徐朔方：《湯顯祖年譜》（上海：上海古籍出版社，1980 年）。

103. 徐朔方：《論湯顯祖及其他》（上海：上海古籍出版社，1983 年）。

104. 徐朔方：《湯顯祖評傳》（南京：南京大學出版社，1993 年）。

105. 徐復觀：《中國人性論史——先秦篇》（臺北：臺灣商務印書館，1990 年）。

106. 徐師漢昌：《先秦諸子》（臺北：臺灣書店，1997 年）。

107. 徐師漢昌：《先秦學術問學集》（高雄：高雄復文圖書出版社，2006 年）。

108. 梁乙眞：《清代婦女文學史》（臺灣：臺灣中華書局，1979 年）。

109. 梁啓超等：《晚清文學叢鈔——小說戲曲研究卷》（臺北：新文豐出版股份有限公司，1989 年）。

110. 康正果：《風騷與豔情——中國古典詩詞的女性研究》（臺北：雲龍出版社，1991 年）。

111. 康正果：《女權主義與文學》（北京：中國社會科學出版社，1994 年）。

112. 康師來新：《紅樓長短夢》（臺北：駱駝出版社，1996 年）。

113. 郭玉雯：《紅樓夢淵源論——從神話到明清思想》（臺北：國立臺灣大學出版中心，2006 年）。

114. 郭英德：《明清文人傳奇研究》（臺北：文津出版社，1991 年）。

115. 郭英德：《痴情與幻夢——明清文學隨想錄》（臺北：錦繡出版事業股份有限公司，1992 年）。

116. 郭紹虞：《照隅室古典文學論集》（臺北：丹青圖書股份有限公司，1985 年）。

117. 范銘如編：《挑撥新趨勢——第二屆中國女性書寫國際學術研討會論文集》（臺北：臺灣學生書局，2003 年）。

118. 陳平原：《中國小說敘事模式的轉變》（臺北：久大文化股份有限公司，1990 年）。

119. 陳來：《宋明理學》（瀋陽：遼寧教育出版社，1991 年）。

120. 陳東原：《中國婦女生活史》（臺北：臺灣商務印書館，1986 年）。

121. 陳東榮、陳長房編：《典律與文學教學》（臺北：比較文學學會，1995 年）。

122. 陳美雪：《湯顯祖研究文獻目錄》（臺北：臺灣學生書局，1996 年）。

123. 陳美雪：《湯顯祖的戲曲藝術》（臺北：臺灣學生書局，1997 年）。

124. 陳萬益：《晚明小品與明季文人生活》（臺北：大安出版社，1988 年）。

125. 陳慶浩：《新編石頭記脂硯齋評語輯校》（臺北：聯經出版事業公司，1986 年）。

126. 陳顧遠：《中國婚姻史》（臺北：臺灣商務印書館，1992 年）。

127. 國史館：《清史稿》（臺北：國史館，1990 年）。

128. 張小虹：《性／別研究讀本》（臺北：麥田出版，1998 年）。

129. 張妙清等：《性別學與婦女研究——華人社會的探索》（臺北：稻鄉出版社，1997 年）。

130. 張東蓀：《理性與民主》（臺北：盧山出版社，1974 年），「東蓀哲學論著三種之一」。

131. 張京媛編：《當代女性主義文學批評》（北京：北京大學，1995 年）。

132. 張德勝：《儒家倫理與秩序情節——中國思想的社會學詮釋》（臺北：巨流圖書公司，1990 年）。

133. 馮其庸等：《紅樓夢大觀——哈爾濱國際紅樓夢研討會論文選》（香港：百姓半月刊，1987 年）。

134. 游鑑明編：《無聲之聲——近代中國的婦女與文化 1600～1950》II（臺北：中央研究院近代史研究所，2003 年）。

135. 華瑋，王瓊玲主編：《明清戲曲國際研討會論文集》（臺北：中央研究院中國文哲研究所籌備處，1998 年）。

136. 華瑋：《明清婦女之戲曲創作與批評》（臺北：中央研究院中國文哲研究所，2003 年）。

137. 華瑋：《明清婦女戲曲集》（臺北：中央研究院中國文哲研究所，2003 年）。

138. 華瑋、江巨榮點校：《才子牡丹亭》（臺北：臺灣學生書局，2004 年）。

139. 華瑋編：《湯顯祖與牡丹亭》（臺北：中央研究院中國文哲研究所，2005 年）。

140. 黃仁宇：《萬曆十五年》（臺北：食貨出版社，1990 年）。

141. 黃芝岡：《湯顯祖編年評傳》（北京：中國戲劇出版社，1992 年）。

142. 黃錦珠：《晚清小說中的新女性研究》（臺北：文津出版社，2005 年）。

143. 程芸：《湯顯祖與晚明戲曲的嬗變》（北京：中華書局，2006 年）。

144. 費絲言：《由典範到規範——從明代貞節烈女的辨識與流傳看貞節觀念的嚴格》（臺北：臺大出版委員會，1998 年）。

145. 楊安邦：《湯顯祖交遊與戲曲創作》（南昌：江西高校出版社，2005 年）。

146. 楊振良：《牡丹亭研究》（臺北：臺灣學生書局，1992 年）。

147. 鄒元江：《湯顯祖的情與夢》（南京：南京出版社，1998 年）。

148. 鄒元江：《湯顯祖新論》（臺北：國家出版社，2005 年）。

149. 鄒自振：《湯顯祖綜論》（成都：巴蜀書社，2001 年）。

150. 熊秉眞、呂妙芬編：《禮教與情慾——前近代中國的後現代性》（臺北：中央研究院近代史研究所，1999 年）。

151. 熊秉眞編：《欲掩彌彰：中國歷史文化中的私與情——公義篇》（臺北：漢學研究中心，2003 年）。

152. 熊秉眞編：《欲掩彌彰：中國歷史文化中的私與情——私情篇》（臺北：漢學研究中心，2003 年）。

153. 熊秉眞、余安邦編：《情欲明清——遂欲篇》（臺北：麥田出版，2004 年）。

154. 熊秉眞、張壽安編：《情欲明清——達情篇》（臺北：麥田出版，2004 年）。

155. 鄭培凱：《湯顯祖與晚明文化》（臺北：允晨文化實業股份有限公司，1995 年）。

156. 鄭振偉：《女性與文學——女性主義文學國際研討會論文集》（香港：嶺南學院現代中文文學研究中心，1996 年）。

157. 蔡美芳編：《人生價值與社會倫理：人文雙月會文稿集》（臺北：洪建全基金會，1994 年）。

158. 蔡景康編選：《明代文論選》（北京：人民文學出版社，1999 年）。

159. 歐麗娟：《詩論紅樓夢》（臺北：里仁書局，2001 年）。

160. 歐麗娟：《紅樓夢人物立體論》（臺北：里仁書局，2006 年）。

161. 盧燕貞：《中國近代女子教育史》（臺北：文史哲出版社，1989 年）。

162. 魯迅：《中國小說史略》（天津：天津人民出版社，1999 年），「魯迅自編文集」。

163. 樂蘅軍：《意志與命運——中國古典小說世界觀綜論》（臺北：大安出版社，1992 年）。

164. 劉上生：《走近曹雪芹——紅樓夢心理新詮》（湖南：湖南師範大學出版社，1997 年）。

165. 劉季倫：《墮落時代——明代文人的集體墮落》（臺北：立緒文化事業公司，2002 年）。

166. 劉詠聰：《女性與歷史——中國傳統觀念新探》（臺北：臺灣商務印書館，1995 年）。

167. 劉詠聰：《德才色權——論中國古代女性》（臺北：麥田出版，1998 年）。

168. 劉輝：《小說戲曲論集》（臺北：貫雅文化事業有限公司，1992 年）。

169. 蕭公權：《中國政治思想史》上下（臺北：聯經出版事業公司，1986 年）。

170. 蕭萐父、許蘇民：《明清啓蒙學術流變》（瀋陽：遼寧教育出版社，1995 年）。

171. 錢穆：《學籥》（香港：南天書業公司，1958 年）。

172. 錢穆：《國史大綱》（臺北：臺灣商務印書館，1985 年）。

173. 錢鍾書：《管錐編》（臺北：華嚴出版社，1987 年）。

174. 鮑家麟編著：《中國婦女史論集》（臺北：稻鄉出版社 1992 年）。

175. 鮑家麟編：《中國婦女史論集五集》（臺北：稻鄉出版社，2001 年）。

176. 鮑師國順：《荀子學說析論》（臺北：華正書局，1993 年）。

177. 鮑師國順：《清代學術思想論集》（高雄：高雄復文圖書出版社，2002 年）。

178. 鮑師國順：《儒學研究集》（高雄：高雄復文圖書出版社，2002 年）。

179. 謝无量：《中國婦女文學史》（臺北：中華書局，1979 年）。

180. 謝昕、羊列容、周啓志：《中國通俗小說理論綱要》（臺北：文津出版社，1992 年）。

181. 謝雍君：《牡丹亭與明清女性情感教育》（北京：中華書局，2008 年）。

182. 鍾慧玲編：《女性主義與中國文學》（臺北：里仁書局，1997 年）。

183. 鍾慧玲：《清代女詩人研究》（臺北：里仁書局，2000 年）。

184. 譚正璧：《中國女性的文學生活》（臺北：莊嚴出版社，1991 年）。

185. 羅久蓉、呂妙芬編：《無聲之聲——近代中國的婦女與文化 1600～1950》III（臺北：中央研究院近代史研究所，2003 年）。

186. 嚴明：《紅樓夢與清代女性文化》（臺北：洪葉文化事業有限公司，2003 年）。

187. 羅筠筠：《靈與趣的意境——晚明小品文美學研究》（北京：社會科學文獻出版社，2001 年）。

188. 顧燕翎：《女性主義經典》（臺北：女書文化事業有限公司，1999 年）。

189. 顧燕翎等：《女性主義理論與流派》（臺北：女書文化事業有限公司，2000 年）。

190. 龔鵬程：《晚明思潮》（宜蘭：佛光人文社會學院編譯出版中心，2001年）。

191. 龔鵬程：《紅樓夢夢》（臺北：臺灣學生書局，2005年）。

192. 龔顯宗：《女性文學百家傳》（臺南：眞平企業有限公司，2001年）。

193. 〔美〕羅洛梅（Rollo May），蔡伸章譯：《愛與意志》（臺北：志文出版社，1976年）。

194. 〔美〕狄百瑞（William Theodore de Bary）著、李弘祺譯：《中國的自由傳統》（臺北：聯經出版事業公司，1983年）。

195. 〔美〕格蕾‧格林（Gayle Greene）、考比里亞‧庫恩（Coppelia Kahn）編、陳引馳譯：《女性主義文學批評》（臺北：駱駝出版社，1995年）。

196. 〔美〕卡羅爾‧吉利根（Gilligan, C.）著，肖巍譯：《不同的聲音——心理學理論與婦女發展》（北京：中央編譯出版社，1998年）。

197. 〔美〕伊沛霞，胡志宏譯：《內闈——宋代婦女的婚姻和生活》（南京：江蘇人民出版社，2004年）。

198. 〔美〕曼素恩（Susan Mann），定宜莊、顏宜葳譯：《綴珍錄：十八世紀及其前後的中國婦女》（南京：江蘇人民出版社，2004年）。

199. 〔美〕高彥頤（Dorothy Ko），李志生譯：《閨塾師——明末清初江南的才女文化》（南京：江蘇人民出版社，2005年）。

200. 〔美〕曼素恩（Susan Mann）著，楊雅婷譯：《蘭閨寶錄：晚明至盛清時的中國婦女》（臺北：左岸文化出版，遠足文化事業股份有限公司發行，2005年）。

201. 〔美〕馮麗莎（Lisa See）著，林維頤譯：《牡丹還魂記》（臺北：英屬維京群島商高寶國際有限公司台灣分公司，2008年）。

202. 〔美〕高彥頤：《纏足：金蓮崇拜盛極而衰的演變》（南京：江蘇人民出版社，2009年）。

203. 〔日〕溝口雄三著，索介然、龔穎譯：《中國前近代思想的演變》（北京：中華書局，1997年）。

204. 〔日〕溝口雄三著，趙士林譯：《中國的思想》（北京：中國社會科學出版社，1995年）。

205. 〔日〕荒木見悟著，廖肇亨譯：《明末清初的思想與佛教》（臺北：聯經出版事業公司，2006年）。

206. 〔日〕溝口雄三、小島毅編，孫歌等譯：《中國的思維世界》（南京：江蘇人民出版社，2006年）。

207. 〔英〕維金尼亞‧吳爾芙（Virginia Woolf）著，張秀亞譯：《自己的房間》（臺北：天培文化有限公司，2000年）。

三、學位論文

1. 王三慶：「《紅樓夢》版本研究」，文化大學中國文學研究所博士論文，1980年。

2. 王月華：「清代《紅樓夢》繡像研究」，成功大學中國文學研究所碩士論文，1992年。

3. 王光宜：「明代女教書研究」，臺灣師範大學歷史研究所碩士論文，1999年。

4. 王佩琴：「說園——從《金瓶梅》到《紅樓夢》」，清華大學中國文學研究所博士論文，2004年。

5. 衣若蘭：「史學與性別：《明史·列女傳》與明代女性史之建構」，臺灣師範大學歷史研究所博士論文，2003年。

6. 安碧蓮：「明代婦女貞節觀的強化與實踐」，文化大學史學研究所博士論文，1995年。

7. 吳錦昌：「明代家訓之女性家庭教育」，佛教慈濟大學教育研究所碩士論文，2005年。

8. 袁光儀：「晚明極端個人主義的「聖人之學」——「異端」李卓吾新論」，臺灣師範大學國文研究所博士論文，2006年。

9. 黃莘瑜：「網繭與飛躍之間——論湯顯祖之心態發展歷程及其創作思維」，臺灣大學中國文學研究所博士論文，2007年。

10. 鄭雅文：「《女論語》研究」，高雄師範大學國文教學研究所碩士論文，2004年。

四、單篇論文

1. 王安祈：〈紅樓戲曲知多少〉，《文訊》216，2003年10月，頁98～100。

2. 王湜華：〈論曹雪芹與湯顯祖〉，《紅樓夢學刊》1995：02，頁176～185。

3. 王德威：〈女性主義與西方漢學研究：從明清到當代的一些例證〉，《近代中國婦女史研究》3，1995年8月，頁163～168。

4. 王德威：〈遊園驚夢，古典愛情——現代中國文學的兩度「還魂」〉，「聯合報」副刊，2004年4月23～29日。

5. 王璦玲：〈論明清傳奇之抒情性與人物刻畫〉，《中國文哲研究集刊》9期，1996年9月，頁233～323。

6. 王璦玲：〈明清傳奇藝術呈現中之「主體性」與「個體性」〉，華瑋、王璦玲編《明清戲曲國際研討會論文集》（臺北：中央研究院中國文哲研究所籌備處，1998年），頁71～138。

7. 王璦玲：〈中研院文哲所與「明清戲曲」研究〉，《漢學研究通訊》20：2

＝78，2001 年 5 月，頁 35～43。

8. 王瓊玲：〈明清文學與思想中之主體意識與社會——文學篇導言〉，《中國文哲研究通訊》14：4，2004 年 12 月，頁 87～97。

9. 方志華：〈女性主義關懷倫理學對西方道德哲學進路的省思〉，《鵝湖》26：4＝304，2000 年 10 月，頁 46～48。

10. 方志華：〈二十一世紀道德哲學的開發與困境——女性主義關懷倫理學概說〉，《鵝湖》25：9＝297，2007 年，頁 46～51。

11. 衣若蘭：〈近十年兩岸明代婦女史研究評述〉，《歷史學報》25，1997 年 6 月，頁 345～362。

12. 衣若蘭：〈最近台灣地區明清婦女史研究學位論文評介〉，《近代中國婦女史研究》6，1998 年 8 月，頁 175～187。

13. 宋德明：〈吳爾芙作品中的女性意識〉，《中外文學》14：10＝166，1986 年 3 月，頁 50～65。

14. 李承貴：〈貞節觀念的歷史演變及其現代啓迪〉，《孔孟學報》75，1998 年 3 月，頁 187～202。

15. 李珊：〈論《紅樓夢》對《牡丹亭》女性意識的繼承和發展〉，《廣西社會科學》2＝140，2007 年，頁 142～146。

16. 李國彤：〈明清之際的婦女解放思想綜述〉，《近代中國婦女史研究》3，1995 年 8 月，頁 143～161。

17. 李晨陽：〈道德論：儒家的仁學和女性主義哲學的關愛〉，李晨陽《多元世界中的儒家》，（臺北：五南圖書出版公司，2006 年），頁 85～113。

18. 李霖生：〈《孟子》天命述考〉，華梵大學九十四學年度「儒家倫理學之反思」學術研討會。

19. 李豐楙：〈情與無情：道教出家制與謫凡敘述的情意識——兼論《紅樓夢》的抒情觀〉，熊秉眞《欲蓋彌彰：中國歷史文化中的私與情——私情篇國際學術研討會論文集》，2001 年 8 月，頁 179～209。

20. 李艷梅：〈三國演義與紅樓夢男義女情的性別文化解讀〉，《哲學與文化》32：3＝370，2005 年 3 月，頁 137～156。

21. 林小燕：〈戲曲禁令之廢弛與中晚明戲曲的新變〉，《江西財經大學學報》2＝56，2008 年，頁 65～68。

22. 林柳生、郭聯發：〈《牡丹亭》和《紅樓夢》中情與理的比較研究〉，《南昌教育學院學報》20：4，2005 年，頁 22～28。

23. 林麗月：〈世變與秩序——明代社會風尚相關研究評述〉，《明代研究通訊》4，2001 年 12 月，頁 9～19。

24. 林麗月：〈從性別發現傳統：明代婦女史研究的反思〉，《近代中國婦女研究》13，2005 年 12 月，頁 1～26。

25. 周玉琳：〈時代變化與士人貞節觀念關係探析〉，《廣州大學學報》（社會科學版）4：2，2005年2月，頁55～60。

26. 胡曉眞：〈最近西方漢學界婦女文學史研究之評介〉，《近代中國婦女史研究》2，1994年6月，頁271～289。

27. 胡曉眞：〈藝文生命與身體政治——清代婦女文學史研究趨勢與展望〉，《近代中國婦女史研究》13，2005年12月，頁27～63。

28. 高彥頤：〈「空間」與「家」——論明末清初婦女的生活空間〉，《近代中國婦女史研究》3，1995年8月，頁21～50。

29. 高淮生、李春強：〈二十年來曹雪芹藝術創作研究述評〉，《紅樓夢學刊》2004：3。

30. 夏志清：〈湯顯祖筆下的時間與人生〉，《愛情、社會、小說》（臺北：純文學出版社，1970年）。

31. 徐扶明：〈《牡丹亭》與婦女〉，《元明清戲曲探索》（杭州：浙江古籍出版社，1986年），頁104～118。

32. 徐朔方：〈《牡丹亭》的因襲和創新〉，《論湯顯祖及其他》（上海：上海古籍出版社，1983年）。

33. 徐朔方：〈湯顯祖與晚明文藝思潮〉，《徐朔方集》卷一（杭州：浙江古籍出版社，1993年）。

34. 袁光儀：〈「爲下下人說法」的儒學——李贄對陽明心學之繼承、擴展及其疑難〉，《臺北大學中文學報》3，2007年9月，頁129～163。

35. 孫康宜著、李奭學譯：〈明清詩媛與女子才德觀〉，《中外文學》21：11＝251，1993年4月，頁52～81。

36. 孫康宜著、馬耀民譯：〈明清女詩人選集及其採輯策略〉，《中外文學》23：2＝266，1994年7月，頁27～61。

37. 孫康宜：〈性別的困惑——從傳統讀者閱讀情詩的偏見說起〉，《近代中國婦女史研究》6，1998年8月，頁109～118。

38. 孫康宜：〈西方性別理論在漢學研究中的運用和創新〉，《臺大歷史學報》28，2001年12月，頁157～174。

39. 孫康宜：〈性別與經典論：從明清文人的女性觀說起〉，鮑家麟《中國婦女與文學論集》二（臺北：稻鄉出版社，缺），頁135～139。

40. 許衛和：〈論紅樓夢中「意淫」一詞的出處及其幽默與意義〉，《漢學研究》25：1，2007年6月，頁341～370。

41. 康正果：〈重新認識明清才女〉，《中外文學》22：6＝258，1993年11月，頁121～131。

42. 康師來新：〈淚眼先知——評《重讀石頭記》第五章〈悲劇〉〉，《中國文哲研究通訊》15：4＝60，2005年12月，頁35～40。

43. 郭玉雯:〈王國維《紅樓夢評論》與叔本華哲學〉,《漢學研究》19：1＝38,2001 年 6 月,頁 277～308。

44. 郭玉雯:〈紅樓夢中的情慾與禮教——紅樓夢與明清思想〉,《情欲明清——遂欲篇》,(臺北:麥田出版,2004 年),頁 188。

45. 張壽安、呂妙芬:〈明清情欲論述與禮秩重省〉,《漢學研究通訊》20：2＝78,2001 年 5 月,頁 4～8。

46. 張琏:〈《三言》中婦女形象與馮夢龍情教觀〉,《漢學研究》11：2,1993 年 12 月,頁 237～250。

47. 張靜二:〈女權運動與女性主義文學〉,《中外文學》14：10,1986 年 3 月,頁 4～7。

48. 陳彩華:〈《牡丹亭》與《紅樓夢》愛情觀之比較〉《哈爾濱學院學報》30：1,2009 年。

49. 陳翠英:〈抗拒性對話——試析〈快嘴李翠蓮記〉的女性意識〉,《漢學研究》14：2,1996 年 2 月,頁 241～263。

50. 過常寶、郭英德:〈情的冒險:從湯顯祖到曹雪芹〉,《紅樓夢學刊》1997：01,頁 102～118。

51. 游鑑明:〈中央研究院近代史研究所的近代中國婦女史研究〉,《近代中國婦女史研究》4,1996 年 8 月,頁 297～319。

52. 游鑑明:〈是補充歷史抑或改寫歷史?近二十五年來臺灣地區的近代中國與臺灣婦女史研究〉,《近代中國婦女史研究》13,2005 年 12 月,頁 65～105。

53. 華瑋:〈世間只有情難訴——試論湯顯祖的情觀和他劇作的關係〉,《大陸雜誌》86：6,1993 年 6 月,頁 32～40。

54. 華瑋:〈性別與戲曲批評——試論明清婦女之劇評特色〉,《中國文哲研究集刊》9,1996 年 9 月,頁 193～232。

55. 華瑋:〈婦女評點《牡丹亭》:《吳吳山三婦合評牡丹亭還魂記》與《才子牡丹亭》析論〉,收入《中國女性書寫:國際學術研討會論文集》(臺北:臺灣學生書局,1999 年)。

56. 閔福德著,余淑慧譯:〈閱讀與重讀的閱讀——總評《重讀石頭記》〉,《中國文哲研究通訊》15：4,2005 年 12 月,頁 41～54。

57. 楊芳燕:〈明清之際思想轉向的近代意涵——研究現狀與方法的省察〉,《漢學研究通訊》20：2＝78,2001 年 5 月,頁 44～53。

58. 董家遵:〈歷代節婦烈女的統計〉,收入高洪興等編《婦女風俗考》(上海:文藝出版社,1991 年),頁 578～587。

59. 鄒自振:〈玉茗堂四夢與紅樓夢〉,《紅樓夢學刊》1994：02,頁 245～255。

60. 鄒自振：〈湯顯祖與紅樓夢〉，《福州大學學報》（哲社版）14：3，2000 年 7 月，頁 62～64＋78。

61. 廖咸浩：〈深入迷宮：《紅樓夢》的迷離與流失〉，《語文情性義理——中國文學的多層面探討國際學術會議論文集》，1996 年 4 月。

62. 熊秉眞：〈情欲‧禮教‧明清〉，《漢學研究通訊》20：2＝78，2001 年 5 月，頁 1～3。

63. 鄭培凱：〈天地正義僅見於婦女：明清的情色意識與眞淫問題〉上，《當代》16，1987 年 8 月，頁 45～58。

64. 鄭培凱：〈天地正義僅見於婦女：明清的情色意識與貞淫問題〉下，《當代》17，1987 年 9 月，頁 58～64。

65. 鄭培凱：〈晚明袁中道的婦女觀〉，《近代中國婦女史研究》1，1993 年 6 月，頁 201～216。

66. 鄭培凱：〈中國史上的婦女意識〉，《婦女與兩性季刊》1，1993 年 9 月，頁 15～16。

67. 鄭培凱：〈李卓吾與婦女的交往〉，《臺北縣立文化中心季刊》38，1993 年 9 月，頁 9～12。

68. 鄭培凱：〈晚明士大夫對婦女意識的注意〉，《九州學刊》6：2，1994 年 7 月，頁 27～43。

69. 蕭馳：〈從才子佳人到《紅樓夢》：文人小説與抒情詩傳統的一段情結〉，《漢學研究》14：1，1996 年 6 月，頁 249～278。

70. 錢穆：〈劉向列女傳中所見之中國道德精神〉，《中國學術思想史論叢》三（臺北：臺灣學生書局，1981 年），頁 32～43。

71. 鮑家麟：〈陰陽學説與婦女地位〉，收於《中國婦女史論集續集》（臺北：稻鄉出版社，1991 年）。

72. 鍾彩鈞、楊晉龍：〈明清文學與思想中之主體意識與社會——學術思想篇導言〉，《中國文哲研究通訊》14：4，2004 年 12 月，頁 99～105。

73. 簡瑛瑛：〈女性主義的文學表現〉，《聯合文學》4：12，1988 年，頁 10～23。

74. 顧眞：〈清代節烈女子的精神世界〉，《歷史月刊》135，1999 年 4 月，頁 44～51。

75. 肖巍：〈作爲一種學術視角的女性主義〉（http:big5.china.com.cn/chinese/zhuanti/xxsb/908330.htm）。

76. 伊蘭‧修華特（Elaine Showalter）著，張小虹譯：〈荒野中的女性主義批評〉，《中外文學》14：10，1986 年 3 月，頁 77～114。

77. 吳爾芙（Virginia Woolf）著，范國生譯：〈莎士比亞的妹妹——朱蒂絲〉，《中外文學》14：10，1986 年 3 月，頁 66～76。

78. 瑪奇・洪姆（Maggie Humm）著，成令方譯：〈女性文學批評〉，《聯合文學》4：12，1988 年 9 月，頁 24～29。

五、電子資料

1. 中研院明清研究會 http://mingching.sinica.edu.tw/

2. 江蘇省社會科學院文學研究所「明清小說研究」南京明清小說研究中心

3. 走出劫難的世界
   http://life.fhl.net/Literature/culture/hongloumeng/hlm08.htm

4. 肖巍〈作為一種學術視角的女性主義〉
   http:big5.china.com.cn/chinese/zhuanti/xxsb/908330.htm

5. 明史研究小組 http://faculty.pccu.edu.tw/~hihhowu/new_page_1x.htm

6. 明清生活史資料庫 http://www.his.ncnu.edu.tw/china2/Untitled-4.htm

7. 明代研究學會 http://www.sinica.edu.tw/~wujs/MingStudiesContent.htm

8. 明人文集聯合目錄與篇目索引資料庫 http://ccs.ncl.edu.tw/topic_02.html

9. 明代社會生活史類目
   http://faculty.pccu.edu.tw/~chihhowu/new_page_1x.htm

10. 紅樓夢網路教學研究資料中心 http://cls.hs.yzu.edu.tw/HLM/home.htm

11. 暨南國際大學明清生活史研究室
    http://www.library.ncnu.edu.tw/mingchin/index1_new.htm